U0533969

组织委员会

主　任：李宇明　刘　利
副主任：韩经太
成　员：杨尔弘　刘晓海　田列朋

专家委员会

主　任：袁行霈
委　员：蔡宗齐　高　昌　顾　青　李宇明
　　　　陶文鹏　吴思敬　詹福瑞　周绚隆

北京语言大学语言资源高精尖创新中心 组编

新选中国名诗1000首

唐诗鉴赏

韩经太 主编

葛晓音 注评

人民文学出版社

图书在版编目（CIP）数据

唐诗鉴赏/北京语言大学语言资源高精尖创新中心组编；韩经太主编；葛晓音注评．—北京：人民文学出版社，2022
（新选中国名诗1000首）
ISBN 978-7-02-017360-0

Ⅰ．①唐⋯ Ⅱ．①北⋯ ②韩⋯ ③葛⋯ Ⅲ．①唐诗—诗歌欣赏 Ⅳ．①I207.227.42

中国版本图书馆CIP数据核字（2022）第137710号

责任编辑　高宏洲
装帧设计　黄云香
责任印制　任　祎

出版发行　人民文学出版社
社　　址　北京市朝内大街166号
邮政编码　100705

印　　刷　三河市博文印刷有限公司
经　　销　全国新华书店等

字　　数　331千字
开　　本　880毫米×1230毫米　1/32
印　　张　16.375　插页7
印　　数　1—4000
版　　次　2022年9月北京第1版
印　　次　2022年9月第1次印刷

书　　号　978-7-02-017360-0
定　　价　59.00元

如有印装质量问题，请与本社图书销售中心调换。电话：010-65233595

〔北宋〕郭忠恕 临王维辋川图（局部）

〔清〕石涛　太白诗意山水轴

〔清〕王时敏 杜甫诗意图册（选一）

[唐] 韩幹 圉人呈马图（明摹本）

〔北宋〕范宽 寒江钓雪图

〔明〕 吴彬　明皇幸蜀图

〔明〕郭诩 琵琶行图轴

远上寒山石径斜白云深处
有人家停车坐爱枫林晚霜
清红于二月花
甲信超揆

[清] 超揆　杜牧诗意图轴

读懂诗意的中国

——"新选中国名诗1000首"丛书总序

韩经太

中华民族伟大复兴之路,也是一条充满诗意的道路,从悠远的历史深处走来,又向光明的未来高处走去,一路上伴随着历史风雨对生活真相的冲刷,也伴随着思想信念对人生理想的雕塑。所有这一切,又通过诗人的艺术语言凝练为文学形象世界中的华彩乐章,展示着中华民族精神世界的精彩与微妙。特别是历代名家之名作,在传诵人口的过程中被反复解读,自然而然地浸入人民大众的感情生活而塑造着整体国民性格,从而使我们这个盛产诗歌文学作品的文明古国具有堪称"诗意中国"的特色。而当今时代无疑是这种特色日益显著的时代,融媒体多元而高速的传播手段,助力中华诗词尽可能普及地走进千家万户,诗词大会的竞赛机制牵引着大众百姓的诗词习得,于是乎记诵名篇名句而着力于养成诗意交流能力,从大学讲堂到幼儿教育,处处弥漫着感受诗意的生活空气。随着中华诗词迅速普及的客观形势,真正热爱诗歌艺术继而更加热爱中华诗词艺术的读者,越来越意识到一个最浅显却又最深刻的道理,"诗意中国"需要"诗意阅读",而在此讲求真正"读懂"诗意的解读之路上,从事文学专业研究而积淀丰厚的"学术名家"的特殊作用,日益凸显出来。这也是我们特邀当代学界名流来完成这一套"新选中国名诗1000首"丛书的"初心"所在。

"新选中国名诗1000首"丛书,在编选体例上兼备诗歌选本的"选释"功能和诗词鉴赏的"鉴赏"功能,而在更为重要的编选原则上,则有现实针对性地强调通观古今的历史视野和兼容道艺的诗学思维。如果说通观古今的历史视野具有超越当今学科壁垒的现实针对性,那道艺兼容的诗学思维就是对长期以来诗歌艺术研究相对忽略其艺术性分析的一种纠偏。更何况一篇精彩的诗歌鉴赏文章,往往是作者人格学养的浓缩式体现,尤其是对作品整体的解读把握,不仅包含着关于诗歌史发展脉络和思想史发展逻辑的深入思考,而且包含着"这一个"诗意典型世界如何具体生成的艺术性分析,这是空洞的理论表述根本无法替代的,而恰恰是我们这套丛书非常看重的。

一代有一代之文学,一代也有一代之"选本"学。文学和学术,与时代背景息息相关。我们正处在这样一个时代,"诗意栖居"的西哲命题,在中国新时代阐释学的创意发挥下,不仅重新燃起了原始儒家"吾与点也"人格理想的精神火花,而且有望于激活原始道家"吹万不同,而使其自己"的主体创造精神。惟其如此,就使"每个人的自由发展是一切人的自由发展的条件"这一马克思主义者之

"初心"，成功实现了与中华优秀传统文化的本质契合。这里不仅有学界人士所确认的"儒道互补"的整合阐释方式，而且有时代需求所指示的"中西参融"的辩证阐释路向，只有两者的成功结合，才能真正有助于发扬中华传统文化特有的追求天人合一而又讲求诗情画意的人文精神。天人合一是一个涵涉深广的思想命题，然而无论民胞物与的仁者襟怀还是以物观物的自然理念，其中都有孕育诗情画意的精神土壤，也正是在这个意义上，中华传统文化是一种最富诗情画意的思想文化。待到历史进入现代文明社会，诗意中国对于诗情画意的追求，在现代工业文明持续发展的历史背景下，更有其特殊的价值和意义。想必人们已经注意到，从经济发展的某个节点开始，出现了与城市化发展趋势相呼应的精神生活新取向，那就是希望把精神安顿在绿水青山之间！对于当代中国来说，这兴许是因为，经济发展在为国人提供了相应的物质基础之后，人之所以为人的精神生活质量的提升，越来越成为"人的自觉"的中心内容，而超越物质欲望的精神追求，总是与"蓝天白云""绿水青山"的审美相伴随。缘此之故，诗意中国的古典传统自然而然地融入到当今中国人的性情自然之中，而读懂诗意的中国也因此而成为新时代美学追求的题内应有之义。

　　伴随着中华传统诗文走进学校课堂，各式各样的诗歌选本，犹如雨后春笋，琳琅满目，层出不穷。于是，自然就有了人们对选本的选择。而正是在选本之选择的过程中，人们越来越意识到"精品"的价值。"新选中国名诗1000首"丛书作为北京语言大学语言资源高精尖创新中心的规划项目,其"名家选名诗"的选题立意已经充分表达了追求"精品"之"初心"。一般来说,当下的读者不再会为了一种诗歌选本的问世而兴奋,除非像《钱锺书选唐诗》那样给唐诗之美再添上文化名流的影响力。当年,钱锺书的《宋诗选注》曾以其独到的编选眼光和更其独到的注释话语,产生了跨越特殊历史时期的文学影响力。然而,《钱锺书选唐诗》有选而无注,相信很多人会感到遗憾。弥补这种遗憾的机会当然很多,"新选中国名诗1000首"丛书中的由葛晓音撰写的《唐诗鉴赏》(200首),以其特有的精选眼光和精妙解读,必将成为唐诗爱好者的最佳选择。由唐诗而扩展至宋诗,于是又有莫砺锋的《宋诗鉴赏》(200首),进而扩展至由《诗经》时代直抵当下的整个中国诗歌历史,于是还有赵敏俐的《先秦两汉诗鉴赏》、钱志熙的《魏晋南北朝诗鉴赏》、张晶的《辽金元诗鉴赏》、左东岭的《明诗鉴赏》、蒋寅的《清诗鉴赏》、张福贵的《现当代诗鉴赏》(各100首)。总之,"新选中国名诗1000首"所推出的八部选本,覆盖了诗歌史发展的各个时代,而借此推出的八位"选家",也代表了当代诗歌各阶段研究的一流水平。在琳琅满目的诗歌选本中间,由此八位"选家"合作完成的这个选本系列,显然是极富特色的。

八位"选家"的集体合作,自然而然地赋予"新选中国名诗1000首"之选诗、注解和鉴赏以"名家解读"的整体特色,而八位"选家"的学术个性,又自然而然地呈现出彼此不同的个体风貌,在此整体特色和个体风貌之间,是一种彼此默契的诗学追求,其间当然有学术共识的坚实基础，但更为重要的默契，犹如本序开头之所言，一是"通古今之变"的大历史视野，一是"道艺不二"的诗歌美学精神。

"通古今之变"的通观历史眼光，必将聚焦于"五千年"传统文化和"一百年"现代文化涌动冲撞的历史大变局，并因此而追求对中华诗词的整体观照和全面把握。在我们看来，诗意中国的精神意态，是植根于中华优秀传统文化的丰厚土壤而又吸收新文化的智慧营养，并在古今大变局的历史转型过程中经受严峻考验而茁壮成长起来的诗性生命之树，其风采光华兼备古典美和现代美而得两端之妙。也正是在这个意义上，"传统"不是外在于"当代"的"他者"，就像"现代"的价值并不仅仅是为了替代"古典"那样。自从中国古代文学和中国现代文学被分为两大学科以来，各自表述的学科性思维实际上已经遮蔽了许多历史真相。其中最显著的一点是将中国古典诗歌和中国现当代诗歌分为两橛，不利于古今之间的融会贯通。"新选中国名诗1000首"丛书和2020年5月出版的《中国名诗三百首》有意识地突破这一点，将中国古典诗歌和中国现当代诗歌贯通起来予以选析，这对于读者诸君通过观古今之变的大历史视野领会诗意中国当具一定的启发意义。

至于"道艺不二"的诗歌解读，关键在于主题阐释与艺术分析的浑然一体，为此，首先需要诗意解读者具有特殊的诗性审美的艺术鉴赏力。鉴于当今许多文学论著很难显现作者的文学鉴赏能力，导致文学研究缺少"文学性"的现象，"新选中国名诗1000首"丛书格外重视每首诗的艺术鉴赏，试图通过这1000篇出自知名专家笔下的鉴赏文章，有效提升全社会"文学阅读"的艺术水准。从完成质量来看，八位"选家"对此是非常用心的，他们一方面深入每首名诗产生的历史文化语境，阐发每首名诗蕴含的思想底蕴和精神高度；另一方面又在诗歌史的纵向延展和横向渗透方面，揭示每首名诗所达到的艺术高度和独特魅力。这对于读者诸君妙悟诗歌真谛当有重要帮助。八位"选家"在选释的过程中，既有对前贤选释本精华的采撷，又有青出于蓝的独到之见。如或不信，请读者诸君对读本丛书中的葛晓音的《唐诗鉴赏》和2020年热销的《钱锺书选唐诗》，莫砺锋的《宋诗鉴赏》和钱锺书的《宋诗选注》。其他各卷同样如此，都对之前出版过的各种选本有所超越。

鉴赏是本丛书的核心所在，我们希望八位"选家"将名诗的选释定位于对中华优秀传统文化和中华美学精神的总结和传承上进行。八位"选家"对此非常自觉，鉴赏时见对中华优秀传统文化和中华美学精神以及中国智慧的发掘，荦荦大者如天人合一、诗中有画、民胞物与、家国情怀、现实关怀、忧患意识、通变意识等。可以说，八位"选家"对诗意中国的精神意蕴和诗意栖居的哲学命题，都有深入的思考和真切的体认。我想这对中华优秀传统文化之核心价值观的凝定，和整个人文素养和精神境界的提升，必将产生积极的助益。

需要说明的是，本丛书所选诗歌采取广义的诗歌概念，外延包括诗、词和部分散曲作品，所以唐代之后的部分选了一些词和散曲。

这既是出于本丛书力求选释中国文学史上的诗歌"精品"的"初心"，也是为了更全面地反映诗意中国的丰富形态。此外，为了统一体例，避免将一人的各体作品分散在书中的多个部分，本丛书采取以人为纲的编排方式。

最后，我本人作为"新选中国名诗1000首"丛书的主编，借此总序撰写机会，向热情参与此项目的八位知名学者，表示衷心的感谢！我相信，中国名诗之精选精品的"精品"打造，是为学术研究服务社会创造机遇，将使知名学者面向大众读者贡献自己的诗性智慧，从而共同提升新时代中国人诗意生活的质量。

2022年元旦前夕于北京

目 录

前 言 ... 001

王 绩
    野望 ... 001

王 勃
    送杜少府之任蜀州 ... 004

卢照邻
    长安古意 ... 007

骆宾王
    在狱咏蝉 ... 013

张若虚
    春江花月夜 ... 016

宋之问
    题大庾岭北驿 ... 021
    渡汉江 ... 023

杜审言
    和晋陵陆丞早春游望 ... 025

陈子昂
感遇（其二） 028

张九龄
感遇（其七） 031

王　湾
次北固山下作 034

贺知章
回乡偶书（其一） 037
咏柳 038

孟浩然
晚泊浔阳望庐山 041
夜归鹿门歌 043
临洞庭 045
早寒江上有怀 048
过故人庄 050
与诸子登岘山 052
春晓 054

王　维
渭川田家 056
新晴野望 058
山居秋暝 060
辋川闲居赠裴秀才迪 062

终南山	065
汉江临泛	067
终南别业	069
使至塞上	072
和贾舍人早朝大明宫之作	074
积雨辋川庄作	076
皇甫岳云溪杂题五首·鸟鸣涧	079
辋川集·鹿柴	080
相思	082
九月九日忆山东兄弟	083
送元二使安西	085

崔颢

| 长干曲四首（选二） | 087 |
| 黄鹤楼 | 089 |

常建

| 题破山寺禅院 | 092 |

李颀

| 古从军行 | 095 |
| 送魏万之京 | 097 |

祖咏

| 终南望馀雪 | 100 |

朱斌

| 登鹳雀楼 | 102 |

王之涣

凉州词二首（其一）   104

王 翰

凉州词二首（其一）   107

王昌龄

出塞   110

芙蓉楼送辛渐二首（其一）   112

闺怨   114

长信秋词五首（其三）   115

西鄙人

哥舒歌   118

高 适

燕歌行   121

别董大二首（其一）   125

营州歌   126

岑 参

白雪歌送武判官归京   129

逢入京使   132

李 白

关山月   135

子夜吴歌四首（其三）   138

长干行二首（其一）   140

月下独酌四首（其一）	143
古风五十九首（其十九）	146
下终南山过斛斯山人宿置酒	149
行路难三首（其一）	151
将进酒	154
蜀道难	156
梦游天姥吟留别	161
送友人	166
夜泊牛渚怀古	168
听蜀僧濬弹琴	170
静夜思	173
玉阶怨	174
独坐敬亭山	176
望天门山	178
早发白帝城	180
黄鹤楼送孟浩然之广陵	181

杜 甫

望岳	184
前出塞九首（其六）	186
自京赴奉先县咏怀五百字	188
赠卫八处士	195
石壕吏	197

兵车行	199
茅屋为秋风所破歌	203
丹青引赠曹将军霸	206
月夜	210
春望	212
春夜喜雨	214
旅夜书怀	215
登岳阳楼	217
蜀相	219
闻官军收河南河北	221
登楼	223
咏怀古迹五首（其三）	226
登高	229
八阵图	231
绝句四首（其三）	233

刘长卿

碧涧别墅喜皇甫侍御相访	236
长沙过贾谊宅	238
吴中赠别严士元	240
逢雪宿芙蓉山主人	243

韦应物

寄全椒山中道士	245

  自巩洛舟行入黄河即事寄府县僚友 　247

  滁州西涧 　250

  调笑令（胡马） 　251

钱 起
  归雁 　254

戎 昱
  早梅 　256

张 继
  枫桥夜泊 　258

韩 翃
  寒食 　261

刘方平
  夜月 　264

  春怨 　265

张志和
  渔歌子（西塞山前白鹭飞） 　268

李 益
  喜见外弟又言别 　270

  夜上受降城闻笛 　272

  宫怨 　274

司空曙
  喜外弟卢纶见宿 　277

卢 纶

晚次鄂州 280

和张仆射塞下曲六首（其三） 282

于良史

春山夜月 284

张 籍

秋思 287

王 建

新嫁娘词三首（其三） 290

十五夜望月寄杜郎中 291

马 逢

宫词 294

孟 郊

游子吟 296

洛桥晚望 298

韩 愈

山石 301

左迁至蓝关示侄孙湘 305

早春呈水部张十八员外二首（其一） 307

柳宗元

渔翁 310

登柳州城楼寄漳汀封连四州　　312
　　江雪　　314
刘禹锡
　　西塞山怀古　　316
　　酬乐天扬州初逢席上见赠　　318
　　金陵五题（选二）　　322
李贺
　　李凭箜篌引　　326
　　梦天　　330
李绅
　　古风二首（其二）　　334
元稹
　　遣悲怀三首（其二）　　336
　　闻乐天授江州司马　　338
白居易
　　卖炭翁　　341
　　长恨歌　　344
　　琵琶行　　354
　　赋得古原草送别　　361
　　钱塘湖春行　　364
　　问刘十九　　366

忆江南（江南好） 367

金昌绪
　　春怨 370

张祜
　　宫词二首（其一） 372

刘皂
　　旅次朔方 374

贾岛
　　题李疑幽居 377

朱庆馀
　　闺意献张籍水部 380

杜牧
　　赤壁 383
　　泊秦淮 385
　　过华清宫绝句三首（其一） 387
　　江南春绝句 388
　　寄扬州韩绰判官 390
　　山行 392

许浑
　　行次潼关驿 395
　　咸阳西门城楼晚眺 397

李商隐

　　无题 　　　　　　　　　　　　400

　　无题二首（其一） 　　　　　402

　　隋宫 　　　　　　　　　　　405

　　乐游原 　　　　　　　　　　408

　　贾生 　　　　　　　　　　　409

　　常娥 　　　　　　　　　　　411

　　夜雨寄北 　　　　　　　　　413

温庭筠

　　商山早行 　　　　　　　　　415

　　苏武庙 　　　　　　　　　　417

　　瑶瑟怨 　　　　　　　　　　421

　　菩萨蛮（小山重叠金明灭） 　422

　　菩萨蛮（水精帘里颇黎枕） 　424

　　更漏子（玉炉香） 　　　　　427

　　望江南（梳洗罢） 　　　　　429

陈 陶

　　陇西行四首（其二） 　　　　431

钱 珝

　　未展芭蕉 　　　　　　　　　434

韦 庄

　　台城 　　　　　　　　　　　436

菩萨蛮（人人尽说江南好） 438

高蟾
下第后上永崇高侍郎 440

郑谷
淮上与友人别 443

张泌
寄人 445

秦韬玉
贫女 447

陆龟蒙
和袭美木兰后池三咏·白莲 450

敦煌曲子词
菩萨蛮（枕前发尽千般愿） 453
鹊踏枝（叵耐灵鹊多谩语） 455
浣溪沙（五两竿头风欲平） 457

无名氏
菩萨蛮（平林漠漠烟如织） 459
忆秦娥（箫声咽） 461

皇甫松
梦江南（兰烬落） 463

牛希济
生查子（春山烟欲收） 465

李 珣

南乡子（乘彩舫） 467

冯延巳

谒金门（风乍起） 469

鹊踏枝（谁道闲情抛掷久） 471

李 璟

浣溪沙（手卷真珠上玉钩） 473

浣溪沙（菡萏香销翠叶残） 475

李 煜

清平乐（别来春半） 477

长相思（云一绹） 479

乌夜啼（林花谢了春红） 481

乌夜啼（无言独上西楼） 482

破阵子（四十年来家国） 484

浪淘沙（帘外雨潺潺） 487

浪淘沙（往事只堪哀） 488

虞美人（春花秋月何时了） 490

前 言

唐代之所以可称为诗歌的高峰，不但因为产生了李白、杜甫等足以雄视百代的大家，令后人难以超越，还在于众多各有专精独诣的名家也留下了大量经典作品；更有无数名不见经传的诗人，乃至不以诗歌为专长的各色人物，也或多或少有名篇传世，古今传诵，历久不衰。

唐诗繁荣的原因很多，有些时代条件是难以复制的。在中国三千年诗歌发展的历史中，唐诗正处于古典诗歌发展的抛物线的中点，各种诗歌形式已臻于成熟而尚有变化的馀地，各种题材也还有较大的开拓空间，因而作品往往具有恰到好处的天然魅力。

唐诗的魅力首先在于充满新鲜的感受和旺盛的活力。尽管先秦汉魏六朝已经奠定了中国古代诗歌的各类基本题材，但是随着大唐帝国的兴起，以及社会生活中新事物的不断发现，唐人又为许多传统的题材拓展出各种新的视角，即使是与古人同样的生活情境也能

唤起唐人更为丰富敏锐的感觉。"春风春鸟，秋月秋蝉，夏云暑雨，冬月祁寒，斯四候之感诸诗者也。嘉会寄诗以亲，离群托诗以怨"（钟嵘《诗品序》），虽然是前代诗歌创作产生灵感的共同契机，但唐人又因海日江春、落花归雁、夕阳霜钟、寒雨黄叶触发了关于自然规律的思考；在杨柳、春草、明月、流水中融入了无处不在的离情别绪。"至于楚臣去境，汉妾辞宫，或骨横朔野，或魂逐飞蓬。或负戈外戍，杀气雄边，塞客衣单，孀闺泪尽"（同上），也是汉魏六朝诗中感荡心灵的主要内容。唐人则在贬谪去官的遭遇中发现了岭南、巴蜀、湘中、桂海各地秀丽奇险的山水，在林泉别业或郡斋官舍中找到了安顿心灵的沧洲。宫人失宠的不幸不但使士人们联想到迁客逐臣类似的命运，更将思君的痛苦寄托在寒鸦的日色、长夜的宫漏、冷宫的秋月乃至满地的梨花上。从汉唐以来将士戍边不归、思妇泪尽深闺的历史悲剧中，诗人们望见了"春风不度"的玉门关和阳关，也看到了葡萄美酒夜光杯中映照的沙场白骨，听到了戍楼上回荡的羌笛和秋风吹来的捣衣声。总之，面对永恒不变的大自然和代代相传的人类生活，唐人总能获得各种新鲜的启示，从而不断地给唐诗增添新的典型意象和表现元素。

在传统的题材以外，唐诗还开辟出许多前所未有的新诗境。尤其是唐代灿烂辉煌的文化艺术，成为滋养诗歌的沃土，许多在时光中难以留痕的视觉和听觉艺术借助诗人的生花妙笔得以传世。南北的统一，各民族的融合，西域、印度、波斯的文化传入中原，促使各种艺术高度发展。唐代诗人都有丰富深厚的艺术修养，对音乐、舞蹈、绘画、书法等艺术，具有细腻的感受和很高的鉴赏力，体现在诗歌创作中，或描摹琴瑟琵琶、觱篥箜篌的不同凡响；或形容丹青妙手的巧夺天工；或表现剑器、柘枝舞姿的刚健婀娜；或渲染月夜清歌的曼妙凄绝，都能充分运用比喻、通感、夸张、想象、象征等多种艺术手段，摹写传神，酣畅淋漓，极尽抑扬顿挫、变化万端之能事，令人读之惊心动魄，回肠荡气。这些诗再现了唐代艺术家们出神入化的高超技艺，也造就了一个个美不胜收的艺术妙境。

　　唐诗的活力来自一代诗人对生命永恒价值的积极追求，这固然是从建安风骨到陶渊明的"固穷节"的核心理念，但唐人更加自觉地将个人置于天道人事的规律中来思考，也更富有蓬勃的朝气和进取的意气。初盛唐诗人将探究天人变化的思维方式融汇于诗歌中的人事感叹，他们的目光从不胶着于平庸琐屑的现实，而是处处都从宇宙演化、历史变迁的高度去探索人生的意义。陈子昂独立幽燕大地，纵观古今，唱出了在时代风云中跃动不安的心声；李白在"观变""探元化"中观察自己的时代，提出"乘运"以总结一代文化的远大理想；在安史之乱中受尽磨难的杜甫，也始终在思考自己这一介"腐儒"在乾坤中的定位。这就使盛唐诗人无论是得意还是失意，都能在万物变化的规律中审视自我，摆落尘滓，发为高唱。而在大唐王朝走向衰落的过程中，尽管士人们的视线更多地转向社会现实的矛盾，但仍然坚持着天人关系的探索。韩、孟派诗人即使被社会压迫到踢天踏地的狭小空间，依然执着地提倡复古道、"补元化"的理想，用他们手中的诗笔指顾万象，回旋三光，以"探天根，穿月胁"的奇想,开创出"笔补造化天无功"的新境界。在历史的陈迹面前,诗人们或感叹世事无常,或追慕英雄伟业,或思接千载、感遇述怀,或以史为鉴、借古讽今。刘禹锡以故垒空城作为人事代谢的见证,寄寓了对六朝兴亡的深刻反省;杜牧和李商隐则通过隋苑唐宫的今昔对比,表达了晚唐诗人对国运前景的不同观感;无论是盛世的展望还是末世的哀挽,唐人都在俯仰今古的感叹中留下了不断警醒后人的绝唱。

在如此宏阔的视野中,唐人借山水澄怀观道,探索任自然的意趣;以山水洗涤世俗的尘垢,消解胸中的块垒;同时在与大自然的感情交流中,认识了山水丰富多彩的美,也获得了新旧更迭的哲理启示。而亘古不变的江山明月又常常引起他们对悠远时空和生命奥秘的追问,因此唐人对山水的观赏是与深邃的宇宙意识和开朗的人生态度交织在一起的。他们在山水中放空身心,感受着天地万物内在的节律,从田园中寻求回归自然的淳朴和纯真,无论是黄河、长江、三峡、庐山、蜀道等山川的雄奇景观,还是山居、江村、田庄、秋原等乡野的宁静风光,都能唤起他们对祖国山河的无限眷恋,使心灵在与自然的冥合中得到净化。其境界气象的宏伟壮丽以及风格意境的清新优美,更是达到了前无古人、后无来继的巅峰。

同样,唐人看待边事,也能跨越秦汉以来的千年历史,深入到对战争本质和对民族关系的思考。国力的强盛,尤其是盛唐三边的平定,激发了诗人讴歌英雄主义的豪情。他们或描写侠少将军的意气风貌,抒发乘时而起、建功立业的雄心壮志;或描绘大漠孤烟、长河落日的边塞风光，渲染粗犷豪放的异域情调；或表现征人思妇的边愁闺怨，以及胡汉双方士卒的久戍之苦，都能笔绾千里，寓哀怨悲凉于苍茫壮阔的境界之中；既充满昂扬奋发的时代精神和豪迈气概，又反映了各族人民渴望和平的共同心愿，具有深广的历史内涵和不朽的艺术魅力。

对生命意义的积极思考，使诗人们产生了为时代而创作的自觉使命感。当盛世转为乱世以后，欣逢盛世的自豪感和乐观开朗的情怀便自然转为拯世济时的忧患意识。为挽救国运，振兴民族，不倦地针砭时弊，为民请命，中国古典诗歌的这一优良传统正是在唐代确立的。杜甫处于家国兴亡的危急关头，怀着期盼国家中兴的满腔激情，用诗笔记录了这一历史时期的所有重大事件，并深刻地揭示出人民在官府的诛求和战场的血泊中呻吟的苦难命运。正因如此，他的诗歌被后人誉为不朽的"诗史"，在千载之下仍有震撼人心的力量。中唐的诗人们面对的则是一个陷于多重矛盾和危机中的衰世。白居易指出诗歌的作用是"救济人病，裨补时阙"，并以大量讽喻诗广泛反映了各种社会政治问题，批判现实的深度和力度都是后人所不能企及的。唐代的伤时刺世之作内容深广，形式多样，它们或以比兴讽喻兵乱重敛、民不堪命的现实，或以直笔无情揭露宦竖军阀、贪官污吏的残暴，用笔如刀，辛辣犀利，无不体现了唐诗能随时代变化而不断改变内容和风格的生命力，及其在思想上达到的高度。

唐诗的魅力还在善于提炼具有普世性的人情，表现人生的共同

感受和生活哲理的体悟，因而在百代之下犹能引起最广泛的共鸣。人类的社会生活、阶级属性、时代环境虽然千变万化，但是总有一些共通的、至少是本民族共有的情感经历。中国古诗中为大众接受度最高的多数是唐诗，其重要原因之一是唐人既能在日常生活中捕捉人所共有而未经前人道出的感受，又能以透彻明快的语言将其概括为人类生活中普遍的体验。乡情、亲情和友情虽是古诗永恒的主题，但到唐代才广泛渗透到人生的各种场合。无论何种情境，都能表现出最触动人心的一刻：离乡太久，以致儿童不识的情景寄寓着人生易老的深刻感触，这正是多少人老来还乡的共同体会。客居在外，望月思乡是天下游子都经历过的情景。"每逢佳节倍思亲"的心情，不独是王维的体会，也在不经意间总结了中华民族重视佳节亲人团聚的传统。"莫愁前路无知己"的高唱，既是高适对友人的慰勉，又成为后人留别题赠的格言。寸草心难报三春晖的新警喻意，最贴切地表达了天下游子无法报答母爱的感恩之情。"春蚕到死丝方尽"的双关表白，已经成为多少代青年男女生死相恋的誓言。"霜叶红于二月花"的精彩比拟，又是对一切在衰暮之时犹能使生命放出异彩的人们的礼赞。这些名作思绪之绵远，意境之优美，构思之新颖，均为古今所罕有。而其语言之纯净，情韵之天然，更是体现了最高的诗应是最单纯、最概括并最富于启示的艺术本质，因而易记易诵，广布人口，历千百年之久仍如才脱笔砚一般新鲜。

总而言之，唐人把诗看成了生活，生活也就成了诗。举凡悲欢离合的体悟，世患时乱的忧虑，前尘旧梦的追怀，进退浮沉的感慨，或者交游酬赠，旅宿宴赏，观画听乐，参禅悟道，只要能引发诗兴，皆可信手拈来，随笔入诗。因而唐人能发现生活中一切富有诗意美的情景，惟其如此，唐诗才能开拓出人世间无事无意不可表现的境界，呈现出多姿多彩的风貌。

  在如此丰富的唐诗面前，任何一种选本都是无力的，更何况区区二百首，无论怎样选取，都会有遗珠之憾。因而本书主要将"名诗"这一项目的题义作为选诗标准。所谓"名"，应包含在唐代、后代到今天都为人熟知这三层意思。然而"有名"也有知名范围的广狭之分，或许读过一些唐诗的人心中各有自己的名诗标准，所以即使这三个条件都能满足，也很难做到没有争议。这本极简的唐诗选倘若能不负部分读者的期待，选释者也就不算枉费心力了。

王 绩

王绩(约590—644),字无功,绛州龙门(今山西稷山)人。隋末曾任秘书正字,扬州六合县丞。唐武德中以六合县丞待诏门下省,贞观初因病罢归故里,自号"东皋子"。有《王无功文集》。

野 望[1]

东皋薄暮望[2],徙倚欲何依[3]。树树皆秋色,山山唯落晖。牧人驱犊返,猎马带禽归。相顾无相识,长歌怀采薇[4]。

注释

〔1〕本篇见韩理洲校点《王无功文集》(五卷本会校)卷二。

〔2〕东皋:今山西河津市东皋村。皋,水边地。作者还家后游北山东皋,著书自号"东皋子"。

〔3〕徙倚:徘徊。依:依托。

〔4〕采薇:一说用《诗经·召南·草虫》:"陟彼南山,言采其薇。未见君子,我心伤悲。"及《诗经·小雅·采薇》:"采薇采薇,薇亦作止。曰归曰归,岁亦莫止。"一说,用商朝孤竹国君之子伯夷、叔齐在周武王

伐纣时，归隐首阳山，采薇而食，最后饿死之事。薇，野菜名，即野豌豆，嫩苗可食。

鉴赏

　　王绩出身于北朝的文化世家，长兄王度和二兄王凝都长于著述，三兄王通为隋代大儒。其本人也博学多才，遍览群书，一生曾三仕三隐。身处隋唐易代之际，他的思想非常矛盾，一方面希望能够风云际会，实现经世之志；一方面又感到盛衰无常，人事虚妄。加上他在隋唐两朝都处于"才高位下"（《自作墓志铭》）的境地，王氏兄弟也都被抑而不用，内心颇感失落。于是最终选择在家乡隐居，成为唐代最早的山水田园诗人。这首《野望》是他的名作。

　　诗中展现了他在家乡隐居生活中常见的景色：薄暮时分，站在东皋眺望山野，各处树林都披上了秋色，座座山岭惟见落日的斜晖。牧人赶着小牛犊走在返回的路上，猎人也骑着马带着射获的飞禽归来。秋色和落晖渲染出一片安宁的黄昏情调，也在提醒人们岁暮日落之时应当各寻归宿，却反衬出诗人彷徨不定的身影。东皋是诗人熟悉的家乡，秋山暮色也是他天天面对的景象，然而诗人不但无所依倚，而且说相顾之人都不相识，只能空自唱着"采薇"的长歌抒发愁怀。这是为何呢？这就要联系结尾的"采薇"来看了。关于此诗对这一典故的用法，向来有两解。一种认为是怀念伯夷、叔齐在首阳山采薇。如是，则寄托了诗人不满新朝的易代之感。但从王绩全部作品来看，并没有多少对隋朝的怀旧之情，何况他还曾在唐初武德、贞观中两次应征入仕和赴选。另一解认为是用《诗经》中《草虫》"采薇"的诗句。相比之下，此说更切合王绩当时的心态。因为从《召南·草虫》看，"陟彼南山，言采其薇。未见君子，我心伤悲"，抒发的是见不到君子的悲伤。《小雅·采薇》中，前两章都是以"采薇采薇"兴起戍人"曰归曰归，岁亦莫止""曰归曰归，心亦忧止"的忧伤。因此这两首诗中的岁暮不归之忧和不见君子之悲，才是《野望》中深藏的心事。"无相识"指相顾者中没有理解诗人的君子，而秋色和落晖正是"岁亦莫（暮）止"的景象，仿佛在提醒诗人盛时已过，生命将近迟暮。这种人生无所倚着的苦闷和怅惘，自然使诗人发出了"徙倚将何依"的感叹。已经身在家乡，却还觉得没有归宿，那就说明他虽有隐居之实，却并没有让自己的心真正安顿下来，这就是王绩毕生的矛盾所在。

此诗除了首二句平仄不调外，其馀均符合五律的粘对规则。能通过抒写薄暮野望的心情，将自己隐居生活的典型环境和精神状态浓缩其中，使高度概括的意境达到为诗人传神写照的程度，在王绩时代的近体诗中可称罕见。

王 勃

王勃(约650—676),字子安,绛州龙门(今山西稷山)人。与卢照邻、骆宾王、杨炯并称"初唐四杰"。年十七应举及第,授朝散郎。曾为沛王府召署府修撰。任虢州参军,犯死罪,遇赦革职,其父王福畤受牵连,被贬为交趾令。王勃渡海省亲,溺水而死。有《王子安集》。

送杜少府之任蜀州[1]

城阙辅三秦[2],风烟望五津[3]。与君离别意,同是宦游人[4]。海内存知己,天涯若比邻[5]。无为在岐路,儿女共沾巾。

注释

[1] 本篇见清蒋清翊《王子安集注》卷三。少府:县尉的尊称。蜀州:《文苑英华》作"蜀川"。蒋清翊说,蜀州在王勃去世后设置,应作蜀川。
[2] 城阙:指长安。辅三秦:以三秦为畿辅。三秦、项羽灭秦后,三分关中,立雍、塞、翟三国,称为三秦。
[3] 五津:岷江自湔堰至犍为一段有五个渡口:白华津、万里津、江首津、

涉头津、江南津,合称五津。

〔4〕宦游:离家出游以求仕宦。

〔5〕比邻:近邻。曹植《赠白马王彪诗》:"丈夫志四海,万里犹比邻。"

鉴赏

　　唐代从首都长安到蜀地,路途遥远,关山险阻,蜀道向来被视为仕宦的畏途。但本篇送友人赴蜀地任职,却没有历来离别诗的伤感悲戚。开头两句大气磅礴,立足于三秦大地眺望五津风烟,以"三秦"和"五津"的数字工对,一笔扫过两地之间的漫长距离,将想象中的视野拓展到千里之外,自然引出后三联的惜别之情。行者与送者同是宦游中人,对于离情别绪的体味当然比常人更为深切,更何况此地一别,即将天南地北。但诗人在表达"离别意"的同时又转出更深一层的意思:只要同在海内,必定长为知己;即使远隔天涯,情亲亦犹如比邻。这一联不但道出彼此不能为地理空间阻隔的深厚友情,更展示了诗人放眼四海的开阔胸襟。所以最后两句劝友人不要在分手的路口,像小儿女那样哭湿了巾帕,体贴的慰勉中自然透出大丈夫莫效儿女情长的豪气。曹植在与白马王曹彪分手时曾说:"丈夫志四海,万里犹比邻。""忧思成疾疢,无奈儿女仁。"(《赠白马王彪诗》)此诗后半篇虽化用其意,但提炼成精确含蓄的律句,对仗更工整,概括的力度也更大。"海内"一联从此成为千百年来人们赠别的格言,甚至可用于和天下所有朋友的共勉。

　　王勃的时代,律诗尚未成熟,但此诗已是一首基本合格的五律。

离别诗在齐梁到唐初的诗歌中多见，由于抒情内容的单调，借助景物渲染离情别绪几乎已成定式。但此诗全无景物烘托，仅凭高远的立意和新鲜的情感，呈现出秦中蜀道的山川气象以及诗人送别时爽朗的神情，境界宏阔，骨力苍劲。明代诗论家胡应麟赞其"终篇不着景物，而兴象宛然，气骨苍然"（《诗薮》），可谓卓识。

卢照邻

卢照邻（约637—约689），字升之，号幽忧子，范阳（今北京大兴一带）人。"初唐四杰"之一，曾任邓王府典签、新都尉等职。因病辞职隐居，后不堪病痛自沉颍水而死。有《卢升之集》。

长安古意[1]

长安大道连狭斜[2]，青牛白马七香车[3]。玉辇纵横过主第[4]，金鞭络绎向侯家。龙衔宝盖承朝日[5]，凤吐流苏带晚霞[6]。百丈游丝争绕树[7]，一群娇鸟共啼花。啼花戏蝶千门侧，碧树银台万种色[8]。复道交窗作合欢[9]，双阙连甍垂凤翼[10]。梁家画阁天中起[11]，汉帝金茎云外直[12]。楼前相望不相知，陌上相逢讵相识[13]。借问吹箫向紫烟[14]，曾经学舞度芳年。得成比目何辞死[15]，愿作鸳鸯不羡仙。比目鸳鸯真可羡，双去双来君不见。生憎帐额绣孤鸾[16]，好取门帘帖双燕。双燕双飞绕画梁，罗帏翠被郁金香[17]。片片行云着蝉鬓[18]，纤纤初月上鸦黄[19]。鸦黄粉白车中出，含娇含态情非一。妖童宝马铁连钱[20]，娼妇盘龙金屈膝[21]。御史府中乌夜啼，廷尉门前雀欲栖[22]。隐隐朱城临玉道，遥遥翠幰没金堤[23]。挟弹飞鹰杜陵北[24]，探丸借客渭桥西[25]。俱邀侠客芙蓉剑，共宿娼家桃李蹊。娼家日暮紫罗裙，清歌一啭口氛氲。北堂夜夜人如月，南陌朝朝骑似云。南陌北堂连北里[26]，五剧三条控三市[27]。弱柳青槐拂地垂，佳气红尘暗天起。汉代金吾千骑来[28]，翡翠屠苏鹦鹉杯[29]。罗襦宝带为君解，燕歌赵舞为君开。别有豪华称将相，转日回天不相让[30]。意气由来排灌夫[31]，专权判不容萧相[32]。专权意气本豪雄，青虬紫燕坐春风[33]。自言歌舞长千载，自谓骄奢凌五公[34]。节物风光不相待，桑田碧海须臾改。昔时金阶白玉堂，即今唯见青松在。寂寂寥寥扬子居[35]，年年岁岁一床书。独有南山桂花发，飞来飞去袭人裾。

注　释

〔1〕本篇见李云逸《卢照邻集校注》卷二。

〔2〕狭斜：小巷。

〔3〕七香车：用七种香木制成的车。

〔4〕玉辇：皇帝所乘的车。主第：公主家。

〔5〕龙衔宝盖：车盖上伞柄雕成龙形，支撑住伞状车盖。

〔6〕凤吐流苏：车上装饰的凤凰口衔彩色丝缕。

〔7〕游丝：春天虫类吐出的丝，常飘扬在空中。

〔8〕银台：门名。唐时翰林院学士院常在右银台门内，仙人所居处亦可称银台。

〔9〕复道：连接楼阁的架高通道，不止一层。交窗：花格子窗。作合欢：窗棂上图案做成合欢花的形状。合欢即马缨花，又名夜合、合昏。

〔10〕甍（méng）：屋脊。垂凤翼：汉建章宫圆阙上有金凤。

〔11〕梁家：东汉顺帝时外戚梁冀。

〔12〕汉帝金茎：汉武帝在建章宫立起二十丈高的铜柱，上有仙人掌承露盘、玉杯以接仙露。

〔13〕"陌上"句：指豪贵之家的姬妾侍女与外人在楼上相望和陌上相逢，都无法相知相识。

〔14〕吹箫向紫烟：传说春秋时秦穆公女儿弄玉从丈夫萧史学吹箫作凤鸣，后成仙飞去。

〔15〕比目：鱼名，古人认为此鱼仅一目，须两两相并才能游行。比喻形影不离的好友或情侣。

〔16〕帐额：帐檐。孤鸾：孤独的鸾鸟。

〔17〕翠被：翠羽织锦被。郁金香：伽毗国所进献的香草名，用以薰被子。

〔18〕蝉鬓：将两鬓梳得像蝉翼，又像云片。

〔19〕鸦黄：嫩黄色，六朝唐代女子涂在额上，又称额黄。点缀花、月、星等作为装饰。

〔20〕连钱：马身上圆钱斑纹。

〔21〕屈膝：又叫屈戌，用于屏风、门窗等处的金属物件，今名铰链。

〔22〕廷尉：掌管执法的官。

〔23〕 幰（xiǎn）：车帷。

〔24〕 挟弹飞鹰：指打猎。杜陵：汉宣帝陵墓，在长安东南。

〔25〕 探丸借客：指杀吏和助人报仇等任侠行为。《汉书·尹赏传》载，长安少年有专刺杀官吏、为人报仇的组织，行动前设赤、白、黑三种弹丸，摸到赤丸的杀武吏，摸到黑丸的杀文吏，拿到白丸的为死去的同伙办丧事。

〔26〕 北里：长安妓女聚居之处，即平康里。

〔27〕 五剧三条：道路交错称为剧，三面相通之路叫作条。三市：泛指长安市内商业区。

〔28〕 金吾：官名，统率禁军、巡防京师，即"执金吾"。

〔29〕 翡翠：形容酒色。屠苏：酒名。鹦鹉杯：一种海螺加工制成的酒杯，形状近似鹦鹉。

〔30〕 转日回天：形容权势之大可旋转天日，即可操控皇帝。

〔31〕 灌夫：汉武帝时一个好使酒骂座的将军。

〔32〕 萧相：指刘邦的宰相萧何。

〔33〕 青虬、紫燕：都是良马名。

〔34〕 五公：指张汤、杜周、萧望之、冯奉世、史丹五个汉代著名权贵。

〔35〕 扬子：指汉代扬雄（前53—18），他因仕宦不得意，闭门著《太玄》《法言》，罕有人登门。

鉴赏

诗题中的"古意"，在南朝诗题中就已经出现，唐人诗中常见，表示借古诗的一点意思，如效古人咏怀，或效汉魏比兴，或化用汉魏意象等，已形成一种创作传统。这首诗就是借汉代长安的描写，反映唐代长安的盛况。结构可分两大部分。前半部分在白日丽景下展开上层社会生活的图画，着重从三个视角来铺写：首先是长安全城车水马龙的热闹景象：大道小巷纵横交错，宫禁侯府比宅相接，玉辇宝盖川流不息，帝室王公竞争豪奢。其次是从朝廷到权贵之家，宫阙楼阁的富丽豪华，以游丝百尺、啼鸟戏蝶的热闹春光烘托雕梁画栋耸立交错的气势。再次是禁锢在豪门高楼中的姬妾侍女妖娆的情态和华美的妆饰，在描写其罗帐、门帘所装饰的双燕、孤鸾等图案中暗示出她们的孤独寂寞以及对正常爱情生活的渴望。三个视角都渲染得令人眼花缭乱、应接不暇，在大量细节的描绘中展现出帝京宏大的气象。

　　后半部分转为市井的场景。先稍加渲染御史府和廷尉门前乌啼雀栖的冷落景象，自然从白天转换到傍晚。再借夜色中车马纷纷隐没在大道的去向，引出娼家的夜生活。接着描写了形形色色的人物，也可以分三类来看：首先是挟弹飞鹰的荡子、暗算公吏的少年、仗剑行游的侠客，这些人不务正业，或者行走在法律之外，是古代市井社会中最活跃的群体。其次是担任宫中禁卫的执金吾，也在夜幕的遮蔽下聚集在北里娼家，狂歌滥饮，极尽声色之娱。再次是在宫廷与市井之间，另有一批意气骄横的将相官僚，争权夺利，各不相让。这三类人的身份地位虽然各不相同，但诗人借北里夜夜狂欢、南陌红尘飞扬的场景描写把他们连系在一起，揭示出这些人沉迷歌舞美

酒、不知乐极生悲的精神状态。

诗人把长安的盛况和各类人物骄奢淫逸的生活渲染到极致，最后四句却以穷愁著书的扬雄唯有南山桂花相伴的清冷场景作为对照，归结出繁华须臾、好景不常的主旨。这种人事沧桑之感，反映了在大唐帝国历时尚短的繁荣形势下，初唐文人对兴亡盛衰的思索和警觉。卢照邻久困长安市井，晚年又身患重病，冷眼旁观帝京的热闹景象，在寂寞不平之中，更容易看透世间万事盈虚有数的本质。所以结尾冷然荡出一笔，点出一时的富贵豪奢，终不如寒士名节的久远。这一规律，既是左思、陶渊明诗中常见的主题，又在六朝频繁的政权更迭中屡经证实，诗人以"长安古意"为题，正出于以古为鉴的深意。

这首诗以白昼到黑夜为时间顺序，以宫廷到市井为空间次序，通过各种细节的铺陈，生动具体地展现出长安生活的各个侧面，以及形形色色的人物形象，而总汇成一幅壮观的长安社会风情的长卷。在结构上则以繁华和寂寞造成篇幅悬殊的对比，将梁、陈以抒写艳情为长的宫体诗和魏晋诗人阮籍、左思善用对比的咏怀咏史诗相结合，使宫体诗具有寄托讽谕的意义，这是作者在继承汉魏六朝诗歌传统上的创变。全诗采用了多种修辞手法，如叠字、顶针格、复沓层递句式等，加强了音韵铿锵的节奏感，所以辞藻虽然艳丽却不失清新疏宕，读来声调圆转流畅，"抑扬起伏，悉谐宫商"，气势充沛，力量雄厚。可称初唐七言长篇之极品。

骆宾王

骆宾王(生卒年不详),婺州义乌(今浙江义乌)人。"初唐四杰"之一。曾任道王府属,后任武功、长安主簿,升侍御史,不久获罪下狱,贬临海丞。徐敬业起兵反武后,骆宾王为其府属,兵败后不知所终。有《骆临海集》。

在狱咏蝉[1]

西陆蝉声唱[2],南冠客思侵[3]。那堪玄鬓影[4],来对白头吟。露重飞难进[5],风多响易沉。无人信高洁[6],谁为表予心?

注 释

[1] 本篇见《全唐诗》卷七十八,诗前有序说明题意:"余禁所禁垣西","有古槐数株焉","每至夕照低阴,秋蝉疏引,发声幽息",因"闻蟪蛄之流声,悟平反之已奏。见螳螂之抱影,怯危机之未安。感而缀诗,贻诸知己。庶情沿物应,哀弱羽之飘零;道寄人知,悯余声之寂寞。非谓文墨、取代幽忧云尔"。

[2] 西陆:指秋天。古人想象太阳按黄道向东走,365日绕天一周,日

行东陆为春，行南陆为夏，行西陆为秋，行北陆为冬。

〔3〕南冠：春秋时楚人钟仪被晋军俘虏，戴着"南冠"。后人遂以"南冠"指囚徒。

〔4〕玄鬓影：指蝉翼如黑色的云鬓。

〔5〕露重：露水重则蝉翅湿。

〔6〕高洁：蝉栖息于树间、餐风饮露，所以说高洁。

鉴赏

骆宾王因为上书议论政事，触怒武则天，被诬陷受贿下狱，事在唐高宗调露元年（679）冬到永隆元年（680）秋。这是他在狱中所作的一首咏蝉诗。

古人认为蝉"饮露而不食"，所以蝉是清高的象征。诗人咏蝉，正是借以表明自己的清白。开头写蝉声告知秋气的来临，引起囚徒与世隔绝的悲哀。三、四句分别与一、二句对应，蝉翼黑色，向来比喻乌黑的鬓发，而骆宾王提及自己系狱的诸篇诗赋都说此时已经白头。所以听到外面的玄鬓影对着狱中的白头来吟唱，两相对比，更令人不堪，言外自然流露出岁月蹉跎、老迈沦落的忧思。"白头吟"三字与汉乐府《白头吟》题面相同，可能只是偶合，但相传卓文君因司马相如将聘茂陵人为妾，卓文君作《白头吟》以示决绝之意。古诗中存在以男女关系比喻君臣关系的传统，诗人或者无意如此联系，但字面上很容易让人联想到臣为君弃的含意。

蝉因露水太重，翅膀沾湿难飞，仿佛诗人自己因遭谗太深而难以辨明冤屈；蝉的鸣声因风大而被淹没，又像是种种诽谤阻断了诗人向朝廷表明心迹的言路。如果说前半首还是蝉与人分两层对应，那么五、六句妙在只是写蝉，而喻人之意自明。所以结尾自然又将蝉与人相绾合：无人相信蝉的高洁，又有谁能表明自己的清白呢？

　　咏物诗贵在贴切而有寄托。齐梁以来，咏物诗流行，成为五言诗题材的大宗，但多数极貌写物，惟求形似。此诗借蝉兴感，又借蝉寓意，句句扣住蝉的特点，以蝉之"清畏人知"自喻品性，以蝉餐风饮露的生活环境比喻险恶的政治环境，明切含蓄，深沉凝练。这就以汉魏诗的比兴寄托充实了齐梁浮浅的咏物诗。

张若虚

张若虚(生卒年不详),扬州(今属江苏)人。曾任兖州兵曹。唐中宗神龙初年与贺知章、张旭、包融号称"吴中四士"。《全唐诗》录存其诗二首。

春江花月夜[1]

春江潮水连海平,海上明月共潮生。滟滟随波千万里[2],何处春江无月明。江流宛转绕芳甸[3],月照花林皆似霰[4]。空里流霜不觉飞[5],汀上白沙看不见[6]。江天一色无纤尘,皎皎空中孤月轮。江畔何人初见月,江月何年初照人。人生代代无穷已,江月年年只相似。不知江月待何人,但见长江送流水。白云一片去悠悠,青枫浦上不胜愁[7]。谁家今夜扁舟子[8],何处相思明月楼[9]。可怜楼上月徘徊,应照离人妆镜台。玉户帘中卷不去,捣衣砧上拂还来[10]。此时相望不相闻[11],愿逐月华流照君[12]。鸿雁长飞光不度[13],鱼龙潜跃水成文[14]。昨夜闲潭梦落花[15],可怜春半不还家。江水流春去欲尽,江潭落月复西斜。斜月沉沉藏海雾,碣石潇湘无限路[16]。

不知乘月几人归，落月摇情满江树。

注 释

〔1〕春江花月夜：乐府《清商曲·吴声歌》旧题。本篇见郭茂倩《乐府诗集》卷四十七"清商曲辞四"。

〔2〕滟（yàn）滟：形容水光。

〔3〕芳甸：花草遍地的郊野。

〔4〕霰（xiàn）：小雪珠。

〔5〕"空里"句：月色如霜，所以霜飞无从觉察。

〔6〕"汀上"句：沙洲上的白沙和月色融合在一起，看不分明。

〔7〕青枫：暗用《楚辞·招魂》："湛湛江水兮上有枫，目极千里兮伤春心。"浦：水口。《九歌·河伯》："送美人兮南浦。"这句隐含离别之意。

〔8〕"谁家"句：今夜谁家有泛舟在外的游子？扁（piān）舟，小舟。

〔9〕明月楼：思妇的闺楼。曹植《七哀诗》："明月照高楼，流光正徘徊。上有愁思妇，悲叹有馀哀。"

〔10〕"玉户"二句：谓月光照进思妇的门帘，照在她的捣衣砧上，卷不走也拂不掉。古代妇女秋天要在砧上捣衣，做寒衣寄给远方的亲人。

〔11〕相望不相闻：指游子思妇同望明月，却无法传递音信。

〔12〕逐：追随。月华：月光。

〔13〕"鸿雁"句：鸿雁不停地飞翔，而不能飞出无边的月光。相传大雁能够传递书信。

〔14〕"鱼龙"句：月照江面，鱼龙在水中跳跃，激起阵阵波纹。汉乐府诗

中有鱼腹藏书的说法。

〔15〕"昨夜"句：写思妇夜里梦见花落闲潭、有美人迟暮之感。

〔16〕碣石：山名，在渤海边上。潇湘：潇水和湘水，在湖南零陵县合流后称潇湘。碣石潇湘泛指天南地北。

鉴赏

《春江花月夜》原是陈后主创作的乐府题，属于清商曲辞。在张若虚之前的五首同题之作，均为四句或六句五言。张若虚首次以七言歌行的形式写作此题，不但是体制的创新，而且在艺术上也被誉为"前无古人，后无来者"的绝唱。

全诗以春江夜月为吟咏主题。一开篇便呈现出江潮连海、月共潮生的宏伟气势，明月照江，天水相映，水光潋滟，随波万里。顺着江水的流向，自然进入江边花草丰茂的郊野，点染出月色迷茫、浸染春江花林的奇妙效果。花似雪霰，月色如霜，汀洲沙白，浑然一色，形成纤尘不染、清明澄澈的纯净世界。这如梦似幻的美景，不由得引起诗人对于悠远时空的追问："江畔何人初见月，江月何年初照人。"江月年年照人又不知等待何人，而时间却如长江水不断流去，眼前的春江夜月昭示的正是宇宙悠久、人生短暂的永恒矛盾，也是自汉代以来无数诗人的感叹。这里通过江月与人的关系再次展现了这对矛盾，并升华到探索生命起源和宇宙奥秘的高度，提出了"人生代代无穷已，江月年年只相似"的新颖见解，指出个人的生命虽然短暂，而人类代代相延的历史却与宇宙同在，这种开朗的感情正是初盛唐时代精神的体现。

  在男女相思之情、游子飘零之感的抒写中寄寓人生聚短离长的感触，也是汉魏以来七言歌行的创作传统，此诗后半首延续了这一主题，但巧妙地通过"白云一片"自然兜转：以浮云比游子是汉魏诗歌的典型意象。青枫浦则是离人送别之处，因此后半首的内容在写景中过渡，了无痕迹。同时前半首中江月永恒与生命短暂的对比，又在月照离人的描写中得以细化：人生本来苦短，何况最好的青春总在离别中度过？"谁家今夜扁舟子，何处相思明月楼"的感叹与前半首"何处春江无月明"相呼应，道出了前后意脉的内在联系。但后半首抒情仍然处处从咏月着眼，所有的景色描写无不与相思之情相关联：楼上孤月徘徊不定，似乎是伴随着思妇在中夜彷徨，玉户帘中、捣衣砧上月色拂卷不去，仿佛是思妇难以驱遣的惆怅。飞不出无边月色的鸿雁不能带来游子的书信，水中潜跃的鱼龙也没有捎来家书，反而徒然搅起一江水纹。梦中的闲潭落花，透露了春将逝去的消息，春已过半，游子尚不能回家，这就不能不令人忧虑青春将随着江水无情地流去。在碣石和潇湘之间的遥远距离中，又有多少人能乘着这月色归来呢？唯有满江树影在落月中摇曳，牵动着离人的情思！结尾的残月满江与开篇的月出海上相呼应，犹如小提琴上奏出的《月光曲》的尾声，留下了不尽的回味和惆怅。

  全诗以咏月为主调，意象丰富多彩。江水、芳甸、花林、沙汀、白云、青枫、扁舟、妆楼、镜台、杵砧、鸿雁、鱼龙等全都笼罩在月色之中，色调淡雅，意境空灵。再加上其结构如同九首七言绝句

蝉联而成，前后相生，络绎回环，读来韵律悠扬回旋，婉转动听，更增加了摇漾无穷的情味。所以闻一多热情地赞美它"是诗中的诗，顶峰上的顶峰"（《宫体诗的自赎》）。

宋之问

宋之问(约656—712),字延清,一名少连,虢州弘农(今河南灵宝)人。武后时曾任习艺馆学士、洛州参军、司礼主簿、尚方监丞。中宗神龙元年(705)因依附武后宠臣张易之兄弟贬为泷州(今广东罗定)参军。景龙二年(708)任修文馆直学士,迁考功员外郎,同年被贬越州长史。睿宗景云元年(710),流放钦州(今属广西)。玄宗先天元年(712),赐死桂州(今广西桂林)。有《宋之问集》十卷。

题大庾岭北驿[1]

阳月南飞雁[2],传闻至此回。我行殊未已[3],何日复归来。江静潮初落,林昏瘴不开[4]。明朝望乡处,应见陇头梅[5]。

注 释

〔1〕大庾岭:自江西大余县入广东南雄市,五岭之一。北驿:岭北的驿站。本篇见陶敏、易淑琼《宋之问集校注》卷二。

〔2〕阳月:农历十月。《尔雅·释天》:"十月为阳。"

〔3〕殊未已：还远远没有结束。

〔4〕瘴：瘴气，热带或亚热带山林中的湿热空气，古人认为可使人染上瘴疠（恶性疟疾之类传染病）。

〔5〕陇头：《国秀集》作"岭头"，指岭上高处。

鉴赏

此诗当作于宋之问神龙元年（705）流放泷（shuāng）州（今广东罗定）途中。大庾岭是五岭之一，处于江西、广东的交界处，相当于内地和岭南的分界，诗人题诗在岭北的驿馆，则尚未过岭，一旦翻过此山，便是岭南地界了。全诗的构思就着眼于这一点。

开头先写人们的传说：农历十月，是大雁南飞的季节。传说大雁南飞，也只是到此为止，天气转暖后便会飞回北方。而自己南下的路程还十分遥远，什么时候才能归来呢？以大雁所到的最远边界与逐臣未尽的行程相比，已写尽贬谪的荒远。然后回过头来看眼前的景色：江水平静，潮头初落；深林昏暗，瘴气不散。境界虽然开阔高远，却在僻静中透着荒凉，隐藏着不可预知的危险。岭北的环境已然如此，那么岭南的险恶又将如何呢？这是诗人着力描写北驿所见景色中的言外之意。可是，当诗人想到明天过岭以后再回头望乡时，却估计能看到岭头的梅花。这一想象消解了眼前景色的荒僻感，反而觉得连今日视为天涯的岭头，在明日望乡之人眼里也会变得亲切。心理的暗中转换说明过岭后再也望不到故乡，但今日走过的北驿，至少还在回乡的路上，所以望见岭头梅也差可安慰。而岭头梅开,又预示着春回大地,应是大雁飞回北方的时候了,这就更深一层地抒发了人不如雁的悲哀和无奈。

这首诗构思虽然巧妙,耐人寻味,但全从眼前景中推想,一气回旋,不见转折痕迹,颇能见出宋之问五律自然现成的特色。

渡 汉 江[1]

岭外音书断,经冬复历春。近乡情更怯,不敢问来人。

注 释

〔1〕汉江:即汉水。《文苑英华》卷一六三录此诗题无"渡"字。卷二九〇作《望乡绝句》。本篇见《宋之问集校注》卷二。

鉴赏

宋之问于神龙元年(705)被流放泷州后,第二年(706)遇赦北归,途经汉江。对于被远贬岭南的唐人而言,渡过汉江,便进入中原,离家乡也就近了。因而这首诗写的正是将要望见故乡的复杂心情。

五言绝句是篇制最短小的诗歌体裁。其基本表现特点是构思凝聚于一点,力求句短而味长,体小而量大。这首诗便将情绪聚焦于一个"怯"字,概括了作者渐近家乡时惊惧和忧喜交织的矛盾心理。

首二句作为铺垫,说明"怯"的原因:被放岭外,音讯久断,而且经历了一冬一春。在这样长时期的隔绝状态中,家人如何,朝中如何,都不得而知。虽然被赦,回乡以后的境况如何,也无从猜测。但越是惦记,越不敢知道真相,因为生怕真相会令自己无法承受。所以越是临近故乡,遇到来人打听家中消息的机会越多,反而越发胆怯。然而不敢探问,正是因为太想探问,内心的种种纠结,都由一个"怯"字体现出来,可谓情貌毕现。

前人写望乡,都重在抒发急欲了解家人近况的迫切心情。此诗却重在写"不敢问来人"之"怯",看似反笔,其实更见真情。后来杜甫在《述怀》中写自己与家人音讯不通的焦虑:"自寄一封书,今已十月后。反畏消息来,寸心亦何有。"正与宋之问此诗同理。可见这首小诗虽然表达的是宋之问遇赦归来的特殊心境,但也道出了许多人在久别回乡之时都有的类似心理。

杜审言

杜审言（约646—708），字必简，京兆（今陕西西安）人。是杜甫的祖父。高宗时进士，曾任洛阳丞，后贬官。武则天时先后任著作郎、膳部员外郎。中宗时流放峰州，不久回朝任修文馆直学士，病卒。

和晋陵陆丞早春游望[1]

独有宦游人，偏惊物候新[2]。云霞出海曙，梅柳渡江春[3]。淑气催黄鸟[4]，晴光转绿蘋[5]。忽闻歌古调[6]，归思欲沾巾。

注释

[1] 晋陵在今江苏武进。游望：游览远眺。晋陵陆姓县丞先有《早春游望》诗赠作者，此为作者和诗。本篇见《文苑英华》卷二四一，题作《和晋陵陆丞早春有怀》。《全唐诗》卷六二，题下有"一作韦应物诗"。

[2] 物候：气候节物。

[3] "梅柳"句：江南春早，先见梅开柳绿，江北春晚，似乎是梅柳将春天渡过江来。

〔4〕淑气:温暖美好的春气。黄鸟:黄莺。

〔5〕"晴光"句:江淹《咏美人春游》:"东风转绿蘋。"

〔6〕古调:赞陆丞之诗格调近古。

鉴 赏

  此诗描写大江两岸早春景色,以及由春色触动的归思。开头感叹节物气候变化,在两句中分别用"独"和"偏"字,强调独有宦游之人,对于新春物候的变化特别惊心,便突出了早春来临时万象更新的景观对内心的触动。而以下对大江景色的描写也处处在这"新"字上落笔。

  "云霞出海曙,梅柳渡江春"是杜审言的名句。前一句写云霞出海的壮观景象,预示一天之新。后一句写江北继江南之后到处透出春意,好像春天随着梅柳渡过了大江,标示着一年之新。这两句不仅视野开阔,景色壮美,而且立意造句也颇有新创。早在北朝,王褒就有过"平湖开曙日,细柳发新春"(《别陆子云诗》)这样的佳句。可说是初次以阔大的境界表现黎明和早春所给人的新鲜开朗的感受。杜审言这两句诗显然受到王褒的启发,但能成为名句,除了气象之宏丽和对仗的精工以外,还与其对"物候新"的自觉提炼颇见新意相关。尤其是"梅柳渡江春"的构思,虽然梁代诗人吴均有"春从何处来,拂水复惊梅"(《春咏》),初盛唐诗人张说也有"忽惊石榴树,远出渡江来"(《戏题草树》),都是以拟人的笔法写春色渡江的动态。但吴均、张说的诗句意思比较直白,而杜审言"梅柳渡江春"的构句更加凝练，已经不是单纯地描写物态和比喻。甚至句子结构都不符合常规的语法逻辑：春是梅柳渡江的原因还是结果呢？是春渡梅柳，还是梅柳渡春？意义的含浑反而使人浮想联翩。这就为五言律诗提供了一种更新的构句造境的方式。

如果说第二联是从江海日出和南北春色的宏观气象来写节物之新，那么第三联则是从黄鸟和绿蘋等微观景物来写气候之新。一个"催"字，好像黄鸟的娇啭是被"淑气"催发的；同样，下句借用江淹的"东风转绿蘋"的"转"字与"催"字对仗，更进一步强调了蘋草也是因为春光而转绿的。诗人将"东风"改成"晴光"，虽是两字之改，但与"淑气"相对仗，令人如见晴光浮动、暖风轻漾，更能渲染春天风和日丽、温暖宜人的气息。所以这两句扣住人对春天的感觉，突出了气候促使万物更新的主动作用。

结尾回应陆丞，赞其诗为"古调"，是因为唐人传统的诗学观以古为上，格调近于唐以前古诗的诗歌都可以赞为"古调"，这是一种唱和的礼貌。事实上杜审言这首诗是标准的近体，并没有按照所谓的"古调"来写。而面对如此美好的春色引起归思，倒是自古以来诗歌中常见的表现。杜审言是对初唐五律做过重要贡献的作家，这首诗不仅格律严谨，对仗精工，而且气象宏阔，构思巧妙，堪称代表初唐五律成就的杰作。

陈子昂

陈子昂（661—702），字伯玉，梓州射洪（今四川射洪）人。出身富豪之家。二十四岁中进士。任麟台正字、右拾遗。后辞官回乡，被县令段简敲诈入狱，死于狱中。有《陈伯玉集》。

感遇（其二）[1]

兰若生春夏[2]，芊蔚何青青[3]。幽独空林色[4]，朱蕤冒紫茎[5]。迟迟白日晚[6]，袅袅秋风生[7]。岁华尽摇落[8]，芳意竟何成[9]。

注释

[1] 感遇：陈子昂《感遇》共三十八首。本篇见彭庆生《陈子昂集校注》卷一。

[2] 兰若：兰花和杜若。均为香草名。

[3] 芊（qiān）蔚：草木茂盛的样子。

[4] 幽独：指兰若孤独地处于幽深林中的姿态。屈原《九章·悲回风》："兰芷幽而独芳。"空林色：使林中的花草树木都为之失色。

[5] 朱蕤：红花盛开。蕤（ruí）：鲜花盛开的样子。

〔6〕迟迟：慢慢地。

〔7〕袅袅：屈原《九歌·湘夫人》："袅袅兮秋风，洞庭波兮木叶下。"

〔8〕岁华：一年一度的繁华。摇落：飘摇零落。

〔9〕芳意：兰若的芳香。竟何成：究竟如何保持。

鉴赏

陈子昂提倡"汉魏风骨""建安作者"和"风雅兴寄"，批判"齐梁间诗，彩丽竞繁，而兴寄都绝"（《修竹篇序》），在诗歌理论和创作上都表现出大胆的革新精神。他效仿魏晋诗人阮籍《咏怀》作《感遇》三十八首，推究历史兴废的道理、国家祸乱的原因，探索天人关系和万物变化的规律，抒写感时报国的壮志以及岁华摇落的悲慨；在表现上也主要学习阮籍运用的比兴手法，彻底汰除齐梁的浮艳词彩，恢复了汉魏古诗浑穆的气象。这首《感遇》其二是这组诗的代表作之一。

开头即以赞美的语调描写生长在春夏之交的兰花和杜若，草叶茂盛而色泽青翠，盛开时红色的花朵从紫茎上冒出，虽然地处幽独，其芳姿却使林间春色为之一空。"空"字作为动词使用，使画面上的一切背景尽皆隐去，只看到兰若之花辉耀其间，分外醒目。前半首如此突出朱蕤的大特写，只是为后半首造势：这样幽洁的姿质和美好的青春，却在空度时日，慢慢地等待着在秋风中飘零摇落。最后慨叹兰若的芳香究竟如何保持，便悄然结束。没有点明寓意所在，却留下不尽之意启人深思。

以兰若这类芳草比喻君子高洁的品格，是楚辞的传统。此诗没有停留在一般的比拟上，而是为兰若独处幽林不为人知，只能空自凋零深感惋惜，由此不难看出其中所寄托的是诗人自己孤高的情怀和时不我待的感慨。"岁华尽摇落"兼指人生的少壮年华空自消磨殆尽，"芳意竟何成"的叹息也正是双关自己的理想和抱负不能实现。此诗含蓄深厚，成功地继承了楚辞和汉魏古诗的兴寄传统。

张九龄

张九龄(678—740),字子寿,韶州曲江(今广东韶关)人。唐中宗景龙初进士,历任中书舍人、集贤院学士等。玄宗开元二十二年(734)官至中书令,次年封始兴公,后贬荆州长史。有《张曲江集》。

感 遇(其七)[1]

江南有丹橘,经冬犹绿林。岂伊地气暖[2],自有岁寒心。可以荐嘉客[3],奈何阻重深[4]。运命唯所遇,循环不可寻。徒言树桃李[5],此木岂无阴?

注释

〔1〕感遇:张九龄《感遇》共十二首。本篇见熊飞《张九龄集校注》卷二。

〔2〕伊:此指江南。

〔3〕嘉客:美好的客人。

〔4〕阻重深:山高水深,阻碍重重。

〔5〕"徒言"句:《韩诗外传》:"大春树桃李,夏得阴其下,秋得食其实。"

鉴 赏

张九龄不但是盛唐著名的贤相，而且是公认的文宗哲匠。他继承陈子昂重幽素、黜雕华的主张，作《感遇》十二首，以贤士闻达之难、世路不平之叹为中心，抒写对功名理想、志士高节的追求。在艺术表现上也同样以比兴为主，风格清雅委婉，为盛唐诗人作出了发扬风雅兴寄传统的榜样。

《感遇》其七是一首咏橘诗，虽然取屈原《橘颂》的诗意，但又自有立意。《橘颂》歌颂橘树生于南国、独立不迁的品格，以及矢志专一、不随流俗的美德。张九龄这首诗则是感慨丹橘既有岁寒之节，又有果实和树荫可用，只因阻隔深重而不能进荐，借以比喻自己品性坚贞、才堪任用而被排挤在朝廷之外的命运。前四句强调丹橘生长在江南，橘林经过冬天依然保持着绿意，并非因为南方地气温暖，而是出于它耐寒的本性。岁寒而知松柏之后凋，是前人用熟的典故。屈原虽有《橘颂》，提到"绿叶素荣，纷其可喜兮"，也没有从其性耐寒这一点着想。因此诗人由丹橘经冬犹绿的现象发现其"岁寒心"，便使此诗有了全新的立意。接着四句又说丹橘不仅耐寒，而且其果实可以推荐给嘉客，无奈路途遥远，山高水深，障碍重重，徒唤"奈何"的感叹中，自然透露出丹橘之美因生长僻远之地而无人得知的遗憾。所以诗人不由得想到世间万物之命运，只能取决于时遇，祸福的循环难以寻究根源，这就令人自然从丹橘的不遇，联想到作者本人的命运。结尾两句再次为丹橘抱不平：人们只说桃李值得种植，难道丹橘就没有树荫吗？《韩诗外传》说："大春树桃李，夏得阴其下，秋得食其实。"这里暗用此意，以反问句将丹橘和桃李相比，说得理直气壮，那么丹橘无论果实之美还是树荫之盛都不下于桃李的意思也就自在言外了。

张九龄生长的岭南，在唐代被视为蛮荒之地。当时朝廷选士，很少考虑南方边远地区的人才，因此他仕途上的障碍也就更多。这首诗取丹橘为喻，但没有像《橘颂》那样刻画其花叶枝干及果实形色，而是从咏叹其品质和命运着眼，虽然没有明确点出其寄托所在，却与诗人自己的处境十分贴合，寓意一目了然。从咏物来说，也达到了脱略形似而惟取其神的更高层次。

王 湾

王湾(生卒年不详),洛阳(今属河南)人。玄宗先天年时进士。开元初任荥阳主簿,曾参与朝廷校理群籍,最后官职是洛阳尉。在盛唐有诗名。

次北固山下作[1]

客路青山外[2],行舟绿水前。潮平两岸阔[3],风正一帆悬[4]。海日生残夜[5],江春入旧年[6]。乡书何处达?归雁洛阳边[7]。

注释

[1] 本篇见芮挺章《国秀集》卷下。次:住宿,这里指泊船。北固山:在今江苏镇江市北,面对长江,三面临水。殷璠《河岳英灵集》卷下选此诗,题作《江南意》。

[2] 客路:旅途。《河岳英灵集》开头两句作"南国多新意,东行伺早天"。

[3] "潮平"句:潮水涨满,与两岸相平,更显得水面宽阔。

[4] 风正:风向与船行的方向一致,不偏不斜。一帆:又作"数帆"。

[5] 残夜:夜将尽未尽之时。

〔6〕"江春"句：古代用农历，新年从正月初一开始，立春才算是进入春天。但也有立春在正月初一之前的情形，也就是说新年未至，就已经立春了。

〔7〕"乡书"二句：《汉书·苏武传》："天子射上林中，得雁，足有系帛书，言武等在某泽中。"因而古人多以雁指书信。《河岳英灵集》末二句作"从来观气象，惟向此中偏"。

鉴赏

本篇写早春大江行舟所见晨景及旅途乡思。以对句发端，青山、绿水分指北固山和长江，既点明远在青山之外的旅程，暗中带过诗题，谓前夜泊船北固山的意思，又可概括一路山青水绿的江南风光。"潮平"一联着意提炼出两岸潮平和一帆高悬的垂直关系，使江天的空阔之感无限拓展；"平"与"正"对仗，更突显了行舟高挂风帆，行进在浩荡大江之上的正大气派。

长江下游近海，水天相连亦似海，所以称"海日"。海日初升，是黎明出发时所见之景，而"江春入旧年"则是节气巧合。旧年未过已经立春，仿佛是江上新春闯入了旧年。这一妙思不但以早春日出的壮丽景观，为大江行舟增添了光明灿烂、朝气蓬勃的背景，还蕴含着丰富的哲理：海日自暗夜升起，新春在旧年萌生，给人以光明生于黑暗、新事物从旧事物中诞生的无限启示。结尾写诗人的乡思，欲借归雁传书，与开头呼应，补充说明了自己正在洛阳到江南的旅途中。

这首五律虽作于盛唐初期，但已经展示出盛唐气象开朗乐观、富于展望的典型特征。在王湾的时代，像这样气象宏阔、具有深广概括力的佳作还很少见。当时宰相张说曾将此诗"海日"一联题于政事堂，令能写诗文者都以此为楷模，因为这首诗正体现了他认为盛唐诗歌应当"天然壮美"的理想风貌。写景中自然包蕴哲理的特色，更超出了一般五律山水诗仅停留于刻画景物或即景抒情的水平，为近体山水诗指出了艺术升华的途径。

贺知章

贺知章（659—744），字季真，会稽（今浙江绍兴）人。武后证圣年（695）进士，官至太子宾客，秘书监。自号"四明狂客"。玄宗天宝初还乡。《全唐诗》录存其诗一卷。

回乡偶书（其一）[1]

少小离乡老大回，乡音无改鬓毛衰[2]。儿童相见不相识，笑问客从何处来。

注释

[1] 贺知章于天宝初请求为道士，辞官还乡，年逾八十，诗或写于此时。也有学者认为应该是中年返乡时作。本篇见高棅《唐诗品汇》卷四十六。

[2] 鬓毛衰：鬓发因衰老变白。

鉴赏

离乡和思乡是中国古代诗歌的永恒主题。汉魏以来，无数诗人抒发过他们对故乡的思念，但是久客回乡后的心情如何，却很少有

人描写。除了汉古诗《十五从军征》、宋之问《渡汉江》等极少数诗篇写到故园荒芜的景象和近乡情怯的心绪以外，几乎没有出现过像贺知章这样能将一时偶感提炼成普世人情的诗篇。

全诗只是朴实地说明回乡的情景：少年离乡，老大回乡，已到鬓发衰白之时，一生在外消磨，只有乡音未改。这是诗人自己的经历，也是所有经历类似的久客归乡者共同的特点。见到家乡儿童，自然会勾起自己少小离乡的回忆，带出几十年光阴已经转瞬消逝的感慨，因此儿童笑问客从何处来的天真无心，最能触动回乡者的心境。后两句从回乡的众多见闻中截取这个偶遇的生活片段，亲切有趣，又正与开头呼应，可谓兴会神到，妙手偶得。

回乡所见所感固然各有不同，但离乡太久以致儿童不识，应是多数人都遇到过的最平常的场景。而"从何处来"的探问，或许还能触发不少归乡者对自己的人生从何处来、向何处去的自省。虽然这未必是诗人"偶书"的本意，但诗里人生易老的深刻感触确实概括了多少人老来还乡的共同体会。

咏　柳[1]

　　碧玉妆成一树高，万条垂下绿丝绦[2]。不知细叶谁裁出，二月春风似剪刀。

注 释

〔1〕本篇见《全唐诗》卷一一二。

〔2〕丝绦（tāo）：丝带。

鉴 赏

  柳树在初春时最早萌芽，从嫩黄到翠绿再转为深绿，色泽有好几个阶段的变化。此诗所咏正是新叶刚刚长齐，满树碧绿生翠的阶段。所以开头就以碧玉形容此树通体绿得青嫩而又透明的感觉。同时，刘宋时汝南王有妾名叫"碧玉"，"碧玉妆成"在字面上又令人联想到凝妆而立、婀娜多姿的美女，虽然没有直接与美人相比拟，但不难联想到柳树随风飘拂的袅娜姿态。柳条如同万条绿色的丝带下垂，足见其枝叶茂盛，且新叶生长得像是被人剪裁出来一般整齐，这就自然让人提出"不知谁裁出"的疑问，想要问问剪裁的巧匠是"谁"。于是直接导出末句的回答：原来裁剪细叶的是二月的春风。

  设想春风裁剪柳叶，固然构思十分新巧，却也有渊源可寻。初唐宫廷立春有在树上粘剪彩花的风俗，当时大臣应制诗中多见。其中宋之问的"今年春色早，应为剪刀催"（《奉和立春日侍宴内出剪彩花应制》），在众多形容剪彩花的诗句中可算是最新颖的，但还是比较拘实。因为剪彩花本来就是彩绸剪出的假花假叶，粘在树上造成春天早到的假象，春天确实可以说是被剪刀催出来的。贺知章应是受此构思的启发，倒过来将真正的柳叶说成是被剪刀裁出的绿叶，既与"绿丝绦"的比喻相呼应，又更显出柳叶的齐整新鲜实为天工

之巧制。

此诗咏物虽无寄托,却体物入妙。构思工巧,但并无刻意雕琢之迹,尤其末句能从他人句中翻出新意,而又宛如己出,因而能成为传诵千古的佳句。

孟浩然

孟浩然（689—740），一说名浩，字浩然，号孟山人，襄阳（今属湖北）人。早年在家乡隐居读书，四十岁以后入长安求仕，失意而归，漫游过长江南北各地。晚年在张九龄任荆州长史时，担任过不到一年的幕府从事。不久在家乡病故，享年五十二岁。是盛唐著名的山水田园诗人。有《孟浩然集》。

晚泊浔阳望庐山[1]

挂席几千里[2]，名山都未逢。泊舟浔阳郭，始见香炉峰[3]。尝读远公传[4]，永怀尘外踪。东林精舍近[5]，日暮但闻钟。

注释

〔1〕庐山：在今江西九江市。本篇见佟培基《孟浩然诗集笺注》卷上。

〔2〕挂席：扬帆。

〔3〕香炉峰：庐山北峰，形如香炉。

〔4〕远公：东晋高僧慧远，在庐山东林寺修行，创立佛教的净土宗。并设立白莲社，后世奉为莲宗初祖。

〔5〕东林精舍：东林寺。

鉴赏

  孟浩然在四十岁以后离开家乡襄阳赴京求取功名，失意后曾从洛阳南下游览吴越山水，沿途写下许多脍炙人口的山水诗。

  这首诗写傍晚在浔阳城下泊舟，眺望庐山的情景。诗题虽然是"望庐山"，却没有直接描写庐山的景色。开头四句从几千里以外写起：一路挂起风帆，沿途都没有遇见名山，直到泊舟在浔阳的外城下，才看见了香炉峰。如此夸张，正是为了突出庐山的著名。然而后半首还是没有正面描写庐山，反而追溯到更远的回忆之中，说自己以前就读过庐山高僧慧远的传记，一直很向往他高蹈出尘的踪迹，这就又带出了庐山的名胜和有关历史传说。

  慧远曾在庐山东林寺修行，所以结尾说，望见庐山，就想到东林寺近在眼前，果然在落日暮色之中，远远传来了寺里的钟声。全诗直到结束，也没有描写庐山景色，连东林寺也只是闻钟而已。由此看来，诗人从一开始，其立意就在扣住诗题中的"望"字，渲染诗人对庐山的神往：先是以千里不见名山突出庐山之大名，然后通过对慧远的追怀，写出庐山的深幽清静和远离世俗，最后从远处传来的暮钟更是令人悠然神远。所以对庐山虽未正面着墨，而庐山之神韵全出。

  前人赞此诗"清空一气"，"所谓羚羊挂角，无迹可求"（施补华《岘佣说诗》），羚羊挂角于树枝间，角和树枝便浑然一体，难以分辨。

正可借喻孟浩然诗浑成自然、不见刻画之痕迹,却能风神超绝的特色。从这首诗可以看出,诗人创造空灵意境的方法之一是:避免对山水光色动态特征的正面描写,而是通过想象、烘托传达出描写对象的神韵,引起读者更多的联想。当然这种空中传神的表现难度更大,这也正是孟浩然山水诗能够在盛唐诗中独标高格的原因。

夜归鹿门歌[1]

山寺钟鸣昼已昏,渔梁渡头争渡喧[2]。人随沙路向江村,余亦乘舟归鹿门。鹿门月照开烟树,忽到庞公栖隐处[3]。岩扉松径长寂寥,惟有幽人夜来去。

注释

〔1〕鹿门:鹿门山,在今湖北襄阳市东南。本篇见《孟浩然诗集笺注》卷上,诗题一作《夜归鹿门寺》。

〔2〕渔梁:渔梁洲,在襄阳城东沔水中。

〔3〕庞公:东汉隐士,襄阳人,居岘山之南,在鹿门山采药,平生不入城市。

鉴赏

孟浩然早年长期在家乡襄阳居住,鹿门山离其本宅不远。诗人不止一次地去鹿门山探寻东汉隐士庞德公的遗迹,有时住在山

中。这首七言古诗就是写他在傍晚时渡过沔水,回到鹿门山的悠闲意兴。

前半首从钟声和人声入手,勾勒出一幅生活气息浓郁的江村晚归图:山寺传来暮钟,天色已到黄昏,渔梁渡头响起了争渡之人的喧哗声。黄昏是江村最热闹的时候,而渡口又是人群最集中的地方。诗人就选择了这一天之中最喧闹的时间和地点,开始他的夜归之旅。人们沿着沙岸各自走向江村,诗人自己则坐着船回归鹿门山。这两句从"人"与"余"的不同去向分出了村人和诗人的向背,也就点明了他要去的鹿门是离人境很远的地方。孟浩然本来居住在襄阳故乡,已经在江村生活,但是对于他所向往的庞德公式的隐居而言,江村依然是世俗人境,所以还要避入更远的深山。

鹿门山在夜雾笼罩下,密林深邃,不见人径。"开烟树"句富有神秘感,令人如见深不可测的树林中烟雾四合,被月光开出一条路来。"开"字是"闭"字的反义词,既然说"开",那么这"烟树"原是封闭无路的;"忽到"一词也有不期然而相遇的语感,似乎在月光的引导下,忽然来到了某处人境之外的地方,这"庞公栖隐处"隔绝人世的深幽也就可以想见了:这里是岩石凿成的大门,松树夹道的小径,永远寂寥无声,只有幽人自来自往。如果直承上两句语意,结尾可以理解为庞德公虽然早已辞世,但尚可令人追想他当年在此独来独往的情景。但是诗人自己住在庞公栖隐过的鹿门,现在又在夜间独自归来,恰似当年"幽人夜来去"的情景的再现,所以"幽人"也是自指。结尾的巧妙就在通过夜归鹿门的神秘景色的描绘,将庞公的神魂与自己合而为一了。

这首诗在夜归鹿门的旅途中,表现了诗人决心步前代隐士之后尘、弃绝世俗的孤高情怀。而且不着痕迹地融入了更深的理趣:盛唐诗人常常将离开人境,独游山林称为"独往"。"独往"一词,指在精神上独游于天地之间,不受任何外物阻碍的极高境界。原出于《庄子·在宥》:"出入六合,游乎九州,独往独来,是谓独有。"东晋以后,"独往"一词被广泛使用于一般的游览山水的语境中。这首诗虽然没有用"独往"一词,但正如李白诗所说:"我心亦怀归,屡梦松上月。傲然遂独往,长啸开岩扉。"(《赠别王山人归布山》)所写的也是在明月下进入岩扉松径的"独往"情景,这正是孟浩然诗中意境的注解。杜甫说得更清楚:"浮俗何万端,幽人有独步。庞公竟独往,尚子终罕遇。"(《雨》"山雨不作泥")明白说出那独步的幽人就是独往的庞公。对照李、杜二诗,更容易见出孟诗在夜归途中寄寓"独往"之理的巧妙和现成。

临 洞 庭 [1]

八月湖水平,涵虚混太清[2]。气蒸云梦泽[3],波撼岳阳城[4]。欲济无舟楫[5],端居耻圣明。坐观垂钓者,空有羡鱼情[6]。

注释

〔1〕诗题一作《岳阳楼》,一作《望洞庭湖上张丞相》。孟浩然三十岁左右出门游览,经过岳阳,当时宰相张说被贬到这里当太守,孟浩然可能谒见过他。本篇见《孟浩然诗集笺注》卷上。

〔2〕涵虚:包含虚空。太清:天。

〔3〕云梦泽:古代有云、梦两个大泽,云在长江北,梦在长江南,后来逐渐淤塞成为陆地,位于洞庭湖北岸。

〔4〕岳阳城:岳阳市西门有岳阳楼,矗立在洞庭湖东北。

〔5〕"欲济"句:想要渡河,而无船桨可用。双关意欲出仕而无人引荐。《尚书·说命》:"若济巨川,用汝作舟楫。"唐太宗《春日登陕州城楼》:"巨川何以济,舟楫伫时英。"

〔6〕羡鱼:比喻希望出仕。《淮南子·说林训》:"临河而羡鱼,不如归家织网。"张衡《归田赋》:"徒临川以羡鱼。"

鉴赏

这是一首献给盛唐宰相张说的五言律诗,前半描写洞庭湖的壮美景色,后半寄托自己希望得到张丞相引荐的心情。

首四句从渲染洞庭湖的气象着眼:八月正是波平水满的季节,澹荡的湖水仿佛包含着虚空,和青天连成混沌的一片。这就将望水的视野扩大到无尽的天外,使洞庭湖与"太清"浑然一体了。"云梦"和"岳阳"一联,上句"气蒸"二字,容易引起水气迷蒙和烟气氤氲的联想,仿佛那蒸腾在云梦大泽上空的不仅是湖中的水气,更是大自然不断勃发的生气。由此不难理解下句"波撼"二字的用心：湖水平满，远看岳阳城仿佛在起伏的波浪中摇晃，这本是视觉印象，但"撼"字的力度，又充分地表现出洞庭湖撼动天地的伟力。诗人让自己的整个身心融入宇宙，深刻地领悟其中蕴含的气势和力量，才能写出洞庭湖如此混茫壮阔的浩瀚气象。

后四句借眼前景观寄托自己的志向：湖水浩淼，想要渡湖却没有船桨。这句话是比喻自己希望出仕做一番济时的事业，而没有人引荐。"济"字一语双关，本义是渡水，又常用于"兼济天下"之意。唐太宗开创的"贞观之治"，是一个善于用人的清平时代，他说"巨川何以济，舟楫伫时英"，表示了对人才的期待，以及引荐精英的意愿。孟浩然生逢"开元之治"，自然希望"张丞相"这样的在位者也能具有唐太宗那样的胸怀，提供"舟楫"让自己得以实现"济"时的抱负。所以下一句"端居耻圣明"就更清楚地说明了自己"欲济"的理由：闲居在家里感到有愧于这个圣明的时代。最后两句化用张衡《归田赋》"徒临川以羡鱼"之意，言外之意是感叹自己没有钓鱼的条件，希望引起对方的同情。垂钓的故事在唐代也常含寄托：姜太公八十在渭水边垂钓，后来被周文王请去做了辅臣。所以"羡鱼"并不是真的想钓鱼，而是委婉地表白：希望谒见张丞相能够成为自己被引荐出仕的一次机遇。

此诗后半首抒发诗人渴望出来做一番事业的雄心大志，其宽广的胸襟和前半首描写洞庭湖的气魄是完全相称的。而且用来寄托大志的"济"水、舟楫、羡鱼等比喻和典故又正是就眼前观看洞庭水

景产生的联想,所以比兴寄托非常自然现成。写景和言志的完美统一,使这首诗和后来杜甫的《登岳阳楼》被并列为唐诗中咏洞庭的最佳之作。

早寒江上有怀[1]

木落雁南渡[2],北风江上寒。我家襄水上[3],遥隔楚云端。乡泪客中尽,孤帆天际看。迷津欲有问[4],平海夕漫漫[5]。

注释

〔1〕本篇见《孟浩然诗集笺注》卷下。

〔2〕木落:树叶凋落。

〔3〕襄水:源头在湖北襄阳城南扁山西麓。孟浩然家涧南园在襄阳近襄水弯曲处。

〔4〕迷津:找不到渡口。

〔5〕平海:指江面宽广如海。

鉴赏

孟浩然曾于开元十六年(728)赴长安应试,失利后大约于次年回襄阳。归乡后不久又赴洛阳,然后从洛阳南下越州。此诗作年不可确考，但观诗意，有可能作于赴京失利之后回乡的途中。

初唐五律逐渐成熟后，形成了首尾两联抒情、中间两联写景的常见结构。但这首诗中间抒情，首尾写景，与一般五律正好相反。一开头就展现出一幅萧瑟的大江秋景图：黄叶飘零，大雁南飞，北风萧瑟，视野从两岸的无边落木延伸到江上空廓的云天，自然引出遥望"我家"的思乡之情。襄水在长江中游，古属楚地，家乡被楚云所隔，目力不及，只能想象。前四句顺着视线的由近至远，直推到江天之外，不露痕迹地从眼前景转换为思乡情。

下半首一气相承，进一步抒发乡愁：客中怀乡的泪水已经流尽，眺望孤帆的目光还凝留在天际。这两句再现了南齐谢朓"天际识归舟，云中辨江树"（《之宣城出新林浦向板桥》）的意境，令含情凝眺之诗人，隐然可见。但"孤帆"较之"归舟"，自有其不同含意：从字面看，"孤帆"是远入天际的江上片帆，"天际看"正与"楚云端"相呼应；从意脉看，诗人独自在江上行舟的心境，不也同样像一片失途的孤帆吗？于是结尾两句又自然转回眼前之景：寒雾冥漠的大江之上，哪里是迷津者的归途？唯有满目夕照，平海漫漫，展示着渺茫的前程。

可见，此诗首尾写景，中间抒情的结构不在求巧，而是为便于作者顺着感情发展的逻辑展开诗情。所以全诗景中有情，情中有景，句脉前后紧扣，一气相承，但读来却像是信笔所至。尤其结尾的景色描写中，仕途迷津的失意之感若有若无，达到了寄托在有意无意之间的微妙境界，可谓五律之神品。

过故人庄[1]

故人具鸡黍[2],邀我至田家。绿树村边合,青山郭外斜。开筵面场圃[3],把酒话桑麻[4]。待到重阳日,还来就菊花[5]。

注释

〔1〕本篇见《孟浩然诗集笺注》卷下。

〔2〕具:备办。黍:黄米。《论语·微子》荷蓧丈人"止子路宿,杀鸡为黍而食之"。

〔3〕开筵:《唐诗品汇》卷六十作"开轩"。面:面对。场:打谷场。圃:菜园。

〔4〕话桑麻:闲谈农务。

〔5〕就菊花:前来赏菊。就,靠近。古代重阳节有赏菊的风俗。

鉴赏

孟浩然是一个典型的盛世隐士,《过故人庄》为其田园诗的代表作,描写作者在故人村庄做客时见到的田园风光和宾主间淳真的友谊。

开头写故人准备好饭菜邀请自己的热情和隆重。中间四句从不同角度写故人庄园的景色:"绿树村边合,青山郭外斜"两句是视野开阔的外景：绿树合抱村庄，青山斜出郭外，画面由近到远，层次清晰，构图明快简洁。其妙处不仅在于写出了故人庄的环境特征，更在于诗人勾勒田园景色的典型性和概括性：这种坐落于平原而远接青山的村庄其实非常普通，大江南北到处可见，甚至在千年以后仍然因其常见而令人感到亲切。

"开筵面场圃，把酒话桑麻"是从人在室内向外观望的角度写近景：摆好酒宴，可以见到外面的打谷场和菜园。而把酒闲话桑麻，又是通过闲谈见出田里的庄稼，这就通过不同角度把室内外的景色打通，使近景和远景融成一片，构成一幅完整的田园风光的图画。而且可以令人见到宾主一边饮酒闲谈、一边眺望窗外景色的惬意和闲适，并联想到陶渊明"相见无杂言，但道桑麻长"（《归园田居》其二）的诗句，正好不动声色地化入陶诗的意趣。

结尾写宾主的下次约会："待到重阳节，还来就菊花。"从主客相约的内容看，这不仅是以重阳节日作为约定的时间，而且点出故人和诗人都是爱菊之人，那么其赏菊的含意必定也与陶渊明相同，这一意味深长的结尾又将陶诗的意蕴包含在内了。

这首诗通过田家留饮的生活场景，将一个普通的村庄和一餐简单的鸡黍饭写得极富诗意，却又浅易省净。恬静优美的乡村景色和宾主间淳朴真诚的情谊表现得既朴素自然，又包含着从陶诗中吸收来的深厚内涵，因而浅而能深，馀韵悠然。

与诸子登岘山[1]

人事有代谢,往来成古今。江山留胜迹[2],我辈复登临。水落鱼梁浅[3],天寒梦泽深[4]。羊公碑字在[5],读罢泪沾襟。

注释

〔1〕岘山:在湖北襄阳城南九里,汉江西岸旁。本篇见《孟浩然诗集笺注》卷上。

〔2〕胜迹:风景胜地的古迹。魏晋名臣羊祜在西晋初镇守襄阳,每逢风景佳丽,必至岘山置酒吟咏,终日不倦。

〔3〕鱼梁:洲名,在襄阳城东。

〔4〕梦泽:云梦泽。唐时已经不存,这里指襄阳附近的湖泊和沼泽地。

〔5〕羊公碑:羊祜有政绩,死后人们在岘山建碑立庙祭祀,望其碑者,莫不流泪,故名为堕泪碑。字,一作"尚"。

鉴赏

岘山是襄阳的名胜,上有纪念魏晋名臣羊祜的堕泪碑。孟浩然家本宅涧南园在岘山附近,坐船从北涧入汉江,就可以到岘山。此诗便是与几位朋友登临岘山的怀古之作。

发端凌空而起，大气磅礴，写尽古今之人登临古迹的共同感慨：人事代代新陈交替，昔往今来就成为历史，江山留下前人的胜迹，我辈今又重新登临。这四句其实是从羊祜当初的慨叹中提炼出来的警句。羊祜曾在一次登览中对从事中郎邹湛等说："自有宇宙，便有此山。由来贤达胜士，登此远望，如我与卿者多矣，皆湮灭无闻，使人悲伤。如百岁后有知，魂魄犹应登此也。"邹湛答道："公德冠四海，道嗣前哲，令闻令望，必与此山俱传。"孟浩然不但将这番对话概括成古往今来人事代谢的历史规律，而且包含着深长的言外之意：人事更迭，过往者多已湮灭，但有人却能与江山同在。我辈登临此地，不知将来又会如何？这可以说是所有怀古之人都会产生的复杂心情。所以俞陛云称"前四句俯仰古今，寄慨苍凉。凡登临怀古之作，无能出其范围"（《诗境浅说》）。

有此起势，再写岘山眺望之景，便无不具有深意：天寒水落，鱼梁浅露，湖泽秋深，这是古今登山之人所共见之远近景色。江山不变，更见人事往来之倏忽。所以再读羊祜的堕泪碑，不能不令人泪落沾襟。堕泪碑正是江山所留下的"胜迹"，也是对人事短暂和宇宙永恒的再次印证。但如羊祜之德望，能使后人见碑莫不流涕，实际上已经超越人事往来的短暂，获得了与江山同样的永恒。那么今日复又登临此地的"我辈"，将来是"湮灭无闻"呢还是"与山俱传"呢？这应是诗人为之泪下的更深一层原因吧。

此诗之意不在岘山之景，而在登眺之感。既与羊公当年登览之意自然神会，悲慨之中又有发人深省的哲理。更兼语势一气盘旋，

风格简淡旷远，实为怀古之作最上乘。

春　晓[1]

春眠不觉晓，处处闻啼鸟。夜来风雨声[2]，花落知多少。

注释

〔1〕本篇见《孟浩然诗集笺注》卷上，题作《春晚绝句》。诸本多题作《春晓》。
〔2〕"夜来"句：《文苑英华》卷一五七作"欲知昨夜风"。

鉴赏

《春晓》诗题又作《春晚绝句》，虽然不知孟浩然原题究竟为何，但从"春晚"可见诗意主要是有感于春光已老。而"春晓"之题则兼顾晨晓时分及春眠觉晓之意，同样是惜春，"晓"字更觉精微清新。

一夜酣眠，不觉醒来，只听见窗外一片啁啾的鸟鸣声，远近呼应，正是清晓的光景。又因为雨晴日出之时鸟儿叫得格外欢畅，使诗人自然回想起夜来恍惚听到的风雨声，"声"字紧跟上句"闻"字，说明外界的晴雨变化都由初醒时闻声而知，进一层醒出"晓"字之意，却自然透出一种雨过天青的新鲜气息。风雨难免摧残春天盛开的繁花，所以末句自会联想到"花落知多少"，惋惜之中又不由得包含着淡淡的惆怅。

春去春来，花开花落，是自然界的规律，而韶光总随落花而去，也是千百年来无数人的感叹。此诗之妙就在清晓的片刻兴会中，道出了人人所常有而不能道出的惜春心绪，给人以无限新鲜的启示。

王 维

王维（701—761），字摩诘，太原祁（今山西祁县）人。后迁居于蒲（今山西永济）。开元九年（721）进士，任太乐丞，后谪官济州。开元二十三年（735）被宰相张九龄提拔为右拾遗，后迁监察御史，奉使出塞。在凉州河西节度幕兼任判官。天宝年间先后在终南山和辋川过着半官半隐的生活。安史之乱后降为太子中允，笃志奉佛，后官至尚书右丞。六十一岁去世。有《王右丞集》。

渭川田家[1]

斜光照墟落[2]，穷巷牛羊归。野老念牧童，倚杖候荆扉。雉雊麦苗秀[3]，蚕眠桑叶稀[4]。田夫荷锄至，相见语依依。即此羡闲逸，怅然吟式微[5]。

注释

〔1〕渭川：渭水。源出甘肃渭源县鸟鼠山，东南经陕西，于华阴市渭口入黄河。本篇见清赵殿成《王右丞集笺注》卷三。

〔2〕斜光：斜阳。墟落：村庄。

〔3〕雊雉（gòu）：野鸡鸣叫。

〔4〕蚕眠：蚕将蜕皮时，不食不动，俗称蚕眠。

〔5〕式微：《诗经·邶风》中的一篇，写日暮思归的心情。

鉴赏

王维另有一首《丁㝢田家有赠》，提及其友人丁㝢的田庄在渭川，这首诗应该是指丁㝢的田庄。丁㝢以前在任黎阳县令时曾帮助王维筹措过隐居淇上的田庄，现在他隐居了，王维却在做官。所以全诗都是以羡慕的口气赞美田家的闲逸生活。

诗里集中了乡村暮春时节最有代表性的景色：野雉鸣叫，麦苗将要抽穗，蚕儿已经进入休眠的时候，不再需要很多桑叶。同时选取田家在日夕归村时的若干典型景象：斜阳照着村庄，穷巷中牛羊归来，野老正在柴门倚杖等候牧童回家，农夫们在晚归途中相遇，便停下来谈论着庄稼，从而突出了黄昏这一最安宁的时刻给人带来的温馨感受。更巧妙的是诗里化入了从《诗经》到陶诗以及江淹效陶诗的许多经典诗句，如《诗经·君子于役》中的"日之夕矣，羊牛下来"，陶诗中"时复墟曲中，披草自来往。相见无杂言，但道桑麻长"（《归园田居》其二），以及江淹《拟陶征君潜田居》中"归人望烟火，稚子候檐隙"等等，都能和眼前景浑然一片。看着这样安逸的景象，诗人不由得满怀惆怅，也动了归心，所以结尾吟起了《诗经·邶风·式微》诗："式微，式微，胡不归？"微，通"昧"，指日暮天晚。原诗歌唱者见天色已暗还不能归去，不禁叹息自己"胡

为乎中露""胡为乎泥中"。所以王维此诗最后的"吟式微"不仅指归去，还扣住《式微》诗的原意，将行役仕途之人陷于泥水、风露煎熬的处境与田园的美好宁静作了比较，又与全诗黄昏的景色协调，融合成淳朴安闲的牧歌情调。

全诗用典虽多，语言却如陶诗一样平淡自然，丝毫不见巧思的痕迹。能将田家写得如此本色，陶渊明以后罕见，因而成为盛唐田园诗的典范之作。

新晴野望[1]

新晴原野旷，极目无氛垢。郭门临渡头，村树连溪口。白水明田外[2]，碧峰出山后。农月无闲人[3]，倾家事南亩。

注 释

〔1〕野：一作"晚"。本篇见《王右丞集笺注》卷四。

〔2〕白水：指江水在阳光下闪亮。

〔3〕农月：农忙的月份。

鉴 赏

王维精通绘画与诗歌。他善于运用简洁的文字和单纯的色彩，使诗歌产生绘画般一目了然的效果。这首诗便是利用文字按照先后承续的时间顺序构成视觉印象的特性，画出了一幅层次分明的田园新晴图。

久雨初晴，原野空旷，极目远望，天空澄澈，不见一丝雾气，景物的轮廓格外清晰分明。诗人的视线由近而远，景物也按前后顺序层层推出：城郭的外门临近渡头，村中的树木连着溪口，田野之外的江水在阳光下闪闪发亮，青山背后更有一层碧峰出现在天边。"郭门"两句，以简炼而又错综的笔法勾出了城郊渡头边溪水纵横、林木繁茂的复杂地貌。渡头是溪水的渡口，可见从城门到村里，要经过一道溪流。"临"字写出郭门与渡头距离较近的关系，村里的树林迤逦而去，与溪口相连，这样就借溪流将郭门和村庄连在一起了。人们可以从这两句之间的关系想象出从郭门到渡头到树林，再到村庄的四层远近景物。

"白水"两句，也有由近到远的四层景物，用一层比一层远，一层背后又见一层的笔法描绘出来：最近处是田野，田野外是白水，白水外还有山，山外还有碧峰。将这四层景物和"郭门"两句所写的四层景物联系起来看，诗人野望的立足点应在郭门附近。因此田野、白水、青山更在村庄以外，愈推愈远，前后加起来共有八层景物。由于文字描绘的景物全靠读者的想象和记忆，最后在脑子里合成画面，因此用文字表现绘画的效果，色彩越是简单，层次越是清楚，就越是容易形成完整的视觉记忆。王维显然是悟出了这样的道理，除了层次清晰以外，画面的色彩也很鲜明单纯："白水"两句中"明"字写江水在远处因反射阳光而变成一片明亮

的银白色，正如画中用光的亮点，使整幅图画的色调变得明快爽目。与之形成色彩对照的"碧峰"句，用"出"字形容原来隐在远山背后的碧峰在晴空中显现的情景，与"极目无氛垢"句照应，是写晴的传神之笔。

初夏正是农忙季节，村人全都倾家下田。最后两句在清丽明朗的画面上缀以农作的繁忙景象，更增添了朴野清新的田园风味。

可见，善于利用诗歌景物描写的层次关系，造成鲜明的视觉效果，达到诗中有画的艺术境界，乃是王维对田园诗表现艺术的重要贡献。唯其精于诗道，深于画理，并能使二者交相为用，此种境界才能为王维所独有。

山居秋暝[1]

空山新雨后，天气晚来秋。明月松间照，清泉石上流。竹喧归浣女[2]，莲动下渔舟[3]。随意春芳歇[4]，王孙自可留[5]。

注 释

〔1〕本篇见《王右丞集笺注》卷七。

〔2〕"竹喧"句：竹林里一片喧闹声，是洗衣的女子归来了。

〔3〕"莲动"句：水面上莲花摇动，是渔舟从上流下来。

王维

〔4〕随意:自然而然地。春芳歇:春花春草凋谢。

〔5〕"王孙"句:秋色仍然很美,王孙自可留在山中,不必归去。

鉴赏

此诗描写秋天傍晚雨后的山村风景,是一首五律。首联只是点出季节、时间和环境,简明直白的十个字,与山中秋色同样清新疏淡,却令人直接呼吸到了雨后清爽湿润而略带凉意的空气。颔联以概括的笔墨描绘山中夜景,很能见出作为诗人兼画家的王维在构图取景方面的功力。"明月松间照"从天上写,选取月和松的关系勾出这幅图画的背景:山上松林间露出一轮皎洁的明月,深蓝色的天空衬出剪影般的墨绿的松林。"清泉石上流"从地下写,泉水流过山溪中的白石,令人想见水的清澈,以及流过石缝间激起的清响。这一联用最简单的构图概括了山中秋夜的主要特征,并且在鲜明完整的画面上突出了清朗爽净的基调。因此成为王维的名句,而且经常被后世的山水画家用来题画。

颈联则是在前两联宁静的背景上增添富有生趣的动态描写。"竹喧归浣女"从岸上写,就听觉落笔,与"清泉"句暗中相扣。先听到竹林里传来的喧闹声,再想到这是洗衣归来的女子,是闻声而见人。浣衣女子晚归正是山村秋暝时特有的景象。"莲动下渔舟"是从水里写,就视觉落笔:先见到清溪中的莲花摇动起来,才想到原来是归来的渔舟顺流而下。这两句的句法应直接受到北朝诗人庾信"竹动蝉争散,莲摇鱼暂飞"(《咏画屏风诗》其二十二)的启发。

但王维使词组结构与人感知事物的先后顺序更加切合,在先见景闻声然后分辨动静的心理转换中,不露痕迹地将诗人的审美心态化入景物描写之中,表达也更加曲折有致。结尾"随意春芳歇,王孙自可留"两句反用楚辞《招隐士》中"王孙游兮不归,春草生兮萋萋""王孙兮归来,山中兮不可以久留"等句的意思,表达尽管秋晚仍希望在此隐居的心愿,足见山中美景是多么令人留恋。常见的典故经诗人如此活用,便觉得格外新鲜。

明人胡应麟称王维的诗是"清而秀"(《诗薮》),这首诗是最具代表性的。它不仅完整地表现了空山秋夜清秀明净的意境,而且声情并茂,生趣盎然,读来犹如一首优美的山村抒情小夜曲,体现了王维在诗歌、绘画和音乐方面的深厚造诣。

辋川闲居赠裴秀才迪[1]

寒山转苍翠,秋水日潺湲[2]。倚杖柴门外,临风听暮蝉。渡头馀落日,墟里上孤烟[3]。复值接舆醉[4],狂歌五柳前[5]。

注 释

[1] 辋川:地名,在陕西长安蓝田辋川谷口,这里有初唐诗人宋之问的别墅,被王维在天宝年间买下来,作为自己在公务闲暇时休养的所在。裴

迪是和王维一起隐居的朋友。本篇见《王右丞诗集笺注》卷七。

〔2〕潺湲：水流的样子。

〔3〕墟里：村落。

〔4〕接舆：春秋楚昭王时人，名陆通，字接舆。躬耕度日。见楚国政治多变，即假装疯狂，隐居不仕，时人称之为楚狂。孔子到楚国去，他迎着车子唱道："凤兮凤兮，何德之衰？往者不可谏，来者犹可追。已而已而，今之从政者殆而！"孔子下车想和他交谈，他急忙避开了。

〔5〕五柳：指陶渊明。他曾经写过一篇《五柳先生传》："先生不知何许人也，亦不详其姓字。宅边有五柳树，因以为号焉。"

鉴赏

这首诗描写辋川秋天的村野景象以及自己在此闲居的情怀，诗里的抒情主人公以田家野老自居，化用陶渊明诗的意境，但在景物描写方面又显示出王维善于构图的功力。

前半首写秋寒使远山的色泽变得深沉苍翠，秋水渐浅导致潺潺声日益清晰，晚风送来阵阵蝉鸣。这就从色彩和声音的细微变化精准地把握住由夏入秋的时节特征，在寒山秋水的背景上突出了一个倚杖的野老和一间朴素的茅屋，色调清新而意趣疏野。

后半首"渡头馀落日，墟里上孤烟"两句，是历来被称赏的名句：面对柴门的是河边的渡头，落日正徐徐西下，村墟里开始有一缕炊烟袅袅上升。这正是薄暮时村人开始准备晚饭的时候。这里化用了陶渊明《归园田居》其一中的"暧暧远人村，依依墟里烟"，

陶诗所写景象与王维诗类似。但"暧暧"这一对叠字强调了远人村的模糊，说明距离外村比较远，突出了园田居的远离尘俗。"依依"这对叠字则把诗人看到村庄炊烟时的亲切依恋之感寄托在炊烟的动态上了，所以非常平淡自然。王维这首诗是五言律诗，讲究写景对仗的精工。"馀"字渲染出残阳斜照渡头的黄昏情调，能令人想见落日的圆形轮廓和橙色馀光。"上"字强调一缕孤烟上升的动态，和"馀"字形成一下一上的缓慢的动态对比，突显了田园中暮色已临、炊烟初升的这一特定时刻的温馨和宁静。前六句将山村萧爽的暮色和渡头落日的景象写得鲜明如画，令人有身临其境之感。这就用隐居环境的类比，写出了诗人和陶渊明在精神上的相通之处。

盛唐田园诗的主角是田家和野老，所以这首诗里选择临风听蝉、倚杖柴门这些类似田家野老的意态，来表现自己隐居辋川的安闲心境，而其深层的寄托则体现在最后两句典故的使用中。王维以接舆比喻和他一起闲居的裴迪，其意不难理解：接舆狂歌的意思是说当今的执政者已经危殆，王德衰落，象征天下太平的凤凰不可能再出现。正如唐代天宝年间，朝廷政治逐渐腐败。"五柳"指陶渊明，这里借喻隐居在辋川的王维自己。诗人将陶渊明和楚狂接舆联系在一起，正是暗示自己对于盛唐现实政治的悲观失望。因此结尾典故的使用，又为前面描写辋川田庄有意化用陶诗的隐居环境做了诠释，可见诗人构思的匠心之巧妙。

王维

终南山^[1]

太乙近天都^[2]，连山接海隅^[3]。白云回望合^[4]，青霭入看无^[5]。分野中峰变^[6]，阴晴众壑殊。欲投人处宿，隔水问樵夫。

注释

〔1〕终南山在陕西西安市长安区南五十里，绵延八百里，是渭水和汉水的分水界。本篇见《王右丞集笺注》卷七。

〔2〕太乙：古时指太白山，为终南山主峰。天都：天帝所居处。此亦指长安。

〔3〕海隅：海角。终南山并不到海，这里只是夸张其山脉绵延不绝。

〔4〕"白云"句：回首遥望，白云四合，连成一片。

〔5〕"青霭"句：轻雾淡薄，进入其中便看不见。

〔6〕分野：古代中华九州诸国的划分，和天上星宿的方位对应，如以鹑火对应周，周即鹑火的分野；以鹑尾对应楚，楚即鹑尾的分野。

鉴赏

本篇利用五律分联的体式特点，分层描绘终南山云烟变幻、干扰阴阳的雄姿。首联写终南山的绵长辽远。借"天都"形容太乙峰峻耸入天，言其高纵。又兼指终南山与首都长安相近的地理位置；"连

山"既可给人以山脉连绵不断的感觉,也可理解成终南山与其他山脉相连的意思。这两句充分运用字面意义所给人的直觉感受,写出了终南山近天连海的辽阔地势。

颔联着重描写山势之高,却脱空一步,从缭绕山上的云霭着眼。回首遥望,白云四合,连成一片。这是站在山外,从远处观看终南山罩在茫茫云雾中的景象。青霭微茫,比云气薄,须远望才能见出,进入其中反倒看不见,这是在山里从近处看。这两句观景角度大幅度转换,省略了游山人所走过的地面距离,视点跳跃的跨度极大,正与终南山壮阔的气势相应。同时又真切地写出了一般人在云雾缭绕的大山中出入的新奇感受。

颈联强调终南山占地之广。中华九州的区划与天上星座对应,各星的分野占有一大州的地域。终南山中峰两侧分野就变了,可见其占地不止一州。各条山谷的天气也有阴有晴,各不相同,足见山谷与山谷之间相距之远。诗人的视点从空中移到中峰,又下移到各条山谷,犹如在高处俯视全山,这就像运用散点透视的中国山水画,以概括的笔墨和线条勾出了终南山的全景。

如果说前三联分别从长、高、大三方面描写终南山的壮阔,只是交代清楚它的地理位置、山势特点和姿态面目,那么最后一联才真正传达出这幅终南山水的气韵。诗人在这壮伟的大山中,点缀了一个晚来想要投宿的游人,正隔着水向樵夫打听附近可有寄宿的人家。这一结尾不仅以人与大山的悬殊比例产生了以小衬大的效果,进一步烘托出终南山的雄伟气势,而且使这幅山水画增添了高雅的隐逸之趣。

　　这首诗以大气包举的笔势,突破正常视野,使实写和虚写的结合达到无迹可寻的程度,因而可称是王维山水诗中境界最雄伟的一首杰作。诗人仿佛是从鸟瞰的高度观照着完整的终南山的全貌,集合了数层和多方的视点,从而为中国文人山水画提供了构图的范例。

汉江临泛[1]

　　楚塞三湘接[2],荆门九派通[3]。江流天地外,山色有无中。郡邑浮前浦[4],波澜动远空。襄阳好风日,留醉与山翁[5]。

注　释

　〔1〕此诗作于开元二十八、九年(740—741)王维任殿中侍御史,至襄阳知南选之时。汉江:又名汉水,源出陕西宁强县北,东南流经湖北襄阳,在汉口与长江会合。本篇见《王右丞诗集笺注》卷八。

　〔2〕楚塞:楚国的边界。襄阳原属于楚国,所以说楚国的边境与三湘相连。三湘:有多种解说,一说是古代沅湘、潇湘、烝湘的总称,在今湖南省境内。

　〔3〕荆门:山名,是楚的西塞。九派:指九江。派,水的支流。一般认为长江到江西浔阳后,分为九道水,所以称九江。"九派通"指汉江

与长江会合以后向东直达九江。

〔4〕郡邑：此指襄阳郡城。

〔5〕山翁：指山简、西晋人。曾任征南将军，永嘉三年（309）镇守襄阳，有政绩，喜欢喝酒，常常大醉而归，骑着马，倒戴着白头巾。这里借喻襄阳郡守。

鉴赏

王维曾于开元末因负责南方选举考试，到襄阳公干。此诗当是闲暇时在当地官员陪同下泛江游览时所作。开头写襄阳南接三湘、东连九派的地理位置，如同从高空俯瞰，以高远的起势勾勒出汉江在苍莽的湘楚平野上浩荡东去的流向，然后才把视线转向眼前"临泛"所见之景。

"江流天地外，山色有无中"两句与"荆门九派通"相呼应：流经襄阳的汉江一直通向九江，当然是流到了眼前能见的天地之外。而隐约可见的山色虽然不一定是荆门，却也让人联想到江流将在山外直通九派的去向。这两句采用平视远眺的角度，以江流对山色，画面开阔壮美，体现了王维特别擅长构图的特色。在古人心目中，天地本来已经是空间的极限了。再到天地之外，那么天地的界限又在哪里呢？所以这一句又在眼前景色的描写中拓展出艺术想象的无限空间。后一句淡淡地抹出一痕远方隐现的山色，有无之间是眼睛能够辨别的最淡的色度。这就在可视的范围内将视线推到最远的尽头。一"外"一"中"相对，江山之美既见于视野之内，又超出想象之外。其概括程度之高,使这两句诗可以用来形容所有类似的江面景色,因而成为常被后代诗人引用的名句。

颈联写泛舟江上遥望襄阳的动态感觉:人在船上,看水近,看城远,所以觉得整个郡城都像是浮在前面的水浦上;波浪起伏,人在船上摇晃,看起来好像是远处的天空也在晃动。上句利用近大远小的视觉原理,下句利用相对运动造成的错觉,强调了"临泛"时亲身感受到的江浪的巨大浮力,展示出汉江波澜壮阔的景象。

前三联由远至近逐层描写汉江的浩大水势和四围景观,最后自然落到临泛的地点:襄阳。诗人由衷地夸赞襄阳风光优美,令人陶醉,以至于想留下来和襄阳郡守一起醉酒观赏美景。"醉"字一语双关,而且典故用得很巧妙风雅。用山简来比喻襄阳郡守,也有赞美太守不俗的意思。但从字面上看,"山翁"似乎只是一个普通的山间老翁,这就使身为官员的诗人和襄阳郡守都隐没在"山翁"野老之类的角色中,与自然纯净的山水意境取得了高度的和谐。

终南别业 [1]

中岁颇好道 [2],晚家南山陲 [3]。兴来每独往 [4],胜事空自知 [5]。行到水穷处,坐看云起时。偶然值林叟,谈笑无还期 [6]。

注 释

〔1〕别业：本宅之外的住所，一般带有园林或田地。本篇见《王右丞集笺注》卷三。

〔2〕中岁：中年。好道：爱好佛道。

〔3〕南山陲：终南山边上。

〔4〕独往：此词原出于《庄子·外篇·在宥》："出入六合，游乎九州，独往独来，是谓独有。"《列子·力命》也说："独往独来，独出独入，孰能碍之？"后来逐渐被神仙道家坐实为游仙的行为。故后世诗文中，"独往"常指道士修炼。但是唐代僧人出家或士人隐居山林都可以称"独往"。

〔5〕胜事：指游赏风景胜地的美事。

〔6〕还期：指回还世俗的日期。

鉴 赏

王维大约在开元末年隐居于终南山，时年四十岁左右。此诗开头说自己中年好道，家住终南山边，正指当时购置终南别业之事。他所爱好之"道"，一般都认为是指佛理，因王维笃信佛教。但其实也包含老庄之道在内，这从全诗所写的"独往"之理就可以看出。"独往"一词，意指精神上独游于天地之间，不受任何外物阻碍的极高境界。虽然语出《庄子》，但到唐代，无论修道求仙还是出家为僧，都可称"独往"。事实上一般的游览山水，只要着重在超脱世俗、游于物外的体悟，都可以称"独往"。此诗三、四句说自己每当兴致来了就"独往"山林，其中的胜景乐事只有自己知道，正是以"空自知"三字强调庄子所说"独往独来，是谓独有"之意。

五、六句是王维最有理趣的名句：随着流水走到尽头，便坐下来观看白云生起。水穷云生的景物变化是大自然的安排，同样，人的行和坐也随水流云起，任其自然，说明无论内心还是行迹同样都没有任何牵挂和障碍，这不正是《列子·力命》所说"独往独来，独出独入，孰能碍之"的境界吗？随水流任意而行，与林叟谈笑而无还俗之期，这不正是"离群以独往"（《抱朴子·明本》）、"浩然得意""漱流忘味"（《抱朴子·辨问》）的玄趣吗？此诗之妙，正在于没有任何玄言和佛语，只是展现了水与云的自然变化与主人公独游其中的自得之乐，便让人领悟了其中无穷的理趣。

以前学界解此诗，多着眼于禅意。虽然玄理与禅理多有相通之处，但若联系全诗来看，便可悟出《诗人玉屑》所评最能得此诗中的"独往"之意："此诗造意之妙，至与造物相表里，岂直诗中有画哉！观其诗，知其蝉蜕尘埃之中，浮游万物之表者也。"这段评语的意思取自《淮南子·精神训》："若此者，抱素守精，蝉蜕蛇解，游于太清，轻举独往，忽然入冥。"意为人只要守住贞素之本质，精魂就可以像蝉脱壳和蛇蜕皮一样，超脱躯体，游于天空，进入轻举独往、与造化冥合为一的境界。《诗人玉屑》之评认为王维诗虽以"诗中有画"著称，但此诗立意与造化互为表里，精神已经完全从尘俗中超脱，飘游到万物之外，可谓道出了山林"独往"之神理。

使至塞上 [1]

单车欲问边 [2]，属国过居延 [3]。征蓬出汉塞 [4]，归雁入胡天。大漠孤烟直，长河落日圆 [5]。萧关逢候骑 [6]，都护在燕然 [7]。

注 释

〔1〕这是王维开元二十五年（737）任监察御史时，赴河西节度府凉州时所作。这年春天，崔希逸袭击吐蕃，破之于青海西。王维被朝廷派去劳军。使：出使。本篇见《王右丞集笺注》卷九。

〔2〕问：聘问。边：边塞。

〔3〕属国：附属国，东汉凉州有张掖居延属国，唐河西都护府有羁縻州居延。这里借汉代的"属国"之称，指唐代的居延州。居延：泽名，在凉州以北，今内蒙古境内。

〔4〕征蓬：应为"征篷"的俗写，指出使的车子。

〔5〕长河：黄河。

〔6〕萧关：在今甘肃环县北。候骑（jì）：骑马的侦察兵。

〔7〕都护：各处边防所设的最高武官。燕然：山名。东汉车骑将军窦宪大破北单于，登燕然山刻石记功而返。

鉴赏

边塞诗是盛唐诗歌的重要题材，王维也有许多名作。这一首作于他出使凉州途中，亲见塞上风光，感受更加真切。首联说明出使至塞上的原因和目的地：为慰问边关军队，将要独自经过居延州。颔联扣住"至塞上"的题面，点出征车已出关塞的行程，并借雁归胡天展现出塞外寥廓的天地，自然引出下联的写景。

颈联是王维的名句。无边的大漠之上，远远只见一缕孤烟，"直"字抓住了最直观的印象，由于其远，所以不能仔细分辨烟的动态是袅袅而上还是依依飘散。惟其感觉烟"直"，才更显出大漠之宽广。日"圆"与长河的互相映衬道理相同。描写极其寥廓的境界，如过于细致刻画景物的动态特征，反而会失去宏观的直觉。王维这两句诗从大漠与孤烟、长河与落日的几何形状及其相互垂直的关系着眼，以"大""直""长""圆"这些没有色彩的字，勾勒出几笔粗线条的速写，把握住宏阔景观的大体轮廓和基本特征，既能给人最鲜明深刻的印象，又留下了丰富的想象馀地。

结尾与开头呼应，孤独的征人终于在萧关遇到侦察的骑兵，才知道都护还在更远的地方。刻石燕然是历来将帅们的最高志向，因此末句双关，既点出前程尚远的辛苦，又表示了赞誉崔希逸大捷的美意。

此诗将行旅与边塞相结合，写景虽然极力渲染塞外不见人烟的荒凉旷远，但绘景如画，意境壮丽，气势雄浑，笔力遒劲，是王维在边塞诗中将画理应用于写景的一个范例。

和贾舍人早朝大明宫之作[1]

绛帻鸡人送晓筹[2],尚衣方进翠云裘[3]。九天阊阖开宫殿[4],万国衣冠拜冕旒[5]。日色才临仙掌动[6],香烟欲傍衮龙浮[7]。朝罢须裁五色诏[8],佩声归向凤池头[9]。

注释

〔1〕贾舍人:贾至,时任中书舍人。大明宫:在长安宫城东北,禁苑东南。唐太宗贞观时初建,高宗龙朔年间大加兴造。本篇见《王右丞诗集笺注》卷十。

〔2〕绛帻(zé)鸡人:按《汉官仪》,宫中不得畜鸡。三刻鸡鸣时,由卫士候在朱雀门外,着红布包头类似鸡冠,专传鸡唱。绛,红色。帻,头巾。鸡人,《周礼》官名。晓筹:报告拂晓时刻的器具。筹,古代夜间计时的器具。唐代有司门郎中、员外郎各一人负责报时,白天题时刻,夜晚题更筹。

〔3〕尚衣:官名。唐有尚衣局,专管天子冕服几案。翠云裘:以翠羽制作,上有云彩纹饰的大氅。

〔4〕九天:传说天帝居住之处,后形容极高的天空。《吕氏春秋·有始》将天空按中央、东、南、西、北等九个方位分成九野,各有其名,如钧天、苍天、玄天等等。阊阖(chāng hé):天门,也可称皇宫

的正门。

〔5〕冕旒（liú）：天子之冠称冕，冠前有下垂的缀珠，称旒。

〔6〕仙掌：汉武帝所造仙人台，上有铜仙人以掌擎铜盘玉杯，承接夜露，和玉屑服用，以求延年。

〔7〕香烟：殿上御炉中燃香的烟气。衮（gǔn）龙：天子朝服上的龙文。

〔8〕五色诏：据《邺中记》，十六国时，石虎诏书用五色纸，置木凤雏口中。

〔9〕佩声：大臣身上的玉佩在走路时发出的叮当声。凤池：即凤凰池，中书省所在地。据《通典》，魏晋以来，中书监、令掌管诏命、记录时事等要务，因为地近枢机，多承宠信，人谓之凤凰池。

鉴赏

安史之乱爆发后，唐军于肃宗至德二载（757）收复两京，百官回朝，一时又恢复了太平气象。次年，中书舍人贾至在早朝结束后先作七律《早朝大明宫呈两省僚友》一首，王维、岑参、杜甫均有和作。

诗题为早朝，所以首联从天子黎明视朝的准备工作写起：着绛红巾帻的卫士候在朱雀门外，专门负责向宫里报时，待鸡鸣时刻已到，专管冕服的尚衣局宫人便向皇帝进上翠云裘。这两句虽然强调"早"字，节奏却从容不迫，尽显皇家气度。颔联正式展开上朝的大场面：宫殿开启，仿佛九天之上天帝的阊阖朝人间敞开；千官前行，天下衣冠都纷纷在皇帝的冕旒前下拜。以"九天阊阖"夸张宫殿之高，首先本于大明宫北据高原、地势高爽的事实，其次又与下句在

空间上造成天和地的对仗，因而能在一联之内写尽天下臣服、万国来朝的宏大气象。

颈联转为细节的渲染：朝堂开始议事，日光刚刚照到宫观的仙掌盘上，御炉的烟香静静地飘浮在御座之前。上句以宫外的朝日再次呼应"早朝"之早，下句以殿内的炉烟烘托朝堂肃穆庄严的气氛。尾联归结到散朝，用"五色诏"的典故称颂天子下诏，并呼应贾至原作的尾联"共沐恩波凤池里"句，借"凤凰池"之美称，赞誉草诏的舍人在环佩声中退朝回到中书省，这就扣住了"和贾舍人"的题意，又充分展示出大臣散朝时雍容端庄的仪态。

前人多赞此诗"气象阔大，音律雄浑，句法典重，用字清新，无所不备"，但也因"用衣服字太多"（杨士弘辑、顾璘著《批点唐音》）而受到某些批评。这是因为全诗从正面描写早朝气象，宫殿规模和冕服衣冠自是重点，难免多用同类意象。此外，由于七律的起源和发展与歌行同步，盛唐七律数量既少，又正处于由歌行转向律诗体调的过渡状态中，也会遗留歌行重复用字的痕迹。但这类"稍欠精切"之处，无妨于此诗的尊贵典雅、高华壮丽，因而向来被视为最能体现盛唐气象的代表作，尽管此诗创作的时代已经不是大唐的极盛时期。

积雨辋川庄作[1]

积雨空林烟火迟，蒸藜炊黍饷东菑[2]。漠漠水田飞白鹭,阴阴夏木啭黄鹂。山中习静观朝槿[3],松下清斋折露葵。野老与人争席罢[4],海鸥何事更相疑[5]。

注 释

〔1〕本篇见《王右丞集笺注》卷十。积雨:久雨。

〔2〕藜:一名莱。草名,叶嫩时可食,茎老时可作杖,即藜杖。饷:给地里干活的人送饭。菑(zī):已经垦殖了一年的田。

〔3〕习静:修养心性,安于静寂。

〔4〕争席:《庄子·杂篇·寓言》说杨朱从老子学道,"其往也,舍者迎将,其家公执席,妻执巾栉,舍者避席,炀者避灶。其反也,舍者与之争席矣"。意为杨朱学了自然之道,与人相处再不像之前那样客气隔膜,而是融洽相处,不拘礼节了。

〔5〕海鸥:《列子·黄帝》:"海上之人有好沤鸟者,每旦之海上,从沤鸟游,沤鸟之至者百住而不止。其父曰:'吾闻沤鸟皆从汝游,汝取来,吾玩之。'明日之海上,沤鸟舞而不下也。"意为人有机诈之心,海鸥便不会亲近。

鉴 赏

　　这首诗写的是夏天积雨时村庄饷田的景象。首联上句的本意是说因为雨下得太久,无法砍柴,耽误了人家煮饭,所以烟火迟了,但字面上却勾勒出炊烟从湿润的空林中迟迟飘出的景色。下句紧接上句,交代烟火升起时农家蒸煮藜藿黍米,要到东菑去给耕田的人

送饭,自然将镜头转向田野。这两句描写极为真切,令人似乎能闻见村庄里弥漫着燃烧湿柴的烟气和煮饭的蒸汽。

颔联写漠漠水田上白鹭飞舞,阴阴的林木中黄鹂啼鸣,飞鸟的动态给雨后恢复农作的田野带来无限生气,使色调略显暗淡的画面上闪动着活泼的亮色。前人诗话说这两句是从李嘉祐的"水田飞白鹭,夏木啭黄鹂"抄来,且不说李嘉祐的时代比王维稍晚,此说不可信。即使是用了李诗,境界也不同,因为句前的"漠漠"把雨蒙蒙的天气中水田的广漠及清润之感写出来了,而"阴阴"二字又强调了空林积雨的阴晦和夏天树荫的浓密。这对叠字使水田和树林连成了一片,原来各不相干的白鹭和黄鹂也被这背景衬托得更加鲜活。正如林庚所说:"岸上的一片浓阴与水田的一片渺茫起着画面上烘托的作用,这就是情景中水分的作用。"(《漫谈中国古典诗歌的艺术借鉴》)

后半首是写诗人自己在此山中清斋里习静的生活,槿花、葵菜都是夏季的应时之景,但也含有生命短暂的感慨:木槿花朝开夕落,"荣好未终朝"(阮籍《咏怀》其八十二),露葵同样是"朝露待日晞"(汉乐府《长歌行》)。这两句字面是写赏花食葵的隐居生活,实际以人生苦短的思考引出结尾:自己现在就像《庄子·寓言》里所说的那个毫无机心、可与乡人争席的野老,既然已经远离世俗,海鸥又何必再对自己猜疑呢?野老食葵、与海鸥相伴等情景,又和全诗的山林村庄和水田的景色非常和谐,使哲理的感悟深隐在风雅而又富有情趣的生活情景中。后人以其"澹雅幽寂"推为描写山林田园的压

王维

卷之作，其实更难得的是清幽宁静中透出的浓郁的生活气息。

皇甫岳云溪杂题五首·鸟鸣涧[1]

人闲桂花落[2]，夜静春山空。月出惊山鸟，时鸣春涧中。

注释

〔1〕皇甫岳：未详。云溪：皇甫岳别墅所在地。这组诗共五首，此为其一，见《王右丞集笺注》卷十三。

〔2〕桂花落：桂花又称木犀，有春桂、秋桂、四季桂等不同品种。有人认为这里写的是春日开花的桂树，或冬天开花春深花落的一种。但争议颇多。

鉴赏

此诗写山中春夜幽静空灵的意境。首句"桂花落"曾引起许多争议。桂花一般在秋季开放，春季又何来桂花？有人解释是春桂。但唐诗中写到桂花的诗句多为秋景，地处北方的唐代长安是否有春桂？尚无法确认。一说"桂花"可代指月光，但这与"月出"意思重复，终有瑕疵。又有一说，认为这句是用典，据说灵隐寺僧夜中坐禅，月出时听到桂子落在屋瓦上的声音。此说亦有根据，宋之问《灵隐寺》"桂子月中落，天香云外飘"即用此典。人在极其闲静之时，

能感知桂花飘落,夜之静谧仿佛使深山都化为一片虚空,确乎已进入类似禅定的境界,何况王维本来精于禅理。中国山水诗从东晋以后,确立了"静照忘求"的审美观照方式,即在深沉静默的观照中"坐忘",达到精神与万化的冥合。当心灵变得十分清彻透明的时候,就会像一面晶莹的镜子,从虚明处映照出完整的大自然。这种观照方式与禅也有相通之处,因为以禅心的安定,最能体会本性的空无和外界的空寂。当进入这种境界之后,便能感知大自然内在的生命律动,体察到常人难以发现的动静。此诗的首二句,正是化用典故,以人闲桂落、夜静山空的美景体现了这种审美观照的过程。

月出之时,已经栖宿的山鸟竟然被月光惊醒,以致涧谷中不时传来断断续续的鸟鸣声,从而更反衬出空山的寂静。可以见出王维创造空灵意境的另一特点是善于以动写静。"惊"字夸大了月光的亮度和栖鸟受惊的动静,又将"空"字的意思写足。因为鸟鸣声和明月光的强度,都是在心灵的空境中被放大的感受。

此诗之妙,在于虽写空境却自有佳趣,禅理内含又丝毫不落言筌。

辋川集·鹿柴[1]

空山不见人,但闻人语响。返景入深林[2],复照青苔上。

注释

〔1〕鹿柴（zhài）：地名。柴，木栅栏。本篇见《王右丞集笺注》卷十三。

〔2〕返景：太阳落山时的返照。景，阳光。

鉴赏

王维曾与好友裴迪一起，为辋川二十景各写一首五言绝句，两人共得四十篇，结成《辋川集》。王维的二十首诗大多数写得空灵隽永，成为传世名作，其重要原因之一是善于处理虚实和动静的关系，天然浑成，毫无人工的痕迹。《鹿柴》即这组诗的代表作之一。

此诗写空山深林傍晚的景致，着意刻画了一束斜晖透过密林的空隙，返照在林中青苔上的一角画面。"空山不见人，但闻人语响"，山谷中传来人语的回响，却不见人影，越发显出深林里人迹罕至的幽冷。"返景入深林，复照青苔上"，夕阳的暖色淡淡地笼罩在阴寒的青苔上，更衬出空山中的幽冷。画面色调的冷暖互补，与画面内外的动静对比相互烘托，使有限的空间延伸到画外无限的空间，因而蕴含着可以想见的无穷意趣。裴迪同咏鹿柴的深幽："日夕见寒山，便为独往客。不知松林事，但有麏麚迹。"通过鹿的足迹点出此处起名"鹿柴"的特点，较之王维的具体刻画似乎脱空一步。但王维从林中往外写，令人由深林返景想见空山落照，从山中人语的回响体味独往之意，是以实写的一角显示整体的空灵意境。裴迪从山外往里写，既不知松林里更深一层的幽趣，寒山夕阳又一览无馀，所以

写得虽空，反而使诗意过于坐实。可见，两人都注意了景物布局中藏、减、疏、略的手法，但处理虚实关系的着眼点不同，留出的想象空间便有大小的不同。王维取景布局更多地显示出画家的匠心，善于通过巧妙的剪裁将画面上的景物集中于一隅，就使画面感更加鲜明，留出的想象空间更为宽广。所以前人评此诗说"写空山不从无声无色处写，偏从有声有色处写，而愈见其空"（李锳《诗法易简录》）。可见王维对有无虚实之辩证关系的彻悟和妙用实非一般诗人可以企及。

相　思[1]

红豆生南国[2]，秋来发几枝。愿君多采撷[3]，此物最相思。

注　释

〔1〕本篇见《王右丞集笺注》卷十五。

〔2〕红豆：产于岭南，木本植物，干高丈馀，其叶如槐，秋开小花，冬春结子，处于荚中，鲜红夺目。举世呼为相思子。

〔3〕多：一作"休"。撷（xié）：摘取。

鉴　赏

　　五言绝句源自南朝乐府民歌，因篇制短小，其基本特点是情思凝聚于一点，可以表现因节物变化而产生的小感悟，一个心理活动的瞬间，或是一个小细节、小动作，或一个定格画面，一种人物情态。即使是双关、比兴，也是借眼前所见的一个物象，简单地点出情思所结，以句短味长、体小量大为上乘。此诗正是巧用俗称相思子的红豆起兴，以双关相思之意。

诗中的第二人称"君"当指将赴岭南或已经身在南国的友人。红豆是岭南特产，秋天又正是花发之时，以此起兴，仿佛随手拈来般自然。后两句以当面叮嘱的殷切口吻，劝对方多多采撷，并直接点出此物相思之意最深，则希望友人离别之后勿忘故人的深情也就自在其中了，当然自己对友人的眷念更无须多言。所以尽管是直抒胸臆，却又无限含蓄。"劝君多采撷"句，洪迈《唐人万首绝句》《唐诗别裁集》作"劝君休采撷"。周本淳《唐人绝句类选》从之，云："'休'较'多'，义深，盖言其易惹相思，不如勿采"，也是一种胜解。

睹物思人，人之常情，何况红豆又本名相思子，借以表达珍惜友情或爱情之意，比任何比兴之物都要直接而恰切。这就是此诗虽短而容量极大，在任何时代都受到人们喜爱的缘故。

九月九日忆山东兄弟 [1]

独在异乡为异客，每逢佳节倍思亲。遥知兄弟登高处，遍插茱萸少一人 [2]。

注释

〔1〕九月九日：重阳节、古代有登高赏菊、插茱萸的习俗。本篇见《王右丞集笺注》卷十四。题下有原注："时年十七。"吴兴凌初成本题作《九日忆东山兄弟》。

〔2〕茱萸（zhū yú）：又名"越椒""艾子"，常绿植物，有香气。据《风土记》，到重阳日，茱萸香气浓烈、颜色变红、可折下插头，谓可辟恶气御冬。

鉴赏

七言绝句形成之初受到晋、宋北地歌谣和北朝乐府民歌中七言体的影响，语言比五绝通俗浅近。虽然与五绝一样，善于以小见大，但每句比五绝多两个字，又多用虚字，读来声长字纵，更有利于声情的表达。盛唐七绝成就最高的作品都见于相思送别类题材，正说明了七绝的特长在于以浅语倾诉深情，王维这首诗就是代表作之一。

九月九日是重阳节，古时有亲友相约登高插茱萸的习俗。此时诗人独在异乡为客，遇到佳节倍加思念亲友，本是至情自然流露，脱口而出，所以说得真率直拙，却在不经意间概括了自古以来在同样情境中人人都有的感受："每逢佳节倍思亲。"后半首跳过一步，从对面着想，料定山东的兄弟在登高之处，人人头插茱萸，却少了自己一人，其心情如何，不必明说，只从"少一人"与开头的"独"字正相呼应，便可想见双方的思念之情应当是相同的。

王维

　　王维表达相思之情的绝句最善于提炼切合眼前实境的比兴或景物，此诗从重阳节插茱萸的习俗着想，将遥分两地的兄弟之情联系在一起，写出了中华民族重视佳节团聚和亲友至情的深厚传统。之所以能够万口流传，正因为既是王维自己的感悟，又超出了时空地域的局限，为百代之下的后人所共有。

送元二使安西[1]

　　渭城朝雨浥轻尘[2]，客舍青青柳色新[3]。劝君更尽一杯酒，西出阳关无故人[4]。

注　释

　〔1〕元二：姓元，排行二。名字不详。安西：唐代安西都护府治所贞观十四年（640），治交河城（在今新疆吐鲁番）；二十二年（648），移治龟兹（在今新疆库车附近）。这首诗曾被唐人谱成歌曲，反复歌唱末句，谓之《阳关三叠》，又称《渭城曲》。本篇见《王右丞集笺注》卷十四。

　〔2〕浥（yì）：润湿。

　〔3〕"客舍"句：此句多本作"客舍青青柳色春"，一本作"客舍依依杨柳春"。

　〔4〕阳关：在今甘肃敦煌西南，位于玉门关东南方向，为出塞要道。

鉴 赏

唐人广泛交游、行旅赴边的生活必然造成经常的离别，所以抒发离情别绪的名篇很多。此诗送友人出使安西，是一首极负盛名的送别之作。

全诗连题目有三个地名：安西、渭城、阳关。盛唐时中央王朝在西域设都护府，驻扎军队，西北地区和中原的交通十分频繁。出使安西，首先要经过长安西边的渭城，然后再出阳关。由于西北绝域荒凉遥远，朋友此去，自然会引起诗人深深的惜别之情。人在渭城饯别，而悬想的则是故人西出阳关的心情。所以渭城的景色也都仿佛蕴含着离情：清晨刚下过一场细雨，尘土已被雨水沾湿。由"裛"字可感知空气的清润，以及浸透在离人心头的惆怅。客舍旁柳色青青，还是一片新绿，正是初春季节。古人送别都要折柳相赠，借"柳""留"谐音，表示挽留。这里虽未写折柳，青青柳色已经暗示出惜别留恋之意。

为元二饯别，分手在即，劝君再饮一杯，便可再多留一刻。"更"字说明此前已经殷勤劝酒多次，所以末句直道频频劝酒的心意：一出阳关，便是塞外，人地生疏、寂寞孤独，再也没有亲朋故知了。这里只是体贴对方出关之后的心境，送行者自己的伤别之情却也不言而喻。虽然稍用曲笔，但因借劝酒以慰行旅，本来切合饯别场景，加之采用"劝君"的语气，如对面交心般恳切，读来便如冲口而出，声情动人，意味悠长。

此诗千载如新，还在于明白如话，能概括"人心之所同"，使人读之便"如其意所欲出"，故容易流播人口，"遂足传当时而名后世"（赵翼《瓯北诗话》），成为唐人送别诗中的绝唱。

崔颢

崔颢(？—754)，汴州(今河南开封)人。开元十一年(723)进士。天宝中任尚书司勋员外郎。《全唐诗》录存其诗一卷。

长干曲四首（选二）[1]

其 一

君家何处住，妾住在横塘[2]。停船暂借问，或恐是同乡[3]。

其 二

家临九江水[4]，来去九江侧。同是长干人，自小不相识。

注释

〔1〕长干：地名。在今南京市南。《长干曲》，乐府《杂曲歌辞》旧题。本篇见《全唐诗》卷一三〇。

〔2〕横塘：地名。在今南京市西南。

〔3〕或恐是同乡：《河岳英灵集》作"或可是同乡"。

〔4〕九江：旧说有九条支流在今江西九江附近流入长江。

鉴赏

《长干曲》始见于南朝乐府民歌,宋人郭茂倩《乐府诗集》收入《杂曲歌辞》,古辞仅见一首,以广陵女子的口吻写她驾着菱舟弄潮的情景。崔颢这组《长干曲》在古辞基础上扩充成四首问答式的民歌,构想出一个采菱少女与一位船家青年在水上相识的一幕情景,表现了人生中偶尔相逢的片刻意趣。其一和其二的问答关系十分清楚,因此可连在一起看。

其一是女子向男子主动问话,先问对方住在何处,语气直捷,开门见山。然后不等回话,便介绍自己住在横塘。接着似乎意识到这样向一个陌生男子打听住处并自报籍里,未免唐突,于是旋即解释之所以停船借问,是想到可能彼此是同乡的缘故。四句平平常常的问话,虽不写人,却闻声便可想见这位水上女子快人快语、热情开朗的性格。天真大胆的表情中还若有似无地流露出欲与对方结交的情思。这一简洁有味的开场白自然引出下一首男子的回答。

其二是男子的答词。青年两次强调自己的住处和来往行踪都在江上,主要是告诉女子自己萍迹浪踪,并无固定住处,虽然确认自己是长干人,但又解释了同乡而不相识的原因。青年男子的回答究竟有无与女子相识的意向,从字面上很难判断。但他老成持重的性格却也正从这种难以捉摸的态度中得以呈现。

在第三、四两首中,诗人将南朝乐府中常见的男女借停舟相载表示爱情的内容,化成进一步的男女问答。女子主动要求等待男子

崔颢

一起归去，但直到最后，男子也没有明确答复双方是否能并船同归。四首诗只是撷取了男女两段对话，最大程度地恢复和提纯了民间男女交往时天真无邪的本来风貌。因此，如果不看第三、四两首，其一和其二的问答也可以理解成水上人家往来江上相互问讯的一幕常见情景，可以想见长年漂流在外的人在单调的生活中遇见同乡的欣喜和快慰。即使不作情歌看，这段简短的对话中也含有极朴实的人生体验：也许这只是江湖上普通的萍水相逢，交谈之后便各奔东西，但那饶有意味的对话或许就留下了人生中难忘的一个片段。这就比南朝民歌中男女轻易以心相许的结尾更耐人寻绎。

这两首五言绝句采用南朝乐府民歌轻快活泼的短歌式对白，对话的情节和背景都在无字之处，人物的声情笑貌和微妙心理则活现在不同的口吻之中，所以王夫之赞此诗"墨气所射，四表无穷，无字处皆其意也"（《薑斋诗话》卷下）。虽是仿乐府之作，却能得民歌之天籁。

黄 鹤 楼 [1]

昔人已乘白云去[2]，此地空馀黄鹤楼。黄鹤一去不复返，白云千载空悠悠[3]。晴川历历汉阳树[4]，芳草萋萋鹦鹉洲[5]。日暮乡关何处是[6]，烟波江上使人愁。

注 释

〔1〕黄鹤楼：旧址在今湖北武汉市武昌区蛇山黄鹄矶上，下临长江。本篇见唐殷璠《河岳英灵集》卷中。

〔2〕昔人：传说中的仙人。一说三国蜀费文祎曾在此楼乘鹤登仙。一说仙人王子安曾乘黄鹤经过这里。此句诸本作"昔人已乘黄鹤去"。

〔3〕悠悠：白云飘荡的样子。

〔4〕历历：分明。汉阳：在武昌西，与黄鹤楼隔江相望。

〔5〕萋萋：茂密的样子。鹦鹉洲：在武昌北长江中。

〔6〕乡关：乡城、故乡。

鉴赏

这首诗是令黄鹤楼享誉天下的名作。关于黄鹤楼故事有不同的说法，都是民间传说。诗人将他对这些传说的神往，转化为对时空悠久的遐想。首四句感叹昔日仙人已乘白云而去，此地的黄鹤楼早已人去楼空。仙人所乘的黄鹤一去不再复返，千年以来只有白云悠悠如故。四句中两用"黄鹤"，两用"白云"，以复沓递进的句法，造成两层意思的回环，增强了咏叹不已的情味。

与怀古之遐想相对的，是从黄鹤楼上俯瞰的眼前景象：隔江相望的汉阳城边，树木丛生；武昌江中的鹦鹉洲上，芳草茂密。晴光之下，均历历在目。这种格外清晰的视觉感受，把诗人从遐想中拉回现实。暮色逐渐降临，江上烟波苍茫，不由得百感交集，乡愁油然而生。后半首实写楼上所见和怀乡之意，反衬出前半首"托想之空灵、寄情之高远","尤觉有无穷之感"(俞陛云《诗境浅说》)。

南宋严羽《沧浪诗话》曾说:"唐人七言律诗,当以崔颢《黄鹤楼》为第一。"因为此诗既合典,又切景,能将古今登楼之人所见所感都概括无馀,传说连大诗人李白到此也因为"崔颢题诗在上头"而搁笔。更不可企及之处还在此诗如音乐般的特殊声调,而这种声调又非人力刻意所为,乃是七律在进化过程中从初唐发展到盛唐这一特殊阶段时自然形成的一种声情韵调。七律本来起源于梁陈乐府,和歌行具有密切的亲缘关系。初唐朝廷大典时,仍以七律为乐章。所以早期七律的结构和声调与乐府歌行非常相似,音节舒展悠远,便于全诗层叠反复地抒情。但是与《黄鹤楼》句式结构相似的七律前有沈佺期的《龙池篇》,后有李白的《登金陵凤凰台》《鹦鹉洲》等,都没有产生《黄鹤楼》这样动人的艺术效果。原因就在此诗前半首的回环递进句法和悠扬流畅的声情,与黄鹤杳然、白云悠然的意境正好相得益彰,浑若天成,更能触发人们关于宇宙之间人事代谢的感慨和怅惘。因此神韵超然,独步千古,绝非后人所能模仿。

常　建

常建（生卒年不详），长安（今陕西西安）人，开元十五年（727）登进士第。曾任县尉。后长期隐居。有《常建诗集》一卷。

题破山寺禅院[1]

清晨入古寺，初日照高林。竹径通幽处，禅房花木深[2]。山光悦鸟性，潭影空人心。万籁此都寂[3]，但馀钟磬音。

注释

〔1〕破山：位于江苏常熟市虞山北，唐代属苏州。山上有寺，俗称破山寺。始建于南朝齐代。本篇见《全唐诗》卷一四四。

〔2〕禅房：僧房。

〔3〕万籁：自然界万物的声响。

鉴赏

此诗开篇便展现出高朗的境界：清晨进入古寺，先见到初升的太阳照耀着高大的树林。这不仅是交代晴朗的天气，更借"高林"

烘托出"古寺"的深幽。从诗题可知,诗人游赏的重点在寺庙的后禅院。所以颔联略去进入古寺所经过的多进院落,直接取道于竹林小径,到达后院花木深处的禅房。"竹径通幽处"是很平实的陈述,但由于诗人在小径深处所获得的这份意外的惊喜,能够传达出人们在游览古典园林时常有的体会,所以"曲径通幽"不但转化为成语,也成为后代造园艺术家在园林布局时不能忽略的艺术构思。

　　后禅院是另一番宽广的天地:这里可以看到远山,听到鸟鸣,还有清澈的潭水倒映着蓝天。"山光"是指阳光照耀下明亮的山色。诗歌开头就说明这是一个初日朗照的好天气,所以鸟儿叫得分外欢畅。而潭水悠悠,与天空相映,显得特别清澈,人对着这潭中的天光云影,内心也变得一片空明。从"悦"和"空"这两个词的使动用法来看,这两句是写诗人由山色、鸟鸣、潭影得到的感悟,同时又特别强调了鸟"性"和人"心"的对应。当时佛教常谈心性,禅宗认为人只有体悟到自己内心的虚空,才能理解世界万物的虚空。这虽然是一种佛教修行的内心境界,但与玄学所说的静照忘求意思相通,都是要求心灵变成一片虚静空明。这时人心排除了尘世间的一切杂念,就能更清晰地体会大自然内在的活跃生命。所以潭影能使心空,对鸟性与山光相悦的自然之理体会更深。这就是这两句中包含的理趣。

　　古寺中本来就非常幽寂,只有钟磬伴随着诵经和斋供。而心性变为虚空之后,在万籁俱寂中便只听到钟磬之音在回荡,这不仅仅是写听觉,更是表现内心对整个世界的感悟。盛唐山水诗常常写到寺庙里的钟磬,因为钟声像是宇宙间的韵律,可以洗净尘俗的杂念。因此,最后两句写诗人在面对潭影、听到寺里的钟磬之时,恍然感受到了从宇宙深处传来的大自然的节律。这时人虽在"幽处",而内心却像开头描写的"初日照高林"一样,进入了一个极其高远清朗的境界。

全诗在欣赏山水的兴致中深含着对玄理和禅性的妙悟,所以纪昀称赞此诗说:"兴象深微,笔笔超妙,此为神来之候。'自然'二字尚不足以尽之。"(《瀛奎律髓汇评》下)

李颀

李颀（生卒年不详），开元二十三年（735）进士，调新乡县尉。后归东川别业（在今嵩山）隐居。有《李颀诗》一卷。

古从军行[1]

白日登山望烽火，黄昏饮马傍交河[2]。行人刁斗风沙暗[3]，公主琵琶幽怨多[4]。野云万里无城郭，雨雪纷纷连大漠。胡雁哀鸣夜夜飞[5]，胡儿眼泪双双落。闻道玉门犹被遮[6]，应将性命逐轻车[7]。年年战骨埋荒外，空见蒲桃入汉家[8]。

注释

〔1〕从军行：乐府曲名。此诗是拟古题。本篇见《全唐诗》卷一三三。

〔2〕交河：在今新疆吐鲁番市西北，是安西都护府治所。

〔3〕刁斗：军用铜器，白天用以煮饭，夜里用以打更。

〔4〕公主琵琶：相传汉武帝与乌孙国和亲，以江都王刘建之女细君为公主，嫁乌孙王，令人在马上弹琵琶解除她在旅途中的思乡之情。

〔5〕胡雁哀鸣：《诗经·小雅·鸿雁》："鸿雁于飞，哀鸣嗷嗷。维此哲人，

谓我劬劳。"

〔6〕"闻道"句：《史记·大宛列传》记汉武帝命李广利伐大宛，士兵伤亡惨重，军粮不继，请求罢兵。武帝大怒，"使使遮玉门曰：'军有敢入者辄斩之！'"这里借咏汉武帝故事来反映现实。

〔7〕轻车：汉代有轻车将军和轻车都尉。唐时有轻车都尉。

〔8〕蒲桃：葡萄。《汉书·西域传》："宛王蝉封与汉约，岁献天马二匹，汉使采蒲萄、目蓿种归。"

鉴 赏

　　以古乐府题写边塞诗，是南朝以来的传统。主题大体不出立功边疆的壮志、战士戍边的乡愁、边塞荒凉的风光、长安闺中的怨思等范围。此诗以戍边战士的眼光，描写从军西域的荒凉凄苦，并集中塞外最荒凉悲愁的意象，从胡汉双方士卒对战争的共同感受着眼，反映汉唐边塞战争绵延不绝的历史及其给人民带来的灾难，含蓄地表达了诗人对战争本质的思考，与传统边塞诗的视角有所不同。

　　发端以"白日登山""黄昏饮马"相对，概括安西军士昼行夜宿的生活常态。"交河"的地名点出西域的特殊环境，又与"登山"相对，展现出塞外烽烟不息的战争氛围。如果说战士夜间打更的刁斗声与昔日和亲公主的琵琶声，着重在渲染由汉入胡的人们内心的哀怨；那么野云大漠，雨雪风沙，则着重在描写这片土地上原住民生活环境的荒凉。胡儿双双泪落，就像哀鸿夜夜悲鸣，同样因战争而离乡背井，不得安生。雁鸣人哭之声与刁斗琵琶之声混成一片，在万里大漠上空回响，战争给胡汉人民带来的痛苦并无差别。诗人的深刻在于他不仅用"年年"二字点出诗中的场景并非一时一地，而是自古到今年年如此。同时还进一步指出造成这种历史悲剧的根源，在于历代统治者的穷兵黩武：玉门仍被朝廷使者拦着不能进关，战士们只能继续跟随将军用性命去换取供统治者享用的葡萄。这就从敌对双方士卒的切身痛苦中，揭示出统治者发动不义战争的实质。

全诗语气沉痛，情调悲凉，但境界壮阔，气势雄浑，能在辽远的时空中展现出历史的纵深感和现实感，可称是盛唐边塞诗中思想最深刻的名篇。

送魏万之京[1]

朝闻游子唱离歌，昨夜微霜初渡河。鸿雁不堪愁里听，云山况是客中过。关城树色催寒近，御苑砧声向晚多[2]。莫见长安行乐处，空令岁月易蹉跎。

注 释

〔1〕本篇见《全唐诗》卷一三四。

〔2〕砧声：捣衣声。古代妇女把织好的布帛，铺在平滑的砧石上，用木棒敲平，以求柔软熨帖，好裁制衣服，称为"捣衣"。多于秋夜进行。

鉴 赏

盛唐七律数量较少，李颀也仅有六、七首，但这一首向来被明清诗论家推为绝佳之作。

全篇扣住"送魏万之京"的题意，想象友人一路前往京城的情景。首联本意实指"昨夜微霜，游子今朝渡河耳"（方东树《昭昧詹言》），但先写清晨送别，游子所唱离歌为今朝所闻，第二句却折回"昨夜"，回想到半夜微霜初下的光景，点出送别时已是初凉季节。这一转折使平平的起头顿显新意，颇多含蕴：霜下已是半夜时分，则可见离筵从昨夜就已开始。倒插之笔不但没有打断首句的意脉，而且在印象上能与游子渡河北上相承接，形成流畅婉转的音调。于是颔联顺势而下，从渡河开始展开了游子赴京的行程：霜后鸿雁南飞，游子却离家向北，所以雁声自然不堪再听；何况还要在客愁中经过重重云山呢？这两句以"不堪"和"况是"形成递进句意，使前半首的转接如行云流水，仿佛离歌和雁鸣犹在耳边，浮云就已经飘过重重山岭。这就强化了游子离去的快速之感，诗人的惆怅也自在不言之中。

颈联纯为写景：关城的树色催着寒意临近，御苑的砧声在暮色中增多，却能映带出友人行进的踪迹：诗人仿佛看着他走近寒意将临的关城，来到暮砧声声的长安。其妙处当在"催寒近"三字中"近"字的一语双关，本是寒意临近，却也是魏万在走近关城；加上"向晚多"三字中的"向"字本身的指向意义，与"近"字互相呼应，便使景物动态在移步换形之中自然包含了人行的方向。最后劝勉友人在京城莫要蹉跎岁月，行程也就势结束，收得温婉自然。

盛唐七律送别诗大多从友人别后去向及一路风景着想，此诗构思并无例外，其感人之处在于情韵的微婉深厚，含蓄不露。诗人仿佛一路目送着友人，听他唱着离歌越过云山，望着他一步步走近长安。由于善用虚字转折承接，使全诗的内在节奏与行进方向一致，保持了歌行般的句调，因而读来分外悠扬流畅，笔端如带音乐。七律这种婉转平和、优柔浏亮的声情之美，后人之所以难以效仿，就在其为盛唐所独有。李颀虽然七律很少，却被后人奉为"盛唐正宗"的原因也正在此。

祖 咏

祖咏(生卒年不详),洛阳(今属河南)人。开元十二年(724)进士。少与王维交好。毕生仕途失意,移家归汝坟别业,以渔樵自终。

终南望馀雪[1]

终南阴岭秀[2],积雪浮云端。林表明霁色[3],城中增暮寒。

注释

[1] 本篇见《全唐诗》卷一三一。

[2] 阴岭:山北为阴。长安城在终南山之北,故望见的是其阴面。

[3] 表:外。霁(jì):雪后天晴。

鉴赏

《唐诗纪事》载祖咏在登开元进士第时,考官试《终南山望馀雪》诗。祖咏只赋出前四句,就交卷了。有人问他,祖咏回答说:"意尽。"所以这首诗本来应该是五言律诗,没有写完,就成了五言绝句,却没想到成为后世传颂的名作。

　　应考之诗，首先在切题。此诗之题面是咏终南山上的馀雪，一般都要从夸张终南山高入云端着眼。此诗开头似乎也是如此，先写终南山阴岭之秀美，特意强调"阴"字，一则因从长安望终南山，只能见其阴面，这就扣住题中的"望"字；二则阴面积雪不易融化，又暗中关联题中的"馀雪"二字。所以第二句紧接着写积雪浮在云端，可见终南山之高峻，以致积雪和白云连成了一片。

　　后两句从雪晴之后天气更冷这一常有的生活经验着想，写林梢背后透出的霁色，成为阴云笼罩的画面背景上的一抹亮色，与溶入云端的山顶馀雪相映衬，勾勒出一幅如同套色木刻画般的终南馀雪图。令人身临其境地感受到城中随暮色降临的寒意，以及雪后空气的清新。霁色是写"馀"字的点睛之笔，因"浮"字虽好，只写得积雪，只有天晴之后未消之雪方能称"馀雪"。至此不须再续，题面意思已足，所以诗人自云"意尽"。

　　祖咏擅长写霁色，如"霁日园林好，清明烟火新"（《清明宴司勋刘郎中别业》），"昼眺伊川曲，岩间霁色明"（《陆浑水亭》）等，而《终南望馀雪》诗中"林表明霁色"句尤其鲜明如画，可见此诗虽仅半首，却是平时积久之功。

朱 斌

朱斌(生卒年不详),盛唐处士。

登鹳雀楼[1]

白日依山尽,黄河入海流。欲穷千里目,更上一重楼[2]。

注释

[1] 鹳雀楼:故址在今山西省永济市西南城上,共三层,前瞻中条山,下瞰黄河。后此楼被河水冲没。本篇见唐人芮挺章于天宝三载(744)编选《国秀集》卷下,作者题为"处士朱斌"。在历代传刻中,又作王之涣,《全唐诗》卷二〇三作朱斌,卷二五三作王之涣,重出互见。学者考证应为朱斌。

[2] "更上"句:一作"更上一层楼"。

鉴赏

鹳雀楼所在位置的特点是可前瞻中条,下瞰黄河。此诗开篇便展现出日落归山、黄河入海的壮丽景观,已经将鹳雀楼地势之高形容到极致。因为河中府距东海尚远,楼再高,也不可能见到大海,只能见到黄河浩荡东流的景象。将境界拓展到目力所穷的范围之外，这是盛唐人写山水的共同特点。于是未写登楼，楼上所见之广大空阔似乎已经写尽。

白日西下，大河东去，昭示着"逝者如斯"的自然规律，但诗人没有因此怅触感叹，反而激起再上一层、放眼千里的无限豪情。不但在已有的写景之外，拓展出穷尽千里目的更广视野，更由登楼的现成体会自然上升为登高才能望远的哲理，给人以无穷的启示。此诗后两句也因此成为千古不磨的警句，激励着人们在事业上永不驻足、不断追求更高的境界。

王之涣

王之涣(688—742),字季凌,本家晋阳,后徙绛郡(今山西新绛)。曾任冀州衡水主簿,后去官优游山水。晚年为文安县尉,卒于官舍。《全唐诗》存其绝句六首。

凉州词二首(其一)[1]

黄河远上白云间[2],一片孤城万仞山[3]。羌笛何须怨杨柳[4],春风不度玉门关[5]。

注释

[1] 凉州词:唐代乐府曲名,是歌唱凉州一带边塞生活的歌词。凉州,泛指整个凉州,即河西一带。本题共二首,初见于《国秀集》卷下。诗题一作《出塞》。

[2] "黄河"句:一作"黄沙直上白云间"。"黄河"两句,《国秀集》卷下作"一片孤城万仞山,黄河远上白云间"。

[3] 仞:八尺。

[4] 羌笛:一种乐器,出羌中。羌是我国古代西北少数民族。杨柳:北朝乐府民歌有《折杨柳歌辞》。

〔5〕玉门关：在今甘肃敦煌西，是当时凉州的最西境。

鉴赏

王之涣存诗虽少，这首绝句却极为著名，以致有"旗亭画壁"的故事传世。据唐人薛用弱《集异记》载，开元中，王昌龄、高适、王之涣三人在旗亭共饮，有伶官妙妓等会宴，奏乐歌唱当时流传之七绝，三人画壁各记己诗入歌之数，以定甲乙。王昌龄、高适各有绝句入歌，最后妓中最佳者唱王之涣此诗。可见其当时流传之广。

首句是"黄河远上"还是"黄沙直上"，历来有不同版本，也引起过不少争论。"黄沙"固然写实，但用"黄河远上"则超出实际的视野，以黄河来自天边，远远地与白云融成一片的高远境界作为背景，更突出了崇山峻岭中只有一座孤城的荒凉感。再联系第三句"羌笛何须怨杨柳"来看，笛中所吹的《折杨柳》曲自能让人联想到北朝乐府民歌："遥望孟津河，杨柳郁婆娑。我是虏家儿，不解汉儿歌。"孟津河即黄河，"黄河远上"可视为《折杨柳》曲中"遥望孟津河"的意境拓展。正如"一片孤城万仞山"是将塞外人烟稀少、群山雄峻的总体印象浓缩成"一片"和"万仞"的悬殊对比，"黄河远上白云间"也是不拘视角和地点，遥望黄河与白云在天际相连的静态印象，因而比"黄沙直上"的想象空间更为广阔，也更富有诗意。

征人在关城上吹笛抒发边愁，是南朝到唐代边塞诗中常写的情景。《折杨柳》也是最常见的笛曲。杨柳只存在于哀怨的笛曲之中，

更显出塞外的荒寒。诗人却以排遣的口气说:凉州本来春意就少,玉门关外连春风都吹不过去,那么何须吹笛埋怨杨柳呢?然而"春风不度"正说明春天已至,只是玉门关几乎不见春意而已,于是这一点初春的消息便更令人向往。这样"迢遥的向往之情"(林庚《王之涣的凉州词》)正与"黄河远上白云间"的遥望之境首尾呼应,看不到杨柳的玉门关也因此平添了想象中的春意。

即使是荒野绝漠,诗人也总能发现其中的诗情和美感,这正是盛唐边塞诗的特殊魅力所在。

王 翰

王翰（生卒年不详），字子羽，并州晋阳（今山西太原）人。睿宗景云元年（710）进士，曾任驾部员外郎、仙州别驾。贬道州司马。《全唐诗》录存其诗一卷。

凉州词二首（其一）[1]

蒲萄美酒夜光杯[2]，欲饮琵琶马上催[3]。醉卧沙场君莫笑，古来征战几人回。

注 释

[1] 本篇见《国秀集》卷上。
[2] 夜光杯：东方朔《十洲记》载：周穆王时，西胡献夜光常满杯。杯用白玉之精制成，光明夜照。
[3] 琵琶：汉唐琵琶有多种形制，清乐所用称为"秦汉子"。曲项琵琶本出胡中，俗传是汉制。五弦琵琶，北国所出。燕乐常用的是四弦琵琶。马上：指马上所奏之乐。西晋傅玄《琵琶赋》云："汉遣乌孙公主嫁昆弥，念其行道思慕，故使工人裁筝、筑，为马上之乐。"《通典·乐六》云："北狄三国（鲜卑、吐谷浑、部落稽），北狄乐，皆为马上

乐也。鼓吹本军旅之音,马上奏之。"北狄乐在北周和隋代,与西凉乐杂奏。西凉乐所用乐器中有曲项琵琶及五弦琵琶,并出自西域。催:一说催饮,一说催上战场。

鉴赏

  无数征夫战死沙场不得回乡的怨叹,是从汉魏到唐代边塞诗的常见内容。这首诗以一个战士的口吻,选取其举杯痛饮美酒的片刻谈笑,从新颖的角度再次表现了这一重要主题。

  开头先给葡萄美酒和夜光杯一个特写镜头。葡萄酒是西域特产,夜光杯也是传说产自西胡的珍奇之物。以玉杯盛满美酒,酒色与夜光交相辉映,就像战士眼前全部的美好生活。然而当他正要举杯痛饮时,却听到了马上弹奏琵琶的声音,军队又要出发了。这一句学界有岐解。一说此句指马上奏起军乐,又在催着战士出征。唐代军队出征的军乐中有无琵琶,史无明证。《通典·军礼一》记隋大业七年(611)征辽东时众军出发所用鼓吹乐的乐器中并无琵琶。但此诗题为《凉州词》,西凉乐有琵琶,且在北周、隋代与马上所奏之北狄鼓吹乐杂奏,则驻守在西凉的唐军鼓吹乐杂用琵琶也是有可能的。一说指军中设宴,乐队以琵琶助兴,"催"指"催饮"。如作此解,则此句指战士见酒欲饮时,军中乐队已经奏起马上乐,催他入席。两种解说没有根本分歧,只是前一解将饮酒与被催出征的时间连接得更紧,转折之突然更有戏剧性。

  后两句是战士的谐谑之语,"君莫笑"似乎是玩笑,却也是认真的解释:沙场醉卧,固然荒唐可笑,但是能在醉中享受这短暂而美好的人生,不就忘记了征战者不能回乡的终古之恨了吗?这话虽是故作旷达,却沉痛之极。

　　此诗以欲饮始,以醉态结,首尾两句使人生的美丽和战争的残酷形成强烈的对照。征人颓放的情态加上葡萄酒、夜光杯、琵琶乐等意象的西域色彩,使全诗别具一种豪放浪漫的情调。

王昌龄

王昌龄(698？—757？)，字少伯，太原(今属山西)人，一说江宁(今江苏南京)人，一说京兆(今陕西长安)人。开元十五年(727)进士，补秘书省校书郎，又中博学宏辞科，调汜水尉，江宁丞。安史乱起，还乡，为刺史闾丘晓所杀。《全唐诗》录存其诗四卷。

出 塞[1]

秦时明月汉时关[2]，万里长征人未还[3]。但使龙城飞将在[4]，不教胡马度阴山[5]。

注释

[1] 出塞：乐府《横吹曲辞·汉横吹曲》旧题，本篇见《乐府诗集》卷二十一"横吹曲辞一"。

[2] "秦时"句：中国自秦汉以来就设关备边。"秦时"与"汉时"互文见义。

[3] 长征：有二义，一指长途征戍；二指盛唐时募兵制所招收的长征兵，长期征守边塞。

[4] 龙城飞将：汉李广善战，匈奴称为飞将军。龙城，一作"卢城"，指卢龙，

即汉右北平治，李广曾为右北平太守。一说龙城指匈奴祭天处，龙城飞将即威震匈奴的飞将军。一说龙城即陇城，不少地志图书将"陇"写作"龙"，李广乡贯是陇西成纪（今甘肃省天水市秦安县），龙城指李广籍贯。

〔5〕阴山：起河套西北，绵亘于内蒙古，与内兴安岭相接，是中国古代抵御北方外族来犯的屏障。

鉴赏

此诗首句开门见山，横空而出：千里关城，屹立在明月之下，雄壮静默，犹如雕塑。这明月千年不变，从秦汉一直照到唐代，见证着秦汉以来无数战士从军不还的悲剧。"长征"一词，有二义，一是指远道征戍；二是指开元时张说设立募兵制后朝廷所招收的"长征兵"，与定期轮换的府兵相比，他们是长期征守边关的战士。后一义始见于盛唐。因而此处既指士兵在关外征戍时间之长，也指他们从家乡到边关的距离之远。再联系首句来看，秦汉以来戍边战士所走过的长途，不也是"长得可以跨越汉唐之间的历史"（林庚《说"秦时明月汉时关"》）吗？这两句画面之壮美，气势之雄健，压倒了所有同类主题的诗歌。

正因为自秦汉以来，边关始终征战不息，所以才需要汉代李广那样令匈奴畏惧的飞将军，不让胡马度过阴山，使边疆永保太平。这是后两句与前两句承接的内在意脉。如果从李广的命运着想，这位飞将军虽然体恤士卒，威名远震，但最后遭到统治者不公正的待

遇，落得委屈自尽，因而后来又成为历代边塞诗里体现军中赏罚不公的典型人物，那么这一结尾不但提炼出多少代人民的和平愿望和爱国热情，还暗含着希望朝廷得人，善用良将的深意。

此诗涵盖了历代边塞诗的基本主题，历史感之深沉，概括力度之高，非一般边塞诗可比，明代诗论家李攀龙、杨慎等推为唐绝第一，不无道理。

芙蓉楼送辛渐二首（其一）[1]

寒雨连江夜入吴[2]，平明送客楚山孤[3]。洛阳亲友如相问，一片冰心在玉壶[4]。

注　释

[1] 芙蓉楼：原名西北楼，遗址在润州（今江苏镇江）西北。辛渐：王昌龄的朋友，当时拟由润州渡江、北上洛阳。此诗当为王昌龄官江宁丞时所作。本篇见李云逸《王昌龄诗注》卷四。

[2] 连江：《全唐诗》作"连天"，诸本并作"连江"。吴：《全唐诗》作"湖"，诸本并作"吴"。

[3] 平明：黎明。楚山：润州春秋时属吴、战国时属楚。此处"楚山"仍指送客之处。

[4] 冰心在玉壶：鲍照《代白头吟》："直如朱丝绳，清如玉壶冰。"姚崇《冰

壶诫》序:"夫洞彻无瑕,澄空见底。当官明白者,有类是乎!故内怀冰清,外涵玉润,此君子冰壶之德也。"

鉴赏

芙蓉楼在润州西北,登临可俯瞰长江,遥望江北。此诗写清晨在江边与辛渐告别的情景。从其二可知头天晚上诗人在楼上为辛渐饯别,首句正是回溯夜里下雨的动静:夜雨悄然而来,笼罩着吴地江天,也平添了离人心头的寒意。连绵的雨势持续到黎明时分,在眼前水天相连、苍莽迷蒙的平野之上,孤峙的楚山显得分外突兀。想到行人不久将要隐没在楚山之外,自然令送者的孤寂之感油然而生。而楚山伫立在江畔空望着流水远去,不也正像留在吴地的诗人一样孤独吗?一个"孤"字如同感情的引线,自然牵出了后两句诗人对朋友的叮咛之辞。

诗人托辛渐给洛阳亲友带去的口信不是通常的平安竹报,而是传达自己依然冰清玉洁、坚持操守的信念,是大有深意的。据《河岳英灵集》载,王昌龄因不拘小节,导致谤议沸腾,两次被流放远荒。开元二十五年(737)左右被贬岭南是第一次。二十七年(739)从岭南回来后,次年冬被任命为江宁丞,几年后又被贬到更远的龙标。可见他当时正处于众口交毁的恶劣环境中。以玉壶冰比喻高洁清白的人品,早见于南朝诗人鲍照。自开元宰相姚崇作《冰壶诫》以来,盛唐诗人王维、李白、崔颢等都曾以冰壶自励,推崇光明磊落、表里澄澈的品格。因此诗人从清澄无瑕的玉壶中捧出一片晶莹的冰心

以告慰亲友,绝不是洗刷谗名的表白,而是蔑视谤议的自誉,比任何相思的言辞都更能表达他对洛阳亲友的深情。

此诗中屹立在江天中的孤山,不仅烘托出诗人送别友人的凄寒孤寂之情,更与冰心置于玉壶的比象之间形成一种有意无意的照应,令人自然联想到诗人孤介傲岸的形象,又使精巧的构思和深婉的用意融化在一片清空明澈的意境之中,王昌龄七绝的含蓄蕴藉也由此可见一斑。

闺 怨[1]

闺中少妇不曾愁[2],春日凝妆上翠楼[3]。忽见陌头杨柳色[4],悔教夫婿觅封侯。

注 释

[1] 本篇见李云逸《王昌龄诗注》卷四。

[2] 不曾:《唐诗品汇》作"不知"。

[3] 凝妆:盛妆。

[4] 陌头:道边。

鉴 赏

闺怨是汉魏以来诗歌中常见的题材,一般都是写闺中女子对丈夫赴边不归或者游荡在外的怨尤。此诗沿袭了以往的主题，但表现角度新颖。诗中的"少妇"显然是一个稚气未脱的女儿家，一向无忧无虑，未识闺愁。遇到春日，精心梳妆，登上翠楼去看陌上风景，心情也和春光一样灿烂。首二句着重强调了闺妇之青春年少，春日的明媚和闺楼的翠色，洋溢着一片青春气息，自然带出第三句的望中之景。看见道边杨柳这个细节，进一步以柳色的青翠渲染春色之美，本是登楼赏春的题中之义，但"忽见"二字从语气上为末句的陡转铺垫，却引出了少妇"悔教夫婿觅封侯"的心情变化。这一诗情转折中的含意自不难揣测："觅"字可见在外从军的夫婿无论功名还是归程均遥遥无期，那么他所错过的何止是眼前的春光，更是少妇最好的青春年华。

"闺怨"之题本是闺中伤离之意，但此诗并无一个"怨"字，也未提一个"离"字，反而极力渲染少妇的不解闲愁，以及春日凝妆的好心情，然而见了柳色，连如此幼稚的少妇都会生出悔意，这就更说明任何功名富贵都不能与青春和亲情相比。而诗人笔致的新鲜，少妇形象的天真，亦为历代闺怨诗所罕见。

长信秋词五首（其三）[1]

奉帚平明金殿开[2]，且将团扇暂裴回[3]。玉颜不及寒鸦色，犹带昭阳日影来[4]。

注释

〔1〕长信：汉代宫名。本题其一、其三在宋郭茂倩《乐府诗集》中题为《长信怨》，收在《相和歌·楚调曲》"班婕妤"之后，并引《汉书》关于班婕妤的记载，说汉孝成帝本来宠幸女官班婕妤，后赵飞燕姐妹得宠，班婕妤便求供养太后长信宫以自保。后人同情其命运，为作《婕妤怨》。可见本题以班婕妤之事为背景。题目有《长信宫》《长信宫秋词》或《长信愁》等不同版本。本篇见李云逸《王昌龄诗注》卷四。

〔2〕奉帚：持扫帚洒扫。金殿：一作"秋殿"。

〔3〕且：姑且。一作"暂"。将：持。裴回：彷徨不进貌。

〔4〕昭阳：汉宫名。汉成帝昭仪赵合德所住。

鉴赏

《长信秋词》五首从不同角度咏叹汉成帝时班婕妤宠衰被弃的命运。其三选取黎明时分班婕妤持帚洒扫庭院时的片刻心理活动，抒发其无言的哀怨，写得最为含蓄。

"奉帚"的情景出自《汉书·外戚传》所载班婕妤作赋自伤的句子："共洒扫于帷幄兮，永终死以为期。"可见平明奉帚洒扫是班婕妤到长信宫以后每天劳作的常态，而且将持续终生。班婕妤失宠后地位的低下，永无翻身之日的悲惨，都包含在这一典型情境之中了。持扇徘徊也是一个富有暗示意味的动作：汉乐府《怨诗行》咏团扇秋天被弃，虽然作者不可考定，但向来传说是班婕妤所作。诗题为《长信秋词》，说明已到秋天，"且将"和"暂"字都从"秋"字生发，说明手持团扇只是暂时而已，那么持扇正是借被弃之扇自叹自怜之意。

　　首二句写奉帚持扇的典型情态，似已将婕妤命运之悲惨说尽。第三句却出人意料，说婕妤的玉颜还不如寒鸦之色，二者美丑之别本来无从比较，可比的只是寒鸦从东边飞来，尚能捎带上一点昭阳宫的日影。可见玉颜不及寒鸦之处，就在于连这点日影都不能照到。日影即阳光，古来以日比天子，日之光影喻皇帝恩宠。昭阳宫为赵飞燕妹妹赵合德的住处。据《汉书·外戚传》说汉成帝立赵飞燕为皇后，"皇后既立，后宠少衰，而弟（指飞燕女弟赵合德）绝幸，为昭仪，居昭阳舍"。昭阳日影指昭阳宫中人得皇帝宠眷正盛，所以连飞来的寒鸦都沾了光。本是倾城玉貌，却要羡慕丑陋无情的寒鸦，其处境是何等可怜可悲，也就可想而知。

　　此诗以班婕妤为背景，所概括的则是古代无数深宫女子的共同命运。虽然悲怨之极，却出自一片痴想，因而分外优柔凄婉，有一唱三叹之妙。

西鄙人

哥 舒 歌 [1]

北斗七星高,哥舒夜带刀。至今窥牧马[2],不敢过临洮[3]。

注释

[1] 哥舒:哥舒翰,盛唐名将。本篇见《唐诗品汇》卷四五、《全唐诗》卷七八四。关于创作背景有不同解说。据中国社会科学院文学研究所编《唐诗选》注此诗,天宝十二载(739)秋,唐军战败吐蕃,"收黄河九曲,以其地置洮阳郡,筑神策、宛秀二军"(《新唐书·哥舒翰》)。当时统军的是陇右节度使(不久兼河西节度使)哥舒翰。此说较切近诗中内容。另一说见《太平广记》卷四九五"杂录三":哥舒翰为安西节度,控地数千里,甚著威令,故西鄙人歌之曰:"北斗七星高,哥舒夜带刀。吐蕃总杀尽,更筑两重濠。"但后两句与本篇不同。"筑两重濠"指天宝七载(748)哥舒翰筑神威军于青海上,被吐蕃攻破。又筑城于青海中龙驹岛,吐蕃屏迹不敢近青海。八载,哥舒翰指挥部下攻破吐蕃占据之石堡城。李白《答王十二寒夜独酌有怀》说"君不能学哥舒,横行青海夜带刀,西屠石堡取紫袍",应是嵌用"哥舒

夜带刀"之句，说明八载后此民歌已流传内地。如此，则本篇原指天宝七载哥舒翰在青海筑城之事。今本后两句或在民歌流传过程中修改。

〔2〕牧马：汉唐时北方游牧民族常在秋季南下牧马，侵扰内地。此诗以"牧马"借指吐蕃骚扰。

〔3〕临洮：指天宝十二载已置之洮阳郡，故址在今甘肃省岷县。

鉴赏

西鄙人指西北边地之人，这首诗其实是无名氏所作的民歌。初盛唐时期，西北先后有突厥、吐谷浑、党项羌、吐蕃等游牧民族侵扰边境，尤其是洮河一带，战事频繁。王昌龄《从军行》说："前军夜战洮河北，已报生擒吐谷浑。"正是反映开元时吐谷浑在洮河被唐军击败的事实，当时吐谷浑已属吐蕃统治。到天宝十二载哥舒翰率领唐军击败吐蕃前，洮河一带一直不安定，百姓不堪其扰。这首民歌正唱出了他们渴望安定生活的心声。

前两句以北斗七星的起兴引出哥舒翰带刀的形象。北斗七星出现在天空，须入夜才可见，说明此时夜幕清朗深沉，星光格外明亮，正利于哥舒翰"夜带刀"出兵奇袭。此句起势高远，发端便展现了大漠夜空的辽阔背景，北斗的星光照耀着哥舒翰挎刀的身影，使英雄横行青海的豪勇气概更加鲜明突出。

据《太平广记》卷四九五"杂录三"，此诗后两句原作："吐蕃总杀尽，更筑两重濠。"语言粗朴，更接近民歌原貌。但民歌的歌

词在传唱中经常被改易，今本"至今窥牧马，不敢过临洮"已无法确认究竟在何时由何人改定。两相比较，可以看出原句只是简单说明了哥舒翰在青海两度筑濠、杀退吐蕃的战果，没有任何艺术加工。今本则改为令牧马者至今不敢越过临洮的现状，概括力就远高于原句。牧马者固然以吐蕃为主，但不点其名，便包含了西北边境一切图谋来犯的侵略者。"窥"字尤其生动地写出了牧马者偷窥的神态，与"不敢"相呼应，既点明牧马的侵略性质，又强调了侵扰者从此不敢越过临洮的胆怯，更突显出夜带刀的哥舒保卫边境的正义性。牧马虽然借指外族侵扰，但其字面意象和临洮的地理位置相对，能令人产生关于边塞草原的联想，与北斗七星共同构成苍茫高远的境界。因而经修改后的今本歌词，具有更浓郁的游牧生活气息，读之"令壮心飞动"（《诗境浅说》），又纯是一片天籁之音。

高 适

高适(704？—765)，字达夫，渤海蓨(今河北沧州)人。青年时求仕不遇，浪游燕、赵、梁、宋一带。四十岁后举有道科，授封丘尉，不久辞去。在河西节度使哥舒翰幕中任掌书记。安史之乱后任西川节度使等职，官至散骑常侍。有《高常侍集》。

燕 歌 行[1]

汉家烟尘在东北[2]，汉将辞家破残贼。男儿本自重横行[3]，天子非常赐颜色[4]。摐金伐鼓下榆关[5]，旌旆逶迤碣石间[6]。校尉羽书飞瀚海[7]，单于猎火照狼山[8]。山川萧条极边土，胡骑凭陵杂风雨[9]。战士军前半死生，美人帐下犹歌舞。大漠穷秋塞草腓[10]，孤城落日斗兵稀。身当恩遇恒轻敌[11]，力尽关山未解围。铁衣远戍辛勤久，玉箸应啼别离后[12]。少妇城南欲断肠，征人蓟北空回首[13]。边风飘飖那可度，绝域苍茫更何有[14]。杀气三时作阵云[15]，寒声一夜传刁斗[16]。相看白刃血纷纷，死节从来岂顾勋？君不见沙场征战苦，至今犹忆李将军[17]。

注释

〔1〕此诗有小序:"开元二十六年,客有从御史大夫张公出塞而还者,作《燕歌行》以示,适感征戍之事,因而和焉。"御史大夫张公即张守珪,开元二十三年(735)因对契丹作战而升此职,但后来部将败于契丹馀部,张守珪隐瞒败绩。高适从塞外来"客"处得知实情,遂作此诗。"燕歌行"为乐府《相和歌·平调》古题。本篇见刘开扬《高适诗集编年笺注》。

〔2〕汉家:借指唐王朝。烟尘:指边境发生战争。

〔3〕横行:横行敌境。

〔4〕非常赐颜色:特别礼遇。

〔5〕摐(chuāng):撞击。金:铃、钲一类军中所用铜制响器。伐:击。榆关:山海关。

〔6〕旌:竿头饰有羽毛的旗帜。旆:大旗。逶迤:绵长宛曲,这里形容行军队伍绵延之状。碣石:山名,在今河北省。

〔7〕校尉:武官名。羽书:调兵遣将的紧急文书,上插羽毛表示火急。瀚海:沙漠。

〔8〕单(chán)于:古代匈奴人对王的称呼。狼山:内蒙古自治区乌拉特旗有狼山,其他地方也有。这里瀚海、狼山都是泛指交战的地方。

〔9〕凭陵:逼压。杂风雨:形容来势汹汹。

〔10〕腓(féi):枯萎。此句用虞世基《陇头吟》"穷秋塞草腓"。

〔11〕恩遇:指将军深受皇恩。

〔12〕玉箸:形容思妇的涕泪。

〔13〕蓟北:指唐蓟州(今天津市蓟州区以北地区)。

〔14〕绝域：极其遥远荒僻的地方。

〔15〕三时：晨、午、晚，即一整天。

〔16〕刁斗：军用铜器，白天用以煮饭，夜里用以打更。

〔17〕李将军：指汉代名将李广。

鉴赏

　　自从曹丕的《燕歌行》最早以七言诗的形式表现游子思妇之情以来，在漫长的汉魏六朝时期，《燕歌行》一直延续着同类的主题，直到梁陈时期才和边塞题材相结合，以征人思妇的相思之情为主。而到高适这首诗里，则吸收了南朝鲍照《代出自蓟北门行》和北朝卢思道《从军行》等其他乐府题的内容，完全转变成有感于"征戍之事"的边塞诗。

　　此诗虽是有感于蓟北边事而发，却并非专指当时的某次战役，而是融合高适本人游历蓟北的见闻，高度概括了唐代征战生活的各个方面。开头先交代汉将赴东北破贼的战争形势：男儿本来看重横行的侠气，加上天子对边功的激励，当然更加意气昂扬。然后以大军鸣金击鼓、旌旗逶迤的行军场面铺开从榆关到碣石的千里战线，在狼山猎火、山川萧条的背景上，与来势悍厉凶猛的胡骑对阵，既预示出战斗的激烈和艰苦，也在暗中为汉将的轻敌埋下伏笔。

　　在战争的胶着状态中，诗人从汉家军营中提炼出"战士军前半死生，美人帐下犹歌舞"的典型情景，尖锐地指出上层将领的骄淫正是汉军长期不能获胜的根本原因，这一对照的高度概括力，使这

两句成为全诗的亮点。以下没有正面描写战场形势的不利,而是宕开一笔,将视线从"帐下"转向塞草枯黄的战场,以大漠穷秋、孤城落日的惨淡景色烘托出斗兵逐渐稀落的败象。"身当恩遇"与开头"天子非常赐颜色"相照应,直接点明由于战将的"恒轻敌",才导致战士"力尽关山未解围"。这四句通过写景聚焦于战斗中最危急的一个场面,自然将关注的重点转向战士身处重围之中的矛盾心理。

下一段承接"落日"之景,从黄昏转到夜晚,将本题原以征人思妇为主的传统内容压缩为四句。先从战士久戍不归的角度想象思妇离别的痛苦,再倒过来从思妇角度想象征人回首遥望的无奈,形成两层复沓。接着借无法吹度两地的边风展开绝域苍茫的夜色,以白日所见之凌云杀气与寒夜所闻之不绝刁斗相对照,强调战士们在如此艰苦恶劣的环境中,仍然挥刀奋勇杀敌,只求死节而不顾功勋。这一段与开头两军对阵及中间孤城激战的两段场景相呼应,都是在写景中融入抒情,从横向拓开大漠瀚海的辽阔视野,从而在全诗直线推进的紧张节奏中宕出三层波澜。最后借回忆李广表达了战士们的共同心愿:望国家用将得人,巩固边防,永保和平。这一结尾看似盛唐边塞诗的常套,但在本诗中针对不恤战士的轻敌之将,尤见讽意。

这首诗可说是涵盖了唐代所有边塞诗的基本内容,既突显出战士浴血奋战的英勇和顽强,又揭露了将士之间苦乐不均的深刻矛盾,并插入征人思妇相互思念的心理描写,热情赞美了战士们不求功名、舍身报国的高尚品格和牺牲精神。全诗以情带景,又借景叙事,写得慷慨激昂、悲壮沉郁,音韵随内容的变化四句一转,对偶整齐却能显出跳跃奔放的气势,各种复杂的情感错综交织在一起,产生了雄厚深广的艺术力量。

别董大二首(其一)[1]

十里黄云白日曛[2],北风吹雁雪纷纷。莫愁前路无知己,天下谁人不识君。

注释

〔1〕董大:唐钞本《唐诗选》残卷题作"董令望",则董大应即董令望,事迹不可考。"大"是以其行第称。一说李颀有《听董大弹胡笳兼寄语弄房给事诗》,这个董大也可能是当时著名艺人董庭兰。诗共二首。本篇见刘开扬《高适诗集编年笺注》。

〔2〕十里:《唐诗选》残卷作"千里",各本均作"十里"。曛(xūn):日色昏暗。

鉴赏

高适为董大送行,共作两首赠别诗。其二说:"六翮飘飖私自怜,一离京洛十馀年。丈夫贫贱应未足,今日相逢无酒钱。"可知两人是分手十馀年后重逢的老相识,此时都漂泊外乡,穷困落魄,以致相逢时囊空羞涩,无钱沽酒饯别。然而第一首诗气概之豪迈却胜过

了千杯壮行的醇酒。

行者眼前的景色,是黄云笼罩的天空,落日昏暗的馀光,北风吹送大雁远去,雪花纷纷飘落原野,令人联想到古诗中以浮云、孤雁喻游子飘零的常见比兴。这苍凉阴沉的旷野,也像是两位半世飘泊的贫贱士人心境的写照,仿佛预示着他们将要面对的,仍然是一条艰难的人生之路。

尽管前景如此惨淡,但毕竟是一片开阔的天地。诗人从中看到的也不只是落寞凄凉,更有潜在的希望。因此他对友人的慰勉并无离别的感伤,而是充满了前程万里的信心和大丈夫的豪气:"莫愁前路无知己,天下谁人不识君!"这两句诗道出了盛唐文人看重人才和友情的事实,同时还包含着对友人必定能遇识者和知己的坚定信念。其立意与王勃的"海内存知己,天涯若比邻"大致相同,而能以新鲜警策自成名言。诗中充溢的壮志豪情和充分自信,不但体现了盛唐文人共同的精神面貌,而且表现出高适本人魄力雄毅,"以气质自高"(刘熙载《诗概》)的鲜明个性。其深厚的意蕴,对于任何时代在人生长途中艰难跋涉的人都具有鼓舞作用,因而千年之下仍然经常被当作格言来留别题赠,激励友人。

营 州 歌 [1]

营州少年厌原野 [2],狐裘蒙茸猎城下 [3]。虏酒千钟不醉人[4],胡儿十岁能骑马。

注释

〔1〕营州:唐代东北边境的州名,范围包括今河北省长城以北至辽河以东一带,开元时设立卢龙节度使统辖,治所在今锦州市西。天宝年间改名为柳州郡。本篇见刘开扬《高适诗集编年笺注》。

〔2〕厌:同"餍",饱。

〔3〕蒙茸:形容皮裘毛翻在外、蓬松纷乱的样子。

〔4〕虏酒:指少数民族酿的酒。

鉴赏

唐时营州是汉族和奚、契丹族的杂居之地。据《旧唐书·北狄传》记载,奚与契丹均为游牧民族,随逐水草,居无定处,善于射猎,以畜牧为业。奚族居住在营州西北,东接契丹。契丹西与奚国连接,南至营州。唐朝在营州设置都督府,这一带便成为唐与奚和契丹的交界之地。开元二十年(732),高适曾到此地游历,写过一些反映东北边塞生活的诗歌,这首七绝很可能也作于此时。

这首诗采用北方民歌的语调,从描写游牧民族的生活习尚入手,生动地展示了营州人民豪爽尚武的性格特征。诗人选择营州少年为主人公,一则因为少年最富有浪漫意气,是盛唐诗人喜爱的歌咏对象;二则因为只要写出一地居民从小赖以生长的环境,便足以窥见其世代相承的传统习俗和精神风貌。全诗四句,抓住营州少年衣食

住行的特点，几笔就勾出了一幅游牧民族生活风情的速写。

第一句写少年对原野的喜爱，"厌"字点出他们长年累月以驰马射猎为生，也以此为乐的满足感。第二句写少年狩猎时的穿戴，皮裘是游牧民族最主要的服饰，也是其生活方式最明显的标志。从"狐裘蒙茸"的样貌又可想见少年们健壮活泼的姿态。第三句写当地人爱好饮酒的风气，点出其饮食习惯。千钟不醉，或与胡人酿酒味道较为淡薄有关，但"千钟"的夸张也足见人们饮酒气概之豪爽。第四句写胡儿从小就在马背上长大的特点，与第一句相呼应。四句诗虽是分写胡人生活风俗的各方面特点，但都扣住骑射的场景，因而能令人想象出营州城外的原野上，少年们穿着毛蓬蓬的皮衣，竞相驰逐、射猎割鲜、开怀痛饮的情景，场面热烈欢腾，洋溢着新鲜的草原气息。

四句分写四意的结构其实是吸取了北方民歌的长处。七绝的起源本与北朝乐府民歌有关，今存北歌中的七绝，大多不讲究句意的转折承接，表情粗豪天真。此诗各句之间的联系外松内紧，将内在的意脉和民歌质直粗放的风格结合在一起，从内容和情调上都再现了七绝处于早期阶段才有的真率自然的魅力。

岑 参

岑参(717？—769？),荆州江陵(今湖北江陵)人。年轻时曾在嵩阳、长安附近隐居。天宝初期中进士后,曾经两次到边塞任职。一次是749至751年,在安西(今新疆库车)节度使高仙芝幕中任掌书记。一次是在754年,随封常清出任安西北庭(今新疆吉木萨尔)节度判官。至德二载(757)入朝任右补阙。后为虢州刺史,卒于成都。有《岑嘉州诗集》。

白雪歌送武判官归京 [1]

北风卷地白草折[2],胡天八月即飞雪。忽如一夜春风来,千树万树梨花开。散入珠帘湿罗幕,狐裘不暖锦衾薄[3]。将军角弓不得控[4],都护铁衣冷难着[5]。瀚海阑干百丈冰[6],愁云惨淡万里凝。中军置酒饮归客[7],胡琴琵琶与羌笛。纷纷暮雪下辕门[8],风掣红旗冻不翻[9]。轮台东门送君去[10],去时雪满天山路。山回路转不见君,雪上空留马行处。

注释

〔1〕这首诗是天宝十三载（754）到至德元载（756）、岑参在轮台（即北庭都护府驻地）时为送别同僚武判官而作。判官：唐代节度使手下协助处理公事的幕僚。武判官，未详。本篇见陈铁民、侯忠义《岑参集校注》卷二。

〔2〕白草：西域草名，秋天变白。

〔3〕锦衾：锦缎被子。

〔4〕控：引，拉开。

〔5〕都护：镇守边疆的长官，唐时设六都护府，各设大都护一人。但唐代往往尊称节度使为"都护""都使"。着：穿。

〔6〕阑干：纵横。百丈冰：形容沙碛上冰层之厚。

〔7〕中军：主帅亲自率领的军队，这里借指主帅营帐。

〔8〕辕门：军营门。古时驻军，用两车的辕木相向，交叉作为营门。

〔9〕掣（chè）：牵。翻：飘动。这句写军旗凝雪结冰，风吹不动。

〔10〕轮台：轮台有汉轮台和唐轮台之区别，汉轮台在今新疆轮台县，唐轮台属于北庭都护府，其地理位置学界有争议，目前多数学者认为在今乌鲁木齐市南的乌拉泊古城。

鉴赏

岑参的不少边塞诗采用长篇歌行的体裁，每首集中一个主题，深入细致地表现他在西域的各种见闻和经历。《白雪歌送武判官归京》是这类作品中的名篇。这是一首送别诗，但是以咏雪为主线，在八月飞雪的绚丽奇观中，抒写了诗人客中送别的愁绪和久戍思归的心情。

诗一开头，就展示出边塞萧瑟的秋景：北风席卷大地，原野上的白草被纷纷吹折。刚到八月，胡地的天空就飞起了大雪。如此荒凉的景象，对久戍绝漠的诗人来说，反而产生了惊喜浪漫的想象：一夜北风使白雪凝结在万千枝头，竟使诗人恍然如见千万树梨花在一夜之间开放。这美妙的比喻不仅描绘出一夜飞雪又大又急的情状，而且使萧条的边塞呈现出一派气象万千的阳春美景，给戍边的人们平添了无限的温暖和希望。以花喻雪，虽不是岑参的首创，但岑诗不但生动贴切，而且把北风想象成春风，展开了遍地银花的壮阔境界，又饱含着诗人身在边地渴望春天的生活体验，以及不畏艰苦的乐观情绪。

春风梨花的比喻虽然给诗人带来了美丽的幻想，但很快就回到了严寒的现实：雪花散入珠帘，打湿罗幕，说明军中的营帐挡不住外来的寒气，所以狐裘锦被都觉得单薄。冻硬的角弓将军都拉不开，都护的铁甲更是冷得不能上身。军队长官住在重重帘幕之中，尚且如此苦寒，更何况将在冰天雪地中踏上行程的归客呢？但诗人只是用两句外景的描写将这层言外之意带过：大漠如瀚海般极目无边，上有百丈坚冰纵横交错；而雪意犹浓的云层凝聚在万里天空，如同惨淡的愁云笼罩在心头。这两句写景既展示出武判官归途的艰辛，同时也渲染了惜别的愁绪。所以紧接着与军中宴乐的热闹场景相对的，是军营辕门外暮雪纷纷、风掣红旗的静态描写。这幅无声的画面可以令人想见座中人送客出门时默默无语，凝视帐外的心境：被

送的同僚就要在这样的天气中出发,而留下的人们还要继续在这艰苦的环境中戍边,无论去者留者,面对着这场风雪,都是分外伤情的。

结尾写目送同僚渐行渐远的情景:雪地上留下一道清晰的马蹄印,通往长安的道路正从脚下开始,这就令送行者自己也"不觉随着这道踪迹而神驰故乡了"(陈贻焮《谈岑参的边塞诗》)。最后的视线虽然聚焦在行人的足迹上,诗人久久伫立在风雪中凝望归路的身影却如在眼前。

此诗以散句为主,穿插偶句,句句写景,句句有情。从不同角度层层渲染飞雪形成的奇观、给军营带来的严寒以及雪中行程的艰难,反复咏叹的大雪又成为牵动诗人感情的引线。虽不免因送别而黯然神伤,但仍富有浪漫的奇情异彩,充分体现了岑参边塞诗热情豪放的英雄气概。

逢入京使[1]

故园东望路漫漫[2],双袖龙钟泪不干[3]。马上相逢无纸笔,凭君传语报平安。

注释

[1]本篇见陈铁民、侯忠义《岑参集校注》卷二。

[2]故园:岑参早年在长安附近有别业。

〔3〕龙钟:沾濡湿润的样子。

鉴赏

长期在西域戍边,远离故乡,音问难通。一旦见到入京的使者,即使是充满英雄气概的诗人也难免被触动心底深藏的乡愁。但是在本诗开头,诗人面对使者竟然激动得说不出话来,只是东望故园,不断以湿透的双袖拭泪,还是止不住滚滚而下的泪水。可见使者入京的消息对他内心的冲击之大。长安在东,诗人的曾祖父和伯祖父、堂伯父都曾官至宰相,他自己也从十五岁起出入京洛,曾在长安多处隐居,可以说故园就在长安。所以他一听到使者入京,最直接的反应就是使者的去向正是自己阔别的故园。而对诗人来说,要回到故园岂止是东路渺漫,更是归程漫漫无期,这就自然抑制不住涕泪横流了。

马上相逢,只能有片刻的交谈,诗人随即意识到应当借此机会托使者捎一封家书,但是随身未带纸笔,匆忙之中,只能请对方替自己传一个平安口信。从"逢入京使"的诗题可知,诗人与这位"入京使"只是路上偶遇,显然并不熟识。但从最后一句"凭君传语"可以看出,整首诗是以第二人称的口吻,对使者的当面嘱托。盛唐诗人以七绝表达相思送别之情,常对友人用"君""尔""卿"等第二人称,这样的语调更能增强亲切动人的情味。而在这首诗中,诗人对并不相熟的入京使也采用这样亲切的称呼,在仓促相逢的片刻之间,由擦不干泪水到托付传语的感情转换,全都是不加掩饰的真

情流露。这种信任和期待，应当是出于同在绝域戍边之人才有的彼此理解。于是，那位入京使虽然在诗中未发一言，但他的善解人意也在读者心目中可以想象了。

仓促之间托入京使者传报平安口信这样一件小事，或许当时很多地方官员在外任职期间都能遇到。但是在西域就意义不同，因为路途遥远，生死难测，一封平安家书的价值无可估量。而且在岑参之前，也没有人以这样的偶然遭逢入诗。此诗之妙就在眼前景，家常话，读来如马上脱口吟成，朴素自然，真挚感人。

李 白

李白（701—762），字太白。祖籍陇西成纪（今甘肃天水附近）。其先代隋末流徙到西域。李白诞生于唐安西都护府的碎叶（今吉尔吉斯斯坦境内托克马克市附近）。五岁随其父到绵州彰明县（今四川江油市），早年在蜀中读书漫游。二十五岁出蜀，漫游襄阳、金陵、扬州、洛阳、太原等地。又曾隐居东鲁。天宝初被征供奉翰林，三年后被放还山，在梁、宋（今开封、商丘一带）客居十载。安史之乱中被征入永王李璘军幕，不久因从逆罪被系浔阳狱中，次年长流夜郎，途中遇赦。六十二岁时病死于当涂（今安徽当涂县）。有《李太白全集》。

关 山 月[1]

明月出天山[2]，苍茫云海间。长风几万里，吹度玉门关。汉下白登道[3]，胡窥青海湾[4]。由来征战地，不见有人还。戍客望边色[5]，思归多苦颜。高楼当此夜，叹息未应闲。

注释

〔1〕《关山月》：乐府古题、乐府鼓角横吹曲之一。本篇见清王琦注《李太白全集》卷四。

〔2〕天山：在今新疆。古书中又常称祁连山为天山。

〔3〕白登道：古代云州云中县（今山西大同市）有白登山。匈奴冒顿单于曾诱汉高祖率军至平城（今山西大同），以精兵三十馀万骑围困高祖于白登山七日，使汉军内外不得相救。

〔4〕青海湾：青海在隋代属于吐谷浑、吐谷浑治所伏俟城，在青海西十五里。唐高宗时为吐蕃所据。高宗到玄宗时，唐军与吐蕃先后攻战，都在这一带。

〔5〕戍客：征人，戍边的战士。

鉴赏

《关山月》是梁代出现的乐府题。按郭茂倩《乐府诗集·横吹曲辞三》，在李白之前，有十一位诗人共计写过十三首《关山月》的同题作品，全部是八句体五言诗，声律和对句均已近于律诗。从梁元帝到江总等梁、陈诗人，大多是对边关景色稍加点染，着重以思妇的眼光描写望月之悲，辞采婉丽。其中也有部分作品较有风烟气息，但内容意象相似。自北周王褒到初唐沈佺期的《关山月》，内容转为战阵的描写，而吟咏重点也转移到边关的月色。与前人这些介乎乐府和近体诗之间的同题之作相比，才能见出李白《关山月》的好处所在。

此诗十二句，基本上以散句为主，语言直白自然，绝去雕饰，首先从体式上打破了此题历来以八句体五言为主、多数中间两联对仗的格局，恢复了汉魏乐府古题通篇不用俳偶、风格天然朴素的传统。

　　从内容来看，李白改变了前人同题之作把重点放在刻画月色之上的通常写法，全诗只有开头一句"明月出天山"，此外再无月色的描写。但下面紧接的三句"苍茫云海间。长风几万里，吹度玉门关"，不但以苍茫云海烘托出这一轮皎洁的明月，而且使月光随着几万里长风，照到了连接中原的玉门关。于是玉门关内外的大漠关山便都在月色中融成苍莽一片，形成了极为宏阔的境界。

　　明月在东，天山在西，能见到"明月出天山"的自然是久戍在天山附近的征人将士。在此明月之夜，他们所要警惕的还有白登道和青海湾这样的征战之地不时会有敌人前来偷袭。诗人选择昔日汉高祖被冒顿单于围困的白登山，以及近日常常被胡寇觊觎的青海湾这两处地名，用意很深：从汉到唐，历史上曾经在这里发生过多少次抵御外寇的战争？连身为帝王的汉高祖都一度不能自保，这说明唐军常年驻守西域的意义是何等重大，"由来征战地，不见有人还"的悲剧根源也正在此。而从全诗来看，"白登道"和"青海湾"与天山、玉门关一样，也是辽阔的"征战地"的组成部分，同样都笼罩在苍茫月色之中。因而，诗人笔下的"关山月"，既是实景，也是虚境，是对汉唐边关的历史和现实加以高度提炼概括之后，呈现出来的混茫雄浑的艺术意境。

作为一首以边塞为主题的古乐府，征人思妇的相思之情是题中应有之义，因此，结尾四句以戍客思归的苦颜和高楼思妇的叹息相对照，本来是此题不能或缺的传统意象，但是诗人将他们都置于月夜之中，就出于自己的妙思了：戍客所望的"边色"，不正是前面八句所写的边关月色吗？而高楼所当的"此夜"，自然也是被同一个明月所照耀的长安之夜。所以诗人无须再写明月，自能令读者联想到戍客和高楼的相思，都是被笼罩在"关山月"之中的，这就使全篇浑然一体，将《关山月》这一题目的意蕴和气象都发挥到了后人无法企及的高度。

子夜吴歌四首（其三）[1]

长安一片月，万户捣衣声[2]。秋风吹不尽，总是玉关情[3]。何日平胡虏，良人罢远征[4]。

注 释

〔1〕子夜吴歌：即子夜歌，属南朝乐府《吴声歌》。诗共四首，本篇是第三首，见《李太白全集》卷六。

〔2〕捣衣：古人秋季准备寒衣，为裁剪方便，先要将织好的布帛放在平滑的石砧上，用木杵敲平，使之柔软熨帖。多在秋夜进行。

〔3〕玉关：玉门关。

〔4〕良人：丈夫。

鉴赏

《子夜吴歌》是南朝乐府民歌《吴声歌》的题目之一，这首诗从诗题到声调全拟清商小乐府，深得民歌天真自然的风致，境界之开阔却非一般南朝乐府可比。

秋天捣衣是北朝到唐代妇女家务生活中的要事。用砧杵捣平衣料，裁制冬衣，寄送给游子或者征夫，也是当时诗歌中表现秋思的常见内容。以捣衣入诗，早见于北朝的温子升和庾信。李白借长安秋夜千家万户都在捣衣这个生活细节，将无数思妇的深情融进照遍全城的月光之中，化在响成一片的砧杵声中。秋风从玉门关吹来，将长安与遥远的边塞联结起来，那么这不尽的情意究竟是思妇的孤栖忆远之情呢？还是征夫的远戍忆内之情呢？秋风既在催促着长安的思妇赶快制作冬衣，也仿佛在不断地传送着彼此的情意。所以万户砧声，风吹不尽，既是景中之情，又是情中之景，含蓄不尽，一片神行。

何日能平定胡虏，使思妇的"良人"不再远征，这既是闺中的愿望，也使全诗的立意由此得到升华，因为这正是千百年来无数人民渴望和平的共同心声。《吴声歌》善于从女子情态和生活细节中撷取片刻情思，只是境界窄小，多为描写男欢女爱的情歌。李白同样是从捣衣声这个细节着眼，但能从中提炼出体现征夫思妇之情、反映久戍不归之苦的典型意义，借以概括历史和现实中的普遍问题。

因而境界高远，馀韵无穷，大大拓展了乐府民歌的表现力。

长干行二首（其一）[1]

妾发初覆额，折花门前剧[2]。郎骑竹马来[3]，绕床弄青梅[4]。同居长干里，两小无嫌猜。十四为君妇，羞颜未尝开。低头向暗壁，千唤不一回。十五始展眉，愿同尘与灰[5]。常存抱柱信[6]，岂上望夫台[7]。十六君远行，瞿塘滟滪堆[8]。五月不可触，猿声天上哀[9]。门前迟行迹，一一生绿苔。苔深不能扫，落叶秋风早。八月胡蝶来，双飞西园草。感此伤妾心，坐愁红颜老。早晚下三巴[10]，预将书报家。相迎不道远，直至长风沙[11]。

注释

〔1〕长干行：乐府《杂曲歌辞》旧题。长干，古金陵里巷名，在今南京市南。本篇见《李太白全集》卷四。

〔2〕剧：游戏。

〔3〕竹马：拿竹竿当马骑。

〔4〕弄青梅：可能指儿童将青梅抛来抛去的游戏。

〔5〕愿同尘与灰：《吴歌·欢闻变》："没命成灰土，终不罢相怜。"

〔6〕抱柱信：《庄子·盗跖篇》说：尾生与女子约好在桥下相会，女子未来，

忽涨大水，尾生怕失信，抱柱不走，被水淹死。

〔7〕望夫台：全国不少地方都有望夫台的传说。忠州（四川忠县）南，传说有人久出不归，其妻天天在此眺望，故名。

〔8〕瞿塘滟滪（yàn yù）堆：瞿塘峡为长江三峡之一，在四川奉节县东。滟滪堆，瞿塘峡口的巨大礁石。冬天水浅，露出百馀尺。农历五月夏水上涨，仅露出一小块，舟船来往，极易触礁。舟人谚语说："滟滪大如马，瞿塘不可下。滟滪大如鳖，瞿塘行舟绝。滟滪大如龟，瞿塘不可窥。滟滪大如襆，瞿塘不可触。"

〔9〕猿声天上哀：南朝民歌《巴东三峡歌》："巴东三峡巫峡长，猿鸣三声泪沾裳！"

〔10〕三巴：东汉建安六年（201），改永宁为巴郡，固陵为巴东郡，巴郡为巴西郡，是为三巴。

〔11〕长风沙：在今安徽安庆市东长江边，旧说离金陵七百里。

鉴赏

《长干曲》原是南朝乐府民歌旧曲，每首四句。李白这首诗则大大加长了篇幅，创制出清商旧调中罕见的五言歌行体，并将汉乐府长篇叙事的手法和南朝乐府民歌的情调结合起来，用一个商妇自述的口气，倾诉她的爱情生活，从而使《长干曲》旧题从内容到形式都变易一新。

全诗叙事抒情的跨度很大，首六句从少女童年与邻居小伙伴的亲密友谊写起，"青梅竹马"和"两小无猜"两行诗句，描写小儿

女最天真无邪的游戏动作，成为常用的成语流传至今，可见诗人从口语中提炼诗歌语言的功力之深。从"十四为君妇"开始，女子进入婚后的感情生活。运用年龄序数是汉乐府古诗特有的艺术表现手法，如《孔雀东南飞》中写兰芝"十三能织素，十四学裁衣，十五弹箜篌，十六通诗书，十七为君妇"，即是一例，可以作为简化叙事过程的一种方法。而李白这首诗则以抒情为主，运用年龄序数法，便于清晰地划分出少妇感情发展的几个阶段。因此他在少妇的每一个年龄段，都选择了一个最能表现其感情特点的细节。十四岁情窦初开，但还很羞涩，所以刚做新娘时，面朝墙壁，怎么叫也不肯回头。十五岁已经有了一年的夫妻生活，才展开眉头，进入了山盟海誓的热恋阶段。这就以跳跃的跨度刻画出少妇不同年龄段的心理变化，同时又连接得像行云流水一般自然。

　　从十六岁开始，少妇就和丈夫远别了。丈夫必须出去经商，在长江上来来往往，要担风险。尤其是瞿塘峡的滟滪堆，五月夏水上涨，没入水中，舟船最易触礁。三峡两岸又猿声凄哀，常触动人的乡愁。这一段选取长江水路的两大特点，熔炼谚语和民谣入诗，既点出丈夫经商的去处，也暗示了女子对丈夫安危的担忧。自"门前迟行迹"以下八句，写少妇整年等待丈夫的苦闷，全用春秋景物烘托。"迟"字形容丈夫离去时在门口迟迟不行的足迹，"一一"二字用得很妙，仿佛女子整日都在数着那一个一个的足迹怎样慢慢长出青苔。青苔越来越深，可见从春到夏，门前冷落，无情无绪的思妇也懒得打扫，这就更烘托出她内心的寂寞。秋风落叶时节，偏偏有蝴蝶飞来，成双作对,更反衬出思妇的孤独,提醒她正在等待中虚耗着自己的青春,使她不禁伤心感触,担心自己的红颜老去。这一段吸取南朝乐府《西洲曲》的艺术表现手法,把春天到秋天的景物按季节顺序排列出来,借景寓情,细腻地展现了少妇由等待、盼望到伤心失望的感情变化过程。

前面将少妇的相思之情写得如此刻骨铭心,结尾的夸张也就显得真实可信了:什么时候丈夫归来,预先报一封家书,自己一定要前去迎接。而且强调不会接得太远,直到长风沙就可以。但长风沙离长干里有数百里之遥,这么远还说不远,可见其盼望是何等急切。而少妇的天真和深挚,也全在这夸张的口吻中活现出来,这正是民歌的本色。

此诗从南朝乐府民歌的常见内容取材,结合唐代社会生活的实际,将来往于长江之上的人民对安定生活和真挚爱情的向往凝聚成一个完整的主题。既有南朝清商小乐府的清新朴素,又融合了汉乐府古诗的叙事结构和多种艺术手法,充分体现了李白学习和改造乐府民歌的独创性。

月下独酌四首(其一)[1]

花间一壶酒,独酌无相亲。举杯邀明月,对影成三人[2]。月既不解饮[3],影徒随我身[4]。暂伴月将影[5],行乐须

及春[6]。我歌月徘徊，我舞影零乱。醒时同交欢，醉后各分散。永结无情游[7]，相期邈云汉[8]。

注释

〔1〕《月下独酌》是组诗，共四首，这是第一首。从其三之"三月咸阳城"句看，应作于天宝初李白第二次入长安期间（长安古称咸阳）。酌：斟酒、饮酒。本篇见《李太白全集》卷二十三。

〔2〕三人：指月、我（李白）、影。

〔3〕既：本。解：懂得。

〔4〕徒：空自，徒然。

〔5〕将：与、和。

〔6〕及：趁着。

〔7〕无情：即《庄子·德充符》所说的忘情，是道家所说的消除是非、得失、物我等区分，超然于一切之上的精神状态。

〔8〕期：期会、约会。邈：杳远。云汉：银河。水势盛称"汉"，银河在天而广阔，所以称云汉。

鉴赏

李白幕天席地，友月交风，"诗仙"的潇洒狂放掩盖了他内心深刻的孤独。这组《月下独酌》的第一首，便以花下独酌、举杯邀月的清狂形象赢得无数赞誉，而其中更深的人生思考却少有人领会。

首四句是点题之语：花间独酌，因寂寞而产生了举杯邀月的奇想，之后以月与"我"以及"影"三者之间的关系交错展开。月不懂得饮酒，影也只会随身。"月"和"影"虽然无情无语，却不妨姑且作伴。何况"我"在歌舞时，月会在天上随着移动，影也会随着翩翩起舞，又似乎变得有情有知了呢？月与影从不解酒趣变得能够凑趣，正写出诗人从微醉到大醉的过程。本来寂寞的独酌，也在醉意朦胧中变得热闹起来，这就越发显出其内心无可排遣的孤独。然而这份孤独又使他在"我"与月和影的关系中反复推勘："醒时同交欢，醉后各分散"似乎是解释"暂伴月将影"，但是三者交欢在"我"醒时，各自分散则在"我"醉后，那么影和月之所以能与"我"为伴，主要是由于"我"的暂时清醒，这就自然引出结尾对于"永结"交游的企望。

　　陶渊明有"挥杯劝孤影"（《杂诗》其二）句，也是在孤独中向自己的影子劝酒。李白的"对影成三人"之意应本于此句。陶渊明《形影神》三首中影回答形说："此同既难常，黯而俱时灭。身没名亦尽，念之五情热。"李白意识到"我"与影的"醉后各分散"，与此意相似。影与形的相伴是难以恒常的，或因光暗，或因"身没"，或因"醉后"。由此可以理解前面所说的"暂伴月将影"，不仅仅是说暂伴以解闷，其实是感叹人生短暂，"我"与月、影的相伴只是暂时而已。所以下面才会紧接"行乐须及春"这一句，可见在诗人的寂寞中还包含着人生苦短的烦恼。花与春正如人生，相对月而言，都是短暂的，只有及时行乐，才不辜负这有限的人生。

影随"我"身,也是短暂的,只有月是永恒的存在,因此诗人希望与明月"永结无情游","无情"即忘却人间的是非得失。与月亮相约在遥远的云汉,自己不也就获得永恒的逍遥游了吗?这虽然是以庄子哲学消解人生苦短的幻想,却也点出此诗的本意不仅是写自己独酌的醉态,更是借此表达对于人生和永恒的感悟。

全诗以月明花好之夜为背景,在独饮的醉歌醉舞中,寄寓人生的孤独感和哲理思考,而举杯邀月的狂态,则成为李白风神的典型写照。

古风五十九首(其十九)[1]

西上莲花山[2],迢迢见明星[3]。素手把芙蓉[4],虚步蹑太清[5]。霓裳曳广带[6],飘拂升天行。邀我登云台[7],高揖卫叔卿[8]。恍恍与之去,驾鸿凌紫冥[9]。俯视洛阳川,茫茫走胡兵。流血涂野草,豺狼尽冠缨[10]。

注 释

[1] 古风:即古诗,这组诗继承阮籍《咏怀》和陈子昂《感遇》,集中抒发了诗人的人生抱负以及对天道人事的感想。本篇见《李太白全集》卷二。

[2] 莲花山:西岳华山的最高峰。

〔3〕明星：神话中的华山神女之名。传说该神女居华山，饮玉浆，白日升天。

〔4〕芙蓉：莲花。

〔5〕虚步：凌空步行。蹑：踏。太清：天空。

〔6〕霓裳：彩虹做的衣裳。曳：拖曳。

〔7〕云台：华山东北部的高峰。

〔8〕卫叔卿：据《神仙传》载，卫叔卿原为中山人，因服云母成仙。汉武帝元封二年（前109），曾乘云车、驾白鹿，降临宫廷。武帝问其来历，称"子若是中山人，乃朕臣也"。卫叔卿本谓武帝好道，对自己必加优礼，而武帝只以臣下视之，于是大失所望，忽然不见所在。后武帝遣人寻找，见其与数仙在华山绝壁顶上游戏。

〔9〕驾鸿凌紫冥：乘鸿鹄飞翔于空中。用郭璞《游仙诗》："驾鸿乘紫烟。"

〔10〕冠缨：指官服。缨，系官帽的带子。

鉴赏

这是一首用游仙体写的古诗，大约作于安禄山叛军攻破洛阳以后，表现了诗人独善、兼济的思想矛盾和忧国忧民的沉痛感情。

诗人在想象中登上华山的最高峰莲花山，远远看见了明星玉女。"明星"本是玉女的名字，但字面上又造成是天上明星的错觉。首六句展现出一个莲峰插天、明星闪烁的神话世界。玉女的纤纤素手拈着粉红的莲花，凌空而行；彩色的霓裳曳着宽广的长带，迎风飘举，升向太清。诗人用神奇的彩笔，绘出了一幅优雅飘渺的神女飞天图。

美丽的玉女邀请李白来到华山云台峰，与仙人卫叔卿长揖见礼。据《神仙传》，卫叔卿曾乘云车、驾白鹿去见汉武帝，以为武帝好道，必加优礼，但武帝只以臣下相待，卫叔卿大失所望，飘然离去。这里用卫叔卿的故事暗中关合李白自己的遭遇。天宝初年，李白不也曾怀着远大抱负进入过唐玄宗的宫廷吗？但始终未得重用，三年后遭谗离京。所以无可奈何，只得把卫叔卿引为同调，与之"驾鸿凌紫冥"了。

正当诗人在恍惚中与卫叔卿一起飞翔在空中之时，忽然低头看到了被胡兵占据的洛阳一带，人民惨遭屠戮，血流遍野，而逆臣安禄山及其部属却衣冠簪缨，坐了朝廷。社会的动乱惊破了诗人失意遁世的幻梦，使他猛然从神仙境界折回，转而正视战乱的惨象。全诗至此戛然而止，没有明言自己的去留，但正如屈原《离骚》的结尾："陟升皇之赫戏兮，忽临睨夫旧乡。"李白是同样不会离开自己被豺狼糟蹋的故国的。

在这首《古风》里，李白通过美妙洁净的仙境和血腥污秽的尘世这两种世界的强烈对照，表现了出世和用世的思想矛盾，这就造成诗歌情调从悠扬到悲壮的急速转换，风格从飘逸到沉郁的鲜明反差。然而它们却和谐地统一在同一首诗里，这主要得力于诗人纵横自如的笔力。而更重要的原因则是，李白毕竟不是真正的"谪仙"，他始终与屈原一样热爱自己的祖国，深切地关注着现实，因而在这首游仙诗里，也自然而然地采用了屈原从天上回望人间的视角。

李白

下终南山过斛斯山人宿置酒[1]

暮从碧山下,山月随人归。却顾所来径,苍苍横翠微[2]。相携及田家,童稚开荆扉。绿竹入幽径,青萝拂行衣[3]。欢言得所憩[4],美酒聊共挥。长歌吟松风,曲尽河星稀[5]。我醉君复乐,陶然共忘机[6]。

注释

[1] 终南山:秦岭山峰之一,在长安南。过:访。斛(hú)斯山人:复姓斛斯的一位山林隐士。本篇见《李太白全集》卷二十。

[2] 翠微:青绿的山色。

[3] 青萝:女萝,又名松萝,攀缘植物。

[4] 欢言:欢语。得所憩:得到了休息之处。

[5] 河星稀:银河的星星逐渐稀疏,意为夜深。

[6] 忘机:忘记世俗中的机巧之心。《庄子·天地》:"功利机巧,必忘夫人之心。"

鉴赏

这首诗应该是李白早年刚到长安的时候写的。头四句扣住题目"下终南山",说明自己是在天色已暗时从山上下来,这时月亮已经

升起。"山月随人归"的构思来自陶渊明《归园田居》第三首中"带月荷锄归"。虽然是陶渊明的创意,但李白不但化入了陶渊明田园诗的意境,而且别有一种天真的意趣:山月好像能解人意,和诗人成了朋友,所以诗人下山,也随着他一起归来了。看到山月跟随,回头再看自己经过的山路,已在暮色苍茫中变得灰暗,横斜在翠绿的山中,这就又写出重山叠嶂的纵深之感。

来到斛斯山人的田庄,小童已在柴门等候。与山人携手进门,穿过竹林中幽静的小路,两边的青萝拂着行人的衣衫,可见山人的住处是何等清幽。近处的竹林、青萝和远山的翠微,构成层次不同的碧绿色调。拂人的青萝,又使人联想到诗人飘拂的衣襟,更在写景中自然透露出李白所独有的飘逸气。诗人得到了这样美好的休息之所,与主人一起愉快交谈,畅饮美酒,在松林的风声中吟唱长歌,直到夜深;银河的星星逐渐稀疏,已近天明时分,可见主客二人的兴致之高。客人已醉,主人又乐。乐在哪里呢?就在这种和乐令人忘记了世俗的功利机巧之心。由于主人是一位田家,陶渊明在他的诗里经常写到自己和田夫野老一起醉酒的快乐,所以"忘机"包含了两层深意:一是人际关系的真率自然,一是与大自然合拍的真趣。

山水田园诗追求的是人与自然冥合为一的精神旨趣。这首诗中,山月对人的依恋和跟随,人被碧山和田庄中的绿色环抱,诗人的长歌和松风的相互应和,都体现了人与大自然相依相亲的意趣和李白独特的风神。

李白

行路难三首（其一）[1]

金樽清酒斗十千[2]，玉盘珍羞直万钱[3]。停杯投箸不能食，拔剑四顾心茫然[4]。欲渡黄河冰塞川，将登太行雪满山[5]。闲来垂钓碧溪上[6]，忽复乘舟梦日边[7]。行路难，行路难，多歧路，今安在？长风破浪会有时[8]，直挂云帆济沧海[9]。

注释

〔1〕行路难：乐府《杂曲歌辞》旧题。本篇见《李太白全集》卷三。

〔2〕斗十千：斗酒值万钱。

〔3〕珍羞：珍贵的菜肴。羞，同"馐"。直：同"值"。

〔4〕"停杯"二句：化用鲍照《拟行路难》其四："对案不能食，拔剑击柱长叹息。丈夫生世会几时，安能蹀躞垂羽翼？"箸（zhù），筷子。

〔5〕"欲渡"二句：鲍照《舞鹤赋》："冰塞长川，雪满群山。"

〔6〕垂钓碧溪：传说姜太公未遇周文王时，曾在磻溪（今陕西宝鸡市东南）钓鱼。

〔7〕乘舟梦日边：伊挚在将受商汤之命时，曾梦见自己乘舟经过日月之旁。

〔8〕长风破浪：据《宋书·宗悫传》，宗悫少时，叔父宗炳曾问其志向，宗悫回答说："愿乘长风破万里浪。"

〔9〕济沧海：《论语·公冶长》："道不行，乘桴浮于海。"

鉴赏

《行路难》是汉乐府古题，原辞不存，在南朝鲍照《拟行路难》之后变为七言乐府的一个重要题目。据《乐府古题要解》，其主题是"备言世路艰难及离别伤悲之意"。此诗承袭了古题的原意，但情感的变化和思路的跳跃远超前人，成为李白七言乐府中最有代表性的作品之一。

鲍照《拟行路难》其四说："对案不能食，拔剑击柱长叹息。"李白在这两句诗的基础上夸大了对案不能食的金樽清酒和玉盘珍馐的昂贵，以突出内心的苦闷和四顾无路的茫然。然后化用鲍照"冰塞长川，雪满群山"（《舞鹤赋》）句意，以黄河冰和太行雪象征人生道路上的重重障碍：黄河冰凌塞川，人舟俱不能渡；太行雪满山谷，又无法登上峰顶。这就将大自然的艰难险阻化为人生的行路之难，阐释了本题的"世路艰难"之意。

但是诗人并未因此而失去建功立业的热情和壮志。闲来垂钓碧溪之上的固然是李白本人，但实际上暗含着像姜太公那样辅佐西周成就大业的希望，因为姜太公在八十岁遇到周文王之前，就在磻溪垂钓。梦见乘船经过日边是因为李白自己积思成梦，"日"在唐诗中向来比喻帝王，传说商汤的辅臣伊挚在受命前，就曾梦见乘舟经过日月之旁。这两个典故表达了李白向来以"帝王师"自命的雄心壮志，以及与明君风云感会的幻想。但诗人将这两个典故中的地点化为相距遥远的"碧溪"和"日边",与"黄河""太行"形成四个地名之间的大幅度转换,思路随着失望和希望的情绪不断变化,在冰河、雪山、碧溪、日边之间跳跃,便使感情的巨大落差和反弹都统一在"行路"的意象之中了。

现实与理想的差距是如此巨大,使诗人情不自禁地大声叹息:"行路难,行路难,多歧路,今安在?"人生行路实在艰难,即使是有多条歧路可选,如今又在哪里呢?但是尽管如此,诗人仍然不失其豪放的气概,相信自己定会前程万里,成就一番功业。结尾展示出乘风破浪、直驶沧海的壮阔境界,"长风破浪"字面是用宗悫所说"愿乘长风破万里浪"以表明自己远大的志向,但是"直挂云帆济沧海",就不只是以沧海之辽阔来形容前程之无限了。"沧海"之意本出自《论语·公冶长》:"道不行,乘桴浮于海。""沧海""沧洲"都是表示隐逸之意。李白自己也曾说过:"功成拂衣去,摇曳沧洲旁。"(《玉真公主别馆苦雨赠卫尉张卿》)因此"末二句是说一旦能如宗悫那样建功立业,便当功成身退,乘舟浮海而去"(赵昌平《李白诗选评》)。"功成身退"是西晋时左思《咏史》就已提出,盛唐时又经贤相张九龄大力提倡的一种人生观念,李白在不少诗里表达过同样的愿望。明于此,可以更深一层理解末二句将"功成"和"身退"这两种一进一退的人生原则综合在乘风破浪直达沧海的境界中,是何等新颖警快而又浑成自然。

全诗悲慨与豪放的变化在转瞬之间,希望与失望的起落又交互穿插,思路飞跃,一气呵成,如此驱驾自如的雄健笔力,实非李白不能。

将 进 酒[1]

君不见黄河之水天上来,奔流到海不复回。君不见高堂明镜悲白发,朝如青丝暮成雪。人生得意须尽欢,莫使金樽空对月。天生我材必有用,千金散尽还复来。烹羊宰牛且为乐,会须一饮三百杯[2]。岑夫子,丹丘生[3],将进酒,君莫停。与君歌一曲,请君为我侧耳听。钟鼓馔玉不足贵[4],但愿长醉不愿醒。古来圣贤皆寂寞[5],惟有饮者留其名。陈王昔时宴平乐[6],斗酒十千恣欢谑[7]。主人何为言少钱,径须沽取对君酌[8]。五花马[9],千金裘,呼儿将出换美酒[10],与尔同销万古愁。

注 释

〔1〕将进酒:汉乐府《鼓吹曲辞·铙歌》十八曲之一。将(qiāng):请。一说读(jiāng),将要。本篇见《李太白全集》卷三。

〔2〕会:当。

〔3〕岑夫子:岑勋。丹丘生:元丹丘。均为隐者。

〔4〕钟鼓:古代王侯所用乐器,此代富贵人家的音乐。馔(zhuàn)玉:珍美如玉的饮食。

〔5〕寂寞:默默无闻。

李白

〔6〕陈王：陈思王曹植。平乐：观名。曹植《名都篇》："归来宴平乐，美酒斗十千。"

〔7〕恣：纵情。欢谑（xuè）：嬉戏。

〔8〕径须：直须，毫不犹豫。

〔9〕五花马：名马。一说毛色作五花纹，一说马鬣修剪为五瓣。

〔10〕将：拿。

鉴赏

　　人生苦短，当及时行乐，是汉代以来诗歌的传统主题。李白《将进酒》的立意也是这一老生常谈。但他采用汉乐府的古题，寄托当代才士的苦闷，将短篇杂言发挥成豪放至极的长歌，则成为千古常新的名篇。

　　开篇连用两个"君不见"，两次领起大声呼喊：首先感叹黄河之水犹如从天而来，直奔东海不复回返。以逝水比喻时光，原出孔子，但李白放大了逝水奔流的速度和阵势，气势一泻千里，将光阴的飞逝夸大到极致。其次感叹高堂明镜映照白发，由黑变白只在朝暮之间。再次以高屋建瓴之势，直泻而下，将人生易老的事实夸大到极致，令人惊心动魄。紧接着再呼吁"人生得意须尽欢，莫使金樽空对月"，便使及时行乐的老话平添了把酒尽欢的豪气。而"天生我材必有用，千金散尽还复来"的自夸自信，既是前人从未道过的狂言，却也隐含着怀才不遇的闷气，全篇的醉语都围绕着这两句展开。

　　以下用急促的三言句和五七言相杂，向朋友陈述劝酒的理由：

155

人生之可贵,不在钟鸣鼎食之家的富贵,惟在长醉不醒的混沌之中;也不在圣贤青史留名的美誉,而在斗酒十千的尽情欢乐之中。"唯有饮者留其名"固然是"乱道"(《此木轩论诗汇编》),但联系"圣贤皆寂寞"来看,不难理解其中的愤慨不平之意。自古以来,文人所追求的人生价值无非立德、立功,富贵只是眼前荣华,本不足贵。圣贤虽贵,却寂寞无闻,还不如饮者能留其名。那么,在如此短暂的人生中,究竟什么才是可贵的呢?似乎只有饮酒了。所以结尾再次呼吁主人沽酒,不惜拿出五花马和千金裘去换取美酒,这就与"千金散尽还复来"前后呼应,最后道出了"将进酒"的真正原因:"与尔同销万古愁。"诗人的万古之愁,正是自古文人都有的光阴飞逝之愁,人生苦短之愁,怀才不遇之愁,圣贤寂寞之愁。

全诗奇思妙想既来自天外,又在眼前随手拈来。满篇狂言中既充满了诗人强烈的自信,也饱含着失意的牢骚。一腔豪气借浇愁之酒喷涌而出,淋漓尽致却又深意内蕴,最能见出太白千古无双的才气。

蜀 道 难[1]

噫吁嚱[2],危乎高哉!蜀道之难,难于上青天。蚕丛及鱼凫[3],开国何茫然。尔来四万八千岁,不与秦塞通人烟[4]。西当太白有鸟道[5],可以横绝峨眉巅[6]。地崩山摧壮士死[7],然后天梯石栈相钩连[8]。上有六龙回日之

李白

高标[9]，下有冲波逆折之回川[10]。黄鹤之飞尚不得过，猿猱欲度愁攀援[11]。青泥何盘盘[12]，百步九折萦岩峦[13]。扪参历井仰胁息[14]，以手抚膺坐长叹[15]。问君西游何时还，畏途巉岩不可攀。但见悲鸟号古木，雄飞雌从绕林间。又闻子规啼夜月[16]，愁空山。蜀道之难难于上青天，使人听此凋朱颜[17]。连峰去天不盈尺，枯松倒挂倚绝壁。飞湍瀑流争喧豗[18]，砯崖转石万壑雷[19]。其险也如此，嗟尔远道之人胡为乎来哉。剑阁峥嵘而崔嵬[20]，一夫当关，万夫莫开。所守或匪亲，化为狼与豺[21]。朝避猛虎，夕避长蛇。磨牙吮血，杀人如麻。锦城虽云乐[22]，不如早还家。蜀道之难，难于上青天，侧身西望长咨嗟。

注 释

〔1〕蜀道难：古乐府《相和歌·瑟调曲》名。本篇见《李太白全集》卷三。

〔2〕噫吁嚱（xū xī）：惊叹声。

〔3〕蚕丛、鱼凫：传说是古蜀国的两个国王。

〔4〕秦塞：指秦地。

〔5〕"西当"句：秦之西南有太白山阻挡，唯有飞鸟可以通过。

〔6〕横绝：指飞鸟可以横度。峨眉巅：峨眉山，在今四川峨眉市。

〔7〕"地崩"句：据《华阳国志·蜀志》：秦惠王知蜀王好色，许嫁五女于蜀。

蜀遣五丁迎之。还到梓潼，见一大蛇入穴中。一人揽其尾掣之、不禁。

至五人相助，大呼拽蛇。山崩时压杀五人及秦五女并将从，而山分为五岭。

[8] 天梯：高陡的山路。石栈：山崖绝险处凿石架木建成的栈道。

[9] 六龙：传说驾驭日车的六条龙。回日：使太阳到此也过不去。高标：立木为标记，最高部分称为"标"，这里指最高峰。

[10] 冲波逆折：波浪逆转折回。回川：漩涡。

[11] 猱（náo）：一种猴子，体小轻捷。

[12] 青泥：岭名，在今陕西略阳县西北。

[13] 萦岩峦：绕着山峰转。

[14] 参（shēn）、井：都是天上的星宿（xiù）。扪参历井，山高入云，人可以伸手摸到参、井等星宿。据古传，秦属于井宿的分野，蜀属于参宿的分野。仰胁息：抬头仰望感到呼吸被压迫。

[15] 膺：胸。

[16] 子规：杜鹃鸟。相传蜀帝杜宇，号望帝，死后魂魄化为杜鹃鸟。

[17] 凋朱颜：红颜失色。

[18] 湍：急流。喧豗（huī）：喧闹声。

[19] 砯（pīng）：水击岩石声。

[20] 剑阁：大剑山和小剑山之间，一条长三十里的奇险栈道，遗迹在今四川剑阁县。

[21] "一夫"四句：化用张载《剑阁铭》"一夫荷戟，万夫趑趄。形胜之地，匪亲勿居"之语。或匪亲，如果不是亲信可靠的人。

[22] 锦城：锦官城，即成都。据说因为此地有锦江，织锦在其中洗涤则

色泽鲜明,故名锦官城。也有说此地织锦业发达,汉朝设锦官管理,又名锦城。

鉴赏

《蜀道难》是乐府古题,这首诗根据题意纯凭想象描写了蜀道奇丽险峻的山川。开头以"蜀道之难,难于上青天"的强烈咏叹点题,使之随着感情的起伏和景色的变化反复出现,成为全诗的主旋律,诗意也随之分三层递进。

首先,融入五丁开山的神话,追溯蜀道开辟的起源:蚕丛及鱼凫这两个古蜀国的国王,只是传说中的人物,其开国的时代早已渺茫难知。曾经想要打通秦塞的秦惠王为嫁五女于蜀,蜀国派壮士迎接,也在半路上因五人合力拽蛇,导致山崩地裂,压死五丁和五女,使山分为五岭。这就以古老的传说引人进入蜀道与秦塞千万年来不通人烟,唯有鸟道和天梯沟通的奇险境界。

其次,以夸张的手法渲染山势之高、深川之险和人行之难:先用六龙回日之高标与冲波逆折之回川的对比,形容蜀道上不见天、下不见底的高峻险绝;再以黄鹤不能飞越、猿猴难以攀援作进一层渲染,层层虚写蜀道的难渡。然后捕捉了人在青泥岭上曲折盘旋,在山巅上手扪星辰、呼吸紧张、抚膺长叹等惶悚的动作和神情,烘托山势的峻危和峰路的萦回,进而将人带入一个悲鸟号古木、子规啼空山的苍凉境界,以见出蜀道之幽森凄惨,古来无人敢行。再次发出"蜀道之难,难于上青天"的叹息。

当全诗的旋律变成忧郁的低调时，忽然又高高扬起。从接近天际的陡峰绝壁上飞流直下，响起了瀑布和急湍在悬崖岩石间冲撞的轰鸣声，以排山倒海的气势将蜀道的险绝写到了震人心魄的地步。然后在感叹远道之人为何要来的同时，再进一层从人事着眼，联系社会背景写出蜀道剑门关易守难攻的险要地势，借"磨牙吮血，杀人如麻"的豺狼为喻，表达了对此处形胜容易造成割据的隐忧。"所守或匪亲,化为狼与豺"并非只是对张载《剑阁铭》中"一夫荷戟，万夫趑趄。形胜之地，匪亲勿居"的发挥，而是对蜀地向来多有割据政权的历史总结，并指出那些非亲的守卫者往往变成残害人民的豺狼。于是这里的百姓要朝夕躲避的猛虎长蛇，当然也不仅仅是指蜀道上原有的猛兽毒虫，更是那些杀人如麻的军阀豺狼了。这就难怪有些注家认定此诗是针对当时某些军阀而作。虽然目前学界都确认此诗作于李白天宝初入宫廷之前，究竟讽喻何人何事，并无确证。但也恰好说明此诗之佳正在它的寄托介乎有意无意之间，如果说它引起了人们有关的联想，只能归功于诗歌高度概括的容量。

全诗驰骋飞动的想象，将夸张、神话、传说融为一体，创造出变幻莫测、瑰伟奇特的艺术境界。大量骚体句和散文句式与杂言参差错落，长短不齐，形成了极为奔放的语言风格，因此在当时就引起人们的惊叹。正如盛唐殷璠《河岳英灵集》所说："至如《蜀道难》等篇，可谓奇之又奇，然自骚人以还，鲜有此体调也！"后人誉之为"绝世奇文""千古绝调"者更是不计其数。

李白

梦游天姥吟留别[1]

海客谈瀛洲[2],烟涛微茫信难求[3]。越人语天姥,云霞明灭或可睹。天姥连天向天横,势拔五岳掩赤城[4]。天台四万八千丈,对此欲倒东南倾[5]。我欲因之梦吴越[6],一夜飞度镜湖月[7]。湖月照我影,送我至剡溪[8]。谢公宿处今尚在[9],渌水荡漾清猿啼。脚着谢公屐[10],身登青云梯[11]。半壁见海日[12],空中闻天鸡[13]。千岩万转路不定,迷花倚石忽已暝[14]。熊咆龙吟殷岩泉[15],栗深林兮惊层巅[16]。云青青兮欲雨,水澹澹兮生烟[17]。列缺霹雳[18],丘峦崩摧。洞天石扉[19],訇然中开[20]。青冥浩荡不见底[21],日月照耀金银台[22]。霓为衣兮风为马,云之君兮纷纷而来下[23]。虎鼓瑟兮鸾回车[24],仙之人兮列如麻[25]。忽魂悸以魄动,恍惊起而长嗟[26]。惟觉时之枕席[27],失向来之烟霞[28]。世间行乐亦如此,古来万事东流水。别君去兮何时还,且放白鹿青崖间[29],须行即骑访名山。安能摧眉折腰事权贵[30],使我不得开心颜!

注 释

〔1〕诗题一本作《别东鲁诸公》。天姥：山名。在今浙江嵊州市和新昌县之间。吟：歌行体的一种。本篇见《李太白全集》卷十五。

〔2〕海客：海上来客。瀛洲：传说海上有三神山：蓬莱、方丈、瀛洲。

〔3〕信难求：确实难以访求。

〔4〕势拔五岳：山势之高超出五岳。赤城：山名，在今浙江天台县北。

〔5〕"天台"二句：天台，山名。在今浙江天台县北、天姥山东南。欲倒东南倾，指天台山与天姥山比，仍显得低矮，仿佛气势被压倒一般。

〔6〕因之：根据越人的话。

〔7〕镜湖：在今浙江绍兴市南。

〔8〕剡（shàn）溪：水名，在今浙江嵊州市南。

〔9〕谢公宿处：晋、宋时期大诗人谢灵运曾在这一带游历。有"暝投剡中宿，明登天姥岑"（《登临海峤初发强中作与从弟惠连见羊何共和之》）句。

〔10〕谢公屐：谢灵运为游山特制的一种木屐，上山时去前齿，下山时去后齿。

〔11〕青云梯：高入云霄的山路。谢灵运《登石门最高顶》："惜无同怀客，共登青云梯。"

〔12〕半壁：半山腰。

〔13〕天鸡：据《述异记》，地之东南有桃都山，上有大树名桃都，树枝之间相隔三千里，上有天鸡。日初出照到树间，天鸡先鸣，天下之鸡随之而鸣。

〔14〕迷花倚石：被奇花所迷，倚靠着山石。暝，天色昏暗。

〔15〕"熊咆"句：熊咆龙吟之声充满层岩山泉之间。殷，盛，有充满之意。

〔16〕栗：悚慄。

〔17〕澹澹：水波淡荡的样子。

〔18〕列缺：闪电。

〔19〕洞天：神仙所居洞府。石扇：石门。一作"石扉"。

〔20〕訇（hōng）然：大声。

〔21〕青冥：深不可测的青天。

〔22〕金银台：神仙所居之宫阙。

〔23〕云之君：云神。

〔24〕虎鼓瑟兮：张衡《西京赋》："白虎鼓瑟。"鸾回车：《太平御览》引《白羽经》："太微天帝登白鸾之车。"

〔25〕"仙之"句：《云笈七签》引上元夫人《步虚之曲》："忽过紫微垣，真人列如麻。"

〔26〕恍：恍惚。

〔27〕觉时：睡醒之时。

〔28〕向来：指刚才梦中。

〔29〕白鹿：神仙传说中的仙人坐骑。

〔30〕摧眉：低眉，低颜。事：奉事。

鉴赏

　　天宝三载（744），曾任翰林学士的李白被唐明皇赐放还山，对现实逐渐有了清醒的认识。在梁、宋和东鲁盘桓一段时期后，准备南游越中山水，以消解心中的郁闷，这首诗即为告别东鲁的朋

友而作。

　　天姥山在越州剡县南八十里（今浙江新昌），晋、宋著名诗人谢灵运曾登此山。李白之意不在据实描写游览天姥山的过程，只是借以寄托他在神游山水中所追求的精神世界。所以一开头就借越人的传说以海外仙山的微茫来烘托天姥的神秘，将人引入似仙非仙的幻境。然后从对面着笔，用极度夸大的高度写出天姥山周围山势的高峻和五岳的挺拔，又使众山连同仙境赤城山和四万八千丈的天台山都倾倒在天姥山的面前，便更突出了天姥山的神奇和难以想象的宏伟气势。"对此欲倒东南倾"句，还写出了在梦中仰视觉得高山就要斜塌下来的感觉，微妙地把握了梦游的特点。

　　在充分渲染了天姥山雄伟峻拔的气势之后，诗人将登上天姥的情景写得飘渺奇幻，然而又无处不切合梦境的真实。梦游吴越，本是幻觉，所以能在一夜之间飞度镜湖月。明月把他的影子投到湖面上，又将他送到当年谢公歇宿过的地方。这几句的奇妙之处在于以极其清澈森冷而又静谧的境界烘托出一个在梦幻中飞行的诗人，仿佛拉开了一个美丽的童话剧的序幕。接着，诗人穿着谢灵运的登山屐，攀上高入青天的岩壁，与几百年前的谢灵运结成了"同怀客"，"共登青云梯"（《登石门最高顶》）。这既点出此山的掌故，又借谢公之游踪说明诗人梦游天姥乃是以政治失意的谢灵运为同调。梦境似真而实景如幻，更觉惝恍奇妙。

　　攀上绝壁后，先见海日升空，天鸡高唱，又将东南桃都山有天鸡在日出时先鸣的神话传说幻化入梦。"千回万转路不定，迷花倚石忽已暝"两句写人在丛山峻岭中盘旋,迷醉于奇花异石之间,转瞬之间天色便暗下来,用梦境转换快速的特点表现人处于仙山之中目眩神迷的感受,也是写旦暮变化的传神之笔。熊咆龙吟震响于山谷之间,使深林为之战栗,层岭为之惊动,更烘托出山中幽深荒凉的神秘气氛。而云色阴阴欲雨,水色澹澹生烟,又使人仿佛进入了《楚辞·山鬼》中的境界。

在令人惊悚不已的幽深冥色中,突然电闪雷鸣,山峦崩裂,一个神仙洞府訇然中开。这几句突然转为四言,用短节奏增强了境界变换的突兀之感。接着,眼前展开一个青冥无际的广阔天地,日月照耀着金银之台,神仙们纷纷从云端下来,虎为之鼓瑟,鸾为之驾车。这一段又转用楚辞句式,化用神仙传说中"白虎鼓瑟""太微天帝登白鸾之车""紫微垣上真人列如麻"等各种典故,写得金碧辉煌,色彩缤纷,既热闹非凡,又深远莫测。这个洞天福地既是一生好道的李白所向往的上天仙境,又结合了他在长安三年对宫廷生活的印象,因此当他从梦幻中突然醒来,失去了刚才所见的烟霞时,自然就联想到人世间的行乐也不过是如此一梦,古来万事都如东流之水,往往由极乐而生悲。由这样的大彻大悟更可见出,上文中洞天福地的描写未尝没有他在宫廷生活中的影子。诗人在宫廷三年,不也像一场梦吗?被放还山,正像从仙境跌回枕席,觉醒之后,更觉得梦境是多么虚幻。也正因如此,诗人才会从此别却功名富贵,痛痛快快地发出了"安能摧眉折腰事权贵,使我不得开心颜"的大声呼叫,吐出了这三年的闷气,也点出了梦醒的含意。

全诗调动楚辞、四言、杂言、七言等多种句式,随思路的跳跃变化而挥洒自如。尤其是梦境的不确定性及其寓意的若有似无,既可以视为李白所向往的自由世界,也可能是他精神上迷惘失意的反映,甚至包含着他对长安三年一梦的嗟叹。因而这首诗在给人奇谲多变、缤纷多彩的丰富印象之时,又能引人深思,启发多方面的联想。

送 友 人[1]

青山横北郭[2],白水绕东城。此地一为别[3],孤蓬万里征[4]。浮云游子意[5],落日故人情。挥手自兹去,萧萧班马鸣[6]。

注 释

[1] 本篇见《李太白全集》卷十八。

[2] 郭:外城。

[3] 一:加强语气。为别:作别。

[4] 孤蓬:秋天蓬草干枯,其根会被风拔起,飘转不定。汉古诗中常以之比喻漂泊无依的游子。

[5] 浮云:汉古诗中常以之比喻游子飘浮不定的行踪。

[6] "萧萧"句:《诗经·小雅·车攻》:"萧萧马鸣。"班马,离别之马。

鉴赏

从汉魏到唐宋,送别诗数量极多。后人在写作时,如果善于融化前人同类题材的意思,也会产生好诗,李白这首诗就是一例。

开头先点出城外送别友人的环境:城北青山横卧,城东白水围绕,一山一水既是写山清水秀的景色,也是与下一句强调"此地一为别"形成对比:山水似乎都依恋着此城,而人却如孤蓬开始了飘游万里的征途。浮云是眼前景,但也是比兴,游子正如浮云,无法掌握自己飘游的去向。落日点出送别的时间,但也隐含着光阴流逝,人生聚短离长的悲哀,这是故人依依不舍的原因。这样理解是因为中间两联化进了汉魏古诗中许多类似的意思。比如孤蓬比游子,有曹植的《杂诗》其二:"转蓬离本根,飘飖随长风。何意回飚举,吹我入云中。……类此游客子,捐躯远从戎。"浮云比游子,有李陵《与苏武诗》:"仰视浮云驰,奄忽互相逾。"曹丕的《杂诗》:"西北有浮云,亭亭如车盖。惜哉时不遇,适与飘风会。"了解这些前人的送别诗和游子诗,才理解浮云比游子的"意"不仅指飘游万里,更有感时不遇,不能掌握自己命运的人生感慨。在落日中告别,故人的情又是什么情呢?看曹植《箜篌引》:"惊风飘白日,光景驰西流。盛时不可再,百年忽我遒。"就可知落日使人想到光阴的迅速,人生百年的短暂。游子已经盛年不再,然而仍然飘流在前景暗淡的旅途中,分手时故人的心情如何就可以想见了。所以最后说从此挥手告别,连两匹将要分道扬镳的马儿也禁不住发出了悲鸣。

了解意象中包含的前人诗歌里积累的意思,才能看出这首诗的

好处。前人称赞这首五言律诗有古诗的格调,因为以孤蓬、浮云比喻游子,因落日感伤光阴,是汉魏游子诗里常用的比兴意象,萧萧马鸣也是《诗经·小雅·车攻》中的诗句。诗里所用的意象都是人们送别时最常见的,同时又有深厚的历史内涵,这就以很高的概括力写出了古往今来人们送别友人时常有的感慨。

夜泊牛渚怀古[1]

牛渚西江夜,青天无片云。登舟望秋月,空忆谢将军[2]。余亦能高咏[3],斯人不可闻[4]。明朝挂帆席[5],枫叶落纷纷。

注 释

[1] 牛渚:矶名。在今安徽当涂县北江边牛渚山下。本篇见《李太白全集》卷二十二。

[2] 谢将军:指东晋将军谢尚。据《晋书·袁宏传》,袁宏字彦伯、有才。年少时孤贫、以运租为生。曾作《咏史诗》以寄托情怀。谢尚镇守牛渚时,秋夜与左右泛舟江上,听到袁宏在舟中吟诵《咏史诗》,颇感惊异,便邀请袁宏到自己的船上,与他谈论通宵。袁宏因此名声大振,后来官至东阳太守。

[3] 高咏:高声朗诵,意为自己也能作诗。

〔4〕斯人：指谢尚。

〔5〕挂帆席：一作"洞庭去"。郁贤皓据此考本诗作于开元十五年（727）溯江前往洞庭云梦之时。

鉴赏

李白曾多次前往江东，本诗作于何时，无法确定。但从诗里的怀古之意来看，显然有不遇知音之叹，因而作于开元年间的可能性较大。

此诗起笔就点出夜泊牛渚的地点，古称长江由江西到南京的一段为西江，牛渚正在西江之中。夜空清澄万里，片云不存，登舟仰望秋月，月色越是明亮，人越难以入寐，自然由牛渚兴起怀古之情。想当初东晋谢尚镇守牛渚，也是在如此清澄的秋夜泛舟西江，听到袁宏在舟中讽诵其所作《咏史诗》，大为赞赏，遂邀其上船，谈论通宵，袁宏由此名声大振。同样的牛渚之夜，同样的西江秋月，时隔四百年之后，诗人却只能在此空自回忆谢将军当初善识人才的佳话。虽然他自己与袁宏一样，也能高咏，那位谢将军却再也不可能听到了。

对谢将军识贤的向往，正流露了诗人当下的失意和惆怅。何况李白岂止是"亦能高咏"，其诗才远非当初的袁宏可比。然而袁宏得遇识者的幸运今天在牛渚又怎么可能重现呢？但这层言外之意诗人并未明言。或许因为深知其"空忆"无望，他只能在牛渚暂泊一夜后，明朝扬帆继续他不可知的前程。结尾只勾勒出一席孤帆和枫

叶纷飞的秋景，却馀味无穷。《楚辞·招魂》说："湛湛江水兮上有枫，目极千里兮伤春心。"春水江枫尚且令客游千里的行人如此伤心，又何况秋江之上满目纷纷飘落的枫叶呢？

此诗虽为律诗，但自始至终不用对偶，只是采用古诗的散句一气呵成，前人称其以古诗为律，纯是一片神行。清代著名诗人王渔洋评论此诗说："或问'不着一字，尽得风流'之说，答曰：太白诗'牛渚西江夜……'，诗至此，色相俱空，正如羚羊挂角，无迹可求，画家所谓逸品是也。"(《带经堂诗话》)据说羚羊夜眠为防患，以角悬树，足不着地，与树浑然一体，比喻诗歌意境天然浑成，不见刻画的痕迹。此诗中不遇知己的伤感，前程未明的茫然，客中飘零的愁怀，均不涉一字；西江秋月的明净，牛渚夜色的澄澈，也都不见着色，枫叶纷纷更只是化用典故的想象之景，然而就在行云流水般的抒情中，构成了迥出尘埃之外的空灵意境。这就是前人盛赞的诗中神韵和画中逸品共通的原理。

听蜀僧濬弹琴 [1]

蜀僧抱绿绮 [2]，西下峨眉峰 [3]。为我一挥手 [4]，如听万壑松 [5]。客心洗流水 [6]，遗响入霜钟 [7]。不觉碧山暮，秋云暗几重。

注释

〔1〕濬：蜀僧的法名。本篇见《李太白全集》卷二十四。

〔2〕绿绮：古琴名。《文选》注引傅玄《琴赋序》："司马相如有绿绮。"

〔3〕峨眉峰：四川峨眉山。

〔4〕挥手：指弹琴。

〔5〕万壑松：千山万壑的松涛声。

〔6〕流水：《列子·汤问》："伯牙善鼓琴，钟子期善听。伯牙鼓琴……志在流水，钟子期曰：'善哉，洋洋兮若江河。'"这里借此典故比喻琴声如流水般清亮。

〔7〕霜钟：《山海经》："（丰山）有九钟焉，是知霜鸣。"郭璞注："霜降则钟鸣，故曰知也。"这里指晚秋山寺的暮钟。

鉴赏

音乐是唐诗中常见的题材，盛唐诗人尤其善于将听乐的感受转化为丰富的想象，构成优美空灵的意境。李白此诗也不例外，但又具有自己独特的个性。

首联原意为弹琴的蜀僧来自峨眉山，诗人着意突出了他怀抱绿绮琴，从峨眉峰西下的来头，与颔联开头的"为我"连起来看，便给人以蜀僧专门下山为诗人弹琴的印象，已暗示了弹者和听者之间的知音之感。"绿绮"是古琴名，西晋傅玄《琴赋序》说"司马相如有绿绮"，可见能持有此琴的蜀僧，琴艺应可上追以善于鼓琴闻名的司马相如。而峨眉峰又是佛教的胜地，蜀僧既有如此不凡的来

历，其高古脱俗的风神也不难想见。

弹琴之始，抬手一挥，本来是拨弦的动作，但是"为我一挥手"的说法，令听者也变得格外神气，因"挥手"暗含着嵇康《琴赋》"伯牙挥手"的意思，伯牙专为其知音钟子期弹奏，这位蜀僧专为"我"挥手，那么听者自然也是可称其知音的不凡之人。此外"挥手"还可以令人联想到嵇康的诗句"目送归鸿，手挥五弦"（《四言赠兄秀才入军诗》），所以蜀僧挥弦时悠游自得、神清意远的傲然姿态也如在眼前。而且一挥手便有松涛在千山万壑间响起，足见琴音在山谷中立即引起了洪亮的共鸣，仿佛已转化为大自然的天籁和地籁。这四句不用律诗的对偶，而是采用古诗式的顺叙句式，两联一气贯穿，使弹琴者的气势、听琴者的感应和琴声的高妙自然交融，这是李白善于以古为律的独特效果。

琴音之清亮，使人闻之如同流水从心上流过一般舒畅，又洗净了蒙尘的心灵。这是正面描写听琴的心理感受，恰与"伯牙挥手"相呼应。伯牙鼓琴，志在流水，钟子期说"善哉，洋洋兮若在江河"，因此颔联中的"松涛"和颈联中的"流水"正合"高山流水"的典故。尾联写琴曲的遗响融进霜天回荡的山寺钟声，不知不觉间秋云渐暗，暮色笼罩了碧山，则进一步拓开空阔高远的乐境。琴音伴随着晚钟在云山之间缭绕不绝的馀韵，使结尾留下了悠悠不尽的回味。

此诗通过乐境和诗境的叠合，将音乐意境转化为山水意境。并略去一切与尘俗有关的意象，直接将蜀僧弹琴的环境置于碧山松林之中，与高山流水的乐曲意境融合无间，从而突出了琴音之清美古雅，以及弹者、听者之间的心灵共鸣。而全诗神情的豪逸爽朗，笔意的出神入化，尤能见出李白与一般山水诗人不同的大家气度。

静 夜 思[1]

床前明月光[2]，疑是地上霜。举头望明月[3]，低头思故乡。

注释

〔1〕静夜思：《乐府诗集》列入《新乐府辞·乐府杂题》，题作《夜思》。本篇见《李太白全集》卷六。

〔2〕宋蜀本《李太白文集》作"床前看月光"。

〔3〕宋蜀本《李太白文集》作"举头望山月"。

鉴赏

静夜望月思乡，是许多旅人都有的体验。但在李白之前，意思与这首《静夜思》类似的唯有西晋傅玄的《古诗》："东方大明星，光景照千里。少年舍家游，思心昼夜起。"所望的不是明月，而是东方的一颗大明星。而且明言因为少年离家出游，见星光普照千里，同样会照到家乡，所以勾起昼夜思念之情。四句诗写得很实。比较之下，便容易见出李白此诗的好处：望月比望星更合常情，也更富

有诗意,所以李白省去月光普照千里的常识性叙述,只取夜里见月光照到床前恍如霜白的一时错觉,直道乡思被明月触发只在举头、低头的俯仰之间,则客子身在行旅之中的乡心之切也就不言自明了。言情看似直白,却仍有不尽之意。

《静夜思》被郭茂倩列入《新乐府辞》,当是因为唐前无此旧题,此诗声调情韵又酷似乐府。这种从日常生活情境中撷取片刻感悟或是心理活动瞬间的做法,源自南朝乐府民歌,尤其是《子夜歌》。李白运用其创作原理,从人们望月思乡的常情中提炼出最触动人心的一刻,但又如不经意间偶尔得之,纯出自然,所以能引起最广泛的共鸣,成为家喻户晓的名作。

玉 阶 怨[1]

玉阶生白露[2],夜久侵罗袜[3]。却下水精帘[4],玲珑望秋月[5]。

注 释

〔1〕玉阶怨:乐府《相和歌·楚调曲》旧题,本篇见《李太白全集》卷五。

〔2〕白露:秋天降落的露水。

〔3〕侵:侵淫、沾湿。

〔4〕水精:即水晶。

〔5〕玲珑：双声联绵字，也是象声词，玉石的响声。也可形容空明之状。

鉴赏

《玉阶怨》源自传说是班婕妤所作的汉乐府《怨诗行》。西晋陆机有感于班婕妤被汉成帝冷落的遭遇而作《婕妤怨》，使此题成为真正的宫怨诗。陆诗中有"寄情在玉阶，托意唯团扇"之句，主要用《怨诗行》借秋扇见弃比喻女子宠衰的意思。后来齐梁诗人拟作《婕妤怨》，大多沿袭此意。齐代诗人谢朓始创《玉阶怨》，也应是受陆机的启发。但他不为班婕妤的故事所限，而是别出新意，从她的哀怨中提炼出所有被君王抛弃的宫女共同的命运，描写一位在冷宫的长夜中独自缝制罗衣的宫女形象，代她抒发了"思君此何极"的哀愁。由于此诗仅用四句截取深宫夜景的一隅，含意深婉，给唐人留下了很大的发挥空间。唐代许多宫怨诗都从宫女缝罗衣这个细节生发想象，并且衍生出许多题目不同而主题类似的宫怨诗。

李白此诗用谢朓《玉阶怨》的原题，并扣住陆机"寄情在玉阶"的句意，吸取谢朓用四句小诗截取深宫一角的表现原理，勾勒出一位宫女深夜望月的画面。玉阶是踏入冷宫房门的必经之路，但本诗开头就说玉阶已经生出白露，连这位宫女的罗袜都被露水沾湿，可见她在玉阶上伫立已久，直到深夜，所等待的人始终没有出现。

直到夜深还没有人来，显然是不会再有人来。所以她只能返回门内，放下水晶珠帘。但并未离开门口，而是隔着珠帘凝望秋月。此时她应该不再期待会有人来，但在失望之中，无法入眠，也无可

诉说。在清冷的深宫中，能照见她愁心的只有这一轮秋月。那么这无语的凝望中究竟包含着多少哀愁呢？或许，她是在思念那个同在明月之下而不肯前来的君王；或许，在无数个不寐之夜中，明月一直是她唯一的陪伴；或许，秋月还令她想起自己在宫中度过的多少个春秋；但是这一切诗人都没有明言，读者只能通过那个月下的孤影去想象。"玲珑"兼有玉声和空明二义，此处也应是两种意思兼而有之。既可以联想到水精帘放下时的珠玉碰撞声，又因透过晶莹的水精望见皎洁的秋月而在眼前展现出一片空明景象。

全诗仅仅选取白露湿袜和隔帘望月两个前后相继的细节，构成深宫露下、月照玉阶的清冷图景，连宫女的形象都没有一字刻画。但四句中玉阶、白露、水精帘、秋月都是纯白而莹洁的意象，经"玲珑"一词点透，虽然不见一个"怨"字，却使宫人的哀怨仿佛浸透在水晶般透明纯净的意境之中。

独坐敬亭山[1]

众鸟高飞尽，孤云独去闲。相看两不厌，只有敬亭山。

注 释

[1] 敬亭山：在安徽宣城北十二里处，相传为南齐诗人谢朓任宣城太守时赋诗之处。本篇见《李太白全集》卷二十三。

李白

鉴赏

移情于景,将大自然人格化,赋予诗人自己的个性和感情,是李白山水诗的一大特色,这首五绝便是显例。

诗人独坐在敬亭山,众鸟高飞已尽,连天上的一片孤云也悠然飘走了。而与诗人朝夕相对、互不厌倦的,只有这敬亭山。彼此"相看"而且"两不厌",那么不但是李白在看山,山也在看李白,而且双方互相都看不够。于是,原来无知无觉的敬亭山就被李白赋予了自己的性情,变得有情有义,当诗人感到孤独寂寞时,惟有青山是不会厌弃他的知己。

据詹锳研究,本诗当作于天宝十二载(753),李白五十三岁时。诗人在天宝三载(744)被唐明皇赐放还山后,曾经在梁、宋、齐、鲁一带盘桓十年,最后终于决定离开中原,南下游览山水,以纾解内心的郁闷。十二载到宣城后,约三年间,均以此地为中心,往复于吴越、皖南之间(赵昌平《李白诗选评》)。因此,对宣城的眷恋是他与敬亭山"相看两不厌"的感情基础。而这个时期,李白对朝廷政治已经失望,并且看透了天宝年间上层社会的黑暗内幕,当他离开东鲁南下时,内心是无比忧愤的。明白这一背景,就可以进一层理解本诗中包含的深意。

"众鸟"和"孤云"是陶渊明诗中常见的意象。陶诗以"众鸟"比喻那些追求世俗利禄的凡俗士人,以"孤云"比喻不事王侯的高尚隐士。此诗中沿用这两种比兴形象,难免令人联想到陶诗的原意,

但主要还是借写景抒发了周边之人都不理解自己的极度落寞。正因如此，对他始终不离不弃的敬亭山才会成为他唯一的精神慰藉。但是他和敬亭山彼此之间究竟为何"相看两不厌"，诗里没有说，也是无须明言的。"吾将囊括大块，浩然与溟涬同科"（《日出入行》）的李白既然与自然元气合一，他的知交当然也只在天地、山水和风月之间。

这首诗将诗人和青山之间的相知之情写得如此天真动人，然而貌似超逸的口气之中却掩盖不住其心情的孤寂和失落，因为李白终究不是真正的出世之人。

望天门山[1]

天门中断楚江开[2]，碧水东流至北回[3]。两岸青山相对出，孤帆一片日边来。

注释

〔1〕天门山：在安徽当涂县西南，东为博望山，西为梁山，二山夹长江对峙，犹如双阙，故称天门。本篇见《李太白全集》卷二十一。

〔2〕楚江：指长江，这一带古属楚国，故称楚江。

〔3〕至北：一作"直北"，一作"至此"。毛西河认为"北"应作"此"，指长江至此作一回旋。

鉴赏

　　李白擅长以七绝写山水，取景角度各不相同。此诗将较长距离的行舟过程化为一幅平面的山水画，则以诗中有画取胜。

　　天门山在安徽当涂西南，诗题为"望"，从诗意来看，应是诗人行舟顺大江东下，由西向东遥望。因前两句写长江奔腾东去，冲破天门，天门山仿佛两崖中断壁立，夹峙碧水，曲折而回。虽然这一段长江到天门山后稍作回旋，但远望天门山的方向仍是顺东流之水势向前。而"两岸青山相对出"，则说明在江行途中，两岸青山是由远到近渐渐出现的。这是出于相对运动的感受，描写行舟过程中远望天门山迎面而来的景象。这一句也可以证明天门山是东"望"所见的，这一角度的认定关乎最后一句的解释。"孤帆一片日边来"古今评论有歧解。有的认为是"遥见一白帆痕，远在夕阳明处"(《诗境浅说续编》)。有的则认为"日边"就是指日照，那么按照诗人向东行进的方向，应指朝日升起的地方。关于这句诗有无寓意，也有不同看法。一些注家认为"日边"指长安，"孤帆"为李白自比，并且判断此诗是李白在长安失意后南下之作。如果这样理解，那么"相对出"的青山似乎是正在迎接自己这片来自日边的孤帆，似乎也有道理，但末句就不全是望中之景了。从全诗来看，还是理解为天门山相对而出，似在迎接落日方向的一叶载着诗人的轻舟，最为妥帖。

　　无论作何种解释，全诗给人的视觉印象却是以水天相接处的一轮红日为背景，以两岸对峙的青山为近景，在两山之间远处的水平

线上，勾出了一片缓缓驶来的孤帆，犹如一幅用逆光摄影的巨幅山水画。这一印象看似将动态过程变成平面的静态，但青山雄峙、碧水奔流的气势，江天相连、日映远帆的气象，又远非画面所能局限。

早发白帝城[1]

朝辞白帝彩云间，千里江陵一日还[2]。两岸猿声啼不住[3]，轻舟已过万重山。

注释

[1] 题一作《白帝下江陵》。白帝城：今重庆奉节县。本篇见《李太白全集》卷二十二。

[2] 江陵：今湖北江陵。

[3] 住：一作"尽"。

鉴赏

北朝著名地理学家郦道元曾描写三峡江水的急湍和两岸的景色："有时朝发白帝，暮到江陵，其间千二百里，虽乘奔御风，不以疾也"，"每至晴初霜旦，林寒涧肃，常有高猿长啸，属引凄异，空谷传响，哀转久绝。"（《水经注》"江水篇"）这段文字简洁优美，正为李白此诗所本。但李诗出自乘舟出峡的亲身体验，其妙境又非前人可到。

诗人从地势高峻如在云端的白帝城出发,放舟三峡,瞬息千里,只消一日即到江陵。首二句只是印证"朝发白帝,暮到江陵",速度超过驾长风、乘奔马的古说,但换了个说法,从旅人计算日程的心理着眼,便别有趣味。行期之短,已充分见出水势之迅急,更兼两岸猿声尚在耳边回响,万重山影已从眼前飞快闪过。以"耳目之间不暇迎送之感"(吴小如评)烘托出轻舟飞驰而下的快意,只有身在舟中之人才会有如此惊心动魄的感受。因此全诗意思虽有所本,落笔角度却出于己创。周本淳《唐人绝句类选》云:"太白遇赦放还,扁舟出峡……三四欢惊豪气,一扫千年凄怆。"点出此诗的创作背景是李白在流放夜郎途中遇赦得释,乘舟出峡返回江夏之时,有助于更进一步理解诗中轻快欢畅的心情。

李白之前,七绝很少用于描写山水。李白的七绝山水诗善于将长距离的游程浓缩在短短四句之中,使不适宜铺叙的七绝能充分抒发诗人的游兴。此诗笔势尤其骏快,正如乘奔御风,故能一气写尽三峡意趣,成为后人无法超越的名作。

黄鹤楼送孟浩然之广陵 [1]

故人西辞黄鹤楼,烟花三月下扬州。孤帆远影碧空尽[2],唯见长江天际流。

注释

〔1〕黄鹤楼：旧址在今湖北武昌蛇山黄鹄矶上，下临长江。广陵：今扬州。本篇见《李太白全集》卷十五。

〔2〕远影：一作"远映"。碧空：一作"碧山"。

鉴赏

　　写江边送别怅望之景，创意造境之功，当首推南朝阴铿的《江津送刘光禄不及》诗，其前四句云："依然临江渚，长望倚河津。鼓声随听绝，帆势与云邻。"因没有赶上送别友人，只能久立渡口目送官船远去，直到船上的鼓声在耳中消失，帆影在天边与云层相连。此景立意之新，前所未见。李白此诗同样是写送别友人乘船离去，在江边伫立遥望的情景，为何更脍炙人口呢？

　　阴铿之诗主要从送行者的角度，写自己久立河津、神驰目注的情景，暗示追送不及的失落之感。李白此诗则全从故人方面着想，并无一字提及临江长望的送别者：西辞黄鹤楼的是故人的行帆，烟花三月的扬州是故人的去向。孤帆远影在碧空尽头消失，是故人已经离开目力可穷的视野，最后只见长江浩浩荡荡流向天际，伴随着故人远去。虽然句句是望中之景，凝神远眺的诗人却呼之欲出。结句还有一层深意可以体味：江水之去向，也正是故人之去向，所以江水可以将故人一路相送到扬州。那么这江水中包含着诗人多少离情，也就不言而喻了。李白诗中的流水，都是深通人情的。比如："仍怜故乡水,万里送行舟。"(《渡荆门送别》)"请君试问东流水,别意与之谁短长?"(《金陵酒肆留别》)这类意思同样暗含在此诗凝望长江流水的目光中,只是没有明白道出而已。

总之,李白此诗与阴铿诗虽然都是写伫立江边凝望帆影远去的情景,都以语不及情而情自无限的意境取胜,但李诗与阴诗角度不同,更不露言情的痕迹,也更浅近自然,加上长江流水的兴象在李白诗中往往包含人情,因此比阴铿的原创更觉情意悠渺,耐人寻味。

杜 甫

杜甫（712—770），字子美。祖籍襄阳，后迁居巩县（今河南巩义市）。早年曾漫游吴、越、齐、鲁。安史之乱前在长安困守十年，授右卫率府胄曹。安史之乱起，一度陷于贼中。后逃出长安，在肃宗朝任左拾遗。不久贬华州司功参军。乾元二年（759）弃官，经秦州、同谷入蜀。在成都营建草堂，其间避乱梓州、阆州等地。回成都后，被严武表为节度参谋，检校工部员外郎。后离成都至夔州旅居，两年后出川，在岳州、潭州、衡州一带漂泊。大历五年（770）病故，享年五十九岁。有《杜工部集》。

望 岳[1]

岱宗夫如何[2]？齐鲁青未了[3]。造化钟神秀，阴阳割昏晓。荡胸生层云，决眦入归鸟[4]。会当凌绝顶[5]，一览众山小[6]。

注 释

〔1〕本篇见清杨伦《杜诗镜铨》卷一。大约写于公元736－740年间杜甫漫游齐、赵之时。

〔2〕岱宗：《尚书》称泰山为岱宗。"岱"有代谢之意，《太平御览》卷十八引《三礼义宗》："东岳所以谓之岱者，代谢之义。阳春用事，除故生新，万物更生，相代之道，故以代为名也。"古人认为泰山处于东方，是万物生长、春天开始的地方。"宗"意为"长"，泰山为五岳之首，故称岱宗。

〔3〕齐鲁：《史记·货殖列传》："泰山之阳则鲁，其阴则齐。"

〔4〕决眦（zì）：睁大眼眶。决，裂开。眦，眼角。

〔5〕会当：合当，将要。凌：登上。

〔6〕"一览"句：《孟子·尽心上》："孔子登东山而小鲁，登泰山而小天下。"

鉴赏

　　杜甫游东鲁之前，曾考进士落榜，但此诗依然豪情万丈，抒发了希望登上事业顶峰的雄心壮志，以及对前程万里的乐观和自信。

　　传说泰山是自尧舜以来就受到历代帝王祭祀的名山。杜甫之前咏泰山的名作寥寥无几。晋、宋诗人谢灵运的《泰山吟》风格典重生奥，写成了板滞的颂体。李白的《游泰山》六首，以游仙诗的形式抒写他在泰山顶上与仙人同游的自由与快乐，倒也符合泰山在汉代被视为"神仙道"的形象。杜甫这首诗则选择了一个"望"的角度，将泰山壮美的自然景观和象征崇高的人文意义融为一个整体印象。

　　开头以散文句式自问自答。发端直称"岱宗"，本身已包含了帝王封禅之地的意蕴，接着说从齐到鲁都望不尽它的青青山色，又以景色描写烘托出它的高大。同样，下面两句说大自然把神奇和灵

秀都集中于泰山,山南山北的明暗由高高的山峰分割。这既是赞美泰山景色的壮丽和雄奇,也隐含着"岱宗"一词的本义:万物代谢、昏晓变化正是阴阳造化之功,既然集中于泰山,那么此山当然不愧为五岳之首了。这就超越视野的局限,化用泰山的传统人文含义概括了泰山的主要特征:一个象征造化伟力和代谢变化的自然奇观。

后半首写诗人遥望山中云层起伏,心胸豁然开朗,目送飞鸟归山,眼眶几乎为之睁裂。以"荡胸"二字置于"生层云"之前,似乎层层云气是从诗人的胸中升腾,充分表现出诗人仰望泰山时精神的激荡,以及将大自然的浩气都纳入胸怀的豪情。有此力度,下句说目送归鸟以至要"决眦"的夸张,才更显出"望"的专注急切和目光的清澈深远。那归鸟所向之处,就是诗人相信自己终有一天会登上的极顶。于是结句用孔子"登泰山而小天下"的典故,就极其现成,极其巧妙,既自述怀抱,又回到了泰山丰富的人文内涵中。正因为泰山的崇高伟大不仅是自然的也是人文的,所以登上绝顶的想望本身当然也具备了双重的含义。

全诗寄托虽然深远,但通篇只见登览名山之兴会,丝毫不见刻意比兴之痕迹。若论气骨之峥嵘,体势之雄浑,更为后出之作难以企及。

前出塞九首(其六)[1]

挽弓当挽强,用箭当用长。射人先射马,擒贼先擒王。

杀人亦有限，列国自有疆。苟能制侵陵[2]，岂在多杀伤。

注释

〔1〕出塞：汉乐府古题。本篇见《杜诗镜铨》卷二。

〔2〕制侵陵：制止侵略。

鉴赏

这组诗用乐府旧题，共九首，各章意思前后相承，以一个征夫的口吻，自述其出征后十馀年的战斗生活。评论家一般认为是写哥舒翰征吐蕃一事。但从涉及的范围来看，几乎涵盖了盛唐边塞诗的全部内容。第六首纯为议论，表达了杜甫对于战争目的和民族关系等根本问题的正确见解，见识远高于当时所有的边塞诗。

杜甫很少写乐府旧题，但是从这首诗的开头四句可以看出，他是深知乐府民歌的创作神理的。拉弓要拉强弓，射箭要用长箭，射人先射他骑的马，捉贼先捉他们的王，四句都是民谣式的比兴。挽弓、射箭、射马都是用战争的最典型动作强调要取胜应该用最有效的方法，然后引出"擒贼先擒王"这一具有高度概括力的警句。擒王则贼众自然投降，这是解决战争最彻底的办法。仅此四句，也可当一首北朝乐府风味十足的民歌来看。

但杜甫的高明更在于从"擒贼先擒王"再加引申：擒王则可避免滥杀无辜。那么这就是正义战争的主要目的：尽可能减少杀人，尊重各国疆界。只要能制止侵略，哪里在于大量杀伤？人类的战争

虽然不可避免，但只有掌握这一根本的原则，才是仁者无敌之师。因此杜甫这首诗的意义不仅在于反对当时的穷兵黩武，也适用于古往今来不同民族、不同国家的一切战争。能够立此警策，方称传世名作。

自京赴奉先县咏怀五百字[1]

杜陵有布衣，老大意转拙。许身一何愚，窃比稷与契[2]。居然成濩落[3]，白首甘契阔。盖棺事则已，此志常觊豁[4]。穷年忧黎元，叹息肠内热。取笑同学翁，浩歌弥激烈。非无江海志，潇洒送日月。生逢尧舜君，不忍便永诀。当今廊庙具，构厦岂云缺。葵藿倾太阳[5]，物性固难夺。顾惟蝼蚁辈，但自求其穴。胡为慕大鲸，辄拟偃溟渤[6]。以兹悟生理，独耻事干谒[7]。兀兀遂至今，忍为尘埃没。终愧巢与由[8]，未能易其节。沉饮聊自适，放歌破愁绝。

岁暮百草零，疾风高冈裂。天衢阴峥嵘[9]，客子中夜发。霜严衣带断，指直不能结。凌晨过骊山，御榻在嵽嵲[10]。蚩尤塞寒空[11]，蹴踏崖谷滑[12]。瑶池气郁律，羽林相摩戛[13]。君臣留欢娱，乐动殷胶葛[14]。赐浴皆长缨[15]，与宴非短褐。彤庭所分帛，本自寒女出。鞭挞其夫家[16]，聚敛贡城阙。圣人筐篚恩[17]，实欲邦国活。臣如忽至理，君岂弃此物？多士盈朝廷，仁者宜战慄！况闻内金盘，尽在卫霍室[18]。中堂有神仙，烟雾蒙玉质。暖客貂鼠裘，悲管逐清瑟。劝客驼蹄羹，霜橙压香橘。朱门酒肉臭，路有冻死骨。荣枯咫尺异，惆怅难再述。

北辕就泾渭，官渡又改辙。群冰从西下[19]，极目高崒兀[20]。疑是崆峒来[21]，恐触天柱折。河梁幸未坼，枝撑声窸窣。行旅相攀援，川广不可越。老妻寄异县，十口隔风雪。谁能久不顾，庶往共饥渴。入门闻号咷，幼子饿已卒。吾宁舍一哀[22]，里巷亦呜咽。所愧为人父，无食致夭折。岂知秋禾登，贫窭有仓卒。生常免租税，名不隶征伐。抚迹犹酸辛，平人固骚屑[23]。默思失业徒，因念远戍卒。忧端齐终南，澒洞不可掇[24]。

注释

〔1〕本篇见《杜诗镜铨》卷三。作于天宝十四载（755）十一月，杜甫由长安往奉先（今陕西蒲城县）探家之时。

〔2〕稷与契（xiè）：尧舜时代的贤臣，分任农官和司徒。

〔3〕濩（huò）落：大而无当，沦落失意。

〔4〕觊（jì）豁：希望施展。

〔5〕葵：胡葵，又名戎葵、卫足葵、吴葵、一丈红，是锦葵科的宿根草本，叶子向阳。藿：豆叶。《花镜》："葵、阳草也。一名卫足葵。言其倾叶向阳，不令照其根也。"曹植《求通亲亲表》："若葵藿之倾叶，太

阳虽不为之回光，然终向之者，诚也。"

〔6〕偃溟渤：在大海里游息。

〔7〕干谒（yè）：请求谒见。干，求。谒，禀告，拜见。唐代士人干谒有地位的人，主要是希望对方引荐自己进入仕途。

〔8〕巢与由：古代的两个隐士巢父和许由。

〔9〕天衢：天空。一说天街。峥嵘：形容云层叠起状。

〔10〕嵽嵲（dié niè）：形容山高，这里指骊山。

〔11〕蚩尤：古代神话传说蚩尤和黄帝交战，作大雾，这里代指雾。

〔12〕蹴（cù）：踩。

〔13〕"瑶池"二句：气郁律，形容热气蒸腾。摩戛（jiá），武器相互碰撞。

〔14〕胶葛：广大深远貌。

〔15〕长缨：指高官显贵。

〔16〕夫家：人口，家口。《周礼·地官》中多见"夫家"一词，如《小司徒》："掌建邦之教法，以稽国中及四郊都鄙之夫家九比之数。"《载师》："凡民无职事者，出夫家之征。"郑玄、贾公彦等均注"夫家"犹云男女，即已婚配成家者。汉代徐幹《中论》："户口漏于国版，夫家脱于联伍。"正用此意。

〔17〕筐篚（fěi）恩：皇帝宴会时用筐篚盛钱币、绢帛赏赐群臣。《诗经·小雅·鹿鸣》序："既饮食之，又实币帛筐篚，以将其厚意。"

〔18〕卫霍室：汉代卫青、霍去病都是汉武帝的外戚，这里借指杨氏家族。

〔19〕群冰：一作"群水"。应以"冰"为是。黄河每年十一月封冻前有凌汛，大量冰凌随河水流下。

〔20〕高崒（zú）兀：形容群冰危峻之状。

〔21〕崆峒（kōng tóng）：山名，在今甘肃岷县。

〔22〕舍一哀：抛舍一哀之礼。据陈贻焮先生考，古代士大夫的丧礼规定，主家守灵时，每有人来祭奠，必须先哭一场，然后行礼，叫作一哀。唐代有遵《礼经》不哭丧婴的习俗，所以说舍一哀，不必见人就哭。

〔23〕骚屑：原义是形容风吹树木的情状，后引申为骚动不安。

〔24〕澒洞（hòng tóng）：浩大无边。

鉴赏

在杜甫的诗歌中，《自京赴奉先县咏怀五百字》可说是最集中地披露诗人一生心事的长篇。这首诗作于天宝十四载（755），十月杜甫得到右卫率府胄曹的任命，十一月离京赴奉先县探家。安禄山恰在此时反叛，但长安尚未证实反讯，唐玄宗和杨贵妃还在骊山华清宫避寒享乐。而杜甫从长安到奉先，正经过骊山。久已积压在心头的政治危机感和大乱将临的预感，被眼前与皇帝咫尺天涯的情景所触动，发为忧国忧民的浩叹，便更觉恳切沉痛。

全诗以还家探亲的过程作为主线，虽然从结构上可以分为明志述怀、途经骊山和到家经过三部分，而以咏怀为一篇正意。所以发端开门见山，直陈平生抱负。诗人以稷与契自比，虽然极其自负自信，却以自嘲越老越拙的口气出之，是包含着十年潦倒的穷愁辛酸的。明知许身太愚，但仍然矢志不移，又表现了诗人追求理想的执着信念。第一大段正是围绕着这一主旨反复转折，从各种角度层层

推覆,表白自己坚持既定人生道路的决心:先说虽然一事无成,但希望实现志向的心愿要盖棺则已;再强调尽管被同学取笑,仍不能改变救世济民的热肠。古今之人都讲"达则兼济天下,穷则独善其身",杜甫却唱出了"穷年忧黎元"的浩歌,这是他的伟大精神所在,也是他不为众人理解的原因。因此又引出下一层转折:自己并非没有潇洒山林的独善之想,只是生逢尧舜之君,不甘退隐而已;这就又转出一层反问:既逢治世明君,廊庙里有的是栋梁之材,哪里还缺自己这块料?诗人随即自答:即使如此,其恋阙之心也依然不变,只是因为如葵藿向日,天性难移而已。那么如此汲汲于进取,岂非太热衷名利?于是又说明自己的本心并非像蝼蚁那样自营洞穴,而是要像巨鲸般志在万里。正因如此执着于大道,又羞于求见权贵,所以才一直埋没风尘;但即使耽误了生计,也始终不肯归隐,只能愧对巢父、许由,饮酒放歌以破闷了。

  第一大段一气七八层转折,跌宕起伏,连绵不断,像剥茧抽丝一样,后一层意思从前一层意思中引出,先反后正,自嘲自解,在回顾往事的万般感慨中倾吐出不遇之悲和身世之感。理想与现实的矛盾,兼济与独善的冲突也在痛苦的反省中得到解决。最后又轻巧地将撒开的思绪兜转来,回到眼前廓落无成的处境。这就以议论推驳的层次形成抒情的回环往复,体现了杜甫以议论入诗又能保持诗歌情韵的艺术独创性。

  第二大段夹叙夹议,记述途经骊山的见闻和感想。先用十句的篇幅铺叙一路风高霜严、雾重路滑的情景,不仅令人身临其境地感受到行旅风霜之苦,而且反衬出骊山华清宫内的暖意,使宫外宫内的苦乐之别形成鲜明的反差。来到骊宫墙外,连羽林军兵器相碰的声音都可以听见,但一墙之隔,何啻天壤?处在这种特殊的境地,自不免令人感慨万端。在悬想宫内赐浴欢宴的情景时,诗人单挑出分帛一事来议论。从章法立意来看,仍是扣住寒暖对照,通贯上下。从所选事例的典型性来看,又揭示了唐代统治者最基本的剥削方法——租庸调的实质。杜甫强调这些进贡的绢帛是官府以鞭挞的手段强行从民间寒女家搜刮得来,一针见血地指出上层统治者的享乐生活正建筑在掠夺劳动人民的基础之上。接着,笔锋又转向最骄奢淫逸的后妃外戚,对"中堂"酒宴的豪华奢侈极尽铺陈之能事,这在当时有明显的针对性。《资治通鉴》卷二一六载:"时诸贵戚竞以进食相尚,上命宦官姚思艺为检校进食使,水陆珍馐数千盘,一盘费中人十家之产。"珍馐美味视若平常,酒肉凡品自然只能任其臭腐了。至此,诗人不觉大声呼出"朱门酒肉臭,路有冻死骨"这两句千古名言,便成为诗情发展的必然。这是杜甫从"穷年忧黎元"的一片热肠中自然迸发的浩叹,高度概括的语言使贫富对立的社会现象通过眼前寒暖的对照更加触目惊心。同时又在达到高潮时暗中结上启下,不露痕迹地转回路上的情景。

  最后一段写诗人继续北上辛苦跋涉的情状及到家后的境况。如果说从长安到骊山,着重写山路的艰险,那么从骊山到奉先则主要写水路的难行。这在章法上正好取得一山一水的对应。"群冰"四句写封冻之前河水夹带着大量冰凌西下,竟至令人产生

恐触天柱折的惊悸之感。句句是实景，又流露出时势将乱的隐忧。景物描写中这类似有若无的暗示，没有象征和比兴那样明确的用意，最适宜表现朦胧的预感，这也是杜甫对传统比兴手法的创变。

历尽艰辛到家，一进门就听到幼子饿死的噩耗和邻里的呜咽，使满心盼望与家人团聚的诗人先遭迎头一击。可贵的是杜甫能够由自己的不幸看到此事的典型意义：一个下层官吏，家里还有蠲免租税的特权，尚且不免在秋禾登场时饿死亲子，更何况贫困失业之徒和远征边戍之兵？这不仅可见诗人推己及人的"仁者之心"，而且在"平人"的骚动不安中显露了一触即发的社会危机。这就难怪诗人的忧愤高如终南，如大海般混茫无际了。如大潮般汹涌而来的诗情在此陡然煞住，使全诗产生了"篇终接混茫"的艺术力量。

魏晋以来，咏怀类诗大多采取五言古诗的体裁，用托物比兴的手法，集中反映作家对社会和人生的感想。这首长篇则吸取王粲《七哀诗》和蔡琰《悲愤诗》根据自身经历抒发所见所感的写法，按照还家的时间顺序，通过真切描写沿途见闻和到家后的情景，集中表现了杜甫"致君尧舜上"的抱负、对社会现实的洞察力，以及对国家命运和人民疾苦的深切关怀，从而为咏怀诗开出全篇议论与叙事抒情相结合的新形式。篇制虽巨，但章法完整，构思精密，可谓无一字落空，无一处闲笔，堪称最见杜甫平生大本领的代表作。

杜甫

赠卫八处士[1]

人生不相见，动如参与商[2]。今夕复何夕[3]，共此灯烛光。少壮能几时，鬓发各已苍。访旧半为鬼，惊呼热中肠。焉知二十载，重上君子堂。昔别君未婚，儿女忽成行。怡然敬父执[4]，问我来何方。问答乃未已，儿女罗酒浆。夜雨剪春韭，新炊间黄粱。主称会面难，一举累十觞。十觞亦不醉，感子故意长。明日隔山岳，世事两茫茫！

注释

〔1〕卫八：姓卫，排行第八。处士：从未作过官的读书人。卫八处士之名不详，是杜甫的一个旧友。本篇见《杜诗镜铨》卷五。

〔2〕参与商：二十八宿中的参星（在猎户座）和商星（在天蝎座）。东西相对，永远不会同时出现。

〔3〕今夕复何夕：用《诗经·唐风·绸缪》："今夕何夕，见此邂逅。"

〔4〕父执：父亲的朋友。

鉴赏

杜甫于758年六月被贬为华州司功参军，这年冬天赴洛阳，第二年春天回华州。与卫八处士会见应在洛阳或这次行旅的途中。

与多年未见面的故人欢聚，往往会生出许多人生的感触，更何况是经过乱离的人们呢？所以一开头就将自己与故人长久不见，比作参星与商星，这一汉古诗式的比兴为全诗奠定了朴厚的基调。以下全篇都在半叙事半抒情的汉魏诗歌体式中展开，按故人见面嘘寒的感情发展逻辑自然舒卷：虽然久已不通音问，但经过大乱，居然彼此无恙，乍一见面，共同对此烛光，恍若隔世，以致不知今夕是何夕了。《诗经·绸缪》所说的"今夕何夕，见此邂逅"正好用来形容此次邂逅的惊喜。定下神来以后，才互相打量，感叹青春已逝，彼此的鬓发都已苍白。这时先想到的必然是其他同侪故旧的下落，打听之下，已多半作古，不由得失声惊呼，中肠俱热。这一节自然由喜转悲，而悲哀中可感欣慰的是在二十年后还能登上卫氏君子之堂。到此时才顾上计算分别的年数，反过来更可见出前面初见时激动不已、忙不迭地感叹惊呼的情状。

情绪渐渐安定，才看到故人的一家老小，想到当初分别时故人尚未成婚，如今儿女已经成行，又是一阵感叹。"昔别君未婚，儿女忽成行"两句跳过二十年的漫长岁月，写出故人儿女忽然在眼的恍惚之感，可说是常人遇此情景都有的人生感触。儿女们怡然恭敬的神态、故人催促准备酒饭的忙乱，加上夜雨中新剪春韭的清新气息、新煮黄粱米饭的浓郁香味，构成了热情温馨的家庭氛围，又使诗人深感故人的盛情。主人连连举杯，客人不辞一醉。宾主为难得的聚首痛饮，又在欢乐中隐藏着悲伤：明日又将远隔山岳，世事茫茫难料。结尾还是归结到人生聚散无常之悲，与开头呼应。

此诗以抒情带叙事,感情随着宾主相见和主人款待的过程起落转换,悲喜更迭,情景逼真。再加使用第二人称的口吻,更觉亲切感人。盛唐诗善于从个人经历中提炼人之常情,一般见于绝句和短篇,因长诗需要铺叙,便不易简括空灵。杜甫此诗篇制较长,却句句发自诗人衷肠,而又处处关乎人情之常,因此其中不少诗句成为后人在喜遇故旧时引用的熟语。

石 壕 吏 [1]

暮投石壕村,有吏夜捉人。老翁逾墙走,老妇出门看。吏呼一何怒!妇啼一何苦!听妇前致词,三男邺城戍[2]。一男附书至,二男新战死。存者且偷生,死者长已矣。室中更无人,唯有乳下孙。有孙母未去,出入无完裙。老妪力虽衰,请从吏夜归。急应河阳役[3],犹得备晨炊。夜久语声绝,如闻泣幽咽。天明登前途,独与老翁别。

注 释

〔1〕石壕:陕州陕县石壕镇,在今河南三门峡市陕州区东。本篇见《杜诗镜铨》卷五。

〔2〕邺城:遗址在今河北省临漳县境内。

〔3〕河阳:今河南孟州西,即古孟津,在黄河北岸。

鉴 赏

乾元元年（758）六月杜甫被贬为华州司功参军。第二年九节度使围邺城，三月与安庆绪战于安阳河北，因风沙骤起，两军溃散。杜甫自洛阳回华州，沿途见官府抓兵，遂写下"三吏三别"这组传世名作。"三吏"都采用问答兼叙事的写法。问答的一方都有吏，所以三篇均以"吏"为题。本篇内容和艺术表现尤有特色。

诗人在途中投宿石壕村，不久就遇到吏来捉人。户主老翁虽然年老不应服役，但毕竟身为男性，所以还是躲出去以防万一。事实上从杜甫所写的《垂老别》来看，老翁被抓还是有很大可能性的。而老妇之所以敢去应门，就因为她无须顾虑自己会被充"丁"。然而事情发展的结果出乎意料，最不应该被征的老妇还是被抓走了。这一事实本身就说明了朝廷不顾民生凋敝强行征兵的做法，已经发展到完全违悖常理的地步。

由于老妇应门，诗人只能躲在屋里静听，所以听到的对话就自然成为叙述过程的主要手段。这种纯以听觉写事写人的艺术处理十分别致，却是"来自生活的妙手偶得"（陈贻焮《杜甫评传》），极其现成。诗人没有像《新安吏》和《潼关吏》那样成为对话的一方和抒情的主角，而是隐身在事外，成为这一荒诞的抓丁经过的见证。

全诗对话的展开也很特别。吏作为对话的一方，除了"吏呼一何怒"这句以外，没有一句言辞，全是老妇一人的独白。据陈贻焮先生研究，老妇的十三句话，并不是一口气说完，而是在"吏呼一何怒"的步步进逼下一层深似一层的对答之词。这样理解，才能想象到作为对话另一方的吏没有用文字表述出来的逼问。老妇先说家里已有三个儿子在邺城当兵，其中两个已经战死。本来按惯例，古代点兵一家只征一人，而老妇三个儿子都被征，满可以免于再征。但是显然不能说服那个蛮不讲理的吏；于是只好再说家里只剩下媳妇和吃奶的孙子，还是应付不过去；最后只好拿自己来顶账，表示愿意去河阳为官军做饭。老妇的三段话委婉、机智而又颇见血性，典型地概括了百姓们在邺城之役中家破人亡的悲惨遭遇，同时也在无字处勾画出毫无人性的吏凶神恶煞般的嘴脸。

老妇的话音落后，夜里久无人声，只听得仿佛有幽咽的哭声，这是一直没有出现的儿媳在悲泣，则诗人一夜难安的情景也就可以想见。天明时"独与老翁别"，老妇真被抓走的结局也不言自明。与"三吏三别"的其他各篇不同，此诗从头到尾没有一句诗人自己的议论，但是使对话所涉及的若干人物活生生地浮现在读者眼前，包含了文字所没有表述的许多内容和万千感慨，这是杜甫善于实录亲身经历的长处与特殊的生活机遇相结合而产生的一篇杰作。

兵 车 行 [1]

车辚辚，马萧萧，行人弓箭各在腰。耶娘妻子走相送，尘埃不见咸阳桥[2]。牵衣顿足拦道哭，哭声直上干云霄！

道旁过者问行人，行人但云点行频[3]。或从十五北防河[4]，便至四十西营田[5]。去时里正与裹头[6]，归来头白还戍边。边庭流血成海水，武皇开边意未已[7]。君不闻汉家山东二百州[8]，千村万落生荆杞。纵有健妇把锄犁，禾生陇亩无东西[9]。况复秦兵耐苦战[10]，被驱不异犬与鸡。长者虽有问，役夫敢申恨？且如今年冬，未休关西卒[11]。县官急索租[12]，租税从何出？信知生男恶，反是生女好。生女犹得嫁比邻，生男埋没随百草[13]。君不见青海头[14]，古来白骨无人收。新鬼烦怨旧鬼哭，天阴雨湿声啾啾！

注释

〔1〕本篇为杜甫即事名篇的新题乐府，见《杜诗镜铨》卷一。

〔2〕咸阳桥：即中渭桥。在长安通往咸阳的大路上。

〔3〕点行：根据丁籍征发差役。

〔4〕防河：当时吐蕃常侵扰黄河以西之地，即今甘肃、宁夏一带。开元十五年（727）诏令陇右道、河西及诸军团，关中兵集于临洮，朔方兵集于会州，防秋，至冬初无军情撤兵。

〔5〕营田：驻戍的军队一边捍卫边境要害之地，一边开垦田地。

〔6〕里正：唐制，每一百户设一里，置里正一人。

〔7〕武皇：汉武帝以穷兵黩武著称于史。唐乐府诗常借汉代故事说当朝之事。这里实指唐玄宗。

〔8〕山东：指华山以东。

〔9〕"禾生"句：说庄稼长在田地里不成行列。陇，即田埂。

〔10〕秦兵：指关中的士兵。

〔11〕关西卒：函谷关以西的士兵，即秦兵。

〔12〕县官：指朝廷。《史记·绛侯周勃世家》："庸知其盗买县官器。"司马贞《索隐》："县官，谓天子也。所以谓国家为县官者，《夏官》王畿内县即国都也。王者官天下，故曰县官也。"

〔13〕"信知"四句：化用秦时民谣："生男慎勿举，生女哺用脯。不见长城下，尸骸相支拄。"

〔14〕青海头：唐军与吐蕃的交战之地，开元天宝年间曾多次在此大破吐蕃。

鉴赏

　　杜甫创作反映时事的新题乐府，始于这首《兵车行》。历代注家多认为此诗因哥舒翰用兵吐蕃而作。宋代黄鹤和清代钱谦益则认为是因杨国忠征南诏事而作，因为《资治通鉴》里关于这次征兵的记载与《兵车行》开头的描写很相似。其实，此诗写作的起因虽然可能与征南诏有关，但诗中的内容却不限于一时一地，而是集中反映了天宝年间唐王朝多次发动边境战争所引起的一连串严重社会问题。如果对诗里所指之事的解释过实，反而低估了诗歌高度的艺术概括力。

　　诗一开卷，那悲壮的声情和巨大的场面便令人震撼。诗人选择咸阳西边的渭桥，以这一西行必经的送别之地为背景，先从兵车的滚动声和战马的嘶鸣声落笔，再给行人腰间的弓箭一个特写，然后

对家属们奔走拦道、牵衣顿足而哭的情景稍作几笔速写，以大笔晕染出漫天黄尘，读之便觉车声、马嘶、人喊，在耳边汇成一片纷乱杂沓的巨响。这就通过提炼少量最典型的细节概括了统治者多少次征丁所造成的百姓妻离子散的悲惨场景。汉乐府叙事诗往往以片断情节和单个场景表现某一类社会问题，杜甫自觉地运用这种表现艺术，构成典型化的具有巨大历史容量的场面，正是其新题乐府学习古乐府又加以再创造的结果。

在展开宏观的出征场面之后，诗人又借用汉乐府常用的对话形式，吸取了建安诗人陈琳《饮马长城窟》用对话展开故事，将数万民夫的命运集中体现在一个太原卒身上的手法，将武皇开边以来人民饱受的征战之苦集中在一个老兵身上，设为"道旁过者"与他的问答之词，借他自述生平的谈论，概括了从关中到山东，从边庭到内地，从士卒到农夫，广大人民深受兵赋徭役之害的历史和现实。"信知生男恶"四句还活用陈琳诗嵌入秦代民谣的表现手法，进一步比较生男生女的害处和好处，令人想到自秦到汉无休止的战争和徭役夺走大量男子的生命，竟使封建社会向来重男轻女的传统意识变成了重女轻男。而在号称盛世的天宝年间，人们竟然又将求生的希望寄托于性别的选择，这就更加发人深思。

从大段的对话里还可以看出杜甫涵咏汉乐府古诗的用心，如"行人"十五去防河、四十又戍边的经历，令人想到汉古诗《十五从军征》里那个十五从军、八十始归的老兵。又如"县官急索租，租税从何出？"同汉乐府《战城南》里的"禾黍不获君何食？"一样，问得绝望而又极其有力：即使替统治者吃饭收租着想，也不能不考虑让劳力都去送死的后果啊！这都是用最起码的道理，鞭辟入里地抨击了统治者的昏庸和各级官长的残忍。

  这首诗虽以叙事为体，但自始至终充溢着沉痛忧愤的激情。诗人不是一个冷眼旁观的路人，而是和"行人"的感情完全打成了一片。历来解释此诗，往往在"行人"答词究竟到哪里为止这一点上有争议，就是因为"行人"的回答几乎变成了诗人自己感慨万端的议论。特别是结尾青海边幽凄的鬼哭，正与开头的人哭相呼应，将眼前的生离死别与千百年来无数征人有去无回的事实相联系，使这首诗从更为高瞻远瞩的角度，暗示了秦、汉、唐几代统治者穷兵黩武的历史延续性。这种极其强烈的抒情色彩和高度的历史概括力，又与客观叙事的汉乐府迥然不同。

  此诗采用杂言歌行的形式，除了三、五、七言的交替以外，还融合了顶针、递进等各种修辞手法，使句式韵律随感情的起伏奔泻而抑扬顿挫，读来词调宏畅，气势充沛，节奏分明。全诗之浑成朴质，深得汉乐府及北朝乐府之遗意，而恳切淋漓，沉厚雄浑，则是杜甫长篇歌行的本色，因而充分体现了杜甫新题乐府的艺术独创性。

茅屋为秋风所破歌[1]

  八月秋高风怒号，卷我屋上三重茅，茅飞渡江洒江郊。

高者挂罥长林梢[2]，下者飘转沉塘坳[3]。南村群童欺我老无力，忍能对面为盗贼？公然抱茅入竹去，唇焦口燥呼不得，归来倚仗自叹息。俄顷风定云墨色，秋天漠漠向昏黑。布衾多年冷似铁，娇儿恶卧踏里裂[4]。床头屋漏无干处，雨脚如麻未断绝。自经丧乱少睡眠，长夜沾湿何由彻？安得广厦千万间，大庇天下寒士俱欢颜，风雨不动安如山。呜呼！何时眼前突兀见此屋[5]，吾庐独破受冻死亦足！

注 释

〔1〕本篇见《杜诗镜铨》卷八。

〔2〕罥（juàn）：挂结。

〔3〕坳（ào）：低洼处。

〔4〕恶卧：睡相不好。踏里裂：蹬破被里。

〔5〕见：同"现"。

鉴 赏

　　杜甫定居在草堂，茅屋是他赖以安顿生活的地方。茅屋被风吹破，便使他失去了安居最起码的条件。所以全诗把茅屋为秋风所破的过程和后果写得非常严重。一开头就展开秋高天广、狂风怒吼的景象，迅速进入主题：风把屋顶上的三层茅草都卷走了。可见风力之大，来势之猛。屋顶不但卷得彻底，而且卷走的茅草都收不回来：许多飞过江去洒落在江边，要去捡拾必须过江；高的挂在树林的枝梢上，当然是够不到；低的飘落在低洼处和水塘里，又湿了没法用。剩下能捡到的一些茅草还被南村的孩子们公然抱进了竹林。这就难怪诗人急得骂这些孩子欺负自己衰老无力、忍心当面做贼了。孩子们淘气，当然不理会诗人经营草堂的辛苦。而诗人朝他们喊得唇焦口燥也叫不回来，又活画出一个对顽童无可奈何的老人焦躁的神情。

　　茅草收不回来的恶果一会儿就尝到滋味了：风停之后云层变得墨黑，昏昏的天色马上就暗下来。"秋天漠漠"句和"八月秋高"句前后呼应，再次展现出秋天的辽阔广漠，让人感到狂风和大雨的无边无际，以及人在大自然威力下的弱小和没有保障。失去遮蔽之所的人们如何度过这凄风苦雨的夜晚呢？诗人家里的布被用了多年冷得像铁一样，儿子的睡相不好又把被里踏破了。旧被本来已不足以御寒，更何况因为屋漏，床头淋得透湿，没有干的地方，雨又下得像麻线没有断过。这一夜怎么熬到天亮呢？这一段虽是些琐事的絮叨，却能让人清晰地想见诗人独坐床头、仰天长叹的凄苦情景。

　　由于前面生动细致地描写了茅屋被风吹破后，诗人的生活更加雪上加霜的情景，最后一段感想的升华才能产生激动人心的感染力。长夜不眠中，诗人想到自经丧乱以来已经度过多少个不眠之夜。就在这暂时安定下来的日子里，他还是不能享受免于饥寒的正常生活。那么普天之下那些比自己更加困苦的人们又将如何度日呢？于是"安得广厦千万间，大庇天下寒士俱欢颜"的愿望，也就自然在杜甫这所风雨飘摇的茅屋里产生了。

　　诗人多次在诗里展示过愿为拯救苍生而牺牲自己的伟大情怀，

而这首诗之特别感人,就是因为"各使苍生有环堵"(杜甫《寄柏学士林居》)的愿望来自他自己的痛苦生活体验。他也曾在其他诗里多次表现出推己及人的可贵精神,而这里表露的却是为了穷苦人的幸福,他可以献出自己的一切,哪怕是"吾庐独破受冻死亦足"!正因如此,全诗才能在冰冷暗淡的氛围之中闪耀出理想的光芒,标志着杜甫思想所达到的最高境界。

丹青引赠曹将军霸[1]

将军魏武之子孙[2],于今为庶为清门[3]。英雄割据虽已矣,文采风流今尚存。学书初学卫夫人[4],但恨无过王右军[5]。丹青不知老将至,富贵于我如浮云[6]。开元之中常引见,承恩数上南薰殿[7]。凌烟功臣少颜色[8],将军下笔开生面。良相头上进贤冠[9],猛将腰间大羽箭。褒公鄂公毛发动[10],英姿飒爽来酣战。先帝天马玉花骢[11],画工如山貌不同。是日牵来赤墀下,迥立阊阖生长风[12]。诏谓将军拂绢素,意匠惨淡经营中。斯须九重真龙出,一洗万古凡马空。玉花却在御榻上,榻上庭前屹相向。至尊含笑催赐金,圉人太仆皆惆怅[13]。弟子韩幹早入室[14],亦能画马穷殊相。幹惟画肉不画骨,忍使骅骝气凋丧。将军善画盖有神,偶逢佳士亦写真。即今飘泊干戈际，屡貌寻常行路人。途穷反遭俗眼白，世上未有如公贫。但看古来盛名下，终日坎壈缠其身〔15〕！

注释

〔1〕引：乐府歌行的一种。曹将军霸：盛唐著名画家，擅长画马和人物，官至左武卫将军，安史之乱后流落到成都。本篇见《杜诗镜铨》卷十一。

〔2〕魏武：魏武帝曹操。曹霸是曹操曾孙曹髦的后裔，曹髦擅长书画。

〔3〕为庶：成为庶民。清门：没有官职。

〔4〕卫夫人：晋人，名铄，字茂漪。汝阴太守李矩之妻。尤其擅长隶书，东晋永和五年（349）去世。王羲之少年时曾向她学习书法。

〔5〕王右军：王羲之，字逸少。起家秘书郎，后任右军将军。各种书体皆工。

〔6〕"丹青"二句：《论语·述而》："其为人也，发愤忘食，乐以忘忧，不知老之将至云尔。""不义而富且贵，于我如浮云。"

〔7〕南薰殿：唐代长安皇宫南内兴庆宫的内殿，玄宗的住所。

〔8〕凌烟：唐太宗贞观十七年（643）在凌烟阁内画功臣像二十四人。

〔9〕进贤冠：古代朝见皇帝的一种黑布制的礼帽。原来是儒者的服饰，唐代成为百官朝服。

〔10〕褒公鄂公：褒国公段志玄，鄂国公尉迟敬德。都是凌烟阁功臣。

〔11〕玉花骢（cōng）：骏马的名字。骢，青白色的马。

〔12〕阊阖：神话传说中的天门，这里指皇帝宫门。

〔13〕圉（yǔ）人：专管给皇帝养马的官吏。太仆：掌管皇帝车马的官吏。

〔14〕韩幹：盛唐时著名画家。早年曾向曹霸学习，后独创一家。官至太府寺丞。擅长人物，尤其善于画马。玄宗和各王府中的名马，韩幹都画过。

〔15〕坎壈（lǎn）：困顿坎坷。

鉴赏

在杜甫的近二十首咏画诗中，《丹青引》是最负盛名的一篇。它不仅记叙绘事堪称"古今题画第一手"（仇兆鳌《杜诗详注》引申涵光语），而且借画家一生的遭际，照见安史之乱前后世情变化之一斑，寄托了治乱兴衰的深沉感慨。

开头先从曹霸家世的盛衰说起：当初皇室贵胄的子孙如今早已沦为清门寒素之家，魏武的英雄业绩虽已成为历史，他的文采风流尚后继有人。这四句起得苍莽浑涵，笔势跌宕雄健，仅用两番大起大落的对比，就从曹氏家族几百年的变迁自然地转入曹霸的书画之事。接着简略地介绍曹霸的艺术生涯和处世性格，微妙地暗示他学过书法，未成名家，才转为学画。而他的人品则是不慕荣华富贵的，所以能潜心艺术创作。"不知老将至""富贵于我如浮云"几乎是照搬《论语》的原话，却妥当贴切，轻巧自如，确是大家手笔。

开元时曹霸经常应玄宗之召入宫画图。其中修缮凌烟阁是曹霸参与过的一件大事。太宗时画的功臣像日久褪色，经曹霸下笔重摹旧像，人物逼真，有面色如生之感。"开生面"一语既是赞曹霸画人生动，又兼指其画艺别有新创。因此后来变为成语。凌烟阁二十四位功臣，杜甫只用四句诗点出良相之冠和猛将之箭，区划出文武两班功臣的不同特点，然后选择褒公鄂公这两幅最有特色的画像，称其毛发如动，英姿飒爽，望去仿佛仍在拼搏厮杀，其馀画像的生动也就不难想见。这几句大笔写意，如云中之龙，仅见一鳞一爪而首尾俱在。语气粗犷，几近白话，但与画上人物气质极为协调，曹霸质朴雄健的画风也宛然可见。

最能体现曹霸绝技的还是画马，这篇歌行的高潮也在此处。所以诗人先不厌其详地渲染画成之前的气氛：以同一匹玉花骢为范本，尽管画工多如山积而画出来的样子都不一样，想来天马之雄骏确非凡手可得。真马未至，先造成此马难画的悬念。待牵来以后，只见它卓立殿前，即使处于静态，也给人以万里生风之感，又进一步点出画家要捕捉住此马轩举飞动的神采尤其不易。然后再一气写出曹霸接旨拂绢、凝神构思、须臾而成的作画过程，抓住画成之时观众还来不及从画家的神速动作中反应过来，就顿觉天下凡马尽皆失色的最初印象，以"笔所未到气已吞"（苏轼《王维吴道子画》）的力量烘托出"一洗万古凡马空"的气象，使画马跃然纸上。

接着，诗人又从画成之后的艺术效果来描写画中之马的神似。榻上、庭前两马屹立相对的错觉说明画马可以乱真，皇上和马官的不同反应又巧妙地点出画马的神骏连真马都难以超过。写到这里，诗人笔锋忽然一转，又拉出韩幹作为陪衬，韩幹是曹霸的入室弟子，尚不能画出骅骝的气骨，更可见曹霸的高超连名手都无人能及。韩幹画马形体肥壮，是皇帝厩马的真实写照，也反映了唐人普遍以丰

腴为美的欣赏标准。但杜甫此处语带抑扬，一则是以韩幹画肉反衬曹霸画骨之长，二则也与他偏爱气骨峥嵘、瘦硬传神的艺术趣味有关，这种强调骨力的主张对于中国绘画理论的发展有重要意义。

　　诗的最后感叹曹霸如今的落魄。空有绝艺在身而如此潦倒困苦，不但无人同情，反遭世俗白眼，这个"不解重骅骝"的"人间"（杜甫《存殁口号》二首）是多么势利啊！所以诗人不禁为画家大呼不平："但看古来盛名下，终日坎壈缠其身！"结尾与开头呼应，把曹霸的荣辱和时世的盛衰相联系，寄人尽其才的希望于升平之治，这是贯穿全诗的一个重要思想。杜甫在另一首写曹霸的《观曹将军画马图歌》里说："君不见金粟堆前松柏里，龙媒去尽鸟呼风！"金粟堆是唐玄宗的泰陵所在之地，龙媒即骏马。这两句喟叹人才随着玄宗的亡故和盛世的消逝而湮没，可与《丹青引》的意思相发明。但诗人没有局限于一味怀旧，而是由此推及古往今来的才士盛名之下往往困顿失意的普遍规律，就使诗歌境界升华到富有现实批判意义的高度。

　　这首诗借丹青以赞才杰，由人事而及时事，融精辟的艺术见解于传神的咏画技巧之中。无论写人写马，只从神气着墨，与曹霸画骨传神的笔意可谓相得益彰。

月　夜 [1]

　　今夜鄜州月 [2]，闺中只独看 [3]。遥怜小儿女，未解忆长安。香雾云鬟湿,清辉玉臂寒。何时倚虚幌[4],双照泪痕干?

注释

〔1〕本篇见《杜诗镜铨》卷八。

〔2〕鄜州:今陕西富县。安史之乱爆发时,杜甫将家眷安顿在此。

〔3〕闺中:妇女所住的内室,亦用以指妻子。

〔4〕虚幌:透亮的薄帷。

鉴赏

杜甫在安史之乱时身陷贼寇占据的长安,家人又阻隔异县,安危难测。乱离之中亲情最难释怀,遂写下这首思念妻儿的佳作。一般认为这是他被俘到长安后现存最早的一首诗,很可能作于中秋月夜。虽不无道理,但以诗人当时心境,忧国思家,长夜难眠,无论何时对此明月,都会倍增故园之情,不必泥于中秋。

望月思乡,是中国古诗里常见的主题。此诗的特点首先是从对方着想,不说自己的思家之苦,而是悬想家人对此明月,也会像自己一样彻夜难眠,寄情千里。于是,遥念妻子独自看月,也形容了自己的孤独;遥怜小儿女不懂思念父亲,更是抒发了自己对小儿女尚不知乱离失所的无限怜爱。

其次是想象妻子望月之久,也就体味出双方相思之深:她那乌云般的发髻已被雾气沾湿,洁白的双臂被月光照着感到了寒意,可

见伫立在月下已到夜深。这两句勾勒出妻子笼罩在清光香雾之中的倩影，真切地描绘了一个似乎近在身旁却又远在天边的幻象，诗人神思恍惚的情态也可以想见。由于处处为对方着想，而实际上又处处是写自己的思家之情，所以最后"双照泪痕干"一句正好彼己双收，结出双方都盼望着早日团圆的愿望。"虚幌"仍照应月光下的情景，"泪痕"补足前面未曾说出的思乡之泪，又画出悲喜交集之情状。全诗妙思出于乱离中的至情，所以远比一般的忆内诗感人。

春 望[1]

国破山河在，城春草木深。感时花溅泪，恨别鸟惊心。烽火连三月，家书抵万金。白头搔更短，浑欲不胜簪[2]。

注释

〔1〕本篇见《杜诗镜铨》卷三。作于至德二载（757），杜甫陷贼困于长安城中时。

〔2〕浑欲：简直要。簪（zān）：别住发髻的条状物。这句说头发稀得快要插不住簪子了。

鉴赏

一首名作能传诵千古，必定是因为它能高度概括时人和后人在同类境遇中共同的感受和体会。《春望》就是如此。

  国破是一朝一代的悲哀，而山河是永恒的存在；破城遇到春天，草木照样生长，自然规律不会因时势的变化而改易。眼前人事和永恒时空的对比，使诗人更强烈地感受着内心的荒凉落寞，以至于所见只剩下山河草木，一片空廓。山河草木虽然无情，诗人却使它们都变成了有情之物，花鸟会同诗人一样因感时而溅泪，因恨别而伤心，足见人间深重的苦难也能惊动造化。花儿带露、鸟儿啼鸣不过是自然现象，而所溅之泪和所惊之心实出自诗人。因此花和鸟的溅泪和惊心只是人的移情。此诗移情于景的新颖手法历来受到称赞，但它能够感人还是得力于开头两句的深刻含蕴。

  一春三月，烽火不息，所以家书难得，可值万金。这两句是因果关系的流水对。这一年的正月，李光弼正与史思明战于太原，郭子仪从鄘州进击河东，叛将安守忠自长安向武功出兵，长安、鄘州都卷入战事，自然音问难通。这句是实写自己与家人音讯隔绝，但也概括了一个共通的道理：战乱之中亲人的平安消息比什么都珍贵。由于能将个人的感受提炼成人之常情，这两句遂成为表达人们在乱离中盼望家信的成语。

  这首诗各联结构严整，颔联以"感时花溅泪"应首联国破之叹，以"恨别鸟惊心"应颈联思家之忧，尾联强调忧思之深导致白发变疏。加上对仗精工，声情悲壮，自然成为最能概括家国之恨的代表作。

春夜喜雨[1]

好雨知时节，当春乃发生。随风潜入夜，润物细无声。野径云俱黑[2]，江船火独明。晓看红湿处，花重锦官城[3]。

注　释

〔1〕本篇见《杜诗镜铨》卷八。作于杜甫在成都草堂时期。

〔2〕"野径"句：田野的道路上乌云笼罩，漆黑一片。

〔3〕锦官城：即成都城。

鉴　赏

俗话说"春雨贵如油"，春天大家都盼望及时雨。但要把人们这种常见的心情贴切入微地表现出来，却很难下笔。"好雨知时节"一句称赞雨知道该下的时节，而且是正当春天最需要雨的时候，概括了人人都想说的心里话。这雨不但来得及时，而且来得柔和细润。"潜"字以拟人化的动词，形容雨在夜里趁人毫无察觉时悄悄地随风而来的动态，"润"字进一步描写它细细地滋润着万物，毫无声息，这就把雨势的绵细连同其所以润物无声的道理一起写出来了。

这细密的春雨既听不见，也看不见：田野道路和天上乌云都是一片漆黑，唯有江船的渔火闪着一星亮光，这又是以阴沉的夜色拓开无形无声的雨势。等到早晨起来看远近鲜红湿润的花丛,只觉得锦官城里的花儿都显得沉甸甸的,色泽也更浓重了。用"重"字写花儿饱含雨水的感觉,能使人想象出花枝经受不起花朵分量的情状。说明这雨整整下了一夜,已经下透了。

平常之景最为难写,能写难状之景如在目前,且从真切入微的物态观察中写出事物内蕴之性理,令人如入其境,是杜甫五律的独特造诣。

旅夜书怀[1]

细草微风岸,危樯独夜舟。星垂平野阔,月涌大江流。名岂文章著,官应老病休[2]。飘飘何所似,天地一沙鸥。

注释

〔1〕本篇见《杜诗镜铨》卷十二。

〔2〕"官应"句:前人一般认为杜甫离蜀是因为严武去世,失去依靠。据陈尚君《杜甫离蜀为郎考》一文研究,杜甫出蜀是为了赴检校工部员外郎的官任,但途中病情加重,这句诗推测自己恐因老病而不能赴任。此说较有理据。

鉴赏

此诗作于杜甫离开成都草堂后,自渝州到忠州的旅途中。

系舟于微风吹拂的青草岸边，只有孤独的桅杆高高耸立，这是一个天高气清、春风微薰的静夜。星空低垂，平野广阔无际；大江奔流，月影在波浪中翻涌。这两句一写岸上，一写水中，可与王维的"大漠孤烟直，长河落日圆"（《使至塞上》）相媲美。描写极其壮阔高朗的空间，轮廓勾勒愈是简括，形象就愈是鲜明，王维和杜甫显然都深知这个道理。大漠和孤烟、长河与落日、星星与平野、月亮和大江，都只是简单地勾勒了它们的几何形状和相互垂直的关系，便展开了辽阔无边的境界。但构图的原理虽然相同，二者的意境却差别很大。王维主要是展示了一幅壮丽的大漠落日图。而杜甫在景物构图中暗寓着很深的含义：星空平野使人想到宇宙的永恒，月影江流则令人想到时间的流逝。在如此广阔的时空中，细草、危樯更显得渺小孤独。这就自然令诗人联想到自己的身世：声名可以使人永恒，但杜甫追求的岂是因文章而流芳百世；官位可以实现经世济时之志，却又因老病而不得已罢休。无论是身后之声名，还是生前之功业，都没有成就，何况一生漂泊不定，像一只到处飘游的沙鸥，所以就更觉得自己在天地间的渺小。

由此可见，这首名作不仅以境界高朗壮阔取胜，更在于取景照应人事的匠心之妙：全篇以细草、危樯、沙鸥等微渺孤独的意象置于无垠的星空平野之间，使景物之间的这种对比，自然烘托出一个独立于天地之间的飘零形象。从秦州诗开始，杜甫就有意无意地在诗里提炼自己的这种孤独感。在写成《旅夜书怀》之后，这种思路愈趋明确，最后在《江汉》诗中发展为"乾坤一腐儒"的理念。乾坤既包含天地宇宙，又包含人类社会。诗人原来的抱负是要经纬天地的，然而越到人生的最后阶段，他越是痛感自己的渺小无力。汉高祖说，治理天下不用腐儒，一生奉儒的杜甫在这乱世中真正体会到了自己于天下的无用。由此倒溯《旅夜书怀》中处理个人与天地之关系的艺术构思，可以更深刻地理解杜甫创作此诗时的复杂心境。

登岳阳楼[1]

昔闻洞庭水，今上岳阳楼。吴楚东南坼[2]，乾坤日夜浮。亲朋无一字，老病有孤舟。戎马关山北[3]，凭轩涕泗流。

注释

〔1〕岳阳楼：湖南岳阳城西门楼，下临洞庭湖。本篇见《杜诗镜铨》卷十九。

〔2〕吴楚：今湖北、湖南及安徽、江西的部分地区上古属楚地。今江苏、浙江及安徽、江西的部分地区上古时为吴地。坼：分裂。

〔3〕戎马：这年八月吐蕃十万众进犯灵州，两万众犯邠州，京师戒严，郭子仪率兵五万屯奉天防备吐蕃。

鉴赏

此诗作于 768 年杜甫初到岳阳时。

古今咏洞庭湖的名篇不少，其中只有孟浩然的《望洞庭湖赠张丞相》（一名《临洞庭》）可与杜甫这首诗相媲美。孟诗前半首说："八月湖水平，涵虚混太清。气蒸云梦泽，波撼岳阳城。"诗人超出视野的局限，以融入太虚之中的整个身心去感受洞庭云气蒸腾、天水混茫的气势，和洪波涌起、撼动岳阳的伟力，着重在夸张云水和洪波的关系。杜甫这首诗形容洞庭湖的壮观，同样超出了视野的局限，但着眼于它分裂吴楚的地势和包容乾坤的度量，便脱略了洞庭湖的水景，从地理位置拓展到整个天地乾坤。由于星辰日月的循环周转都浮在湖水之上，所以与乾坤对应的洞庭自然是更加浩淼无边了。

杜诗后半首自叙兵乱中漂泊的孤独，以"无一字"对"有孤舟"，无论是无还是有，都极言其小，从而突显出孤舟与浩淼洞庭的悬殊对比，以及诗人处身于乾坤之中的渺小形象。黄生说："前半写景，如此阔大。转落五六，身事如此落寞。诗境阔狭顿异。"（《杜诗说》）固然不错，但极小之身事其实更反衬出境界的阔大。当然，由于前面写景壮观之极，突然转到一字一舟，如何结尾，便很难措意。如黄生所说"结语凑泊极难，不图转出'戎马关山北'五字，胸襟气象一等相称，宜使后人阁笔也"。关山与乾坤、吴楚的广阔境界相当，而且进一步从东南拓到北方，所以气象相称。最后凭栏洒泪的诗人又正是对"老病有孤舟"的呼应，而其涕泗则是面对着整个北方的戎马而流，所以胸襟极宽。唐庚赞此诗"气象宏放，涵蓄深远，殆与洞庭争雄"（《唐子西文录》）。确实，杜甫可干造化的笔力以及他包容宇宙的襟怀，使他创造了比洞庭湖本身更为壮阔的诗境。

杜甫

蜀　相[1]

丞相祠堂何处寻[2]？锦官城外柏森森[3]。映阶碧草自春色，隔叶黄鹂空好音。三顾频繁天下计[4]，两朝开济老臣心[5]。出师未捷身先死，长使英雄泪满襟！

注释

〔1〕本篇见《杜诗镜铨》卷七。

〔2〕丞相祠堂：指成都西北郊的诸葛亮祠堂，即武侯祠。据《方舆胜览》，诸葛亮庙始建于西晋末年十六国时期，李雄在蜀中称王，建成国，于成都府内立庙祀武侯。因诸葛亮于223年封武乡侯，所以诸葛庙又称武侯祠。

〔3〕锦官城：即成都城。

〔4〕"三顾"句：诸葛亮在隆中隐居时，刘备曾三顾茅庐请他出山共图大业。

〔5〕"两朝"句：诸葛亮先辅佐刘备，又受刘备托孤，辅佐刘禅。

鉴赏

这是杜甫初到成都时拜谒武侯祠所作的一首七律。首联自问自答，点明丞相祠堂所在地。"何处寻"暗点因思其人而寻访其庙的原因，"森森"二字写出了祠堂内古柏参天、森肃静穆的气氛。颔

联写进入祠堂后所见景色：台阶两边的春草自管自逢春发绿，藏在树叶间的黄鹂空自叫得好听。草木本来无情，只管年年变青，哪里理会人世沧桑？只有人才会由此触发光阴流逝、斯人不归的悲感。所以这两句是以景之无情反衬人之有情。

颈联以工整而凝练的对仗评价诸葛亮的毕生功业和高尚品格。上句嵌入三顾茅庐的典故，概括诸葛亮一生为蜀主运筹帷幄以图统一天下的功绩，说出了蜀相在三国鼎立时期建立蜀汉的历史作用。下句称赞他辅佐刘备父子的忠心耿耿，着重在"老臣心"三字，强调诸葛亮鞠躬尽瘁、死而后已的精神。"三顾"和"两朝"相对，正好包括他的事业自三顾茅庐始，而以辅佐刘禅终的全过程。

尾联是最感人的名句。诸葛亮一生为兴复汉室、统一天下而耗尽心血，然而功业未竟，终因操劳过度而死于军中，年仅五十四岁。这一事实本来就使人痛惜，更何况他那死而后已的精神留下了无可估量的影响，这正是诗人为之泪流满襟的原因，"英雄"二字兼指古往今来一切有志于为振兴国家民族而奋斗的人物。这一联概括了英雄们由诸葛亮的赍志而殁而产生的强烈共鸣，道出了他们壮志未酬、功业夭折的无穷遗恨。其悲壮的声情不但使后世英雄读之泪流满襟，而且可以警顽起懦，使平庸的人读后也不禁要肃然起敬，受到精神的震动。

杜甫在巴蜀地区寻访过多处诸葛亮的遗迹，这与当时形势有关。安史之乱长久不得平定，肃宗猜忌功臣，信任宦官小人。平叛的将帅中也不乏恃功而生叛逆之想的野心家。杜甫认为乱世中更需要君臣契合无间、有始有终，才能风云际会，成就中兴大业。诸葛亮正是最能体现这一理想的人物。因此他凡是歌咏诸葛亮的诗篇，都包含着深刻的寓意和沉厚的感情。

闻官军收河南河北[1]

剑外忽传收蓟北[2]，初闻涕泪满衣裳。却看妻子愁何在？漫卷诗书喜欲狂！白日放歌须纵酒，青春作伴好还乡。却从巴峡穿巫峡[3]，便下襄阳向洛阳[4]。

注释

[1] 本篇见《杜诗镜铨》卷九。

[2] 剑外：剑门以南。蜀地在剑门南，所以代指蜀。蓟北：指唐代幽州、蓟州一带，今河北省东北部。是安史之乱的发源地。

[3] 巴峡：有多种解释。一说指湖北巴东县西的巴峡，即三峡之一。但巴峡在巫峡之东，出川应先巫峡后巴峡，所以有其他解说。一说指四川东北部巴江中的峡。一说泛指渝州以下川东峡江地带。巫峡：长江三峡之一，在四川巫山县东。

[4] 襄阳：今湖北襄阳市。杜甫祖籍在此。洛阳：这句下面有原注："余田园在东京。"唐代东京即洛阳，又称东都。

鉴赏

762年十月,官军进讨史朝义,收复洛阳。第二年正月,史朝义兵败自缢,部下投降,河南河北相继收复。杜甫虽然远在剑外,但因密切关注着时事,很快就得到了消息。八年来无时无刻不在盼望的喜讯一旦变成了现实,诗人的精神几乎受不住这巨大的冲击,所以第一个反应是热泪滚滚而下:多少百姓在胡骑践踏下的呻吟,多少年动荡流离的生活,多少个忧愁凄苦的长夜,都将要结束了!怎能教人不喜极而泣呢?在激情的狂澜稍稍平息之后,他才想到赶快和妻儿共同分享这份喜悦,回过头来看他们,也早就和他一样,脸上的愁云一扫而空了。动乱结束,第一个长期深藏在心里的愿望自然冒出来:从此可以过上安定的日子,那么当然是回到自己的田园去。诗里自注"余田园在东京",回乡的目标自然是洛阳了。所以手忙脚乱地急着把散乱的诗书卷起来,"漫卷"是一种无目的、下意识的动作,未必真的要立刻收拾行李,只是兴奋得不知做什么好,这就把"喜欲狂"的心理和神态惟妙惟肖地描画出来了。

抑制不住的狂喜使诗人的想象霎时间就飞出了剑外,仿佛已经在灿烂的白日下放歌纵酒,在明媚的春光里结伴还乡了。马上就可以从巴峡穿过巫峡,直放襄阳再到洛阳!展望中的旅程是多么美好,又是多么平易坦荡!实际上从剑外到洛阳,路途很远,巴峡、巫峡、襄阳、洛阳四处相距也不近,但在归心似箭的诗人笔下,简直就像朝发夕至那么容易、那么快速,原因就在四个地名之间,用"即""从""穿""便下""向"这一连串表示指向和快速的动词和虚词连成一气,全诗的气势也自然随之而一泻千里了。

一般而言,悲哀之情容易动人,喜悦之情难以描状。杜甫的悲是积压已久的大悲,所以一旦遇到大喜,就会爆发出感天动地的力量,突破七律严谨格律的束缚,气势如乘奔御风,节奏如瀑水急湍,语调如歌哭笑吟,将久经丧乱之后听到战争结束时的狂喜强烈地表达出来,因而千百年来不知打动了多少乱世中流亡者的心。

登 楼[1]

花近高楼伤客心,万方多难此登临。锦江春色来天地[2],玉垒浮云变古今[3]。北极朝廷终不改[4],西山寇盗莫相侵[5]。可怜后主还祠庙[6],日暮聊为梁甫吟[7]。

注 释

〔1〕本篇见《杜诗镜铨》卷十一。763年,吐蕃掠取了河西陇右的全部土地,随即入寇泾州,率领党项、羌、氐、吐谷浑二十多万部众直逼长安。唐代宗毫无防备,逃奔陕州,六军四散。吐蕃将长安抢掠一空,还重立新帝,改了年号,设立了百官。幸有郭子仪整顿军队,才将吐蕃赶出长安。此诗作于这场大乱平定之后。

〔2〕锦江:岷江的支流。从四川郫县(今成都市郫都区)流经成都城西南。

〔3〕玉垒:山名。四川有两处玉垒山,一在理番县东南新保关,一在灌

县西北。这里指理番县的玉垒山，是蜀中通往吐蕃的要道。

〔4〕北极：北极星。比喻北方的朝廷。

〔5〕西山寇盗：指吐蕃。

〔6〕后主：蜀汉的刘禅。祠庙，指后主祠。清人吴曾的《能改斋漫录》说：蜀先主庙，在成都锦官门外，西挟即武侯祠、东挟即后主祠。后来蒋堂在蜀为帅，认为刘禅不能保全国土宗庙，才除去后主祠。"还祠庙"句，前人注多歧解。"还"应作"回还"解，刘禅死于洛阳，而且乐不思蜀，但他的祠庙却在蜀中。这句意思应是可怜后主人已不归，只有神主回到了他的祠庙。

〔7〕梁甫吟：据《三国志·蜀志》，诸葛亮在隆中躬耕时，好为《梁父吟》。古乐府里有《梁父歌》。

鉴赏

长安陷落后不久，郭子仪收复京师，代宗复归其位。此诗借登楼所见感慨时事，是一首后世传诵的名作。

题为登楼，而登楼所见远远超出视野之外：花近高楼使人伤心，是因为春光再度，而诗人依然客居在外。在天下多难之际登临此楼，心情不言而喻。开头两句起势极其高远，首句虽是眼前之景，但次句以"万方"作为登临的背景，立即拓出远势，将整个多灾多难的时代都拉到了眼前。有此起势，下面才能展开更加壮阔的境界：锦江的春色铺天盖地而来，玉垒山的浮云自古至今不断变化。这两句以江水和山云、天地和古今相对，囊括时空，笔力雄壮，不但以"俯视宏阔、气笼宇宙"（王嗣奭《杜臆》）的气象为后人激赏，而且蕴含着深刻的寓意：天地春来，与"花近高楼"照应，是亘古常新的江山；古今浮云，与"万方多难"照应，是变化不断的时事。玉垒山在蜀中和吐蕃的交通要道上，浮云飘游不定，是写实景，也是象征捉摸不定的时势变化。就当时而言，刚收复长安，吐蕃又新陷三州。就长远来看，从初唐以来，唐与吐蕃以及周边民族的关系也一直处于反复不定的状况。但是诗人没有因此失去春色常在的信心。因此下面再以"北极朝廷"和"西山寇盗"作一层人事的对比：最近的胜利说明尽管吐蕃不断相侵，朝廷如北极星永远不会移动，春色照常会降临人间，其实又隐含着对今后局势的深忧。以上六句，一、三、五句就朝廷春色而言，意脉相连；二、四、六句就寇盗侵扰而言，互相生发；利用七律的严格对仗形成同一意思的三层对比。而这三层的艺术表现分别采用兴、比、赋三种手法，诗人登楼是兴起伤感之情、登楼所见是景中寓比、联系时势是直陈其事。这就使纵向的两排对仗又形成横向的层次变化。

　　结尾从远观收束到眼前：后主的祠庙就在武侯祠近旁，应是登楼所见。诗人因见后主祠而感叹刘禅亡国的下场，并由此想到蜀亡就是因为诸葛亮已死。如果联系现实来看，固然有批评代宗信任宦官如刘禅信任宦官黄皓之意，但恐怕更多的还是哀叹现在已经没有诸葛亮这样的人物。《梁父吟》是诸葛亮躬耕南阳时所吟，诗人日暮时吟起这首诗，一方面是怀念孔明，另一方面也有希望朝廷能起用贤才之意。

叶梦得《石林诗话》说："七言难于气象雄浑，句中有力，而纡徐不失言外之意。自老杜'锦江春色来天地，玉垒浮云变古今'与'五更鼓角声悲壮，三峡星河影动摇'等句之后，常恨无复继者。"一语道尽了这首诗难有后继的原因。

咏怀古迹五首（其三）[1]

群山万壑赴荆门[2]，生长明妃尚有村[3]。一去紫台连朔漠[4]，独留青冢向黄昏[5]。画图省识春风面[6]，环佩空归月夜魂。千载琵琶作胡语，分明怨恨曲中论[7]。

注释

[1]《咏怀古迹五首》为杜甫到夔州后所作，所咏古迹分别为庾信、宋玉故宅、昭君村、先主祠、武侯祠。本篇咏昭君村，见《杜诗镜铨》卷十三。

[2] 荆门：山名，在湖北宜都市西北。

[3] 明妃：即王昭君、名嫱。西汉元帝后宫的宫女。竟宁元年（前33），嫁给匈奴呼韩邪单于。湖北秭归县有昭君村，与巫峡相连，传说是昭君出生之地。

[4] 紫台：即紫宫，帝王所居之处。

[5] 青冢：据传说，边地多白草，只有昭君冢草青。

〔6〕"画图"句：据《西京杂记》：汉元帝后宫宫人很多，让画工画像，元帝按图召见。宫人都贿赂画工，王昭君自恃貌美，不肯行贿。画工将她画丑，于是不得召见。后来匈奴来朝，求美人为妻，元帝遣昭君出嫁。昭君离宫时，元帝召见，才发现她的容貌后宫第一，非常后悔，追查此事，将画工毛延寿处以死刑。

〔7〕"千载"二句：传说汉武帝时公主远嫁乌孙王，胡人在马上弹琵琶奏乐，以安慰她在路上的悲郁。这一故事也常被用于昭君的传说。据《琴操》说，昭君在塞外，恨元帝始终没有召见她，曾写过怨思之歌，后人起名为《昭君怨》。琵琶曲和琴曲中的《昭君怨》历代相传，至今仍有此曲名。

鉴赏

　　昭君故事从汉代以后，历经演变，到《西京杂记》基本定型。杜甫咏昭君生平，正是按照当时广泛流传的说法。秭归的昭君村传说是昭君生长的地方，此诗所咏的古迹就是这里的昭君村，所以一开头就点出村庄在与巫峡相连的荆门山里。交代地点，本来是很平常的起头，但这两句却写得极有气势：群山万壑都奔赴荆门，一个"赴"字把群山的走向和动势渲染出来了，使读者的视线一下子就被吸引到荆门这个焦点上，明妃生长的村子自然就突现出来。同时也令人想到，仿佛是群山万壑的灵秀之气都集中于荆门，才使这里生长出这样一位绝代佳人。然后，诗人的笔锋又立即移开，以"紫台"与"朔漠"一笔勾连，带出明妃从汉宫出嫁匈奴的经历，定格在黄昏时孤独的青冢上。这一联里,"紫台"与"青冢"的色彩对照,以及"朔漠"和"黄昏"的意境渲染,营造出悲凉萧瑟的氛围,使前四句形成明妃生地和死地的鲜明对照,展示了昭君一生的起点和终点。

前半首在展开昭君生命的两极之后,后半首又掉过笔来从她生平的转折点插入,反省昭君不遇的原因。诗人认为昭君一生不幸的根源,在于皇帝为图省事,不看真人只看图画,才使佳人埋没宫中,又葬身塞外。接着想象出昭君的魂魄在月夜归来,环佩声一路叮咚作响的美丽画面,对昭君的孤苦幽独寄予无限同情。这两句将昭君生前的青春美貌和死后的月下幽魂相对照,文字对仗极其工巧,又蕴含着无穷感慨:生前已经错过知遇的机会,死后魂魄归来也是枉然!只有千载流传的琵琶曲《昭君怨》,分明是在诉说她无穷的遗恨。结尾将昭君出塞的情景化入后世传承不衰的琵琶曲中,与荒漠青冢和月下幽魂共同构成了最富有诗意的典型的昭君形象。

《王昭君》《昭君怨》是汉魏乐府旧题,历代的歌咏者很多。杜甫此诗从昭君村就在附近这一点生发感想,通过精心锤炼的语言和文字色彩的搭配,将幽怨悲凄的情调和苍凉壮阔的境界融为一体,笔意腾挪回旋,画面鲜明美丽,成就远远超出前代之作。同时,这首诗又不单纯是咏昭君,虽然诗人没有直接抒发议论感慨,但联系中国诗歌以美人比喻君子的悠久传统来看,不难理解昭君的不遇象征着许多被埋没草野的士人共同的命运,有多少贤哲因为执政者不识真人而错失了用时的机会?对于这一点,杜甫曾有过最痛切的体会,这就难怪这首诗能写得如此沉痛感人了。

杜甫

登 高 [1]

　　风急天高猿啸哀,渚清沙白鸟飞回 [2]。无边落木萧萧下 [3],不尽长江滚滚来。万里悲秋常作客,百年多病独登台。艰难苦恨繁霜鬓 [4],潦倒新停浊酒杯 [5]。

注 释

〔1〕本篇见《杜诗镜铨》卷十七。大约作于大历二年(767),杜甫当时卧病夔州。

〔2〕渚(zhǔ):江中小洲。

〔3〕落木:落叶。

〔4〕繁霜鬓:白发日渐增多。

〔5〕新停浊酒杯:当时杜甫因肺病戒酒,所以说"新停"。

鉴 赏

　　此诗写登高所见江上秋色,抒发了诗人晚年到处漂泊、艰难潦倒的处境和无限悲凉的心情。全诗以精心安排的句式节奏、工致的声律和飞动的意象,展示出阔大高远的境界;在回旋流荡的旋律中,烘托出独立于秋气中的诗人贫病交困而孤独寂寞的形象。

　　诗一开头就突出了万物在秋气中的不安定感:风急、天高、猿声哀鸣，渚清、沙白、鸟儿来回飞旋。首联写景，将词语和音节排得密集而紧凑，每句各包三景，连用三个主谓结构，一词一顿一换，便渲染出秋气来临的紧迫之感。登高而望，江天本来是很空阔的，但使用这种特殊的对仗和起句方式，却令人强烈地感受到风之凄急、猿之哀鸣、鸟之回旋，都在受着无形的秋气的控制，仿佛万物都对秋气的来临惶然无主。于是，本来写不出形态的秋气，便借风、猿、鸟所构成的这种飞旋回荡的动态显现出来了。

　　秋气来得是那样急速，自然会使诗人想到人生的秋天也是来得那样急速，而不由得产生惶然之感。所以"无边落木萧萧下，不尽长江滚滚来"这一联，就不止是写景了。"风飒飒兮木萧萧"（《山鬼》），木叶飞落，自见秋风飒然，而"无边"和"萧萧下"则放大了落叶的阵势。同样，写滚滚而来的长江，也有意加快了江水的流速。两句相对，未免含有逝者如斯、时不待人的悲慨。但它的境界是如此壮阔，对人们的触动并不限于岁暮的感伤，更有哲理的启示：秋气是那样无情，催促着注定要消逝的事物快速逝去，使人联想到一切生命的有限，包括短促的人生。但宇宙却是永恒的，正如这长江，水不停地流去，却永远也没有流尽的时候。

　　如果说前半首在快速来临的秋气中已经蕴含着对人生之秋的感悟，那么后半首则以同样的快速概括了诗人一生的经历：万里飘流，又常在客中悲秋，人到晚年，老来多病，又如此孤独。如果说颈联是总结诗人毕生的悲秋之苦，那么尾联则是抒写眼前的处境之苦：日子艰难、满怀苦恨，已使鬓发日渐变白，更何况最近又因肺病戒酒，连一杯解忧的浊酒都不可得。对此秋景，更当奈何？全诗以自然之秋与人生之秋造成前后相映对比，自然令人想到，在历史的无尽长河中，这样一个将随落叶飘零的衰弱生命究竟如何寻找自己的位置？这应是诗人登高望远时更深一层的悲哀。

前人赞此诗"一篇之中，句句皆律，一句之中，字字皆律"，"而有建瓴走坂之势"，指出对仗如此精密，声律如此严格，却能形成顺流而下的气势，实属不易。此诗首联密集的意象与急促的音节相对应；颔联用歌行式对仗，又增加了流畅的声情；颈联、尾联连用递进句法，一意贯穿，遂使全诗一气流注，峭快中回荡着飞扬流转的旋律。可见，这首七律艺术表现的最难之处，是通过精心的构句，使文字形成的节奏声韵体现出字面意义所不能完全表达的感受。从这一点来说，明人胡应麟称它"章法、句法、字法，前无古人，后无来学，此当为古今七律第一，不必为唐人七言律第一"（《诗薮》），不为过誉。

八 阵 图[1]

功盖三分国[2]，名成八阵图。江流石不转[3]，遗恨失吞吴[4]。

注 释

〔1〕八阵图：在重庆奉节县西南七里永安宫南的平沙上，聚集细石布成，

各高五尺、广十围，像棋子分布，纵横相当，中间相隔九尺，共六十四堆。本篇见《杜诗镜铨》卷十二。

〔2〕三分国：魏、蜀、吴三国。

〔3〕"江流"句：传说唐代夔州在峡水大时，有许多木头随波而下，八阵图或被江水淹没，待水落川平，依然如故，近六百年没有变动。

〔4〕失吞吴：刘备为给关羽报仇，发兵讨伐吴国，在猇亭（今湖北宜都市北）大败，病死在白帝城的永乐宫，蜀国从此元气大伤。

鉴赏

八阵图是夔州富有传奇性的一处古迹。《三国志·蜀书·诸葛亮传》说："亮性长于巧思……推演兵法，作八阵图，咸得其要云。"传说八阵图有三处，夔州为其中之一。《晋书·桓温传》说："初，诸葛亮造八阵图于鱼复浦平沙之上。"鱼复浦就在奉节县东南二里。八阵图本来只是诸葛亮推演兵法的一处遗迹，在后人传说中渐渐增添了神秘的色彩。从唐宋人关于八阵图的各种复杂记载来看，选择一个吟咏的角度颇为不易，更何况是在一首只有二十字的五言绝句中。

诗人略去关于八阵图的具体描写，只取这处遗迹的名声，把诸葛亮建立三分之国的盖世之"功"，和八阵图之"名"相提并论，以"三分"和"八阵"对仗，便借这一数字工对概括了诸葛亮的传世功名，字字顿挫，大气磅礴。然而诸葛亮功名虽高，毕竟没有完成统一大业，这是他最大的遗恨。后两句就从这一点深入一步：八阵图恰在控扼东吴的长江上游，又传说数百年来不为江流所动，这就自然令人生发感叹:八阵图的石堆在江流长年的冲击下岿然不动,仿佛是老天为他留下了"失吞吴"的遗恨之迹。"失吞吴"向来有两解:一说是未能吞灭吴国;一说是未能阻止刘备吞吴。其实这两解并不矛盾,讨吴的一时失策,导致诸葛亮联吴抗魏的战略失败,失去了最终吞灭吴、魏的机会,蜀国也只及二世而亡。所以两解只是一远一近而已。而诗人的原意,或许本来就是为了让读者产生由近及远的联想。

"不转"的石阵昭示着永世的功业,长流的江水流淌着无穷的遗恨,这是全诗构思的触发点,又正好取自关于八阵图的古老传说。于是"江流石不转"便成为诗中关键的一句转折,借咏石而咏史,由遗迹而推及遗恨,莫不由这一句带动。因而能在一转之后立刻结束,言有尽而意无穷。

绝句四首(其三)[1]

两个黄鹂鸣翠柳,一行白鹭上青天。窗含西岭千秋雪,门泊东吴万里船[2]。

注 释

〔1〕本篇作于杜甫寓居草堂之时。见《杜诗镜铨》卷十二。

〔2〕东吴万里船:范成大《吴船录》说:"蜀人入吴者,皆从合江亭登舟,其西则万里桥。杜诗'门泊东吴万里船',此桥正为吴人设。"

鉴赏

　　这组《绝句四首》取材都是草堂周边的景色，第三首的角度侧重在从室内向外眺望的趣味，是尽人皆知的名篇。首先好在绘景鲜明：黄鹂和翠柳、白鹭和青天，色彩清亮明丽。"两个"和"一行"的数字搭配现成而讲究：前句在柳枝上点缀，后句在青天上排行，构图与色调都很精致。而更妙的是后两句在窗框和门户中取景，由近见远。西岭之雪千年不化，永恒的雪景凝固在窗框里。门口的江水通向东吴，船行自然去到万里之外。四句分取一角，由近到远，合成一幅鲜明的画面。

　　其次是这首诗写景，四句并列，两两成对，突破了历来七绝较少采用对句结尾的传统作法。后代诗论家往往对杜甫七绝以对句结尾的作法不理解，因对偶句的性质是下句完结上句，一般不开放想象余地。杜甫的不少七绝以对句结尾，则着力于探索下句如何对上句推进一层，设法使对句中的下句既能完结全篇又可以延伸想象，留有余味。此诗的想象余地来自从门窗中取景的表现手法，虽然这种角度早在晋宋之交的山水诗人谢灵运诗里就已经出现："群木既罗户，众山亦对窗。靡迤趋下田，迢递瞰高峰。"（《田南树园激流植援》）将室外的众山、群树、坡田、远峰都罗会在门窗之前，为后代的山水诗开启了从窗户庭阶吐纳外界景物的表现角度。杜甫巧妙地吸取了这种取景手法，使"窗含"和"门泊"形成两个小小的画框，一静一动，形成山与水的对应，因此虽是纳景于庭户之内，诗中展现的时空却拓展到千秋、万里之外。更有一层窗中览景、由窄见宽的意趣，引人联想到老子所说"不出户，知天下"（《老子道德经》第四十七章）的理趣，所以结句不但开出远景，更有远意。

刘长卿

刘长卿（718？—790？），字文房，河间（今属河北）人。开元二十一年（733）进士，曾两次下狱遭贬，官终随州刺史。有《刘随州集》。

碧涧别墅喜皇甫侍御相访[1]

荒村带返照，落叶乱纷纷。古路无行客，寒山独见君。野桥经雨断，涧水向田分。不为怜同病[2]，何人到白云？

注释

〔1〕刘长卿曾于大历九年（774）至德宗建中元年（780）期间被贬为睦州司马，建碧涧别墅。皇甫侍御即皇甫曾，大历三年（768）至六年（771）曾任殿中侍御史或监察御史，后贬为舒州司马。大历八年（773）到十二年（777）居住江南。据杨世明考，大历十一年（776）秋二人曾在睦州相会。本篇应作于此时，见杨世明《刘长卿集编年校注》。

〔2〕同病：应指皇甫曾遭遇与自己相同。

鉴赏

刘长卿任睦州司马时，大约五十七岁到六十三岁，是他一生中第二次遭贬，且已在暮年，心境衰飒，因而笔下的碧涧别业也是一派萧条景象。"别墅"在唐代多称"别业"，一般指本宅以外的一片田庄或者园亭。盛唐以后，地方官往往在官衙的住所之外，另找环境僻静处营造别业，在山水或田园中寻找遁入自然的意趣，也可以看作是"吏隐"的一种方式。

此诗开头两句首先渲染出夕阳返照下落叶纷纷的荒村景象，可见其碧涧别墅所在之处的荒僻寂寥。然后以空廓的寒山为背景，突显出一个在夕阳中踽踽独行的人影。不见人迹的古路和寒山进一步补足了荒村周边的远景，"独见君"三字则强调在这样一个无人肯到的地方，只有皇甫曾一人来访，看似只是叙事，但诗人的感动和惊喜可想而知。

独行客来访之不易，又何止是路远地僻，更有眼前的道路难行：野桥刚经过一场大雨，被水冲垮，涧水漫上村路，又流入两边的田里。这两句巧在同时扣住"碧涧别墅"之名，既点出别业多涧水的特点，又补足了近景。同时自然引出结句：如果不是同病相怜之故，什么人能到这白云深处来相访呢？"白云"二字不但说明这别业隐藏在隔绝人世的云深山高之处，还为碧涧别墅的全景添上最后一笔，与夕阳、荒村、寒山、野桥、涧水共同组成了清空淡冷的山村意境。

诗题为"喜皇甫侍御相访"，但全诗不着一个"喜"字，全在荒村古路的难行中见出。而一路景色的冷僻，既表明来访者的友情

之深,更烘托出碧涧别业的幽深以及诗人在贬谪生涯中远离尘嚣、自甘寂寞的心态。妙在三层意思融合无间,丝毫不见构思痕迹。

长沙过贾谊宅[1]

三年谪宦此栖迟[2],万古惟留楚客悲[3]。秋草独寻人去后,寒林空见日斜时[4]。汉文有道恩犹薄[5],湘水无情吊岂知[6]。寂寂江山摇落处,怜君何事到天涯!

注释

〔1〕乾元元年(758),刘长卿在摄海盐令任上遭人诬告被罢官下狱,次年被贬为潘州南巴(今广东茂名市电白区附近)尉。此诗作于他赴南巴途中经过长沙时,见杨世明《刘长卿诗集编年校注》。

〔2〕此栖迟:贾谊曾获汉文帝信任,将任公卿之位,遭朝廷老臣们谗毁,被天子疏远,出为长沙王太傅,谪居三年。栖迟,淹留。

〔3〕楚客:指贾谊。

〔4〕"秋草"二句:化用贾谊《鵩鸟赋》:"单阏之岁兮,四月孟夏。庚子日斜兮,鵩集予舍。……曰:野鸟入室兮,主人将去。"

〔5〕汉文:汉文帝。有道:称汉文帝是有道明君。

〔6〕"湘水"句:贾谊南贬,途经湘江时,曾写下《吊屈原赋》凭吊屈原。

鉴赏

此诗为刘长卿贬谪南巴途中经过长沙时所作。西汉贾谊曾被朝廷贬出为长沙王太傅,其故宅遂成为怀古的题材。本诗题为"过贾谊宅",从字面看,句句都是写贾谊在长沙的处境,实际是借凭吊贾谊抒发自己的谪宦之感。

首联感叹贾谊三年贬谪长沙,滞留于此,不能有所作为,万古之下只留下楚客的悲哀,对贾谊的遭遇寄予无限同情。贾谊去世以后,后世凡是经过长沙的迁客逐臣都会到此地来凭吊,而诗人自己也同样是因为谪宦而成为楚客,将在此地"栖迟"多年,因而"楚客悲"概括了古来所有同病相怜者共同的悲哀。

颔联借贾谊在长沙作《鵩鸟赋》的故事咏其故宅。贾谊到长沙第三年,有鵩飞入屋舍。因鵩一向被视为不祥之鸟,长沙地处卑湿,贾谊自以为不能长寿,颇感伤悼,遂作《鵩鸟赋》。这两句写自己独自寻访贾谊宅的遗址,只是渲染出一片冷落的秋色:空见秋草寒林,夕阳西斜,再也找不到昔日的痕迹。但"人去后""日斜时"又化入贾谊《鵩鸟赋》中"庚子日斜兮,鵩集予舍""野鸟入室,主人将去"的词语和含意,使眼前景暗合于《鵩鸟赋》中所写之景。于是,贾谊写作《鵩鸟赋》的情景仿佛在这片荒凉冷落的景色中再现,诗人和贾谊之间数百年的时空距离也顿时缩短,寻访者不见先贤同调而倍增怅惘的黯然心境自然可以体味。由于用典巧妙,如盐化水中,了无痕迹,这一联历来被誉为名对。

颈联想象贾谊当初渡湘水写赋凭吊屈原的失意,感叹汉文帝还

算是有道明君，对待贾谊这样的人才尚且如此寡恩，屈原已经久沉于湘水，又如何知道贾谊凭吊他的心情？这一联对句之间的意脉有一个跳跃，上下句之间的逻辑关系颇费思量：这里特别标明汉文"有道"，用意极深。相比贾谊所事之汉文帝，屈原所事之楚王当然是无道，所以屈原的命运就更加悲惨了，但诗人之意显然不在比较屈原、贾谊的遭遇。"有道"强调汉文帝是历史上难得的明君，但是贾谊的遭遇和屈原并没有多大差别，这一事实难道不值得深思吗？同时诗人感叹贾谊吊屈原，屈原岂知，其实也正是感叹自己凭吊贾谊，贾谊又岂能知？循此思理，自古迁客逐臣无论遭逢有道无道，都难免同此一哭的无穷悲慨也就自在言外了。尾联只是在这样的思路上再推进一层：可怜"君"为何事而来到这个江山寂寞、万物摇落的天涯尽头？"君"指贾谊，也是指自己。"何事"似是问贾谊因何迁谪，实是指自己遭谗被贬，诗人将去的南巴，比起长沙，更可称得上是天涯了。以这样带有自责意味的问句结尾，更觉低回无已。

全诗句句伤悼贾谊，又句句关联自己。虽是深悲极怨，却语言浅近，风格温婉，因而被前人赞为"隽绝千古"（《唐诗笺要》）。

吴中赠别严士元[1]

春风倚棹阖闾城[2]，水国春寒阴复晴[3]。细雨湿衣

刘长卿

看不见，闲花落地听无声。日斜江上孤帆影，草绿湖南万里情[4]。东道若逢相识问[5]，青袍今已误儒生[6]。

注释

[1] 吴中：苏州。刘长卿当时任长洲（在今江苏省苏州市）尉。严士元：曾任大理司直、河南令、国子司业等职。题一作《别严士元》。本篇见杨世明《刘长卿诗集编年校注》。

[2] 阖闾城：指苏州。春秋时吴王阖闾迁都于此。

[3] 水国：水乡。

[4] 湖南：指太湖以南。

[5] 东道：东道主。指严士元前往"湖南"时接待他的主人。

[6] 青袍：县尉的服色。

鉴赏

乾元元年（758）春，刘长卿任长洲尉，摄海盐县令，遭人诬陷被罢官，不久又被下长洲狱。从诗意看，此诗可能作于出事之前，但诗人已有预感。在这样的时候赠别友人，心情之复杂可以想见。

首联写友人在春风中停船在苏州城，但水国仍然春寒料峭，天气阴晴不定。这两句看似交代送别的季节和地点，但含意微妙。春风是"倚棹"之人的感觉，而春寒是送别之人的感觉。忽阴忽晴的天气或许让诗人联想到自己此时的处境不明，所以即使是在满城春风吹拂的时候，诗人内心也只有寒意。颔联紧承"阴晴"之意，描写眼前的细雨落花之景。这一联因体物之新、感受之细,向来被推为"高妙"的名句。其实细雨、闲花的兴象在王维诗中也是常见的,这里巧妙地利用了七言句后三个字的独立性及其对前四字词组的补充关系,用"看不见"强调细雨的微濛湿润,以"听无声"强调落花的轻柔闲静,便传神地表现了春雨、落花无声无息的动态,而且将悄然沁透在离人心头的别愁和默然相对的静境也一并烘托出来了。

  颈联想象友人离去的情景:江上落日,孤帆远影,太湖之南,春草绿遍。"孤"字包含着对友人孤独行程的体味,"万里情"则表达了双方远隔万里的离情。上句以孤帆之影反衬落日大江的苍茫空阔,可见出刘长卿善用以小衬大的手法构造清空意境的特点;下句在想象中展开湖南的万里春色,高朗的气象却在长卿七律中少见。尾联由友人此去前程万里的美好祝愿再回到眼前,诗人嘱咐其路上若遇到相识的"东道主"问询自己近况,请他转告的却是自己对今日处境的悔恨和悲哀:这身县尉的青袍,已经误了我这个儒生。这一转折,当是由草色之青联想到青袍之青,却与颈联高远的境界形成极大的反差,暗示了两人分别之后彼此不同的前景。倘若不了解刘长卿当时的处境,末句也可以理解为盛唐文人普遍不愿意担任县尉职务的一般牢骚。因为盛唐文人所受的教育,是成为兼通文辞、儒学和辅佐帝王的人才,而县尉则屈居小吏,"拜迎长官心欲碎,鞭挞黎庶令人悲"(高适《封丘作》),与他们的人生理想完全相悖。而刘长卿的不幸还不止于此,他因县尉而摄县令,被人诬告主要是钱粮上受冤屈,真正尝到了因这份吏职而耽误前程的苦头,因此比盛唐诗人轻视县尉的一般牢骚远为沉痛凄凉。

全诗情感变化起落很大,但都隐含在清丽微婉的景色描绘之中,直到结尾才以告诫世人之口吻直吐心声,却因表达的含蓄压抑,始终不失其闲雅之致。

逢雪宿芙蓉山主人[1]

日暮苍山远,天寒白屋贫[2]。柴门闻犬吠,风雪夜归人。

注释

〔1〕芙蓉山:各地都有芙蓉山,不详所指。本篇见杨世明《刘长卿集编年校注》。

〔2〕白屋:茅屋。或说指没有任何漆饰的平民住房。

鉴赏

从题目看,可知此诗是写诗人旅途中遇雪,在芙蓉山民居求宿之事。古代旅人常有的经历,在此诗中仅浓缩为投宿的一个片刻:苍山重重,路途尚远。晚来又逢下雪,山上正有一座简陋的茅屋,于是上前叩门,只听得柴门一阵犬吠,已来迎接风雪之夜的归人。叙述笔墨之简洁,色泽之寒淡,犹如一幅水墨小景。

此诗没有一句言情,旅人微妙的心理活动全在寒山白屋的环境与柴门犬吠的对照中见出:山深路远,暮色苍茫,更兼风雪交加,对于凄惶的旅人来说,最紧迫的莫过于寻找一处暂时栖身的住所。即使是贫寒的白屋,山里人家的安宁也会给旅人带来心灵的安顿和慰藉。虽然白屋的主人没有在诗里出现,但"柴门闻犬吠"已足以引人想象投宿者听到犬吠时既惊且喜、倍感温馨的情景。结句"风雪夜归人"更是妙在意思的含浑:"归"字原有"投、委"之意,只是较少用于投宿一词。这里的夜归人就是投宿的诗人,但这里着一"归"字,便将旅人在风雪中进入白屋的宾至如归之感巧妙地表现出来了。正因如此,这句诗在后世被广泛应用于各种类似的情境,令所有的游子在寻找归宿之时产生共鸣。

韦应物

韦应物（737—791），字义博，京兆长安（今陕西西安）人。历任洛阳丞、京兆府功曹、栎阳令、比部员外郎、滁州刺史、江州刺史、苏州刺史等职，卒于苏州。有《韦苏州集》。

寄全椒山中道士[1]

今朝郡斋冷，忽念山中客。涧底束荆薪，归来煮白石[2]。欲持一瓢酒，远慰风雨夕。落叶满空山，何处寻行迹。

注释

〔1〕全椒：滁州属县名。当时韦应物任滁州（州治在今滁州市内）刺史，与全椒相距不远。本篇见陶敏、王友胜《韦应物集校注》卷三。

〔2〕白石：即石英，传说道教服食有"煮五石英法"。《真诰》卷五："昔白石子者，以石为粮，故世号曰白石生。"这里借指道士在山里采石炼丹。

鉴赏

韦应物的山水诗大多写在郡县州府和闲居时期，高雅闲淡，自

成一家。这首诗是寄给安徽全椒县山里的一位道士的,从诗意可以揣测这时他在滁州刺史任上。在韦应物之前,对于道士的描写都着重在炼丹求仙的主题。这首诗却将道士当成隐士来写,因而意境与一般的仙道诗大异其趣。

开头两句写寄诗给山中道士的原因:因为早上感到郡斋里很冷,所以忽然想念起独自在山中修炼的道士来。天气转冷暗示季节变易,已经进入秋凉时节,首句的"冷"字奠定了全诗冷寂的基调。不说道士,而称"山中客",便在字面上隐去了道士的身份。

道士隐居在山里、养生修道,行迹与隐士相近。但他们主要的生活方式是饵玉餐霞、采药炼丹。所以从来写道士的诗,难免铅汞气息过于浓重,不利于山水美的表现和清空意境的创造。这首诗的创意在于虽然正面描写道士炼丹的生活,却令人感觉不到道教气息,这与"涧底束荆薪,归来煮白石"两句的描写技巧有关。道士在山涧里捆扎荆条柴草,目的就是填入丹灶,用作炼丹的燃料,而煮白石就是炼丹的过程。但是"白石"字面上并没有炼丹的烟火气,而且与上句"涧底"呼应,只能使人联想到山里的清泉白石。同样,"束荆薪"从字面上也看不出炼丹的目的,反而像是写山里的樵夫生活。于是诗人通过巧妙地将炼丹过程分解成砍柴和煮白石两个情节,把一个炼丹的道士写成了在山里独自过着清苦生活的隐士。

正因为道士在诗人笔下已经变成一个寂寞清苦的隐士,所以诗人在此风雨之夜,想拿着一樽酒去山里慰问他。这两句既写出诗人对道士的真诚友谊,又进一步消解了道士的道教色彩。因为一个不食人间烟火的神仙是不需要凡俗的感情慰藉的,风雨夕更不会引起他们对岁暮的感伤。但是秋天的风雨中,只见满山落叶纷纷,又到哪里去寻找道士的踪迹呢?"风雨夕"和"落叶"补足了首句"郡斋冷"的原因,同时与第二联的清涧、白石组合在一起,在想象中幻化出空山秋雨之夜的萧条凄冷的意境。至此可以进一步理解为什么诗人要将道士写成隐士,因为只有这样一个冷寂的隐士意象才与全诗、特别是后半首的空寂境界可以融合无间。最后冷然一问,更使渺然不知去向的道士连同空山化为一片虚无,留下了无穷的惆怅和回味。

此诗对道士的描写全都出自想象,超妙空灵,冲淡潇洒。能将道士的修炼生活写得如此淡冷空寂而毫无烟火气,在盛唐的山水诗里也是极为罕见的。

自巩洛舟行入黄河即事寄府县僚友[1]

夹水苍山路向东,东南山豁大河通。寒树依微远天外,夕阳明灭乱流中[2]。孤村几岁临伊岸[3],一雁初晴下朔风。为报洛桥游宦侣[4],扁舟不系与心同[5]。

注 释

〔1〕巩洛:巩县、洛水。黄河自西从河南偃师界流入巩县,洛水东经洛汭,

北对琅琊渚入黄河，称为洛口。府县僚友：河南府及河南、洛阳两县的同僚。本篇见陶敏、王友胜《韦应物集校注》卷二。

〔2〕乱流：水流众多之处。

〔3〕伊岸：伊水之岸。

〔4〕洛桥：洛阳洛水之上的天津桥。

〔5〕扁（piān）舟：小船。扁舟不系，用《庄子·杂篇·列御寇》中"泛若不系之舟"的典故，比喻人心不受羁绊，可以自由地游于大道。

鉴赏

韦应物在代宗广德年中，曾任洛阳丞，永泰元年（765）因惩办不法军士，被讼去官，闲居在洛阳同德寺。大历四年（769）秋，南游扬州。此诗写于南下途中。

诗题写明这段旅程是从巩县和洛水乘船进入黄河。首联点题，交代由洛水转向黄河的过程：原来的水路是苍山夹岸，一直向东，再向东南，大山出现豁口，便直通大河。此时尚未进入黄河，便已有豁然开朗之感。

中间两联极写进入大河之后顿见天地空旷无边的景象：寒树之远，在天外似有若无；夕阳之淡，在乱流中似明似灭；岸旁孤村，追问到落生之初；朔风已起，又仅见一雁飞下。四句写景，不但将意象尽量淡化简化，而且推向视野的尽头。诗人被空间的无垠激发起对时间的追问，孤村何时出现在伊水之岸的问题更是关系到人类的起始。朔风中的一只孤雁又正与大河中的扁舟相对应，不由得令人想到古人的诗句："惟见独飞鸟，千里一扬音。推其感物情，则知游子心。"（鲍照《日落望江寄荀丞》）诗人同样被这一雁触动了游子之心，于是自然引出尾联对洛阳友人的问候。

诗题写明此诗是寄给"府县僚友"的，即河南府和河南、洛阳两县同僚，所以称他们为"洛桥游宦侣"。但是韦应物在这次旅行之前，去官闲居已久，为何要将眼前的感悟特意报给这些"游宦侣"呢？原因正在末句：诗人在这广阔的天地中真正领悟了此心如扁舟不系的大自在之境。

"扁舟不系"的理念出自《庄子·杂篇·列御寇》："巧者劳而知者忧，无能者无所求，饱食而遨游，泛若不系之舟，虚而遨游者也。"意为智慧灵巧只能使人劳累和忧虑，无能的人没有欲求，饱食终日，无所事事，自在遨游，像没有被缆索系住的船一样，这就是虚己而遨游的人。因此"扁舟不系"也就是强调人应当无欲无求，去除巧智，让自己心地空虚，就可以遨游于大道。这种境界只有脱离了功名利禄的人才能领悟。联系韦应物南游之前去官的经历来看，就不难明白诗人特意"为报游宦侣"的原因。末句之巧在于"扁舟不系"既是诗人行舟于大河之上的眼前之景，又是诗人放空身心后领略的浩然之境，所以说"与心同"，正是心境与行迹的合一。

全诗写景疏淡旷远、色相俱泯，为不系的扁舟和诗心开拓了无边空阔苍茫的境界，妙在景与意会，自得理趣。

滁州西涧[1]

独怜幽草涧边生,上有黄鹂深树鸣。春潮带雨晚来急,野渡无人舟自横[2]。

注释

〔1〕此诗作于德宗建中四年(783),作者在滁州刺史任上。西涧:在滁州城外,俗名上马河。本篇见陶敏、王友胜《韦应物集校注》卷八。
〔2〕野渡:荒僻的渡口。

鉴赏

唐代诗人常常把自己游赏山水林泉称为"独往"。这个哲学概念源自《庄子》,指的是在精神上独游于天地之间,不受任何外物阻碍的极高境界。在后世诗文中,也常指道士修炼、僧人出家以及一般人的隐居。事实上,暂时的游憩于山林,让心灵进入任自然的境界,也可以称独往,盛唐山水诗多取这种意思。与"独往"意义相关的还有"虚舟"一词,也源自《庄子》。"虚舟"的含义非常丰富,在唐代诗文中的使用也有多种语境。较常用的一种是指无人驾驶的船只,比喻人胸怀虚旷,没有欲求,可以像虚舟一样飘游于大自在之境。"独往"和"虚舟"在唐代山水诗中往往由理念转化为意境的创造,韦应物这首《滁州西涧》便巧妙地融合了这两种哲学境界的深意。

　　此诗历来有不同的解释，有宋代学者甚至认为诗是为感时多故而作，幽草和黄鹂是暗喻君子在野，小人在位。其实，这首诗描写诗人独自沿着涧边漫步，一边赏玩着路边的幽草，一边听着旁边茂密的树丛中传来黄鹂的鸣叫，逐渐深入到幽清无人之处，这正是独往的境界。此时恰逢春潮上涨，带来了一场急雨，又时近傍晚，自然不会有人摆渡，所以渡船悠闲地横在渡口。无人乘坐、自在地横在渡口的小船，不正是一只虚舟吗？也就是说，渡船的自在意态正体现了诗人在独往西涧的过程中领悟的自在意趣。只是这种感悟蕴含在"舟自横"的状态和诗人游涧的兴致之中，丝毫不着痕迹罢了。历代诸家诗评中，能领略其中意趣的极少。惟桂天祥《批点唐诗正声》（高棅辑）所评"如独坐看山，澹然忘归，诗之绝佳者"，大致可得诗人用心。

调　笑　令[1]

　　胡马，胡马，远放燕支山下[2]。跑沙跑雪独嘶，东望西望路迷。迷路，迷路，边草无穷日暮[3]。

注　释

　　[1] 调笑令：词牌名。本篇见曾昭岷、曹济平、王兆鹏、刘尊明编著《全

唐五代词》正编卷一。
〔2〕燕支山：在今甘肃山丹县东南。
〔3〕边：边塞。

鉴赏

　　这首小令着力刻画了一匹失路的胡马着急而又迷惘的可爱动态。开头接连两句二言重复，是调笑令这一词牌固定的体式。首句重复"胡马"二字，正是利用这一体式，以不放心的口吻连连呼唤胡马，带出下一句马儿现在的处境：因为远放到燕支山下吃草，难免令人担忧。燕支山在甘肃山丹县南，永昌县西，与青海省隔一条祁连山脉，这一带是吐谷浑羌人最早兴起的地方。初唐时吐谷浑被吐蕃占领，但盛唐和中唐前期吐谷浑作为政权的形式仍然存在，盛唐的边塞诗经常提到吐谷浑，燕支山也成为吐谷浑所在地的代称。所以由燕支山的地名就可知这匹胡马是在唐军和吐谷浑经常发生战争的地方放牧。

　　果然，胡马迷路了，它在沙地和雪地里来回奔跑，一边嘶鸣，一边东张西望，找不到归路。"跑沙"两句，分别利用词所特有的六言句"二二二"的节奏，将跑沙、跑雪、独嘶、东望、西望、路迷六个口语化的词组并列，造成各个动作的快速转换，极其生动地写出了胡马慌不择路地乱跑、茫然不知所措的神态。结尾将"路迷"颠倒过来作为顶针格，又重复两次，口吻则转为惋叹，因为胡马眼前只有一望无边的草原，又到了日落之时，天黑后该怎么办呢？这就留下了不尽的悬念。

　　词中的小令与诗中的绝句一样,都因篇幅短小而要求言短意长。但因为句式长短不拘,遣词造句更加活泼自由,与词意配合更加紧密。这首小令以仄、平、仄三次转韵,造成短促的节奏感,与全篇以二言节奏为主的六言句十分协调,更便于以急迫的语感表现出胡马焦急不安的动态。加上"胡马"和"迷路"的两次重复呼唤和叹息,不但在边塞苍凉寥廓的暮色中突显出胡马孤独的身影,还令读者也对这匹惹人怜爱的马儿平添了多少牵挂。

钱 起

钱起（722？—780？），字仲文，吴兴（今浙江湖州）人。天宝十载（751）进士。官至尚书考功郎中，大历年间任翰林学士。有《钱考功集》。

归 雁 [1]

潇湘何事等闲回[2]，水碧沙明两岸苔。二十五弦弹夜月[3]，不胜清怨却飞来[4]。

注释

〔1〕瑟曲有《归雁操》。本篇见王定璋《钱起诗集校注》卷九。
〔2〕潇湘：湖南潇水、湘水的合称，唐代已经成为一个地域的名称。等闲：轻易地。回：衡山有"回雁峰"，相传大雁至此即不再越过。
〔3〕二十五弦：指瑟。《史记·封禅书》："太帝使素女鼓五十弦瑟，悲，帝禁不止，故破其瑟为二十五弦。""太"一作"泰"，指传说中的伏羲氏等。
〔4〕不胜：禁受不住。却飞：从潇湘飞返。

鉴赏

这首诗题为归雁，歌咏从南方飞回来的大雁。全诗设想诗人与大雁的问答，先问大雁为什么轻易地就从潇湘回来了呢？那里有碧水明月，两岸的莓苔也足够你们食用。大雁回答，那里有湘灵在夜月下弹瑟，连雁儿也受不了瑟的清怨，所以飞回来了。当然，这诗也可以看成是诗人的自问自答。湘灵鼓瑟是一个古老的传说，湘灵原是舜的二妃娥皇、女英，因舜死于苍梧而投湘水自尽，成为湘水的女神。湘灵所鼓的古瑟本来有五十弦，因为听起来太悲哀，舜命破为两半，变为二十五弦。琴瑟曲中原有《归雁操》，所以这首诗似乎是将曲中乐境化成了归雁飞来的实景。其巧妙不仅在于借大雁归来夸张古瑟音声的幽怨，更借这一问答展现了潇湘月夜优美的意境，以及由于湘灵的想象所带来的无限清怨。

大雁南来北往，向来牵动着游子的乡愁和归思，因此凡作闻雁诗者，总不免触绪感怀。此诗并未刻意寄托，但很容易让人联想到年年去潇湘过冬的大雁，即使水碧沙明、莓苔丰足，也因畏惧其清怨难耐而不得已归来，更何况是人呢？将归思赋予大雁，已是奇思妙想；而潇湘之怨，又岂止是因湘灵鼓瑟？古往今来，曾有多少迁客逐臣被贬谪到潇湘以南，在夜月下拨动过他们悲怨的心弦？所以"不胜清怨"的自然也不止是归雁了。全诗笔致空灵婉转，如从湘灵冰弦流出，清越幽怨，馀韵不绝。

戎昱

戎昱(生卒年不详),荆南(今湖北江陵县附近)人。曾在颜真卿幕中做事,德宗时任虔州刺史、辰州刺史。

早 梅[1]

一树寒梅白玉条,迥临村路傍溪桥[2]。不知近水花先发,疑是经冬雪未消。

注释

[1] 此诗作者一说为张谓,见《全唐诗》卷一九七。但据佟培基《全唐诗重出误收考》,《文苑英华》卷三二二作戎昱,接张谓《官舍早梅》诗后,疑后人误为张谓作。
[2] 迥:远。傍(bàng):临近。

鉴赏

咏早梅的诗作六朝就已出现,此题与一般的咏梅不同之处是要写出一个"早"字,这首诗构思之巧正在于写"早"的角度与众不同。

开头先写见到一树寒梅,"寒"字点出天气尚寒,而梅花已经开得枝枝如玉,可见这是一颗白梅,繁花缀满枝条,远看才会有"白玉条"的视觉效果。接着交代这棵梅树远临村路、紧挨溪桥的位置,这句不但补充说明诗人因从村路走过而望见寒梅的情景,还为后两句转折预留地步:梅树离村路远,所以看不清楚,但"傍溪桥"就是在水边,后半首就从其"近水"的特点着眼。

近水的梅、桃一类树木往往开花较早,是因为地气湿润,这个道理不一定人人皆知。作者巧妙地利用了这一点知识的缺陷,在结尾点明自己错把梅花看成冬天残雪的原因,便别有趣味。一树白玉"疑是经冬雪未消"的错觉,说明此时雪尚未化,还是残冬季节,这就合情合理地写出近水之梅开得是多么"早"。

咏物诗之佳作或妙在形神兼备,或妙在别有寄托,或妙在能见物理。此诗利用视觉印象,把溪桥旁的一棵寒梅写得雪妆玉琢一般,不仅梅花的丰姿雅洁宛然如画,诗人见梅"早"发的惊喜也全在其"不知"物理的错觉中见出。虽用笔较直,但确有新意。

张 继

张继(生卒年不详),字懿孙,襄州(今湖北襄阳)人。天宝十二载(753)进士。曾任盐铁判官,检校祠部员外郎。《全唐诗》编诗一卷。

枫桥夜泊[1]

月落乌啼霜满天,江枫渔火对愁眠[2]。姑苏城外寒山寺[3],夜半钟声到客船[4]。

注释

[1]枫桥:在苏州城西。本篇见唐人高仲武选《中兴间气集》卷下,题为《夜泊松江》。

[2]江枫:《楚辞·招魂》:"湛湛江水兮上有枫。"渔火:夜晚捕鱼时照明的火。

[3]姑苏:苏州的别称,因其地有姑苏山。寒山寺:秋冬时节山中的寺庙。

[4]夜半钟声:唐时寺院有半夜敲钟的习惯。

鉴赏

盛唐时期,不少诗人发现了钟声里的诗韵。孟浩然、王维、常建等都写过古寺的钟声。大历时期山水诗的风格趋向淡静冷寂，更多的诗人爱到野寺的晨钟暮鼓中去体味凄清萧疏的境界，韦应物写"残钟""暮钟""烟际钟"的诗篇尤多。唐代以"半夜钟"入诗的也不只是张继一人，但都不如这首《枫桥夜泊》广为人知。

此诗之"半夜钟"之所以具有特殊的感染力，应得益于全诗意境与钟声相得益彰的关系。首二句所取景色既是诗人眼中所见，也是在历代诗歌中沉淀已久最富有江南特色的意象：月落乌啼、空里流霜、枫林夹岸、渔火闪烁，构成清空静谧的秋江意境。"愁"字点出船上之人并未入寐，而"对"字与其说是指江枫渔火对着客船，还不如说是愁眠之人对着江枫渔火，竟夕目未交睫。已到夜半时分，姑苏城外寒山中寺院的钟声远远传来，也就格外撩人愁思了。据欧阳修《六一诗话》说："余昔官姑苏，每三鼓尽，四鼓初，即诸寺钟皆鸣，想自唐时已然也。"三更末、四更初正是夜色最深沉的时候，这遽然响起的钟声在空廓的江天之间回荡，带着悠悠的客愁，为清寂的秋夜拓开了无限苍茫空远的境界。

今人所知的寒山寺，是枫桥附近的一座寺院，据说始建于梁代天监年间，初名"妙利普明塔院"。相传唐贞观年间（627—649），名僧寒山和希迁来此修行，因名寒山寺。但关于寒山此人的生平资料极少，近代学者余嘉锡考出寒山于德宗贞元九年（793）前在世，当代学者又据寒山诗推出其生卒年约在武后天授年（690—691）到德宗贞元年（785—805）之间，三十岁出家后一直在天台山修行。因而寒山在贞观年间到寒山寺的说法并无根据。近年凌郁之所著《寒

山寺诗话》认为唐代尚无寒山寺作为专用名的说法，元人始多称寒山寺，其名真正确立于明代，此说可取。唐诗中提及"寒山寺"的作品不止张继一首，均非专称。如与张继同时代的韦应物就有"独寻秋草径，夜宿寒山寺"（《寄恒璨》），诗作于韦应物任滁州刺史时。这里的"寒山寺"与"秋草径"对仗，并非寺名专称。因而张继这首诗里的"寒山寺"也只是泛指姑苏城外寒山中的寺庙。

但是枫桥附近的这所寺庙到后代被正式称为"寒山寺"，还是与张继此诗直接有关。由于"姑苏城外寒山寺"这句诗能将读者的想象与这个清雅秀丽的江南古城联系起来，使夜半钟声带着秋山的清寒和江南独有的韵味，与静美的诗境相互醒发，所以后人每临此境，都会联想到张继此诗。如明人文嘉《寒山寺》说："名岂寒山得，诗曾张继留。"文徵明《姑苏十景·枫桥》说："水明人静江城孤，依然落月啼双乌。荒凉古寺烟迷芜，张继诗篇今有无？"可见正是千年流传的钟声诗韵之美，造就了名闻中外的寒山寺。

韩 翃

韩翃(生卒年不详),字君平,南阳(今河南邓州市)人。天宝十三载(754)进士。安史乱后流浪江湖,当过节度使幕僚。德宗时任驾部郎中,知制诰,官至中书舍人。《全唐诗》编诗三卷。

寒 食 [1]

春城无处不飞花,寒食东风御柳斜 [2]。日暮汉宫传蜡烛 [3],轻烟散入五侯家 [4]。

注 释

〔1〕寒食:据《荆楚岁时记》,寒食节在冬至节后的 105 天,禁火三日。民俗学家认为起源于上古的祀火。东汉桓谭《新论》的《离事》篇和曹操的《明罚令》都记载山西太原一带在冬至后 105 日有为春秋时晋国大夫介子推绝火寒食的风俗。晋以后这种说法被推广到各地,寒食就成为全国性的节日。本篇见唐人孟启的《本事诗》。

〔2〕御柳:御苑中的柳树。

〔3〕传蜡烛:据说汉代寒食禁火,朝廷特赐王侯家蜡烛。传、传赐。

〔4〕五侯:有多种说法。汉成帝河平二年(前27),元后的五个兄弟王谭、

王商、王立、王根、王逢时同一天被封为侯爵，世称五侯。后来东汉顺帝梁皇后兄梁冀为大将军，其子梁胤、叔梁让及亲属梁淑、梁忠、梁戟皆封侯，世称梁氏五侯。又有汉桓帝（146—167）时的大宦官单超、徐璜、具瑗、左悺、唐衡等五人，因在诛灭以梁冀为首的外戚集团中有功，被汉桓帝在同一天封侯，也称东汉五侯。这里借指外戚显贵。

鉴赏

　　寒食节的传统风俗是禁火吃冷食，唐诗中描写这种风俗最著名的诗篇就是韩翃的这首《寒食》。全诗扣住寒食的节令特征及禁火的风俗来写景用典，思致十分精巧。首句"春城无处不飞花"，点出寒食正是春好之时，"飞"字极为灵动，提起全篇精神。"飞花"本指风吹落花，但"飞"字不但没有花谢花飞的衰飒之感，反而渲染出满城春色，而且与第二句中的"东风"相照应。因有东风吹拂，花才会飞遍全城，柳才会斜飘御苑。而御柳也不是写景的闲笔，古时清明寒食有改火的重要风俗。据《周书·月令》记载，古代取火，四季用不同的木材。春取榆柳之火，夏取枣杏之火，季夏取桑柘之火，秋取柞楢之火，冬取槐檀之火。清明这一天，朝廷要赐给百官新火，百姓也要改用新火。唐玄宗开元二十四年（736），诏令把寒食、清明连在一起，放假四天。以后各朝放假天数虽不一致，但清明和寒食连成一个节日，则形成了惯例。因此御柳斜拂既是春天的典型风光，又令人联想到寒食三日后清明改火要取榆柳之火的风俗。可见前两句写景无不切合寒食的时令。

后两句正面写寒食禁火的风俗，却从宫中和亲贵特许寒食节燃烛的例外着眼。关于"五侯"虽有多说，但都是指与宫廷关系特殊的外戚权贵，这就引起历代读者对此诗有无讽意的猜想。孟启《本事诗》里有一个关于此诗的著名故事：韩翃落魄时，唐德宗曾亲笔批示任其为"员外除驾部郎中，知制诰"，而且指定是"春城无处不飞花"一诗的作者。这样看来，用"五侯"故事应无尖刻的讽意，才能得到君王的欣赏。"轻烟"从宫中飘散到五侯家，只是比喻权贵近戚之家沾带皇恩。烟散也与风吹相关，这就为满城飞花、东风拂柳的大好春光又添上几分轻烟氤氲的情致。

全诗以轻丽的笔触写出飘荡在东风之中的飞花、御柳和轻烟，既比富丽刻板的宫廷诗显得活泼清淡，又不失端庄闲雅的皇家气象，所以能在当时就广为流传。

刘方平

刘方平(730？—？),洛阳(今属河南)人。隐居河南颍阳。善画山水。《全唐诗》编其诗一卷。

夜 月 [1]

更深月色半人家,北斗阑干南斗斜[2]。今夜偏知春气暖,虫声新透绿窗纱。

注释

[1] 本篇见《全唐诗》卷二五一。

[2] 阑干:横斜的样子。南斗:星宿名。二十八宿之一,又称斗宿。由六颗星在南天组成斗构形。

鉴赏

此诗题为"夜月",其实与一般以咏月为题的诗歌不同。其意不在咏月,而在月夜的一点新鲜感受。

更深夜静,月色还能照临大半人家。诗人或许正是被这照进窗内的月色惊动,方抬头观天,这时才注意到北斗和南斗都已经横斜。

古乐府《善哉行》说:"月没参横,北斗阑干。"(《乐府诗集·相和歌辞十一》)原指北斗和参星横斜,月亮也已隐没,正是夜深时分。此诗中"北斗阑干"和"南斗斜"意思相同,一句之中如此重复,除了强调夜深以外,还写出天宇的清朗和寥廓,南天和北天的斗宿都历历在目,则今夜月色的皎洁和天气的晴明也可以想见。

就在这样美好的静夜月色中,恰有窗外的虫鸣声透过绿窗纱传进屋内,"新透"说明这是今年最早听到的虫声,在地下蛰伏了一冬的昆虫因气候变暖刚刚苏醒过来。所以细微的虫鸣透进窗内,不但反衬出夜深时分的静谧,而且为诗人传递了春气转暖的消息。"今夜偏知春气暖"是虫声新透的原因,也是诗人听到虫声之后根据常识立即作出的反应。"偏知"二字强调草虫感觉的敏锐,又带出诗人初次感知春气的惊喜。末句着意点出"窗纱"的绿色,更为乍暖的春气增添了一点绿意。

此诗之妙在于能从不易觉察之处捕捉到正在萌发的春意,为后人开出了从禽鸟昆虫的动静来把握节气变化的视角。

春　怨 [1]

纱窗日落渐黄昏,金屋无人见泪痕。寂寞空庭春欲晚,梨花满地不开门。

注 释

〔1〕本篇见《全唐诗》卷二五一。

鉴 赏

借庭院景色渲染思妇内心的幽怨,最早见于西晋张协的《杂诗》。后来思妇诗的主题也大多是伤春感秋、芳颜凋零的怨叹。此诗题为"春怨",可说是概括了前代许多思妇诗的主题和表现角度,却能不落前人之窠臼,主要因为时间选择的典型和写景视点的独特。

全诗不写怨春之人,只写闺房窗外门前的暮春之景:夕阳斜照着纱窗,已是黄昏时分,人在金屋之中,无人能看见她的泪痕。空庭寂寞,春色将晚,梨花落满庭前,却始终不见有人开门。空庭取景的时间选择在春晚黄昏之时,其典型意义不难理解:黄昏是一日将尽之时,纱窗夕照,说明屋中人又孤独地度过一日;春晚是一年之春将要终结之时,说明屋中人又已蹉跎一春。春天是一年之中最美好的时光,青春是人一生中最美好的年华,以春光喻韶华,在古诗中已经成为积淀深厚的意象。因此"春欲晚"不仅是点明空庭春暮,更是暗示金屋中人将在寂寞中芳华老去。

写景的视点选在空庭,也很别致。"金屋藏娇"虽是熟语,但使思妇藏在金屋之中,令人透过纱窗去想象她在无人之处洒泪的情景,就不落俗套。门外梨花满地,正是"春欲晚"时的景色,然而金屋重门深掩,或许是屋内人没有心绪怜惜落花,或许是不忍见繁华凋零,总之诗中思妇始终被隔绝在门内,没有出现,这就增加了许多想象的馀地。以花喻人，是中国古诗的古老传统，繁花落尽象征红颜凋零自不言而喻。由此可见，此诗中春晚和落花的意象虽然陈熟，然而由于取景只在窗外门前的空庭之中，却能从"无人见"的新鲜角度写出金屋中人无处倾诉的春怨。

梨花的意象进入思妇诗，也是此诗新颖之处，古来以花喻人，多用娇嫩鲜艳的桃李。梨花的洁白淡雅，则可冲淡"金屋"的俗气，增添春怨的韵味。所以中唐以后，以梨花入诗的诗篇逐渐多见，尤其宋词中与刘方平此诗类似的佳句更多，如"雨打梨花深闭门"（秦观《鹧鸪天》）、"还怕掩、深院梨花，又作故人清泪"（吴文英《无闷·催雪》）等等，均由此诗末句发挥。可见此诗的表现角度对于词的意境也有开拓之功。

张志和

张志和(生卒年不详),本名龟龄,字子同,金华(今属浙江)人。唐肃宗时待诏翰林,后隐居江湖间,自号烟波钓徒。著有《玄真子》。

渔歌子[1]

西塞山前白鹭飞[2],桃花流水鳜鱼肥[3]。青箬笠[4],绿蓑衣,斜风细雨不须归。

注释

[1] 本篇见《全唐五代词》正编卷一。

[2] 西塞山:在浙江湖州市吴兴区西。

[3] 鳜(guì)鱼:今称桂鱼。大口细鳞、色淡黄微褐。

[4] 箬(ruò)笠:竹箬做的斗笠。箬,竹皮,或指一种叶片较宽的竹子、出自江浙、闽广一带。

鉴赏

《历代诗馀》卷一一〇引《乐府记闻》说,张志和"往来苕霅间作《渔歌子》词"。苕指苕溪，霅（zhà）指霅溪。苕溪源于浙江省天目山，分东苕和西苕，分流至湖州汇合，溪水湍急，霅然有声，故名霅溪，再往北注入太湖。西塞山也在湖州西。可知这首词写的是苕溪和霅溪一带的风光。

"渔歌子"虽是词牌名，但是与词中意境非常契合，就像是一首渔父唱的渔歌。江南青山秋冬不凋，春来更是一片绿意。在西塞山前飞翔的白鹭，有青山绿树的映衬，越发洁白鲜亮。"桃花流水"应指桃花汛，同时也展现出沿溪桃花夹岸、与流水相映的美景。加上肥美的鳜鱼在水中畅游，仿佛是一幅天然的图画。头戴竹笠、身披蓑衣的渔翁独钓水上，在斜风细雨中依然悠游自得，不思归去，那种惬意更令人神往。

这首小词以意境优美取胜。首先是画面以青色为主调：山青水绿，加上青箬笠和绿蓑衣，整片的青绿背景上点缀着白色的鹭鸟和粉红的桃林，都沐浴在斜风细雨之中，色泽鲜丽而又清润。其次，白鹭的飞翔和鳜鱼的潜游为这幅画面增加了灵动之美，渔翁的潇洒更使闲静的境界中别具一种逍遥自在的意趣，因而被后人称为"风流千古"的名作。

李 益

李益(748—829),字君虞,凉州姑臧(今甘肃武威)人。大历四年(769)登进士第,历任郑县(今陕西渭南市华州区)尉、主簿。德宗建中四年(783)登拔萃科,授侍御史。有多年入节度使幕府从军塞上的经历。后历任中书舍人、秘书少监、集贤殿学士,最后官至右散骑常侍,加礼部尚书衔,终年八十二岁。有《李益集》。

喜见外弟又言别[1]

十年离乱后[2],长大一相逢。问姓惊初见,称名忆旧容。别来沧海事[3],语罢暮天钟。明日巴陵道[4],秋山又几重。

注释

[1] 外弟:表弟。古代称姑、舅、姨之子为外弟。本篇见范之麟《李益诗注》。

[2] 十年离乱:指天宝十四载(755)安史之乱爆发到宝应二年(763)之间的战乱。

[3] 沧海事:这里指沧桑变化。

[4] 巴陵:唐代岳州巴陵郡,治所在巴陵县(今湖南岳阳)。

李益

鉴赏

安史之乱中，许多家庭都经历了生离死别，此诗所写正是与亲人失散后重逢不久又告别的感慨。开头点明自己与外弟在十年大乱之后才相见，按李益出生于748年推算，安史之乱发生于755年，当时他才七八岁，其外弟当更年幼。十年离乱后彼此都长大成人，才得以相逢。但相遇时已经完全不能相识，就像初次见面一样，问了姓名之后才吃惊地发现彼此原来是亲戚，而且渐渐回忆起昔日的容貌。这两句精准地写出了表兄弟离散多年之后再见时的自然反应：首先是初见的陌生感，其次是因姓名熟悉而产生的惊讶，然后才是回想旧容。虽然只是用十个字概括认知的整个过程，还来不及作出感情的反应，但将"惊"和"忆"的情貌写得如此真切，已足以见出久经离乱之后尚能相逢的不易。

相认的惊诧过去之后，才慢慢地互道别后的沧桑。世事的巨变、时局的动荡，都在"沧海事"三字之中。一直说到天色已暮，晚钟响起，可见有多少说不完的悲怆和感慨了。然而今日的相逢只是短暂的相聚，明日又将走上远赴巴岭的道路，彼此之间又将相隔多少重秋山呢？全诗没有说明自己与外弟在何种情境中相逢，明日将往巴陵的是自己还是外弟，但正可由此想见两人的"一相逢"是在各自奔波途中的偶遇。因此相逢之后的离别乃是必然，这就又增添了一重人生无常的悲哀。

此诗"问姓惊初见，称名忆旧容"一联，因其善于概括人情之

常而最为后人称道,即使是用来形容一般年景中的行旅聚散之感,也很切当,更何况是在十年离乱之后的猝然相遇。其中的至情深悲虽然不着一字,却比明言直抒更感人肺腑。

夜上受降城闻笛[1]

回乐峰前沙似雪[2],受降城下月如霜。不知何处吹芦管[3],一夜征人尽望乡。

注释

[1] 此诗作者署名有疑问。《文苑英华》卷二一二作李益,下注:"一作戎昱。"唐末《又玄集》《才调集》和明代《唐诗品汇》都作戎昱诗。但中唐李肇《国史补》卷下录此诗在李益名下。而且李益有多年从军经历,谭优学据李益《从军诗并序》考其贞元初年曾在杜希全幕中四五年。杜希全时任灵州大都督、西受降城、天德军、灵盐丰夏节度营田等使。可见李益必定去过西受降城,其诗集中另有《暮过回乐峰》《夜上西城听梁州曲二首》,均作于回乐峰和西受降城。明清不少诗家视此诗为李益代表作。受降城:指西受降城,简称西城,唐三受降城之一。景龙二年(708)朔方大总管张仁愿所筑。故址在今内蒙古乌拉特中旗西南乌加河(古黄河)北岸。本篇见范之麟《李益诗注》。

〔2〕回乐峰：有不同说法，旧说在灵州回乐县（今甘肃灵武西南）。谭优学《李益行年考》认为在西受降城附近。

〔3〕芦管：笛。"管"字下原注"一作笛"。

鉴赏

　　征人在边关吹笛思乡的情景，早见于王昌龄的《从军行》其一："烽火城西百尺楼，黄昏独坐海风秋。更吹羌笛关山月，无那金闺万里愁。"写征人在烽火台的百尺戍楼上，黄昏时独对瀚海秋风吹奏羌笛，笛声带着乡情越过关山，传到万里之外的金闺之中。此诗向来因意境高远又情韵深长被称道。李益此诗取材立意与王昌龄诗基本相同，也同样备受赞赏，其原因当在取景角度的改变而导致境界全新。

　　正如诗题所示，此诗也是在夜间登上城头，但不是像王诗那样，在大漠黄昏的背景上突出一个独自在戍楼上吹笛的征人形象，而是首先展现出沙白月明的边关夜景。回乐峰据考在西受降城附近，李益《暮过回乐峰》诗说："烽火高飞百尺台，黄昏遥自碛西来。"可见此峰筑有百尺高的烽火台。《夜上西城听梁州曲二首》其二说："金河戍客肠应断，更在秋风百尺台。"西城即西受降城，可知也有烽火台。因此首二句用回乐峰和受降城相对，不止是扣住诗题点出地名，更是展开了边州关山相连、烽火台前后相望的广阔视野。"沙似雪"和"月如霜"的比喻，也不仅是描写皎洁的月色将沙碛染成了晶莹的冰雪世界，更令人联想到边关长年风霜冰雪交加的严寒天

气。同时,从回乐峰到受降城前只见霜雪与月光相映的苍茫夜色,又使边关沉入一片荒凉的静谧之中。

在如此寂静寥廓的边关之夜,突然响起了不知从何处传来的芦笛声,被夜风吹遍关山,在荒沙凉月中缭绕,更觉婉转悠扬。这笛声勾起了多少征人的边愁,于是从回乐峰到受降城,今夜再也无人入眠。"尽望乡"三字,将所有戍客的征戍之苦、离乡之愁包含在内,虽是直抒乡思,结尾却仍有馀音不绝于耳。

可见,此诗取景角度重在以边关月夜的宁静突出远处芦笛声的响亮悠长,虽是以声感人,但沙明似雪、月冷如霜的边关静夜又如天然之图画,因而既有盛唐边塞诗的雄厚壮阔,又自成苍凉凄清的意境。

宫　怨[1]

露湿晴花春殿香[2],月明歌吹在昭阳[3]。似将海水添宫漏,共滴长门一夜长[4]。

注释

〔1〕宫怨:乐府《相和歌辞·楚调曲》名。《御览诗》收录此诗、题作"题宫怨花"、《文苑英华》题作"宫怨花"。本篇见范之麟《李益诗注》。

〔2〕晴:《御览诗》作"暗"。春:原注"一作宫"。

〔3〕昭阳：汉宫殿名。成帝时，宠妃赵昭仪所居。

〔4〕长门：汉宫殿名。武帝皇后阿娇失宠后所居。

鉴赏

昭阳殿和长门宫历来是宫怨诗中的重要意象，前者是君王新宠所居，后者是冷宫典型。但前人写宫怨一般只取其一，或借昭阳殿的热闹反衬失宠宫人的处境，或借长门宫的故事抒发冷宫中人的怨叹。这首诗则直接将昭阳殿和长门宫加以比较，角度反而少见。

全诗结构也与构思相应，前半写昭阳，后半写长门，比较的出发点则是两边宫中之人对于长夜的不同感受。昭阳殿里的人在夜间也像白天一样热闹：宫中的繁花经露水沾湿，芳香飘溢，春满大殿。"晴"字一作"暗"字，首句本是形容夜深露下时宫花飘香的景象。但用了"晴"字便不似夜景，倒像是春光骀荡的白日，"晴花"一般都指晴光映照下的花卉，"露"也可以是清晨的露水。这样用词的效果，更巧妙地暗示了昭阳殿里春意正浓，宫中人尽情享受着君王的雨露阳光，毫无夜长之感。所以接着次句又补充说明，此时明月当空，昭阳殿里还在歌舞吹弹，一片欢乐气氛。

与昭阳殿相对的，是长门宫的凄凉。诗人从宫中人如何熬过长夜着想，宫漏无疑是最典型的细节选择。宫漏是用滴水来计时的，滴水声传到不眠之人的耳里，仿佛在提醒她一点一滴地数着时间的流逝。夜是如此漫长，以致宫人觉得好像是将海水添进了宫漏，水没有滴尽的时候,长夜也没有破晓的希望。这个比喻似乎夸张得无理,却极为新颖。长夜以宫漏滴水,本来是可以计量的,但海水的无尽却是不可计量的,这就借海水的无尽写出了长夜的无尽和宫怨的无尽。这两句也因此成为宫怨诗中的名句。

司空曙

司空曙(? —790?),字文明(一说字文初),广平(州治在今河北邯郸市永年区东)人。曾任左拾遗,贬长林县丞,后在剑南西川节度观察使韦皋幕府中任职。

喜外弟卢纶见宿[1]

静夜四无邻,荒居旧业贫[2]。雨中黄叶树,灯下白头人。以我独沉久,愧君相见频。平生自有分[3],况是蔡家亲[4]。

注释

〔1〕卢纶:大历诗人,司空曙的表弟。本篇见《全唐诗》卷二九二。

〔2〕业:家产。

〔3〕分:情分。

〔4〕蔡家亲:姑表亲。《太平御览》卷五一三引《先贤行状》:"蔡伯喈母,袁曜卿之姑也。"卢纶之母为司空曙之姑。

鉴赏

大历时期的诗人对于贫病生涯中的世态炎凉,体会特别敏感细

腻，而且善于从日常生活中提炼表达这种感受的意象，这首诗是较有代表性的一首。

诗写表弟卢纶到自己家留宿，本是很平常的一件事，但因为司空曙此时处境困窘孤独，有人前来看望，便觉得分外欣慰。所以开头就描写居处的荒僻和简陋：四周没有邻居，显得夜里更静，自己的荒居就坐落在这样的环境之中。"荒居"和"旧业"连用，说明自己无力置办家产，居所只能在"旧业"中凑合，足见其会客的难堪，这就先交代出诗题所说因外弟"见宿"而"喜"的原因。

颔联写自己在雨夜中独对孤灯的情景，以室外雨中的黄叶树和室内灯下的白头人相对，意味深长；寒雨落叶，孤灯白头，又在静夜荒居的背景上进一步将颈联所说"独沉"的凄清环境写足。而且黄叶树和白头人的对照自然令人联想到雨中树和灯下人已同到衰暮之时，只是叶落来年仍可再生，发白却永远不能再青。何况诗人在"白头"之时依然是一介寒士，内心的悲凉也就可想而知了。

颈联上句"以我独沉久"对前半首的境况是一个总结，强调自己这种沉沦已久的身份，本应遭世人遗弃，然而外弟却频频前来相见，难免心生愧疚，这就更显出外弟对自己情谊的可贵。所以尾联紧接着说这是因为平生投契，自有缘分，何况彼此之间还是姑表亲呢？由于前半首将独沉之悲写得无限凄凉，后半首虽不言喜而反言愧，内心之喜却溢于言表。

此诗颔联为大历五律名对。以"雨中"和"灯下"相对，早见于王维的"雨中山果落，灯下草虫鸣"（《秋夜独坐》）。以"黄叶"

和"白头"相对的思路,在大历时也见于李嘉祐的"倚树看黄叶,逢人诉白头"(《暮秋迁客增思寄京华》),以及李端的"往来黄叶路,交结白头翁"(《题山中别业》)。司空曙将"雨中"和"灯下"分别与"黄叶树"和"白头人"组合,加上荒居陋室的背景,让人从凄寒的昏夜雨景中体味黄叶树对于白头人的象征意味,消解了其中比兴的痕迹,又比后来白居易的"树初黄叶日,人欲白头时"(《途中感秋》)更含蓄蕴藉,因而为他人诗中同类意象所不及。

卢 纶

卢纶(748—798?),字允言,河中蒲(今山西永济)人。大历初屡举进士不第,后补阌乡尉,官至检校户部郎中、监察御史。有《卢户部诗集》。

晚次鄂州[1]

云开远见汉阳城[2],犹是孤帆一日程。估客昼眠知浪静[3],舟人夜语觉潮生。三湘衰鬓逢秋色[4],万里归心对月明。旧业已随征战尽,更堪江上鼓鼙声[5]。

注释

[1] 鄂州:今湖北省武汉市。本篇见刘初棠《卢纶诗集校注》卷四。

[2] 汉阳:唐时为鄂州属县。在汉水北岸,鄂州以西。

[3] 估客:经商的人。

[4] 三湘:有不同说法,《湖南通志》卷十三:"湘江与潇水合,曰潇湘;与烝水合,曰烝湘;与沅水合,曰沅湘,合称三湘。"泛指洞庭湖南北地区。

[5] 鼓鼙(pí)声:军中击鼓之声。鼙,军中小鼓。

卢纶

鉴赏

　　此诗为作者返京途中晚泊于鄂州时所作。从首句看，诗人下一站的目标是汉阳城，汉阳为鄂州属县，相距并不遥远，所以说云开天清，已经远远地可以看见汉阳城了。但鄂州在江之南，汉阳在江之北，江天浩淼，帆行迟缓，算起来还有一日的路程。首联通过计程写出急于归去的心理，颔联写帆船昼行夜泊的情景，与首联意脉相承：同船估客白日高眠，说明无风鼓帆，浪静舟稳，在单调的篙橹声中，像估客这样不思速归的舱中人便不觉昏昏入睡，这正是诗人估算还有"一日程"的原因。然在泊舟入夜之后，难以入眠的诗人却听到舟人的嘈杂语声，觉得有夜潮来临，则明日当有潮水推船，可以加速行进了。这一联能从船上不同乘客的感受写出白天在大江静浪中行舟以及深夜泊舟闻潮的情景，令人有身临其境之感。

　　后半首解释自己归心如此之急的缘故，乃因以衰鬓面对三湘秋色，不堪行旅之憔悴；归心更已到万里之外，唯有一轮明月可知。颔联与颈联虽是写急于归去之情，但也同时展现出三湘秋色无边，夜来江潮暗生，明月高悬中天的辽阔境界。尾联更递进一层：虽然心驰万里之外，然而旧业已在战乱中荡尽，纵然归去，又于何处安顿？更何况江上鼓鼙声依然未绝，归去之路处处梗塞，此时此景，更教人何以为情？据《新唐书》本传，卢纶祖籍范阳，后移居蒲州，又客长安，安史之乱起，避难鄱阳。据卢纶本人诗作，他在终南山原有别业，既在战乱中心地带，想早已被毁坏。可见诗人之急，不

仅在船行之慢，更在道途之艰，急欲归去而战乱未平，无旧业可居，这才是更深一层的悲哀。

此诗写羁旅伤乱之意，虽然极其凄惶悲凉，但大气磅礴，境界开阔，且能出自老于江湖的经验，曲尽大江行舟之神理，故能为世所共称。

和张仆射塞下曲六首（其三）[1]

月黑雁飞高，单于夜遁逃[2]。欲将轻骑逐[3]，大雪满弓刀。

注释

[1] 题一作《塞下曲》，本篇见刘初棠《卢纶诗集校注》卷三。张仆射（yè）：张延赏，贞元元年（785）以后为左仆射。一说为张建封，贞元十二年（796）加检校右仆射。此诗《全唐诗》卷二三九、《唐诗纪事》卷三〇均作钱起诗。但唐人令狐楚所编《御览诗》作卢纶诗。

[2] 单于（chán yú）：匈奴君主。

[3] 轻骑（jì）：轻装迅疾的骑兵。

鉴赏

汉乐府有《出塞》《入塞》曲，唐代又有《塞上》《塞下》曲，应是旧题的衍生。卢纶这组乐府向来被称为"盛唐之音"。虽然作者主要生活在大历到贞元时期，当时无论是边塞形势还是国内政局，都已经不见盛唐气象，但是乐府诗题材和主题的传承性决定了诗人可以写出风格接近盛唐的作品。

第三首是六首诗中风格最为雄健的名作，用笔极为轻快简捷：月黑雁飞，说明这是一个没有月亮的黑夜，也打下天阴欲雪的伏笔。大雁本来应该在夜里栖宿，却高飞离去，当是受到某种惊扰，这就在写景中暗示出夜中潜伏的不安。接着点出单于趁着黑夜逃跑，可见匈奴军队已经久在围困之中，唐军兵威正盛，已震住敌军主力。但正要遭发轻骑前去追逐时，却天降大雪，纷纷扬扬落满了弓刀。结尾就在这骑兵将发而未发的当儿戛然而止，究竟是因雪满弓刀而放弃穷追呢？还是虽然雪满弓刀仍然穷追不舍呢？就留给读者去想象了。高潮虽在言外，但蓄势饱满，馀味无穷。

此诗只取大雪之夜骑兵将要出发追击敌人的一刻，表现唐军边备之严整，将士斗志之高昂。这样的精神面貌在安史之乱后显得格外可贵，可以和盛唐边塞诗的名篇媲美。

于良史

于良史（生卒年不详），大历、贞元时人。曾任侍御史。

春山夜月[1]

春山多胜事[2]，赏玩夜忘归。掬水月在手，弄花香满衣。兴来无远近，欲去惜芳菲。南望鸣钟处，楼台深翠微。

注释

〔1〕本篇见《全唐诗》卷二七五。
〔2〕胜事：美景。

鉴赏

本诗抒写在春山中游赏的兴致。首联"春山多胜事，赏玩夜忘归"直接点题。春山中胜景如此之多，不可能在一首五律中全部展开，那么在赏玩中流连忘归的兴致就成为主线。以下三联就从如何"赏玩"、如何"忘归"落笔。

颔联分写玩水和赏花，从掬水的动作可以想见山中溪泉的清澈，使人忍不住要用双手去捧，却不想一掬清水在手，月影闪烁其中，仿佛连远在天上的月亮也捧在手中了。西晋诗人陆机写月光,有"照之有馀辉,揽之不盈手"(《拟明月何皎皎》)的佳句,月光无形,却令人情不自禁地要以手揽之,这个天真的动作将月光如水的感觉具体化了。本诗恰好倒过来,写月影倒映在清溪之中,而掬水在手便又见月影倒映手中,不但新奇而天真,而且写出了发现水和月被一起捧起的意外和惊喜。"弄花"也不止是近前观赏,而是更加亲近的摆弄,于是自然惹得满身花香了。这句强调花香之浓烈,而非花色之斑斓,正承"夜忘归"而来。月色虽明,花色总不如白天鲜艳,而花香往往在夜间更觉馥郁。所以这两句都能写出在"夜月"之下赏景的逸趣和神理。

如果说掬水和弄花是以诗人亲近碧水繁花的细节写"赏玩"之趣,那么颈联则是从兴和情两方面写"忘归"之意。"兴来无远近"概言兴之所至,无论远近,都要走遍,呼应首句,包括了对春山诸多胜景的浓厚兴味。前人直接抒发游赏山水之"兴"的诗句也有不少,但这句因为句意浓缩,仿佛还隐含着"何往而不适,何往而不足"的理趣。下句写流连已久,想要离开,还是舍不得这满山的芳菲,固然是再次渲染春山景色之美,但也让人联想到诗人之所以如此眷恋,更在于春色短暂,令人不能不加珍惜,句中"惜芳菲"的"惜"字正点出此意。这一联将赏春之兴和惜春之情相对,颇善概括,所以纪昀称其"颇有新味"(《瀛奎律髓汇评》)。

尾联以南望春山远景承接颈联的"忘归"之意。钟声响起,似乎在提醒游山人归去,所以自然望向鸣钟之处。虽然诗人没有说明这是晨钟还是半夜钟,但从全诗所写为月夜之景来看,至少应是半夜了,这就更说明诗人在山中流连之久。末句借"南望"的视线,写出远处楼台隐藏在层峦叠翠之中的纵深感,补足了春山月夜的全景。

此诗不在绘景构图上着墨,只是一味抒发逸兴幽情,而春山月夜之静美自宛然可想。"掬水"一联虽有声病,却因思致新巧而成名对,历来为人传颂。

张 籍

张籍(766?—830?),字文昌,和州乌江(今安徽和县乌江镇)人。一说吴郡(今江苏苏州)人。曾任太常寺太祝、水部员外郎、国子司业等职。有《张司业集》。

秋 思[1]

洛阳城里见秋风,欲作归书意万重。复恐匆匆说不尽,行人临发又开封[2]。

注释

[1]本篇见徐礼节、余恕诚《张籍集系年校注》卷六。
[2]行人:捎信的人。

鉴赏

秋思是魏晋以来诗歌中最常见的诗歌主题,此诗却只取交付家信时又拆封的一个小动作,写出心中说不尽的千言万语,角度十分罕见。

开头交代地点和时间,极其平常,但"洛阳城里"的地点说明

诗人此时是在东都客居。洛阳虽然在中晚唐的政治地位已经远不如长安，但仍然是文人士子云集之地，无论宦游、干谒，这里都会提供更多的机遇。更何况洛阳还是汉魏以来古诗中京城的象征，以《洛阳道》为题的古乐府都是极力描写皇都的繁华景象。由于洛阳城的意象包含了如此丰富的文化内涵，客居在此感知秋凉，就不是一般的节物之感了。正如宋玉在《九辩》中说："悲哉秋之为气也，萧瑟兮草木摇落而变衰，憭慄兮若在远行。"对远行的客子而言，秋风引起的感触是"坎壈兮贫士失职而志不平，廓落兮羁旅而无友生"，这是千年以来文人最常见的悲秋之叹。从第二句"欲作归书意万重"来看，诗人"见秋风"而作归书，或许还包含像西晋的张季鹰那样"因见秋风起，乃思吴中菰菜、莼羹、鲈鱼脍"（《晋书·张翰传》）的乡思。因而"秋风"的意象对于仕途失意或者厌倦官场的士人来说，也同样包含着深厚的文学意蕴。所有这些感慨，都可以从"意万重"三字中体味。

正因为客愁无穷，而一封归书有限，所以才引出第三句"复恐匆匆说不尽"，家书已作，但唯恐过于匆忙，有所遗漏，还想一再补充，这就自然推出最后一句"行人临发又开封"。在将信交给行人之前又开封再看，这一细节，生动细腻地写出万重秋思在一封家书中难以尽言的心理活动，而且从真情实景中随手拈来，十分现成。全诗在写信到交信的过程中，连用"欲""恐""复""临""又"等虚字，使恳切的语调和郑重的态度相互呼应，虽然像口语般浅近，但情真意切，能写出许多人在写家书时都曾有过的体会。

善于从家常小事中发现前人未曾道过的人之常情，是盛唐七绝的特长。此诗同样是"眼前情事"，而说来又如"在人人意中"（李锳《诗法易简录》），说明中晚唐诗里也不乏此类佳作。

王 建

王建（766—?），字仲初，颍川（今河南许昌）人。曾先后在幽州、岭南、魏博等幕府中任职。后历任昭应丞、太府寺丞、秘书丞等。有《王建集》。

新嫁娘词三首（其三）[1]

三日入厨下[2]，洗手作羹汤。未谙姑食性，先遣小姑尝。

注释

〔1〕本篇见《全唐诗》卷三〇一。

〔2〕三日入厨：古代女子嫁后第三天，叫作"过三朝"，依照习俗要下厨房做菜。

鉴赏

婚嫁虽然是古诗中多见的主题，但是在王建之前，几乎没有关于新婚习俗的诗篇。这组《新嫁娘词》共三首，都是五言绝句。前两首分别描写新郎接亲时邻居都来索要钱财，新郎扫席和新娘拜堂的情景，语调如民间歌谣，语言也很俗白。第三首最为著名，写新娘嫁后第三天,依习俗要下厨做汤的风俗。

新娘嫁入夫家以后,就要接替婆母承担起全家的家务,做羹汤是考验她家政能力的第一关。首二句先交代这一风俗规定的时间地点:新婚第三天,要求新娘亲自下厨。新娘深知能不能过关先要让婆母满意,但古代女子婚前不能和夫家之人接触,不了解婆母的口味。于是她先让小姑品尝,因为小姑自小在婆母身边长大,最了解母亲的品味,而且相比长辈,小姑作为同辈也容易亲近。万一不合婆母的口味,可以请她转圜。这个小小的细节,写出新嫁娘的小心谨慎和贤良聪慧,极有生活情趣。

王建对于民间风俗很有兴趣,这是他开拓诗歌题材的一个方面。从本组诗的风格和作意来看,诗人选取这一细节,和前两首一样,也只是表现嫁娶的一种风俗,似无深意。但第三首因为取材入情入理,读者很容易从中产生更多的联想。新嫁娘试的是尝汤的口味,但其实也是试探婆母和小姑的脾性,为的是今后长久的和睦相处。这种民间智慧甚至可以扩大到一般的人际关系中去:当新人与长辈不知如何相处时,不妨先找一位熟悉长辈脾性的第三者为之转圜。这首诗之所以能获众口交赞,正在于其细节的典型意义。

十五夜望月寄杜郎中 [1]

中庭地白树栖鸦,冷露无声湿桂花。今夜月明人尽望,

不知秋思在谁家。

注 释

〔1〕十五夜：中秋夜。郎中：官名。本篇见《全唐诗》卷三〇一。

鉴 赏

自古以来望月之作不可胜数，写中秋夜月更是难以出新。此诗之所以为许多唐诗选本所青睐，应在意境和情致的空灵。

诗人望月的所在只是一个普通的庭院，但意境清幽：庭中地面因洒满月光而变成一片银白，夜深人静，树上的乌鸦早已栖息。举头望月，只见清冷的露水悄然滴湿了盛开的桂花。因"桂花"既可解为秋天盛开的桂树，又可借指月亮，次句可作两解，这与本句修辞的讲究有关：以"冷"字修饰"露"字，点出秋夜之清冷，这与上句"地白"呼应，暗示月色如霜；"无声"二字与孟浩然的"竹露滴清响"（《夏日南亭怀辛大》）正相反，孟诗以滴在竹叶上的露水清响反衬夜的静谧，而这首诗直说冷露无声，则是强调桂花被露水浸润之无声无息。所以这句既似写当令的秋桂被冷露沾湿的幽雅景象，又像是指明月在夜半露气中显得分外湿润，一语双关，不言月而宛然中秋夜景在目，故成名句。

中秋望月，有多少离人将感秋而思。诗人不说自己感秋，而是从眼前在中庭望月的情境出发，想到今夜清光也同样会洒在千家庭院，人人都在望此明月，那么不知秋思将落在谁家庭院呢？言外之意是，同为中秋月夜，但"几家欢乐几家愁"，此时的杜郎中是否也在望月呢？诗人并非真想知道秋思在谁家，只是借"不知"二字泛言秋思之多，同时也借此问候了诗题中的杜郎中。巧妙的一问，将凝重的秋思化为淡淡的惆怅，尤其空灵。

  此诗题下有自注："时会琴客。"也有注家认为琴曲有《秋思》，如认为此诗是写听琴客在庭中奏《秋思》曲的感受，末句"秋思"是指琴音不知落在谁家，揣度谁家会有月下听琴者，这当然也是很优美的意境。但细味反觉过于曲折，不如直解为感秋之思，令全诗意境的空灵与情致的空灵妙合为一，更有韵味。

马 逢

马逢(生卒年不详),扶风茂陵(今陕西兴平)人。德宗贞元五年(789)登进士第。曾任鳌厔尉、京兆观察支度使等职。

宫 词[1]

玉楼天半起笙歌,风送宫嫔笑语和。月殿影开闻夜漏[2],水精帘卷近银河[3]。

注释

〔1〕本篇见《唐人选唐诗》中令狐楚《御览诗》。但此诗又被收入顾况集、影宋本、明本、《唐诗镜》、《全唐诗》卷二六七均录此首为顾况作。《全唐诗》卷七七二录此诗为马逢作,佟培基《全唐诗重出误收考》据《御览诗》作马逢,主张依之,甚是。因《御览诗》也选入顾况诗十首,并无此诗。

〔2〕夜漏:夜间的时刻。漏,古代滴水计时的器具。

〔3〕银河:银字下原注:"一作秋。"影宋本、嘉靖本、明本、《四库》本、《唐诗品汇》本均作"秋"。

马逢

鉴赏

此诗见令狐楚《御览诗》所选马逢《宫词》两首。《宫词》前一首写唐玄宗时期,正月望夜在勤政楼观作乐,贵戚、美人均在楼上观看之事。这一首写宫中夜夜笙歌的情景,都是对玄宗朝宫廷歌舞升平之盛况的回忆。只是第二首角度稍有不同:笙歌从高入半空的玉楼上传出,清风将宫嫔们的笑语声送到天外。月影开处,殿中人听到了宫中的"夜漏"声,卷帘望天,只见银河近在眼前,说明已到夜深时分。笑语和夜漏这两种声音的远近比较,暗示出玉楼和月殿中两种人的不同处境:玉楼的宫嫔在喧闹的笙歌笑语声中是听不见夜漏计时的,只有在寂寞的冷宫长夜,宫漏的滴水声才会一点一滴地滴进不眠之人的心里。

结尾卷帘的动作与李白《玉阶怨》中"却下水精帘,玲珑望秋月"恰好相反,意思却相似。水晶帘的晶莹与银河的星星在意象上相互照应,为全诗风传笙歌的意境更增添了空灵的韵味。银河自然令人想起牵牛织女星的阻隔,那么"近银河"究竟是寄托卷帘人的欣羡、希冀还是怨愤呢?这就由读者自己去体会了。

这首诗前半热闹,后半清冷,前人多作宫怨诗理解。其构思独特之处在于选取夜闻笙歌笑语的表现角度,使玉楼的宴乐场景都在月殿卷帘人的想象之中,有空中传神之妙。但联系马逢的时代来看,如此极尽欢娱的景象均传自空际,不也正像昔日繁华在历史追忆中都化成了清虚的想象吗?这可能是了解安史之乱的作者更深一层的含意吧?

孟 郊

孟郊(751—814),字东野,湖州武康(今浙江德清)人。四十六岁中进士,曾任溧阳县尉等职,一生困顿。有《孟东野集》。

游 子 吟 [1]

慈母手中线,游子身上衣。临行密密缝,意恐迟迟归。谁言寸草心 [2],报得三春晖 [3]。

注释

〔1〕《游子吟》:篇名早见于苏、李诗,可能是乐府古题。明胡震亨《唐音统签·丁签》载此诗,题下有"自注:迎母溧上作"七字。孟郊贞元十六年(800)或次年被选为溧阳县尉,遂迎养老母于溧上。本篇见华忱之、喻学才《孟郊诗集校注》卷一。

〔2〕寸草:小草。

〔3〕三春晖:春天的阳光。

鉴赏

表达儿子对母亲劬劳的感恩之心,虽然早见于《诗经·小雅·蓼薖》,但汉代以来却很罕见。游子一般只见于行旅乡思或游子思妇等题材。孟郊出身贫苦,幼年丧父,又半世坎坷,对母亲的养育之恩体会尤深,才会将游子和慈母联系起来,写出这样一篇能摧人心之至情的佳作。

从此诗题下"迎母溧上作"可知,孟郊写此诗时年已五十,才有条件迎养母亲,而母亲为他这个游子已经操了半辈子的心。慈母为子女缝衣,本是最平常的生活细节,诗人却能从中提炼出常人都体验过却未必能道出的深厚母爱。开头强调慈母手中之线,制成游子身上之衣,这线便是连结母亲和游子之间的感情引线。母亲担忧游子在外日久,衣服破旧无人缝补,因此在儿子临行之前将针脚缝得又细又密,然而心里却生恐游子归来太迟。密密缝的动作和恐迟归的心理如此矛盾,正可见出母亲无法将游子留在家中,只能将所有的爱倾注在针线之中的难舍之情。而游子多少年来一直带着这份牵挂在外奔走,感动之馀,却唯有难以报答的深深愧疚。

结尾以比兴为全篇点睛,寸草心难报三春晖的比喻新鲜警策。以"三春晖"喻母爱之温暖,或许受汉乐府《长歌行》"阳春布德泽,万物生光辉"的启发,但"寸草"主要来自游子长年行走在道途之中的感悟。"春草黄复绿,客心伤此时"(沈约《春咏诗》),"春草青青万里馀,边城落日见离居"(张旭《春草》),"客心君莫问,春草是王程"(李颀《送人尉闽中》),无论是边戍还是游宦,伴随着游子万里长途的永远是到处可见的春草。所以春草最易触动客子的归愁,这类抒情在前人诗里已屡见不鲜。但在这首诗里,孟郊却想

到小草依赖阳光成长，而春晖从来不求回报。寸草有心，春晖无私；慈母之于游子，不也正是如此吗？于是，向来寄托游子离情的春草，因为被诗人发掘出与春晖的关系而有了全新的寓意，能够最贴切地表达天下游子无法报答母爱的感恩之情。结尾两句也因此而成为感人至深的名言。

洛桥晚望[1]

天津桥下冰初结，洛阳陌上人行绝。榆柳萧疏楼阁闲，月明直见嵩山雪[2]。

注释

〔1〕洛桥：即天津桥，在洛水上，隋炀帝大业元年（605）建造。本篇见《孟郊诗集校注》卷五。

〔2〕嵩山：属于伏牛山脉，主体部分在河南登封市西北。

鉴赏

从南朝以来，写洛阳风光的诗篇几乎都是一派春光旖旎、车水马龙的繁华景象。此诗却注目于洛桥晚望所见之冬景，营造出疏淡清迥的意境，可谓别具冷眼。

天津桥在洛阳市西南，桥下刚刚结冰，可见已经入冬，但还未至严寒季节。洛阳的道路上不见行人来往，正点题面"晚"字。洛桥和陌上本是洛阳最热闹的地方，南朝乐府《洛阳道》中相关描写不可胜数："洛阳佳丽所，大道满春光"（梁简文帝），"华轩翼葆吹，飞盖响鸣珂""洛阳驰道上，春日起尘埃。濯龙望如雾，河桥度似雷"（徐陵）。而在此诗中，无论桥上、陌上都阒无人声，白日的风尘和喧闹仿佛都已冻结在一片寂静之中。

此时再看洛阳城里的重楼高阁，春天"青槐随幔拂，绿柳逐风低"（梁元帝《洛阳道》）的浓荫，随着榆柳枝条的萧疏而变得稀落，仿佛拉开了遮蔽楼阁的帘幔，白日"弦歌声不息，环佩响相从"（江总《洛阳道》）的楼阁也清闲下来。这句写景仿佛是透过疏落的榆柳看闲静的楼阁，以鲜明的前后层次表现出清晰的景物轮廓，切合冬天观景的印象。正因冬夜空气清新，能见度高，加上月光明亮，所以一直可以看见嵩山顶上的积雪。元和二年（807）后，孟郊在洛阳寓居，其居处四面带水，一面对山，他曾有诗描写其环境："开门洛北岸，时锁嵩阳云。"（《立德新居十首》其二）平时就可望见嵩阳的云，天气清明时见到嵩山雪应是实景。末句将视野拓展到天边，以雪月交辉的夜空为洛阳城添上了清冷的背景。

全诗有如一幅线条疏落分明的图画，令人从冷峻的笔意中感知冬夜的清冷明净和月下萧疏的意趣，这与孟郊语言风格的生冷、硬朗有关。"冰初结""人行绝"用字下韵的崭绝之感，"直见"二字的峭直之感，都体现了孟郊善用"硬语"的特长。更重要的是，孟郊独立于世俗之外的孤傲导致他形成了观景的独特眼光。诗人与洛

阳的朱门高楼向来格格不入,他一生潦倒穷困,在洛阳时虽因担任一个小官,生活相对安定,但薪俸微薄,官居清苦,洛阳的红尘喧嚣原本就不属于他。因此只有一座落尽繁华、回归沉寂的冬城,才符合他的心境和审美趣味。

韩 愈

韩愈（768—824），字退之，河内河阳（今河南孟州）人。贞元八年（792）进士，历任监察御史、阳山令、刑部侍郎、潮州刺史、吏部侍郎等。是唐代著名的古文家和诗人。有《昌黎先生集》。

山 石[1]

山石荦确行径微[2]，黄昏到寺蝙蝠飞。升堂坐阶新雨足，芭蕉叶大支子肥[3]。僧言古壁佛画好，以火来照所见稀。铺床拂席置羹饭，疏粝亦足饱我饥[4]。夜深静卧百虫绝，清月出岭光入扉。天明独去无道路，出入高下穷烟霏。山红涧碧纷烂漫，时见松枥皆十围[5]。当流赤足蹋涧石[6]，水声激激风吹衣。人生如此自可乐，岂必局束为人鞿[7]。嗟哉吾党二三子，安得至老不更归。

注 释

〔1〕本篇见清方世举《韩昌黎诗集编年笺注》卷二。

〔2〕荦（luò）确：险峻不平的样子。

〔3〕支子：即栀子花。

〔4〕疏粝（lì）：粗粮粗米。

〔5〕松枥（lì）：松树和枥树。枥，同栎，即柞（zuò）树。十围：指十人拉起手来才能合抱的树干直径。

〔6〕蹋：脚着地。

〔7〕羁（jī）：古"羁"字，马笼头。

鉴赏

　　韩愈博学多才，他的五言和七言古诗进一步发掘了散句本来适宜于叙述的潜力，后人称之为"以文为诗"。所谓"以文为诗"，并没有确切的定义，只是一种印象式的评论，大体指诗人吸收散文的一些特点来写诗，比如在诗里发议论，或者采用文章的布局章法等等。以文为诗的表现方式会导致诗歌缺乏跳跃性，不够含蓄有味等缺点，但是也会扩大诗歌的表现力。成功与否要看具体作品，不能一概而论。《山石》历来被视为韩愈以文为诗的代表作之一。

　　此诗大约作于德宗贞元十七年（801），韩愈当时任节度推官。七月在洛阳，与两三个友人到洛北惠林寺去钓鱼，当夜宿于寺中，次日归去，有感而作此诗。全诗一句一景、移步换形，层层展开黄昏、入夜、黎明等各个时分的不同画面，犹如一篇平铺直叙、文笔简妙的游记。

　　开头写黄昏时进入山寺的过程，一起调便见出诗人崚嶒的骨相：诗人沿着小路在高低不平的山石中穿行，到达山寺时只见蝙蝠乱飞，可见山寺环境的荒凉僻静。"荦确"两字形容山石的棱角不平,却也能令人联想到韩愈很不随和的性格。韩愈一生刚直不阿,不肯趋附权贵。苏东坡曾说过:"荦确何人似退之,意行无路欲从谁。"(《王晋卿所藏着色山二首》其二)就是用这首诗的第一句来比喻韩愈的性格,确实看出了《山石》取景及其格调与诗人性格之间的内在关系。这两句选景取山石、蝙蝠,遣词用僻字拗调,以怪景硬语导入幽境,倍增新奇之感。

接着在升堂坐阶的过程中捕捉住庭院里"芭蕉叶大支子肥"的观感。用"大"和"肥"这两个极俗之字形容芭蕉、栀子吸足新雨之后的饱满水灵,是因为刚刚坐定,天色又暗,只能得出一个花木都长得很壮的粗略印象,所以用俗字比雅词更能传神地表现诗人久居世俗、偶出尘外的清新感受。稍事休息之后,诗人被寺僧引到佛殿里观看壁画,寺僧说画和以火照画都与前面的叙事步步紧接,文意没有一点中断。"以火来照所见稀"一语双关,不仅赞美古迹的珍奇为世所稀有,也写出了古旧的壁画在烛光下影影绰绰的图像,使以火照画这幕情景本身就显现出一种昏暗而略带神秘的情调。

看完壁画,就该吃晚饭睡觉了。铺床拂席,是僧人为诗人留宿寺中做准备,连同设置羹饭等一系列动作,平直琐细,像散文一样铺叙,似乎是一般诗里可以省略的情节。但是写得亲切实在,寺僧的殷勤和寺中生活的清苦也可由此见出。躺下以后,诗人却睡不着:夜深静卧,渐渐不闻虫声,月光照进门内,是已到夜深的情景。这

里只是从静卧之人的听觉和视觉去写时间的流转，而山寺深夜的宁静、诗人一夜不眠的反侧，都不难想见。

紧接着是从夜深到天亮离寺的过程：天明离寺，信步走去，由于晨雾迷漫，不见道路，上上下下在云雾之中到处走遍。"天明"两句写空气的迷蒙清润，与夜间的澄澈清朗各臻其美。古人有"烟霏雨散"句，此处用"穷烟霏"写晨景，正照应昨天黄昏的"新雨足"，十分自然现成。由于诗歌一开头就是上山到寺的情景，没有细写周围的景物，因此正好借天明以后下山的过程，补足山景：山色烂漫为远望，松枥十围为近观。一路走去常可见到这样高大原始的林木，更可见山中的深幽。景色转换之间也暗示了云开雾敛的天气变化：只有云雾收敛，晨光泄漏之时，处处山红涧碧的景色才能尽收眼底。

渡过涧水的情景与开头的"山石"相呼应：赤脚踏在山涧中的石头上，水声激激清其耳，山风吹衣入其怀，耳目为之全新，身心任其荡涤，是何等惬意！诗人在世俗中蒙受的尘垢，可借此冲洗一净，这就自然引出最后几句的人生感叹：人若能够在如此美好的大自然中自由自在，不受官场的羁束，就足以快乐地度过一生了。那么自己和二三好友，为什么到老还不肯回归自然呢？这段反思出自为景物触发的真情，成为全诗的点睛之笔。孔子曾说："二三子以我为隐乎？"（《论语·述而》）结句由此化出，更见韩愈的儒者本色。这里虽已点透诗人从暂游山寺所悟出的人生乐趣，但背后还有一层不甘受人驱使的苦恼可供回味。

这首诗以游记首尾完整、层层深入、篇末结出感想的记叙手法为纲,以诗歌直寻兴会、融情于景、触目生趣的传统表现方式为本,画面层次丰富,色调绚丽清爽。虽然整个过程写得寸步不遗,但是处处流露出对山寺环境的清新感悟,因此是一篇以文为诗的成功之作。

左迁至蓝关示侄孙湘[1]

一封朝奏九重天[2],夕贬潮阳路八千[3]。欲为圣明除弊事,肯将衰朽惜残年[4]?云横秦岭家何在,雪拥蓝关马不前。知汝远来应有意,好收吾骨瘴江边[5]。

注释

〔1〕左迁:被贬。蓝关:即楚汉争斗时天下闻名的崤关,又名蓝田关,故址在西安蓝田县城南,自古为关中平原通往南阳盆地的要隘。侄孙湘:韩愈的侄孙韩湘。本篇见《韩昌黎诗集编年笺注》卷十。

〔2〕一封:指韩愈向唐宪宗所上《谏佛骨表》。九重天:指朝廷。

〔3〕潮阳:一作"潮州"。潮州潮阳郡,唐时属岭南道。

〔4〕残年:韩愈被贬时已经五十二岁。

〔5〕瘴江:指潮州。岭南湿热,瘴气很重。

鉴赏

元和十四年(819),唐宪宗派使者往凤翔将佛骨迎进宫中,三

日后才送佛寺，王公士人奔走膜拜，百姓甚至烧顶灼肤以求供养。韩愈听说后十分厌恶，便上表极力谏诤。皇帝见表大怒，将处以死罪。幸宰相裴度、崔群为韩愈求情，甚至国戚权贵也认为判罪过重，这才改贬潮州刺史。韩愈被迫立即上路，来不及携带家室，到蓝关时见其侄孙韩湘远来，故有此作。

开头两句不求工对，但上下句意形成鲜明对照："朝"与"夕"字对，"奏"与"贬"字对，"一封""九重"与"八千"字对，"天"字与"潮州""路"字对（金圣叹《贯华堂选批唐才子诗》）。这样的对比造成才上封奏便被贬，被贬后立即上路的仓猝之感，突显出一日之内处境变化犹如天壤的巨大落差，诗人内心的激愤不平也自可从语气中体会。以如此大起大落的文势为律诗起首，正可见出韩愈作为大古文家特有的笔力。

颔联紧承首联，申述上奏朝廷的初心和无惧刑戮的勇气：既然是要为圣朝革除弊端，那么岂能因身体衰朽而顾惜残年呢？话说得如此理直气壮，与其说是为自己被贬辩冤，还不如说是重新强调此次朝奏的重要意义。明知衰朽而不惜残年，可见诗人在上奏时已经做好了非死即贬的心理准备。如今侥幸免死，仍不免在八千里外度过残年。但从"肯将"的反问语气可以看出，诗人不但无怨无悔，而且坚持不肯认罪。这种大义凛然的正气，使这一联成为全篇之骨，堪作千古人臣之箴言。

颈联扣住题面"左迁至蓝关"，写眼前景色和心境。蓝关既为关中平原通往南阳盆地的要隘，出关便要离开秦境了。所以"云横秦岭"是回望之景,"横"字形容秦岭被云雾遮蔽的深广,又含有回家之路被云横断之意;"雪拥蓝关"是前瞻之景,"拥"字形容大雪封关的严实,也含有马行之路被雪堵塞之意。这两句写景中兼带抒情,虽然悲凉,下笔却极为雄健。

尾联是对侄孙的嘱托:韩湘应是远来送别,诗人却借此机会交代他到瘴江边为自己收尸。韩愈早年被贬广东阳山,对岭南瘴毒较重的环境就很不适应。现在以衰朽之年重蹈此地,自料难以生还,所以将后事托付亲人。此意与"肯将衰朽惜残年"相呼应,言外之意为即使收骨江边,也是死得其所,说明韩愈确实是为"除弊"下了必死决心的。结句语调极为凄怆却无衰飒之气,原因正在此。

全诗大气磅礴,沉郁顿挫,充分显示出古诤臣宁折不弯的可贵气节。确如前人所评:"昌黎文章气节,震铄有唐。即以此诗论,义烈之气,掷地有声,唐贤集中所绝无仅有。"(俞陛云《诗境浅说》)

早春呈水部张十八员外二首(其一)[1]

天街小雨润如酥[2],草色遥看近却无。最是一年春好处,绝胜烟柳满皇都[3]。

注 释

〔1〕此诗作于长庆三年(823)。张十八:张籍,曾任水部员外郎。本篇见《韩

昌黎诗集编年笺注》卷十二。

〔2〕天街：京城中的街道。酥：酥油，从牛奶或羊奶中提取的脂肪。

〔3〕绝胜：极佳。一说在此诗中意为"绝胜于"。烟柳：一作"花柳"。

鉴赏

  此诗写京城在一场春雨之后初显绿意的新鲜感受。天街是京城街道，"天"与"雨"在字面上恰好相互照应。北方早春之雨往往是小雨，"酥"字形容细雨如酥油般滋润，正与民间俗语"春雨贵如油"的意思相合。经冬的枯草就在这场小雨中最先感知了春意。但因为是早春，草色只是刚泛起一层似有若无的绿意，须远看才能见出，近看却又没有。"草色遥看近却无"句敏锐地捕捉住最早的春色，写出了一般人可能都曾注意却难以描状的视觉感受。由于概括的精确，这句诗还能引起人们关于观察其他事物的联想。大凡一种刚刚萌生的现象或倾向，往往在近处不易看到其具体的样貌，必须有综观全局大势的眼光，才能把握这种似有若无的趋势。因此其好处不但在于能传早春之神韵，更包含着哲理的启示。

  前人描写春日胜景，往往选择烟柳全盛、花飞满城之时。草色遥看只是初显春之端倪，为什么诗人赞美此时之景"绝胜于烟柳全盛时"（清黄叔灿《唐诗笺注》），是一年春天最好之处呢？经过漫长枯索的一冬，最令人惊喜的莫过于万物回春的消息。草色虽然似有若无，却预示着春光灿烂的大好前景，皇都满城烟柳的胜景也指日可待。而春深时节则预示着盛极将衰的趋势，因此早春的最好处，就在于蕴蓄着可以展望的无限生机。前人称道此诗多在"草色"七字，固然有见，但忽略后半首更深一层的用意，甚是可惜。

柳宗元

柳宗元（773—819），字子厚，河东（今山西永济）人。贞元九年（793）进士，曾任集贤殿正字、监察御史。顺宗永贞年间，参加王叔文集团的政治改革，失败后被贬永州司马，十年后调柳州刺史，卒于任上。是唐代著名的古文家和诗人。有《柳河东集》。

渔 翁[1]

渔翁夜傍西岩宿，晓汲清湘燃楚竹[2]。烟销日出不见人，欸乃一声山水绿[3]。回看天际下中流，岩上无心云相逐。

注 释

〔1〕此诗当作于柳宗元谪居永州（今湖南零陵）时。本篇见《柳宗元集》卷四十三。

〔2〕湘：湘水，源于广西，流经永州。汲（jí）：打水。楚：此指湖南一带，古属楚地。

〔3〕欸乃（ǎi nǎi）：象声词，摇橹声。一说唐民间渔歌有《欸乃曲》，作"一声渔歌"讲，亦通。

柳宗元

鉴赏

　　渔翁在古诗中历来以隐居江湖、超然世外的形象出现，这首诗写渔翁依山傍水的生活，则将这一意象自在逍遥的内涵发挥到极致。

　　诗中的渔翁在湘水上行宿无常，因而夜里依傍着西岩就可以泊船，拂晓时汲水清湘，点火取用楚竹，一切来自自然山水。当一片炊烟渐渐消散，一声柔橹从江面传来时，渔父已经远下中流，唯有岩上的白云无心地追逐着他的孤舟。空中传神的人物描写不仅给秀丽的青山绿水增添了楚湘特有的神秘感，也给一个普通的渔父罩上了潇洒忘机的隐士色彩。"欸乃一声山水绿"写烟销日出时山水顿时显现出一片绿色，仿佛是一声船橹摇绿了山水，构思尤其神奇。末句更是表现了渔翁与追随无心的云水同归自然的意趣。

　　由于渔翁在烟销日出时就"不见人"，他的动静主要是通过汲水声、摇橹声和炊烟远远感知的，与渔翁不可分离的渔舟也同样如此，因而在诗里始终若隐若现，不着形迹。要了解诗人这样处理的用意，可以参读刘长卿《赠湘南渔父》："问君何所适，暮暮逢烟水。独与不系舟，往来楚云里。""沉钩垂饵不在得，白首沧浪空自知。"同样是写湘南渔父在云水中独往独来的生活，但比较直白。如以这首诗与柳诗相比照，可以看出柳宗元在《渔翁》中暗寓的正是渔翁与不系舟往来于楚云沧浪之中的理趣，诗中强调岩上白云的"无心"，也正是虚舟不系的无心之意。但是诗里没有写舟，而是让人通过"欸乃一声"和白云的追逐去想象那与渔翁一起"不见"的不系之舟，

真正把这渔翁的船写到了虚处。于是,"渔父""虚舟"这些已经玄理化的语词,又重新还原为生动的意象,与清湘的优美晨景构成了空灵的意境。因此从不系舟的角度解读此诗,可以更深入地体会玄理深蕴于山水神韵之中的妙境。

登柳州城楼寄漳汀封连四州[1]

城上高楼接大荒[2],海天愁思正茫茫。惊风乱飐芙蓉水[3],密雨斜侵薜荔墙[4]。岭树重遮千里目,江流曲似九回肠。共来百越文身地[5],犹自音书滞一乡。

注释

[1] 登柳州城楼:柳宗元于宪宗元和十年(815)被遣任柳州刺史。漳汀封连四州:漳州刺史韩泰、汀州刺史韩晔、封州刺史陈谏、连州刺史刘禹锡,曾因同属王叔文集团在永贞元年(805)被贬为州郡司马。十年后五人同时奉诏进京,执政中有人想留用他们,由于朝中阻力太大,又被分发到边远州郡当刺史。漳州州治在今福建漳州市。汀州州治在今福建长汀县。封州州治在今广东封开县。连州州治在今广东连州市。本篇见《柳宗元集》卷四十二。

[2] 大荒:海外边荒。

[3] 飐(zhǎn):吹动。芙蓉:荷。

〔4〕薜荔（bì lì）：一种蔓生灌木。

〔5〕百越：一作"百粤"，古代种族名，居住今广东一带。后泛指南方少数民族。文身：身上刺花纹，是南方少数民族的习俗。

鉴赏

宪宗元和十年（815），柳宗元在被贬永州十年之后，回到长安，随即再往柳州任刺史。与他同时遭贬的刘禹锡等四位旧时同僚也被分发到边远州郡任刺史，从诗题可知诗人到柳州后因思念四位友人而作此诗。

诗题为"登柳州城楼"，但诗人所见所思远远超出登楼眺望的视野。首联说城上高楼连接着大荒，不仅仅指柳州地处边荒，海阔天远，而且以诗人意念中的大荒世界为背景，突出了这座孤独的高楼。事实上诗人在政治改革失败后，面对着"希声闷大朴"的"聋俗"（柳宗元《初秋夜坐赠吴武陵》），不也正像是面对着沉寂无人的大荒吗？这就难免愁思弥漫，像海天一般茫茫无边了。如此高远的起势，使以下三联的所望所感都不限于目见，而是融合了深沉的寄托。

颔联写近景，惊风刮得芙蓉在水中乱颤，密雨打得薜荔在墙边倾斜，这本是岭南天气的特征，芙蓉和薜荔都是岭南夏季常见的植物，芙蓉生于水，薜荔为蔓生灌木，尚且承受不了惊风密雨的打击，可见风雨的来势是何等狂暴。同时，芙蓉和薜荔又正如楚辞中象征贤人君子的兰蕙芳草，其横被侵袭之状很容易令人想到柳宗元等人

在政治的狂风暴雨冲击下的处境。这一联虽然含有兴寄，却是触景感怀，不露比喻的痕迹。

颈联写远望，惟见岭树重重，江流曲折，既符合登高所见的视觉印象，又融入了思乡怀友之情。千里遥望的视线被岭树遮断，那么诗人所望的恐怕不止是同在岭南的四州友人，更有遥远的京城故乡；同样，九曲回肠犹如江流之曲折，恐怕也是因见江水而痛感归去之难。俞陛云认为这一联"恋阙怀人之意，殆兼有之"（《诗境浅说》），甚是。尾联由"重遮千里目"引出感叹，递进一层：与诸友同来这蛮荒之地，本来地近容易相见，结果反倒不通音讯，这就愈加孤寂悲哀了。"百越文身地"呼应首联"接大荒"之意，补充说明谪居环境已是文化荒漠，加上无法与同道沟通，茫茫愁思更无可诉说。

全诗借登楼所见抒发苍茫百感，兴寄高远，既概括了岭南夏季风狂雨密、海阔天荒的环境特征，又隐含着诗人横遭摧残的孤愤和连接宇内的浩茫心事，因而能于岭南山水中传楚骚遗响，在登楼诗中独标一格。

江　雪 [1]

千山鸟飞绝，万径人踪灭。孤舟蓑笠翁[2]，独钓寒江雪。

注释

〔1〕本篇见《柳宗元集》卷四十三。

〔2〕蓑笠翁:穿蓑衣戴斗笠的渔翁。

鉴赏

  这首诗展示了一个万籁俱寂、江天一色的纯净世界。千山银装素裹,大地白雪茫茫,飞鸟不到,人影绝迹。只有披蓑戴笠的一位渔翁,稳坐孤舟,独钓寒江,俨然是一幅空灵的寒江钓雪图。诗人独对风雪中的"千山""万径",那种悠然淡定的意态自然令人联想到他当时被贬的政治处境,因而许多解诗者都将此诗中的渔翁视为诗人孤独高洁的人格写照。

  而此诗清空的意境,又是中国山水诗澄怀观道、静照忘求的审美观照方式的体现。所谓"澄怀观道",即以清澄的意念观察山水中蕴藏的自然之道;"静照忘求",即在深沉静默的观照中使心灵变得清彻透明,从虚明处映照出完整的自然。所以从诗人的审美观照来看,《江雪》中混茫一片的空江雪景又因映照在诗人的诗心中而变得格外澄彻,是通过无声无色的山水所体现出来的最高的自然之道,这就更加净化了诗的意境。静照忘求的审美和诗人的人格境界完全融为一体,正是这首小诗给人以无穷联想的原因所在。

刘禹锡

刘禹锡(772—842),字梦得,彭城(今江苏徐州)人。贞元进士,授监察御史。顺宗永贞年间参加王叔文集团的政治改革,失败后贬为朗州司马。后任多处地方刺史,官终检校吏部尚书。有《刘梦得文集》。

西塞山怀古[1]

王濬楼船下益州[2],金陵王气黯然收[3]。千寻铁锁沉江底[4],一片降幡出石头[5]。人世几回伤往事,山形依旧枕寒流。今逢四海为家日[6],故垒萧萧芦荻秋[7]。

注释

〔1〕西塞山:在今湖北大冶市东,是长江中游险要处,三国时孙吴的江防前线。怀古:凭吊古迹,追怀往事。本篇见蒋维崧、赵蔚芝、陈慧星、刘聿鑫《刘禹锡诗集编年笺注》上卷。

〔2〕王濬(jùn):晋武帝时益州(今四川成都)刺史。受命伐吴,造楼船(战舰),从成都出发,沿江东下。王濬,一作"西晋"。

〔3〕金陵王气:秦始皇时,相传金陵(今南京)有天子气。黯然:暗淡

无光采,一作"漠然"。收:收敛。

〔4〕千寻铁锁:吴人为抵挡晋水军,在长江险要处装上铁锁阻挡船舰。王濬作大火炬,灌以麻油,在船前遇锁则燃炬焚烧,铁锁断绝,战舰直抵石头城(今南京)下,吴主孙皓出降,吴灭。寻,周尺,一寻为八尺。

〔5〕降幡(fān):指吴国投降的旗子。石头:石头城。

〔6〕四海为家:四海一家,南北统一。

〔7〕故垒:西塞山上以前所修的江防工事。

鉴赏

　　此诗感慨六朝兴亡,只从西晋灭吴之战落笔。司马氏灭蜀之后,以王濬为益州刺史,谋伐吴国。王濬造大船连舫,太康元年(280)从成都出发,沿长江而下。西塞山为吴国江防前线。吴人在长江险碛要害处,拉起铁索横截船队,又作铁椎长丈馀,暗置江中,阻碍船行。王濬作大筏,令会水之人推筏先行,除去铁椎,并作大火炬,灌满麻油,在船前一路遇锁即烧,铁索断绝,于是船无所碍。晋军顺利进入石头城,吴主孙皓素车白马,率士大夫等至军营前投降。此诗前四句抓住这场灭吴之战的关键,通过两层对比,概括吴国灭亡的教训。首联是王濬楼船自益州出发的气势,与黯然消退的金陵王气,形成雄壮和惨淡的鲜明对比。金陵不仅是吴国的都城,也是后来东晋、宋、齐、梁、陈的都城,因此"金陵王气"的收敛,既是吴国灭亡的开始,又暗示了六朝的相继灭亡。颔联以千寻铁锁和

一片降幡再作一层对比,"沉江底"和"出石头"之间紧凑的逻辑关系,说明吴国败亡的原因,在于倚仗长江天险。一旦天险失守,立刻土崩瓦解。

颈联"人世几回伤往事"承接首联的气势,带过吴国之后东晋和南朝逐一灭亡的历史。这一前后照应,不难见出诗人的用心正在于以六朝之第一朝东吴灭亡之史实概括六朝共同的教训:兴废在人事,地利不足恃。于是"山形依旧枕江流"的对照也就更加意味深长:西塞山照旧临靠长江,不会因人世沧桑而有丝毫改变。天险无助于江山之稳固,只能以其永恒的存在作为历史的见证。站在四海一统的"今日",再看昔日营垒,唯有满目芦荻,在萧瑟秋风中摇曳,令人在凭吊历史遗迹的感叹中自然引起对兴亡盛衰的思索。

全诗四联依次构成四层对比:晋、吴气势之对比,双方胜败之对比,人事、江山之对比,以及今昔之对比,开阖跌宕,转折自如,在反复对照中自然体现出精辟的历史见解,可称中唐怀古诗的杰作。

酬乐天扬州初逢席上见赠[1]

巴山楚水凄凉地[2],二十三年弃置身[3]。怀旧空吟闻笛赋[4],到乡翻似烂柯人[5]。沉舟侧畔千帆过,病树前头万木春。今日听君歌一曲[6],暂凭杯酒长精神。

注 释

〔1〕此诗作于唐敬宗宝历二年（826）冬。这年秋天，白居易罢苏州刺史。冬天，刘禹锡罢和州刺史，在回洛阳的途中，与白居易在扬子津相遇，白居易作《醉赠刘二十八使君》，原诗为："为我引杯添酒饮，与君把箸击盘歌。诗称国手徒为尔，命压人头不奈何。举眼风光长寂寞，满朝官职独蹉跎。亦知合被才名折，二十三年折太多。"本篇见蒋维崧等《刘禹锡诗集编年笺注》上卷。

〔2〕巴山楚水：概括作者被贬任官的地方。刘禹锡从永贞年被贬朗州司马起，历任连州刺史、夔州刺史、和州刺史。夔州在今重庆市奉节县，古属巴国，朗州在今湖南常德，连州在今广东连州，和州在今安徽和县，均属古楚国。

〔3〕二十三年：刘禹锡从永贞元年（805）因参与王叔文集团被贬朗州司马，到敬宗宝历二年（826）应召回京离开和州，前后合计二十三年。

〔4〕闻笛赋：即魏晋时向秀所作《思旧赋》，序文中回忆自己与嵇康、吕安等人的交游，二人去世后，向秀经其旧庐，听到邻人有吹笛者，声音寥亮，追思昔日游宴之好，感音而叹，于是作赋。这句借以感叹怀念故友。

〔5〕烂柯人：据梁人任昉《述异记》，晋时王质伐木至信安郡石室山，观童子数人下棋唱歌。童子予其一物含于口中，遂不知饥饿。俄顷起身，视其斧柯（斧柄）已烂，归家后已不见同世之人。此句借以自比今

番召回,归乡犹如隔世。

〔6〕歌一曲:指白居易在席上所歌《醉赠刘二十八使君》。

鉴赏

  敬宗宝历二年(826)冬,刘禹锡罢和州刺史返回洛阳,与秋天已罢苏州刺史的白居易相遇在扬子津。诗题说是"初逢",但二人神交已久,早就有诗往来。白居易对刘禹锡的遭遇极为同情,在酒席上作《醉赠刘二十八使君》,痛心地惋叹刘禹锡"诗称国手徒为尔,命压人头不奈何","亦知合被才名折,二十三年折太多",从而引起刘禹锡对眼前境遇的感触和沉思,这首诗正是为酬答白诗而作。

  首联回应白居易所说"二十三年折太多",将二十三年来自己被贬的地理环境和长期被弃置的遭遇分成两句说。刘禹锡先后贬朗州司马、连州刺史、夔州刺史、和州刺史,夔州属巴国,其馀均属于古楚国,所以用"巴山楚水"四字概括,十分精准,虽然与"二十三年"在字面上不对偶,但"凄凉地"与"弃置身"的对比极为鲜明,突出了大半生已在远荒消磨殆尽的残酷事实。正因如此,现在虽然返回内地,但故人已尽,时事巨变,留下的只有怀旧的伤感和隔世的恍惚。在刘禹锡的挚友中,最让他怀念的柳宗元已病逝于柳州任上,如今只能追思昔日两人"二十年来万事同"(柳宗元《重别梦得》)的遭遇和友情。颔联上句用向秀闻笛思旧的典故,主要是抒发追忆柳宗元等故友的无限凄凉,当然也包含着诗人自己半世坎坷的悲愤。

下句用"烂柯人"之典形容自己回到乡里犹如从世外回到人间，固然是指从今结束了二十三年的贬谪生涯，其实也道出了将要适应陌生世事的茫然之感。这一联用典精切，上句结束往昔与下句面对现实的意思暗中成对，概括了自己处于命运转折时期的复杂心情，为颈联铺垫。

颈联承接颔联下句"烂柯人"之意，同时也呼应白居易诗中的"举眼风光长寂寞，满朝官职独蹉跎"，千帆竞发、万木争春，举目一派大好春光，自己却有如沉舟和病木，无力与千帆并行，也无法与万木争荣。这一联使"千帆过"与"万木春"构成生机勃勃的画面，比喻人人竞进、意气风发的满朝新贵；与之对照的"沉舟"和"病树"则比喻半世被弃、早已心死的诗人自己，形成漫画式的效果。虽然对人事的更替荣悴表达了极其透彻的感悟，甚至被后人誉为"有道之言"（赵执信《谈龙录》），但这种甘于自弃的低调中饱含着多少辛酸和悲凉，唯有诗人自己知道。所以当白居易为自己高歌不平的时候，他深表感激，但也只能暂时依靠手中的杯酒提振精神，不可能再恢复二十三年前的豪气了。

梦得以"诗豪"著称，此诗虽然沉痛无比，但依然格局阔大，笔力老健。尤其"沉舟"一联从自然现象中抽绎出鲜明的喻象以比拟人事，以直白的语言说明了新旧更替的某种规律性，富有哲理启示。其意义已经超越具体的语境，因而往往被后人翻过来用于截然不同的场合，这可能是诗人所始料不及的。

金陵五题（选二）[1]

石 头 城 [2]

山围故国周遭在[3]，潮打空城寂寞回。淮水东边旧时月[4]，夜深还过女墙来[5]。

注释

〔1〕这组诗选择金陵五处六朝遗迹为题，计有《石头城》《乌衣巷》《台城》《生公讲堂》《江令宅》五首。

〔2〕石头城：故址在今南京市西清凉山。战国楚威王灭越国，置金陵邑。后孙权于建安十七年（212）移治秣陵，改名石头。唐武德四年（621）成为扬州的州治，八年（625），扬州移治江都，此城遂废。本篇为《金陵五题》第一首。见蒋维崧等《刘禹锡诗集编年笺注》上卷。

〔3〕故国：指旧都城。

〔4〕淮水：指秦淮河。

〔5〕女墙：城墙上凹凸形的城垛。

鉴赏

自三国时期孙权迁治秣陵，改金陵邑为石头城以来，此城便成为六朝兴废的见证。唐朝一统天下后，虽然废弃不用，但城址仍在。此诗只是描写石头城的荒凉夜景，而深意自见。

石头城位于金陵西清凉山，周围皆江南诸山，与淮水应接，首句如实勾勒此城的地势特点，便说明石头城地处控扼长江天险的要冲，关乎金陵的安危。当初诸葛亮出使秣陵时曾说："钟山龙盘，石头虎踞，帝王之宅也。"(《太平御览》卷一五六引晋张勃《吴录》)如此险要的地势，如今依然未变，周遭青山仍在，而所围之国已成"故国"，可见石头城终究未能以其地利确保王业之基。

石头城下临大江，现已成为一座空城，只有潮水拍打着城墙，又寂寞地退去，年年如此。江水按着潮汐的规律自涨自落，与六朝的兴亡更迭自然无关，但潮声在周围空谷中寂寞的回音，又似乎暗示着江潮的涨落与人世的兴衰之间的某种相似性。山水依然，空城寂寞，唯有秦淮河东边的明月，夜深之时还会升上女墙前来探看，这就倍增凄凉之感。明月本来无情，从淮水以东向西，依然经过女墙，也与旧时无异，然而"还过"二字的语气，又似是惟有"旧时"明月尚念旧情，足见明月曾经照见的旧时繁华如今已俱归乌有。

山水明月都是大自然永恒的存在，空城则是历史的遗迹。此诗以永恒的存在反照已经消逝的历史，选择夜深人静时的寂寞景象以表现历史感觉的冷落荒凉，将石头城置于沉寂的群山、回荡的潮声和凄清的月色中，亘古如斯的山月江城便自然成为人事更替的见证，而又不拘泥于一朝一姓的兴亡，这就使故国萧条的眼前之景具有更为深广的概括力，形成了浑厚悲凉的意境。

乌 衣 巷 [1]

朱雀桥边野草花[2],乌衣巷口夕阳斜。旧时王谢堂前燕[3],飞入寻常百姓家。

注 释

〔1〕乌衣巷:在金陵秦淮河南,离朱雀桥不远。三国时是孙吴守军的驻扎营地,因士兵都穿乌衣而得名。东晋时成为王、谢两家大族的住宅区。本篇为《金陵五题》第二首,见蒋维崧等《刘禹锡诗集编年笺注》上卷。

〔2〕朱雀桥:秦淮河上的一座古浮桥。在南朝首都建康(金陵)正南朱雀门外。

〔3〕王谢:东晋宰相王导、谢安。

鉴 赏

本篇为七绝怀古组诗《金陵五题》的第二首,在五题中最负盛名。乌衣巷在金陵标志着豪门大族的聚居之地。东晋宰相王导、谢安都曾住在这里,后来成为王、谢两家的住宅区,王、谢又是东晋大士族之代表,因而这处遗迹本身就具有反映六朝盛衰的典型意义。首二句只是截取朱雀桥边的一角春景:桥边野草花寂寞盛开,斜阳照着乌衣巷口,景色美丽而又透着荒凉。诗人写景的深意就蕴藏在"朱雀桥"和"乌衣巷"这两个地名之中:朱雀桥是金陵市中心通往乌衣巷的必经之路,乌衣巷原是王、谢大族及其众多子弟的生活区域,现在只剩野草闲花,斜晖夕照,则衰败之意不言自明。

后两句出人意料地将盛衰之感寄托在飞燕的去向上。从字面上看,可以理解为王、谢大族衰败,燕子回来寻找的旧巢所在,也已归寻常百姓所有。当然,经过多少代沧桑变迁,今日所见之燕子不会再是王、谢"旧时"的燕子,诗人强调"旧时",是因为燕子春天归来,在旧屋营巢的习性是不变的自然现象。所以今日之燕子仍像王、谢"旧时"的燕子一样归来,只是其栖息的旧址已经从王、谢大族的高堂变成了寻常百姓人家。"旧时"与"寻常"的对照使燕子似乎成为人世沧桑的见证,无限今昔之感也自在言外。

李 贺

李贺(790—816),字长吉,河南福昌(今河南宜阳)人。没落王室的后裔。终生不得志,仅做过奉礼郎,终年二十七岁。有《三家评注李长吉歌诗》。

李凭箜篌引[1]

吴丝蜀桐张高秋[2],空山凝云颓不流[3]。江娥啼竹素女愁[4],李凭中国弹箜篌[5]。昆山玉碎凤凰叫[6],芙蓉泣露香兰笑[7]。十二门前融冷光[8],二十三丝动紫皇[9]。女娲炼石补天处[10],石破天惊逗秋雨。梦入神山教神妪[11],老鱼跳波瘦蛟舞[12]。吴质不眠倚桂树[13],露脚斜飞湿寒兔[14]。

注 释

[1] 本篇见清王琦《李长吉歌诗汇解》卷一。李凭:中唐时的梨园弟子、善弹箜篌(kōng hóu)。箜篌:古代的一种弦乐器。弦数因乐器大小而异。有大箜篌、小箜篌、竖箜篌、卧箜篌、凤首箜篌等多种。

[2] 吴丝:吴地所出优质蚕丝制作丝弦最好。蜀桐:蜀地桐木最宜制作

琴瑟。张：紧弦准备弹奏。

〔3〕空山凝云：形容山里浮云被乐声阻遏。颓不流：颓然不能流动。这里化用《列子·汤问》中的秦青"抚节悲歌、声振林木、响遏行云"。

〔4〕江娥：一作"湘娥"，传说舜之二妃死于湘水成为水神。啼竹：相传舜崩，其二妃泪洒竹林，竹尽变为斑竹。素女：《汉书·郊祀志上》："泰帝使素女鼓五十弦瑟。"

〔5〕中国：国的中央。这里指李凭在京城长安。

〔6〕昆山：昆仑山，盛产玉石。玉碎：形容乐声清脆。凤凰叫：形容乐声如凤鸣。凤凰虽是神话中的鸟，但古书颇多形容凤鸣之美的描写。

〔7〕芙蓉：荷花。泣露：花上露水，形容乐声低沉幽咽。香兰笑：兰花开放，形容乐声轻快明丽。

〔8〕十二门：长安有十二座城门。融冷光：形容乐声能改变气候，消融寒冷。《列子·汤问》说郑师文奏琴，"于是当春而叩商弦以召南吕，凉风忽至，草木成实。及秋而叩角弦以激夹钟，温风徐回，草木发荣。当夏而叩羽弦以召黄钟，霜雪交下，川池暴沍。及冬而叩徵弦以激蕤宾，阳光炽烈，坚冰立散"。

〔9〕二十三丝：指竖箜篌。据《通典》，竖箜篌体曲而长，二十三弦，竖抱于怀中，用两手齐奏。可知李凭所弹是竖箜篌。紫皇：地位最高的天神。

〔10〕女娲炼石：据《淮南子》，女娲炼五色石以补苍天。

〔11〕神妪：据《搜神记》，晋永嘉年间，兖州有神妪名成夫人，爱好音乐，能弹箜篌，闻人弦歌便会起舞。

〔12〕老鱼跳波瘦蛟舞：《列子·汤问》："瓠巴鼓琴而鸟舞鱼跃。"

〔13〕吴质：据清人姚文燮《昌吉诗注》引《馀冬序录》：吴刚字质，谪月中砍桂。则吴质即吴刚。另一说，吴质为三国时魏人，与曹丕交好。据当代学者刘衍、吴企明等考证，吴质懂音乐，酷好乐器。陈允吉、吴海勇《李贺诗选评》又指出吴质以长愁得病。至于吴刚被罚在月宫砍伐桂树的"旧言"，虽见于晚唐段成式《酉阳杂俎》卷一，但李贺可能听过口头传说，于是将吴刚与吴质合而为一。

〔14〕露脚：形容露珠下滴的样子。寒兔：传说月宫中有兔和蟾蜍。

鉴赏

　　李凭是中唐时以弹奏箜篌著称的梨园弟子，当时诗人顾况、杨巨源等都写过赞美他的诗篇。李贺这首诗摹写箜篌曲的美妙，想象出神入幽，最为奇特。

　　开篇从箜篌调弦准备弹奏说起。"吴丝蜀桐"极言箜篌制作之精美，高秋季节虽是点明弹奏时间，但高秋令人联想到秋高气爽的寥廓云天，为全篇的乐境描写展开了广阔的空间，自然与下句空山凝云的景物描写相衔接。《列子·汤问》说薛谭学讴于秦青，秦青在送别薛谭时，"抚节悲歌，声振林木，响遏行云"。诗人将这个典故化成空山白云凝止不流的实景，更形象地写出箜篌之声"响遏行云"的激越。古代传说舜之二妃即湘夫人，也就是"江娥"，因舜崩而以泪洒竹，使竹变成斑竹。又传说泰帝使素女鼓五十弦，因声调太悲，乃破其弦为二十五弦。江娥啼竹和素女弹瑟，都是极悲之事，李凭之箜篌竟能感动这几位神女,可见其乐调之悲哀可泣鬼神。

如果说开头四句是借化典为景渲染李凭弹箜篌的技艺之高超,以及曲调高亢悲哀的感染力,那么以下四句便是具体地描摹箜篌的声调变化:其声清脆时如昆山之玉碎裂,其声和美时如凤凰鸣叫,这还是以声喻声;其声幽咽时如秋日芙蓉泣露,其声明丽时如春天香兰含笑,则是运用通感,将听觉感受转化为视觉感受。紧接着乐曲进入高潮,诗人以出奇的想象展开天上人间被音乐惊动的情景:长安有十二门,各门冷光都被融化,可见其声能变易气候,这是暗中化用了郑师文奏琴,"及冬而叩徵弦以激蕤宾,阳光炽烈,坚冰立散"的典故。箜篌声还感动了天上的紫皇,并且震破了女娲昔日补天之处,以致秋雨骤降,其响彻云霄的力度可想而知。诗人甚至想到李凭曾在梦中进入神山将弹箜篌的绝技教给神妪,使水中的鱼龙听到后都翩翩起舞,这又是化用了《列子》"瓠巴鼓琴而鸟舞鱼跃"的典故。

受到震动的不仅有天上人间的宫阙和山中水里的鬼神,还有月中的吴质。吴质本是三国时曹丕的友人,爱好音乐。至于月中有吴刚的传说,到晚唐才进入书面记载,但此前李贺必定曾经听说过口传的故事,因而在结尾将吴质和吴刚混为一人(陈允吉、吴海勇《李贺诗选评》),想象吴质在月宫中听到李凭的箜篌,也会倚着桂树深夜不眠,在乐曲的馀音缭绕中,"凝视着月中露湿寒兔的凄清景色出神"(陈贻焮《诗人李贺》)。吴质在前人诗赋中又是一个长愁多病的形象,与李贺的善感多病有相似之处,因而从吴质听乐的出神

不难联想到诗人自己被乐曲深深打动的情景。

  全诗将有关音乐的典故化成一个个神秘奇丽而又各不相干的印象，使听觉和视觉效果不断相互转换。巧妙的是，全诗中景物的变化从空中凝云开始，到秋雨纷纷，再到月出露飞，正与乐曲从张弦开始渐入高潮直到尾声的全过程相合拍，造成实景与想象相互转化，"似景似情，似虚似实"（王琦《李长吉歌诗汇解》卷一）。特别是调动日常生活经验，想象天被震破之处一定是昔日补过的地方，秋雨就从曾经补过五色石的裂缝里漏出，既出人意料又合乎情理。这些奇想的独特思路，使他描写音乐的诗歌能在同时代诗人的名作中自成奇格，难以效仿。

梦　天[1]

  老兔寒蟾泣天色[2]，云楼半开壁斜白[3]。玉轮轧露湿团光[4]，鸾佩相逢桂香陌[5]。黄尘清水三山下[6]，更变千年如走马。遥望齐州九点烟[7]，一泓海水杯中泻[8]。

注　释

  〔1〕本篇见《李长吉歌诗汇解》卷一。

  〔2〕老兔寒蟾：古代传说月中有玉兔、蟾蜍。

  〔3〕云楼：云中的重楼。壁斜白：月宫墙壁因斜光照射而变白。

〔4〕玉轮：形容满月如玉。轧（yà）：碾压。湿团光：月晕在夜露中显得湿润。

〔5〕鸾佩：雕刻成鸾凤形的玉佩，代指月宫仙子。桂香陌：桂树飘香的土路。

〔6〕黄尘清水：黄尘指陆地，清水指海洋。即沧海桑田之意。三山：传说中东海的三座神山：蓬莱、瀛洲、方丈。

〔7〕齐州：指中国。九点烟：从天上看九州，如同九点烟尘。古代中国分九州：兖、冀、青、徐、豫、荆、扬、雍、梁。

〔8〕泓（hóng）：原意为水深的样子，这里作量词用。

鉴赏

梦中游仙的题材，在李贺之前的唐人诗中并不罕见，此诗题为"梦天"，而非前人常用的"梦仙"，立意就与众不同。游仙诗原有悠久的传统，随着道教在南北朝和唐代的发展，人们关于仙境的想象逐渐形成由天宫、海岛以及名山洞府组成的完整世界以及与之配套的神仙系列，因而唐人游仙诗多与道教有关。但在《梦天》这首诗里，仙境的想象并非取自道教，而是将关于月宫的古老传说融入"天"的时空观念，创造出诗人心目中的天界景象，其意不在梦仙而在梦天。

诗人在梦中所见之青天明月，是远近虚实不断转换的。见到老兔寒蟾的哭泣，似乎已近在月宫，然而也可能是梦见天色如水而想到月中老兔寒蟾的清泪如水。首句想象老兔寒蟾会哭泣，"泣天色"三字语法逻辑含浑，都是以奇特的梦中印象表现月色的惨淡以及秋夜的凄清。"云楼半开"既似写云层重叠，堆成楼阁，如李白所说"云

生结海楼"(《渡荆门送别》),又似写云遮月宫重楼,半开半掩,所以能见到斜光照射着月宫的楼壁。又更像是远看云层半开处露出部分银白色的斜月,惟其如此,第三句才能从远处看到满月如玉轮碾压着露水在空中向前转动。以玉轮比喻月轮,"轧"字形容月轮碾过的动态,团团的光晕还能被露水浸湿,想象天真美丽,符合现实生活的逻辑,并巧妙地使时光飞逝的理念浓缩成可视的印象。下句写环佩叮咚的月宫仙子在飘着桂香的路上相逢,视点又回到了月宫之中。于是,桂树、仙人与老兔、寒蟾、云楼共同构成了月宫自古不变的典型图景。前四句视点的不断飘移,正合梦游的原理,而且以月轮运转不息的动感和月宫亘古如斯的景象相对照,昭示了青天明月所体现的时空永恒性。

  从月宫俯瞰人间,三座神山之下,千年以来沧桑变化犹如走马,自然令人想到千年之间亦不过如"白驹过隙"(王琦《李长吉歌诗汇解》)。"沧海桑田"之说原出自葛洪《神仙传》中麻姑之口,在流驶不息的时光中,蓬莱仙山所在的东海尚且三次变为桑田,更何况在无边的太空中,齐州遥望仅如九点烟尘,连海水也只是如杯水泻地之一泓,更加微不足道。末四句由天上观望人间的视野,如同今日在宇航船上回望地球,这种只有现代科学所能阐释的超现实想象,并非由李贺首创,此前较近的有韦应物的"上游玄极杳冥中,下看东海一杯水"(《王母歌》),顾况的"下看人界等虫沙,夜宿层城阿母家"(《曲龙山歌》)等,都是将神仙世界与人间下界加以对照,但是均本于道教中王母的视角。李贺则是置身于月宫,以时空的永恒与尘寰的微渺加以对比，将九州视为九点轻烟，将海水看成杯水之量，并与"黄尘清水"的快速变化相呼应，使俯瞰中的景象如航拍的影片般鲜明地呈现在眼前。而将世界看得如此渺小，正是诗人有感于生命的短促，渴望在时空中获得最大自由的心理所催生的奇想。

  此诗写梦中之天忽远忽近，如虚似真，视点飘游不定，意境奇丽宏阔。而最奇之处在于"明晰地描绘了自月上回望、所见九州的渺小和尘世变化之速，出奇地给予广阔的空间和漫长的时间以形象的表现"（陈贻焮《论李贺的诗》），因而大大提高了游仙诗的境界。

李 绅

李绅（772—846），字公垂，润州无锡（今江苏无锡市）人。元和元年（806）进士。官翰林学士，后曾任宰相。《全唐诗》录其诗四卷。

古风二首（其二）[1]

锄禾日当午，汗滴禾下土。谁知盘中餐，粒粒皆辛苦。

注释

[1] 诗题一作《悯农二首》。本篇见《全唐诗》卷四八三。

鉴赏

描写农民辛苦劳作的诗篇，从《诗经·豳风·七月》就已开端。但是从汉魏六朝到盛唐，田园诗里并没有形成反映农家苦的创作传统。安史之乱前后，只有杜甫不遗馀力地以诗歌揭示农民在官府征敛及兵役驱使下的悲惨生活。中唐时期，部分诗人开始关注农民的日常生活和劳作之苦，李绅便是其中之一。这两首《悯农诗》均能从人所习见的社会现象中提取不合理的真相，总结出发人深省的至理名言。其二尤其广传人口。

  锄禾是粟谷从春天播种到秋季成熟的过程中最重要的管理环节，禾苗出土后，须经多次松土除草，才能顺利成长。尤其是在天热时节杂草长势旺盛，赤日炎炎，正当中午，锄田时汗流浃背以致滴汗入土，对农民而言几乎是每日的平常事。所以开头两句既是一个农夫在烈日下锄禾的特写，也概括了无数农夫天天重复的日常劳作。随后镜头一转，便是盘中香气四溢的粟米饭，这也是不愁饥寒的人们日日享用的常见食物。但前后对照，便自然揭示出盘中餐粒粒都是农夫汗水浇灌而成的真理。"谁知"二字，显然是指向那些不劳而获、暴殄天物的享受者。联系其一"四海无闲田，农夫犹饿死"来看，此诗与他曾经创作的新题乐府一样，应是针对浪费民脂民膏的上层统治者。但其意义则远远超出唐代，对于所有不知稼穑艰难的人们都是一种善意的规讽，因而在后世长期流传中成为警世的格言。

元 稹

元稹（779—831），字微之，排行第九，又称元九，洛阳（今属河南）人。十五岁明经及第，宪宗元和元年（806）制举对策第一。穆宗时曾任宰相数月。后历任同州、越州刺史、武昌军节度使等职，因暴病卒于武昌任所。与白居易为至交，唱和最多，世称"元白"。有《元氏长庆集》。

遣悲怀三首（其二）[1]

昔日戏言身后意，今朝皆到眼前来。衣裳已施行看尽，针线犹存未忍开。尚想旧情怜婢仆，也曾因梦送钱财。诚知此恨人人有，贫贱夫妻百事哀！

注释

〔1〕本题共三首。元稹先娶韦氏，字蕙丛。此组诗为悼念韦氏去世而作，见冀勤点校《元稹集》卷九。

鉴赏

元稹《遣悲怀》三首为悼念其妻韦氏而作，是一组悼亡诗。从第一首结尾"今日俸钱过十万,与君营奠复营斋"可以看出,这组诗是诗人发达以后对贫穷时期的追忆,身处富贵仍念念不忘曾经共贫贱的亡妻,故能以真情感人。其一追怀韦氏生前粗衣恶食而不以为苦的日常生活;其二追忆韦氏新故之时的悲悼之情;其三自悲百年无多,难以报答韦氏恩情,三首意脉相连,前后呼应,而以其二最为著名。

亲人亡故后,生者沉陷于昔日回忆中不能自拔,是人之常情,其二的首联从种种追忆中选出最令人不堪回首的"昔日戏言身后意",尤为惊心。夫妻本是携手终老的伴侣,因而常有谁先离世、如何处理身后事的预想,但并不较真,彼此的嘱托往往以戏言出之。一旦戏言成真,昔日情景都涌到眼前,就格外伤心惨目了。以下都围绕着亡妻生前的"身后意"如何变成眼前事的主旨展开。

人亡以后,衣裳已经无用,故施舍将尽,仅存尚未做完的针线活,因手泽尚新,一直不忍打开。颔联扣住衣裳针线的细节,点出亡妻生前度日的辛劳和清苦。从"行看尽"可知韦氏已故有日,诗人目睹其遗泽仍然"未忍"触碰,足见悲情丝毫未减。颈联由见其针线而怜及旧仆,婢女仆人都是曾与亡妻朝夕相处的人,所以妻子去后,见到旧仆便觉得分外亲近,这也是人之常情。而来到梦中的亡妻则依然如当年一样艰窘愁苦,却又无法送钱为其纾困,只能梦醒后多烧纸钱以祭奠她的亡灵。"也曾因梦送钱财"句用语俗白,潘德舆讥之"可配村笛山歌"(《养一斋诗话》)。但这种语言风格与贫贱人家的生活是协调的,而且正与第一首"今日俸钱过十万,与君营奠

复营斋"之意相呼应,极其朴挚地写出了诗人深感亏欠亡妻太多而又永远无法补偿的遗恨。

前两联所写衣裳施舍、针线犹存、怜念婢仆、因梦送钱等一连串细节,应是诗人按亡妻生前意愿对身后事所作的处理。从这些后事的安排不难看出韦氏生前的窘迫和身后的凄凉,以及诗人对韦氏的深深歉疚。由于其一和其二分别从生、死两个角度概括了贫贱夫妻"百事"的艰难,于是尾联的感慨几乎是脱口而出:"诚知此恨人人有,贫贱夫妻百事哀!"这声叹息总收前后二首,与其一首联"嫁与黔娄百事乖"形成一个回环,声泪俱下,沉痛之极。

《遣悲怀》三首均可称通俗平易,而其二全不用典,造语遣词如从白话中提炼而成,尤其浅易,但含意深长,正如蘅塘退士所说:"古今悼亡诗充栋,终无能出此三首范围者,勿以浅近忽之。"(《唐诗三百首》)此诗结尾因道出"人人有"的贫贱夫妻之哀,更成为善于总结人之常情的成语,所以被历代评者誉为悼亡诗之绝唱。

闻乐天授江州司马 [1]

残灯无焰影幢幢 [2],此夕闻君谪九江。垂死病中惊坐起,暗风吹雨入寒窗。

元稹

注释

〔1〕元和十年（815）三月，元稹被贬通州（今四川达州市达川区），同年八月白居易贬江州司马，元稹闻讯，即作此诗远寄白居易。本篇见《元稹集》卷二十。

〔2〕影幢（chuáng）幢：暗影摇曳不定的样子。

鉴赏

元稹早年与白居易都有改革政治的理想，又是唱和最频的诗友。宪宗元和年间，元稹因敢于直言，多次奏劾不法官吏，得罪内外权臣，被贬为江陵士曹掾；四年后，徙通州司马。当时任太子左赞善大夫的白居易也在同年因为宰相被刺之事上书，主张捕贼雪耻，引起宦官和旧官僚集团的不满，以越职言事罪贬为江州司马。元稹当时到通州司马任上仅五个月，听到此事，震惊不已，遂作此诗。

全诗着重围绕"此夕"二字，渲染自己听到白居易贬谪消息时的凄惨氛围：对着一盏暗淡无焰的残灯，屋子里到处黑影幢幢，远贬荒州又卧病在床的诗人，心境正像这黑屋一样阴暗。"残灯"是灯干油尽的枯灯，与病重垂死的诗人正相仿佛，所以首句不仅是写室内夜景，连同诗人的病境和愁境也一并写出。次句"此夕"特意强调就在此残灯之夕，听到了挚友被谪九江的消息，使"谪九江"三字的打击力度更重。所以紧接第三句"垂死病中惊坐起"，写诗人闻讯时受到的刺激之强烈，竟然能在重病垂死之时爆发出猛然坐起的最后一点力气，便将"惊"字写到极致。而在剧烈的震惊之后，

末句却默默无语，唯见暗风吹雨飘入寒窗，助人凄凉。事实上，诗人此时心中的悲愤、惋惜和忧思，纵有千言万语也难以说清，因此以无声的凄风苦雨作为全诗的尾声，更加意味深长。

此诗以"残""无焰""影""暗""寒"等一连串渲染黯淡氛围的用字，与"谪""垂死""惊"等表现哀激之情的用字组合在一起，满篇苦语，曲尽凄切之情。所以白居易说："此句他人尚不可闻，况仆心哉！至今每吟，犹恻恻耳。"（《与微之书》）元、白的深厚友情以政治和文学上的志同道合为基础，因此元稹在自己被贬的处境中听到白居易接着被贬，其强烈的悲愤出于被严酷的政治高压所激发的至情，绝非一般的伤离感别可比，这也是此诗特别能打动人心的原因。

白居易

白居易(772—846),字乐天,下邽(今陕西渭南)人。贞元中进士,授秘书省校书郎,补盩厔尉。元和时任翰林学士、左拾遗及左赞善大夫。元和十年(815)贬为江州司马,后移忠州刺史。穆宗长庆年间任杭州、苏州刺史等职,官至刑部尚书。晚年住在洛阳,号香山居士。是唐代影响极广的伟大诗人。有《白氏长庆集》。

卖炭翁 苦宫市也[1]

卖炭翁,伐薪烧炭南山中。满面尘灰烟火色,两鬓苍苍十指黑。卖炭得钱何所营[2]?身上衣裳口中食。可怜身上衣正单,心忧炭贱愿天寒。夜来城外一尺雪,晓驾炭车辗冰辙。牛困人饥日已高,市南门外泥中歇[3]。翩翩两骑来是谁?黄衣使者白衫儿[4]。手把文书口称敕[5],回车叱牛牵向北[6]。一车炭,千馀斤,宫使驱将惜不得[7]。半匹红绡一丈绫,系向牛头充炭直[8]。

注 释

〔1〕宫市:德宗贞元末年,宫里派宦官到闹市购物,只要称"宫市",卖

主就不敢问来历,宦官常以百钱购入价值数千之物。本篇见朱金城《白居易集笺校》卷四。

〔2〕何所营:做什么用。

〔3〕市南门外:唐代长安市场分区,大多在南边。

〔4〕黄衣使者:宦官品级较高的穿黄衣。白衫儿:宦官无品级的穿白衣。

〔5〕口称敕:宣称奉皇帝命令。

〔6〕牵向北:皇宫在长安北边。

〔7〕宫使:太监。

〔8〕炭直:炭的价钱。

鉴赏

宪宗元和(806—820)初期,元稹和白居易有意选择进谏以争取皇帝改革弊政的道路,以行其"兼济之志"。他们利用诗歌这一富有感染力的文学形式,写入他们所要进谏的内容,作为面谏、上书之外的一种有力补充。元和四年(809),元稹择和李绅《新题乐府》十二首,白居易也作《新乐府》五十首广泛地抨击了当时政治的各种弊病,这些讽谕诗具有极强的政治意义,可称为"谏官之诗"(用陈贻焮先生说)。

白居易在《新乐府序》里明确提出其创作目的是"为君、为臣、为民、为物、为事而作,不为文而作也"。艺术上则要求主题鲜明,通俗易懂,朴素质直,便于歌唱:"首章标其目,卒章显其志。""其辞质而径,其言直而切,其事核而实,其体顺而肆。"因而这组诗广泛触及了中唐的各种社会政治问题,反映现实的深度和广度都是中唐前期的新题乐府所不能企及的。其中好的作品词句流畅,有如自然的散文,又富诗歌之美。风格浅显俚俗,形象鲜明,有民歌特色。但也有些作品存在着意露词繁之病,平直有馀而含蓄不足。《卖炭翁》是《新乐府》中最有代表性的名篇。

此诗小注明确指出主旨是讽刺当时的宫市弊端,矛头直指朝廷宦官。如陈寅恪所说:"宫市者,乃贞元末年最为病民之政。"(《元白诗笺证稿》)韩愈《顺宗实录》对于宫市如何掠夺百姓,有生动详细的描写。其中一节写到农夫进城卖柴,"遇宦者称宫市取之,才与绢数尺",与《卖炭翁》的内容十分相似。白居易与韩愈同时,必定也曾耳闻目睹宫市的恶行。因而此诗只需直书其事,讽喻之意便可自见。

尽管"此篇径直铺叙,与史文所载者不殊"(《元白诗笺证稿》),但诗歌毕竟不是史文。这首诗之所以能"极生动之致"(同上),还是得力于诗人的描写技巧。首先,此诗开篇几笔便朴实地刻画出一个依靠烧炭糊口的白发老翁的形象。白发苍苍,可见其虽已年迈,还不得不为生计在山里伐薪烧炭;满面尘灰,十指焦黑,则是长年被烟火熏烤留下的痕迹;大雪天还一身单衣,更可见家中一贫如洗。虽然只有两三句细节的勾勒,但鲜明逼真,能从卖炭翁的形貌特征突显其劳作的疲累和生活的艰苦。

其次,从卖炭翁的心理描写入手,先造成这车炭能否卖出好价钱的悬念。一车炭关系到全家的衣食,所以尽管天下大雪,穿着单

衣，还担心炭贱只求天寒。夜来驾车碾着冰辙进城，到市南门外已经日高，可见路远地滑，卖炭之辛苦；牛困人饥，更见其饥寒交迫，已经筋疲力尽。至此炭尚未卖出，卖炭翁可怜无助的境况已催人泪下。然而结尾却急转直下，一群宫里的使者凭着手中的文书和所谓的敕命，便将千馀斤重的整车炭都白白牵走，只在牛头上系了一丈毫无用处的纱绫权充炭值。篇末不发一句议论，但前面的悬念与悲惨的结局形成前后鲜明的对比，自然说明所谓"宫市"只不过是奉旨掠夺的本质。

此诗与白居易其他的讽喻诗一样，敢于直刺朝廷弊端，毫不避忌权贵宦官的势焰，体现了古诤臣大义凛然的精神。而在艺术上则继承了汉乐府"感于哀乐，缘事而发"的优良传统。汉乐府的基本表现方式是通过客观的场面描写自然反映出某一类社会问题，白居易的新乐府虽然大多如此，但往往在结尾抒发议论，揭出主旨，因而稍欠含蓄之致。这首《卖炭翁》则与《新乐府》其他各篇有所不同，并不借助结尾的议论，却自有深刻的讽意和感慨流露于字里行间。尤其是卖炭翁形象刻画得鲜明生动，在唐代反映民生疾苦的诗篇中相当少见，诗人在人物描写方面的独特擅长，也使此诗更加真切感人。

长 恨 歌[1]

汉皇重色思倾国[2]，御宇多年求不得[3]。杨家有女初长成[4]，养在深闺人未识。天生丽质难自弃，一朝选在君王侧。回眸一笑百媚生，六宫粉黛无颜色[5]。春寒赐浴华清池[6]，温泉水滑洗凝脂[7]。侍儿扶起娇无力，始是新承恩泽时[8]。云鬓花颜金步摇[9]，芙蓉帐暖度春宵。春宵苦短日高起，从此君王不早朝。承欢侍宴无闲暇，春从春游夜专夜。后宫佳丽三千人，三千宠爱在一身。金屋妆成娇侍夜，玉楼宴罢醉和春。姊妹弟兄皆列土[10]，可怜光彩生门户。遂令天下父母心，不重生男重生女[11]。骊宫高处入青云，仙乐风飘处处闻。缓歌慢舞凝丝竹，尽日君王看不足。渔阳鼙鼓动地来[12]，惊破《霓裳羽衣曲》[13]。

九重城阙烟尘生[14]，千乘万骑西南行。翠华摇摇行复止[15]，西出都门百馀里。六军不发无奈何[16]，宛转蛾眉马前死[17]。花钿委地无人收，翠翘金雀玉搔头[18]。君王掩面救不得，回看血泪相和流。黄埃散漫风萧索，云栈萦纡登剑阁[19]；峨嵋山下少人行[20]，旌旗无光日色薄。蜀江水碧蜀山清，圣主朝朝暮暮情。行宫见月伤心色，夜雨闻铃肠断声[21]。

天旋地转回龙驭[22]，到此踌躇不能去；马嵬坡下泥土中[23]，不见玉颜空死处[24]。君臣相顾尽沾衣，东望都门信马归。归来池苑皆依旧，太液芙蓉未央柳[25]。芙蓉如面柳如眉，对此如何不泪垂！春风桃李花开日，秋雨梧桐叶落时。西宫南内多秋草[26]，落叶满阶红不扫。梨

园弟子白发新[27],椒房阿监青娥老[28]。夕殿萤飞思悄然,孤灯挑尽未成眠。迟迟钟鼓初长夜,耿耿星河欲曙天。鸳鸯瓦冷霜华重,翡翠衾寒谁与共?悠悠生死别经年,魂魄不曾来入梦。

　　临邛道士鸿都客[29],能以精诚致魂魄。为感君王辗转思,遂教方士殷勤觅。排空驭气奔如电,升天入地求之遍。上穷碧落下黄泉[30],两处茫茫皆不见。忽闻海上有仙山[31],山在虚无缥缈间。楼阁玲珑五云起,其中绰约多仙子。中有一人字太真[32],雪肤花貌参差是[33]。金阙西厢叩玉扃[34],转教小玉报双成[35]。闻道汉家天子使,九华帐里梦魂惊[36]。揽衣推枕起徘徊,珠箔银屏迤逦开。云鬓半偏新睡觉,花冠不整下堂来。风吹仙袂飘飘举,犹似霓裳羽衣舞。玉容寂寞泪阑干[37],梨花一枝春带雨。含情凝睇谢君王,一别音容两渺茫。昭阳殿里恩爱绝[38],蓬莱宫中日月长[39]。回头下望人寰处,不见长安见尘雾。唯将旧物表深情,钿合金钗寄将去[40]。钗留一股合一扇[41],钗擘黄金合分钿[42]。但教心似金钿坚,天上人间会相见。临别殷勤重寄词,词中有誓两心知。七月七日长生殿[43],夜半无人私语时。在天愿作比翼鸟[44],在地愿为连理枝[45]。天长地久有时尽,此恨绵绵无绝期!

注 释

〔1〕此诗作于元和元年(806),白居易35岁,任盩厔县尉期间。诗成后,陈鸿又作《长恨歌传》。本篇见《白居易集笺校》卷十二。

〔2〕汉皇:原指汉武帝,这里借指唐明皇。倾国:指美女。《汉书·外戚传》引李延年歌:"北方有佳人,绝世而独立。一顾倾人城,再顾倾人国。"

〔3〕御宇:统治天下。

〔4〕杨家有女:指杨贵妃,蜀州司户杨玄琰之女。幼时养在叔父杨玄珪家,小名玉环。

〔5〕六宫:皇帝后宫,嫔妃住处。粉黛:原指妇女的化妆品,这里指嫔妃们。无颜色:在杨玉环面前都显得黯然失色。

〔6〕华清池:天宝六年(747)改骊山温泉宫名为华清宫,温泉池改名华清池。

〔7〕凝脂:形容女子皮肤洁白嫩滑。《诗经·卫风·硕人》:"肤如凝脂。"

〔8〕承恩泽:指得到皇帝的宠幸。

〔9〕步摇:妇女发髻上插的一种首饰,用金银丝编成花枝状,上缀珠玉,因行走时摇动得名。

〔10〕姊妹兄弟:指杨贵妃的大姐韩国夫人、三姐虢国夫人、八姐秦国夫人,其伯叔兄弟鸿胪卿杨铦,侍御史杨锜、以及天宝十一年(725)为右丞相的杨国忠,都因杨玉环受册封而得到封赏。列土:分封土地。

〔11〕"不重"句:当时流传民谣:"生女勿悲酸,生男勿喜欢。""男不封侯女作妃,看女却为门上楣。"

〔12〕渔阳鼙鼓:渔阳郡的战鼓声,指当时兼任平卢、范阳和河东三镇节度使的安禄山据范阳反叛。渔阳,天宝时改蓟州为渔阳郡,隶属于范阳节度。鼙鼓,古代军队中用的小鼓、骑鼓。

〔13〕《霓裳羽衣曲》：开元年间西凉节度使杨敬述进献的一部舞曲，又经唐明皇润色而成。

〔14〕九重城阙：指京城。烟尘生：发生战祸。天宝十五载（756）六月，安禄山攻破潼关，唐明皇和杨贵妃与部分君臣仓皇逃往蜀中。

〔15〕翠华：皇帝仪仗中以翠鸟羽毛装饰的旗子，这里指仪仗。

〔16〕六军不发：指护卫皇帝的将军陈玄礼到了马嵬驿，部下不肯西行，逼迫明皇先杀杨国忠，再处死杨贵妃。六军，指皇帝的军队。根据《周礼》，天子有六军。陈寅恪《元白诗笺证稿》引岑建功《旧唐书校勘记·玄宗贵妃传》指出当时皇帝只有左右龙武军和左右羽林军共四军，白居易是沿袭天子六军旧说。

〔17〕蛾眉：代称美女，这里指杨贵妃。马前死：据唐人李肇《国史补》，玄宗"命高力士缢贵妃于佛堂前梨树下"。

〔18〕翠翘：翠鸟尾部的长毛，这里指形似崔翘的首饰。金雀：雀形的金钗。玉搔头：玉簪。

〔19〕云栈：高入云端的栈道。萦纡：曲折回旋。剑阁：在今四川剑阁县，大剑山和小剑山之间，一条长约三十里的奇险栈道。

〔20〕峨嵋山：在今四川峨眉山市境。

〔21〕夜雨闻铃：据唐人郑处诲《明皇杂录补遗》，明皇入蜀，"初入斜谷，属霖雨涉旬，于栈道雨中闻铃音与山相应。上既悼念贵妃，采其声为《雨霖铃曲》，以寄恨焉"。

〔22〕天旋地转：比喻两京收复，天下局势翻转。回龙驭：指明皇车驾从蜀中回长安。

〔23〕马嵬坡：在陕西兴平市西。

〔24〕"不见"句：意为不见贵妃，空见其死处。

〔25〕太液：池名，在长安东北的大明宫内。未央：宫名，在长安西北。均以汉代旧名指称唐代宫苑。

〔26〕西宫：唐明皇回长安后，被宦官李辅国胁迫，从兴庆宫搬到"西内"，即太极宫。南内：兴庆宫。

〔27〕梨园弟子：开元间，唐明皇在禁苑的梨园置太常寺乐工子弟三百人，亲自教授他最喜爱的法曲。这些人被称为皇帝梨园弟子。

〔28〕椒房：以花椒和泥涂壁，指后妃居住的宫殿。阿监：指宫廷中女官。青娥：年轻貌美的宫女。

〔29〕临邛（qióng）：今四川省邛崃市。鸿都：洛阳北宫门名。这句指临邛道士曾在洛阳客居。

〔30〕碧落：指天上。黄泉：指地下。

〔31〕海上有仙山：秦汉时传说渤海有蓬莱、方丈、瀛洲三仙山。

〔32〕太真：杨贵妃开元二十三年（735）被册封为寿王妃。开元二十八年（740）玄宗让她度为道士，改名太真，天宝四年（745）册封为贵妃。

〔33〕参差是：仿佛就是。

〔34〕扃（jiǒng）：门闩或门环，这里指门扇。

〔35〕小玉：吴王夫差小女的名字。双成：姓董，西王母的侍女，这里都指仙山上太真的侍婢。

〔36〕九华帐：华丽的帐子。

〔37〕阑干：形容眼泪横流的样子。

〔38〕昭阳殿：汉成帝宠妃赵合德居住的宫殿。

〔39〕蓬莱宫：海上仙山的宫殿。指太真所居。

〔40〕钿合：镶嵌金花的盒子。

〔41〕钗留一股：金钗有两股，托方士捎给明皇一股，自己留一股。合一扇：盒子有两片，捎去一片、留一片。

〔42〕擘（bò）：分开。

〔43〕七月七日：我国的传统节日七夕节，晚上有向牵牛、织女双星祈祷许愿，对月穿针乞巧等活动。长生殿：天宝元年（742）在华清宫造长生殿，名为集灵台，祭祀神灵。

〔44〕比翼鸟：雌雄并翼而飞的鸟。

〔45〕连理枝：两棵树的枝干连结在一起。

鉴赏

据陈鸿《长恨歌传》，元和元年（806）十二月，白居易任盩厔县尉，和王质夫、陈鸿同游仙游寺，话及唐明皇、杨贵妃之事，遂因王质夫之请，写下这首《长恨歌》，"歌既成，使鸿传焉"。对照歌与传的文本，故事梗概和叙事次第基本一致，据此可见陈鸿之传是在歌成以后补作。那么白居易作歌应是根据三人"话及此事"的内容创作而成。了解这一背景，更容易看出《长恨歌》取材和表现的原创性。

在白居易的《长恨歌》问世前后，几乎所有的唐代诗人都从历史真实出发，指责和讽刺唐明皇因宠幸杨贵妃而导致安史之乱。而《长恨歌》则借着历史的一点影子，根据当时人们的传说、街坊的歌唱，从中蜕化出一个回旋曲折、婉转动人的故事，用回环往复、缠绵悱恻的叙事和抒情手段以及精巧独特的艺术构思，将此事写成唐明皇和杨贵妃的爱情悲剧。歌诗着重表现的是这一故事本身的传奇色彩，虽然陈鸿说"意者不但感其事，亦欲惩尤物，窒乱阶，垂于将来也"，但与其说这种讽谕意味是作者有意寄寓荒淫误国的政治教训，还不如说是故事背景和情节本身就提供了这样一种客观的启示。所以这首诗仅用三分之一的篇幅叙述安史之乱前唐皇重色、杨妃专宠的极乐情景，而用三分之二的篇幅渲染唐明皇对杨贵妃的思念，从诗题和结构上就奠定了歌咏两情生死不渝的基调。

通首结构可分四大段来看，第一段从开头到"惊破《霓裳羽衣曲》"，描写杨贵妃从初选入宫到宠冠六宫的过程，四句一节，分八层递进。杨女原来只是藏在深闺，入宫后才初露其天生丽质，真正承恩则在华清池赐浴之后，从此不仅使君王废朝，而且达到"三千宠爱在一身"的极致。至于兄弟姐妹皆受册封，天下父母都变得重女轻男，都是从侧面渲染杨妃一时无两的风光。这一段叙事虽然不能脱离帝王后妃的宫廷环境，"汉皇重色思倾国""从此君王不早朝"等句也含蓄地讽刺了唐明皇的重色废政。但隐去了杨妃原为寿王妃、杨氏兄妹仗势擅权乱政等历史事实，而只将笔墨集中于铺叙帝妃之情逐渐加深的层次，这就为后面的抒情奠定了基础。本段最后在骊山尽日歌舞的仙乐中突入"渔阳鼙鼓动地来"的战鼓声，以"惊破《霓裳羽衣曲》"结上启下，成为全诗最大的转折，却了无痕迹，颇见才情笔力。

第二段从"九重城阙烟尘生"到"夜雨闻铃肠断声",转叙马嵬之变。在简述仪仗西行的背景之后,以六句的篇幅交代马嵬兵变、君王被迫赐死杨妃的场景,只从妃子首饰散落一地、君王难掩血泪的细节落笔,重在渲染帝妃生死分离的无奈。以下八句将杜甫《哀江头》中"清渭东流剑阁深,去住彼此无消息。人生有情泪沾臆,江水江花岂终极"四句再加发挥,描写奔蜀途中黄尘栈道、蜀江碧水、行宫月色、夜雨铃声等惨淡的景物,以烘托明皇朝暮伤心、靡日不思的深情,同时暗中摄起下一段回京之后睹物思人的感伤。

第三段从"天旋地转回龙驭"到"魂魄不曾来入梦",细腻地刻画明皇还都后重睹宫中旧物的伤情。回程中重经马嵬、君臣泪下的描写,既是补叙改葬杨妃之事,又与上一段在章法上取得呼应。回到宫中所见太液芙蓉、未央垂柳、春风桃李、秋雨梧桐、夕殿飞萤、耿耿星河,按池苑之白日到内殿长夜的顺序铺陈,无论是乐景还是哀景,似乎都浮现着昔日贵妃的身影,从而千回百转、淋漓尽致地渲染了主人公日日夜夜难以排遣的孤独和痛苦。

最后一段承接上一段末句"魂魄不曾来入梦",自然转到"临邛道士"上天入地为明皇寻找杨妃精魂的想象,以超过三分之一的篇幅虚构出海外仙山的幻境,又进一步使人物感情回旋上升到高潮。虽然我国古诗从楚辞以来就不乏描写游仙的名篇,但这首诗中飘渺美丽的海上仙山又有其特殊的艺术感染力。这一段将贵妃含情脉脉而又寂寞凄惨的神情刻画得极其妩媚动人,尤其是"玉容寂寞泪阑干,梨花一枝春带雨"两句,不但鲜活地重现了贵妃生前的美貌,而且能画出人物"含情凝睇"楚楚可怜的神态。而她回首尘寰,令道士将"钿合金钗"带给君王以表深情的细节,又引出七月七日长生殿夜半密誓的回忆,更坐实了幻境的可信。于是,结尾比翼鸟和连理枝的比喻,自然成为帝妃共同的愿望,而"天长地久有时尽,此恨绵绵无绝期",自然也成为生者和死者共同的长恨了。全诗到此点明"长恨"题意,便戛然而止。虽迷离恍惚,不作收结,反而更觉无限低回,馀韵无穷。

纵观以上四段,如果说第一段中帝妃的生恋尚受到宫廷环境的制约,那么从第二段杨妃之死以后,帝妃的死恋便脱离了现实生活环境。到最后一段,更是将经过诗人净化的一个忠于爱情的理想形象赋予贵妃的精魂,安置在一个虚无飘渺的幻境之中,这就将帝妃的生死恋完全写成一种超越社会现实的至情。因而李、杨之情已经被诗人在最大程度上从历史中剥离出来,这首长歌的意义自然也不能按历史真实的标准去判断。它本是就民间传说发挥想象,类似虚构的小说家言。而诗中用优美的文笔所创造的幻境的艺术真实性,又满足了爱听悲欢离合故事的世俗人的心理,使广大听众一方面为主人公的生死阻隔而唏嘘叹息,另一方面却也因双方能够精诚交感而得到宽慰,这正是中国俗文学的传统特色在诗歌中的表现。

白居易和元稹接受中唐以来市人小说、传奇、变文的影响,在长诗中铺排敷衍故事,写作了一些通俗的长诗,如元稹的《会真诗》三十韵、《梦游春》七十韵、白居易的《和梦游春》七十韵就是写元稹早年与情人离合的故事,元稹后来还将这次艳遇敷演成《莺莺

传》传奇。《长恨歌》便是这类诗歌的代表作。这些通俗长篇与传奇关系的密切,成为"元和体"的特点之一,也是元、白诗歌的创新所在。就诗歌体式而言,"歌"体向来专用于抒情,即使是善于变体的杜甫,也不曾用"歌"来叙事。在白居易之前,仅有韦应物等极少诗人以"歌"叙事,但也没有长篇。《长恨歌》以叙事贯穿全篇,却又处处融合抒情的体制,显示出白居易在七言歌行方面极高的独创性。

《长恨歌》因"悠扬旖旎,情至文生"(《唐诗别裁集》),描写人情能"刺心透髓"(《唐诗快》),不但当时风行海内,而且今古传诵。但其更深远的影响还在于促使李、杨故事从历史变成传奇,为后世的戏剧提供了重要的素材。元代白朴的杂剧《梧桐雨》从中截取长生殿密誓,以及明皇入蜀和回京途中思念贵妃的场景,更着重于表现这一故事的悲剧气氛。洪昇的《长生殿》又进一步综合前人的创作成就,构成长达五十出的戏曲,这些戏剧名作中许多优美的场景和唱词均从《长恨歌》的文本化出。因而前人称此诗为"千古绝作"(《瓯北诗话》),不为过誉。

琵 琶 行 [1]

浔阳江头夜送客 [2],枫叶荻花秋索索。主人下马客在船,举酒欲饮无管弦。醉不成欢惨将别,别时茫茫江浸月。

忽闻水上琵琶声，主人忘归客不发。寻声暗问弹者谁，琵琶声停欲语迟。移船相近邀相见，添酒回灯重开宴[3]。千呼万唤始出来，犹抱琵琶半遮面。转轴拨弦三两声，未成曲调先有情。弦弦掩抑声声思[4]，似诉平生不得意。低眉信手续续弹[5]，说尽心中无限事。轻拢慢撚抹复挑[6]，初为《霓裳》后《绿腰》[7]。大弦嘈嘈如急雨[8]，小弦切切如私语[9]。嘈嘈切切错杂弹，大珠小珠落玉盘。间关莺语花底滑[10]，幽咽泉流冰下难[11]。冰泉冷涩弦凝绝[12]，凝绝不通声暂歇。别有幽愁暗恨生，此时无声胜有声。银瓶乍破水浆迸，铁骑突出刀枪鸣。曲终收拨当心画[13]，四弦一声如裂帛[14]。东舟西舫悄无言，唯见江心秋月白。

  沉吟放拨插弦中，整顿衣裳起敛容[15]。自言本是京城女，家在虾蟆陵下住[16]。十三学得琵琶成，名属教坊第一部[17]。曲罢曾教善才伏[18]，妆成每被秋娘妒[19]。五陵年少争缠头[20]，一曲红绡不知数[21]。钿头云篦击节碎[22]，血色罗裙翻酒污[23]。今年欢笑复明年，秋月春风等闲度[24]。弟走从军阿姨死，暮去朝来颜色故。门前冷落鞍马稀，老大嫁作商人妇。商人重利轻别离，前月浮梁买茶去[25]。去来江口守空船，绕船月明江水寒。夜深忽梦少年事，梦啼妆泪红阑干。我闻琵琶已叹息，又闻此语重唧唧[26]。同是天涯沦落人，相逢何必曾相识。我从去年辞帝京，谪居卧病浔阳城[27]。浔阳小处无音乐，终

岁不闻丝竹声。住近湓江地低湿[28]，黄芦苦竹绕宅生。其间旦暮闻何物，杜鹃啼血猿哀鸣。春江花朝秋月夜，往往取酒还独倾。岂无山歌与村笛，呕哑嘲哳难为听[29]。今夜闻君琵琶语，如听仙乐耳暂明。莫辞更坐弹一曲，为君翻作琵琶行[30]。感我此言良久立，却坐促弦弦转急[31]。凄凄不似向前声[32]，满座重闻皆掩泣。座中泣下谁最多，江州司马青衫湿[33]。

注 释

[1] 本篇见《白居易集笺校》卷十二，原题为《琵琶引》，前有自序："元和十年，予左迁九江郡司马。明年秋，送客湓浦口，闻船中夜弹琵琶者。听其音，铮铮然有京都声；问其人，本长安倡女，尝学琵琶于穆、曹二善才，年长色衰，委身为贾人妇。遂命酒，使快弹数曲。曲罢，悯默。自叙少小时欢乐事，今漂沦憔悴，转徙于江湖间。予出官二年，恬然自安，感斯人言，是夕始觉有迁谪意。因为长句，歌以赠之。凡六百一十二言，命曰《琵琶行》。"

[2] 浔阳江：在江西九江市北，是长江的一段。

[3] 回灯：将撤下的灯拿回来。

[4] 掩抑：形容弦声低回。思：悲。

[5] 续续：连续。

[6] 拢、撚、抹、挑：弹琵琶的几种指法。

[7]《霓裳》：即《霓裳羽衣曲》。《绿腰》：唐大曲名，又名《六幺》。本名《录

要》，将乐工所进之曲调录要成谱，以此得名。

〔8〕大弦：低音弦、粗弦。

〔9〕小弦：高音弦、细弦。

〔10〕间关：鸟鸣声。滑：流利轻快。

〔11〕冰下难：形容幽咽之声。一作"水下滩"。

〔12〕冷涩：泉水幽咽的感觉。凝绝：指弦渐渐凝滞无声。

〔13〕拨：拨弦的器具，唐代四弦琵琶用大拨子，与今琵琶套在指头上的拨不同。画：划。

〔14〕四弦一声：四根弦同时发声。

〔15〕敛容：脸色严肃。

〔16〕虾蟆陵：在长安东南，曲江附近。董仲舒墓在此，其门人经过这里要下马，所以叫"下马陵"。后讹为"虾蟆陵"。

〔17〕教坊：唐长安设内教坊和外教坊，内教坊在宫城内，外教坊在宫禁外，分左右教坊，掌管乐伎，教习歌舞。第一部：即坐部。唐太常部伎分坐部伎和立部伎。坐部贵，称"第一部"，含有第一流之意。

〔18〕善才：曲师的通称。

〔19〕秋娘：当时长安善歌舞之名倡。

〔20〕五陵年少：长安富贵人家子弟。五陵，汉代的长陵、安陵、阳陵、茂陵、平陵。豪富之家多聚居在此。缠头：古代舞女以锦裹头，所以用罗锦一类作奖赏。

〔21〕绡（xiāo）：生丝制的纺织品。

〔22〕钿（diàn）头云篦（bì）：两头镶花钿的银篦子。击节：打拍子。

〔23〕血色：鲜红色。

〔24〕等闲度：随便度过。

〔25〕浮梁：今江西浮梁县，唐代著名产茶地。

〔26〕唧唧：叹息。

〔27〕浔阳城：今江西九江市。

〔28〕湓（pén）江：即湓水，源出江西瑞昌市清湓山，东流经九江入长江。

〔29〕呕哑嘲哳（zhāo zhā）：呕哑和嘲哳均为象声词，可形容鸟鸣声和弦歌声等多种声音。

〔30〕翻：按曲调写成歌词。

〔31〕却坐：退回原处坐下。促弦：拧紧弦。

〔32〕向前：刚才。

〔33〕江州：州治在今江西九江市。司马：官名，刺史副佐。这里是白居易自指。青衫：唐时官职最低的服色。

鉴赏

据白居易在这首长篇七言歌行前的自序，可知诗作于元和十一年（816）秋。前一年他因越职言事之罪名，被贬官江州司马。在浔阳湓浦口送客时，因听弹琵琶的长安倡女自述昔盛今衰、漂泊江湖的身世，勾起自己的天涯沦落之感，遂作此长诗以赠。

全诗以长篇"行"诗平铺直叙的抒情节奏展开，虽尽情铺陈而曲折有致。开头先写浔阳江头的枫叶芦荻和茫茫月色，渲染出一片萧瑟秋意。举酒送客，苦无管弦，为下文忽闻水上琵琶声稍作铺垫，引出寻声暗访弹者的经过。"琵琶声停欲语迟"与"千呼万唤始出来，犹抱琵琶半遮面"等句，传神地写出弹者见客的迟疑和半推半就的情态，合乎商人妇的身份。而弹者不易相见，令人对琵琶乐之美更加期待。

自"转轴拨弦三两声"以下十二行，将弹奏手法和声响效果相结合，描写琵琶乐曲的精妙。刚开始听其拨弦两三声，这是琵琶的定音，"未成曲调"便已觉"先有情"，可想见其技法之高超，同时也领起曲中所含之情。弦声低回，饱含悲思，似乎在诉说平生的不得志，是全诗点题之语，由此平缓地进入曲调。"低眉信手续续弹"，既可见其手法的熟练，又点出弹者借琵琶"说尽心中无限事"的忧郁。接着，在简要地概括其拢、撚、抹、挑的指法和所弹《霓裳》《六幺》的曲名之后，着重以各种比喻形容琵琶的乐声。唐代四弦琵琶以大拨子弹奏，因而乐音低沉者如急雨骤降，细高者如窃窃私语，各弦错杂弹奏，则如大珠小珠洒落玉盘，都绝妙地形容出弹拨乐的声响特点和听觉效果。而黄莺声在花底滑过，是以"间关"的象声词模拟莺啼，再以黄莺的啼鸣形容乐声的流利轻快。泉流幽咽在冰下难以流淌，则是乐声转为滞涩，情绪也由高潮落到低谷，所以渐渐弦绝无声，如泉流不通。"间关黄莺"四句既是形容乐声由清脆流畅转为低沉凝涩，同时又使乐声在听者心中转化为初春美景的想象，故而能"传琵琶之神"（《删补唐诗选脉笺释会通评林》唐汝询语）。

"声渐歇"是乐曲短暂的一个停歇，诗人却在这停顿中听出其

中的"幽愁暗恨",所以说"此时无声胜有声"。这句诗道出了诗人对乐曲的解悟以及对弹者心事的敏锐体察,又在不经意间点出艺术表现妙在有无相生的辩证法:无声往往酝酿着宏响。果然,静默之中,乐音骤起,如银瓶破裂,水浆四迸,一声炸裂般的巨响旋即引出铁骑冲撞、刀枪齐鸣的激烈场景,弹奏者以爆发式的力度弹出了乐曲的最强音。然而就在迅速达到新的高潮之时,弹奏者飞快地扫过四弦,以一声裂帛般的尾声终结了全曲。这时东船西舫悄然无声,只见秋月照江,一片虚白。"悄无言"的反应说明听众已经入神,此时的无声也同样胜似有声,所以江月当空的意境胜过赞美音乐的千言万语。

自"沉吟放拨插弦中"以下十二行,是弹奏者自述身世,自夸和自怜的语气转换中活现出青楼女子的情态。这位昔日京城教坊的琵琶女,在繁华欢笑中度过自己的盛年,老大色衰后嫁作商人妇,常年独守空船。这种昔盛今衰的伤感,既解释了琵琶曲中饱含的"心中事",又勾起了诗人的同病相怜之叹。"我闻琵琶已叹息,又闻此语重唧唧"两句作为对琵琶乐和弹者自述的总结,引出本诗最后的十二行。"同是天涯沦落人,相逢何必曾相识"是全诗点睛之语,也是诗人创作此诗的触发点。由此可见琵琶女的乐曲和她的身世,都成为白居易借以寄托贬谪之感的比兴。但诗人的抒情并没有落入自伤生平的俗套,而是就谪居中不闻音乐的枯燥生活着眼,渲染浔阳地处荒僻的孤独和寂寞,反衬出此番能听到京城琵琶的难得。这就扣住全篇写音乐的题意,又从另一个角度烘托出琵琶曲的美妙动听。末四句以琵琶女受到感动,再次弹奏结束。这次曲调凄惨不同前曲,满座的反应也都是"皆掩泣",从中凸显出一个泣下最多的"江州司马青衫湿"的形象。两次弹曲,前繁后简,就歌行而言,是一种复沓,但句意并未重复,而是以不同的乐调和听众反应进一步抒发诗人的深沉感慨,使全诗的抒情更加淋漓尽致。

白居易歌行擅长铺叙,篇幅之长、文字之繁,远超前人。长篇讲究有详有略,此诗以详为主,但三大段详写各有重点和特色,在结构中不可或缺。尤其写琵琶一段,妙喻纷呈,曲尽其妙。其中三次以江上秋月烘托情境,景色相同而含意各别。加上前后各有警句突出篇中,如"千呼万唤始出来,犹抱琵琶半遮面","此时无声胜有声","同是天涯沦落人,相逢何必曾相识"等,所以读来毫无繁冗之感,只觉得层见叠出,婉转曲折,馀韵无穷。

赋得古原草送别[1]

离离原上草[2],一岁一枯荣。野火烧不尽,春风吹又生。远芳侵古道[3],晴翠接荒城[4]。又送王孙去,萋萋满别情[5]。

注 释

〔1〕赋得:南朝诗人在聚会的场合,往往指定某物某事或某诗句作为赋

咏的题目，在所咏对象前加上"赋得"二字。这种做法延续到唐朝。此诗题中的古原草，应是在送别的场合按照指定的题目所作。据《幽闲鼓吹》一书说，白居易初到长安应举，携诗谒见当时前辈诗人顾况，顾况读到此诗，大为赞赏，白居易因此名声大振。本篇见《白居易集笺校》卷十三。

〔2〕离离：分披繁盛的样子。

〔3〕远芳：远处的芳草。

〔4〕晴翠：晴天翠绿的草色。

〔5〕"又送"二句：语出《楚辞·招隐士》："王孙游兮不归，春草生兮萋萋。"王孙，泛指游子。萋萋，草盛的样子。

鉴赏

从题中"赋得"二字可知，此诗是在送别的场合，按照规定的题目创作的。全诗要切题，必须找到所赋之物与送别的关系。游子在外，或友人送别，常以春草为比兴，因无论走到哪里，路旁野外的春草总是伴随着旅人的行程。这是诗人赋古原草送别的基本立意，与前人写春草的寄托传统相合。新意在此诗咏草的着眼点：北方古原上的荒草，春荣秋枯，年年如此，诗人就从这最常见的景象中看出了春草顽强的生命力。首句"离离"写春草的繁茂旺盛之状，先点出这草正是一年一次荣枯循环后，又长出来的新草。原上草枯的原因，有第二句所说每年季节变化造成的枯萎，也有三四句所说野火过后连片的焚毁。"野火"两句强调古原被烧之后，春风一吹又会长出青草。后来北宋诗人惠崇有"春入烧痕青"(《访杨云卿淮上别业》)句,也是此意。据说"春入烧痕"原出刘长卿,但今存刘诗中无此句。惠崇诗言简意赅,重在写原上烧荒之后的痕迹泛出青色,点出早春之意。白诗则重在古原草的性格,无论是一年一次的枯萎,还是野火的焚烧,都无法摧毁其重生的生机。这就不止于写景,而是深入到穷理尽性的境界,将古原草生生不息、循环无间的性状和原理揭示出来了。

后半首写原上春草与送别的关系:远处芳草繁茂,在古道上滋蔓;阳光下草色青翠,一直绵延到荒城,游子在孤独的旅程中只有这古原草陪伴前行。遥望着远芳和晴翠的视线中,也寄托着相送者的深情,所以结尾用《楚辞·招隐士》典故,直接道出了萋萋芳草中满含的别离之情。"又送王孙去"句中的"又"字,与"春风吹又生"的"又"字呼应,强调这样的送别也是年复一年地周而复始。

后人对此诗赋草的用意有多种猜测,有人认为以草之滋蔓喻小人难除,有人认为以草之枯荣喻世道循环。其实从题目和诗意看,诗人只是借草寄情,以年年滋生的春草比喻年年送别的离情,人生的聚散正如春草的荣枯,年年循环不已。但是因为"野火"两句将古原草顽强的生命力写得极其形象新警,以致在后世被用来借喻各种社会现象,这可能不一定是诗人的原意,但恰好可以证明透辟入里的佳句往往能使诗歌升华为哲理的启示。

钱塘湖春行[1]

孤山寺北贾亭西[2],水面初平云脚低。几处早莺争暖树,谁家新燕啄春泥。乱花渐欲迷人眼,浅草才能没马蹄。最爱湖东行不足,绿杨阴里白沙堤[3]。

注释

[1] 本篇见《白居易集笺校》卷二十。钱塘湖:即杭州西湖。白居易于穆宗长庆二年(822)八月任杭州刺史,此诗可能作于次年春天。

[2] 孤山:在西湖中后湖和外湖之间。贾亭:贞元年间贾全任杭州刺史时,在西湖造亭,人称贾公亭。

[3] 白沙堤:在杭州西城外,东起断桥,沿堤向西南直通孤山,长可二里,简称白堤,又称孤山路、十锦塘。但非白居易在杭州时所筑之堤(白公堤原在钱塘门外,已无迹可寻)。

鉴赏

白居易在任杭州刺史期间,有多篇描绘西湖风光的佳作,角度各不相同,这首写早春踏青的愉悦,以自然清丽见长。

全诗看来一句一景,似乎只是按春行的足迹所至,铺写眼前所见,然而构图布局颇具匠心。首联上句先从横向展开从孤山以北到贾亭以西的湖面景色，下句从纵向拉开水面和云层之间的空间距离。云气流动不定，似在行走，故称"云脚"，云低波平，春阴垂野，更显出湖面的平静和宽阔。颔联围绕着湖面，以浓笔点缀早春的黄莺和燕子。莺燕是古诗里常见的春禽，这两句仍觉得新颖，主要是从动态的捕捉着眼：早莺只有几处，而且还在争抢朝阳的暖树，可见天气尚寒，黄莺也不多。问谁家新燕，可见燕子刚刚飞回，正在啄泥，还没来得及筑窝，这就既抓住春天尚早的季节特征，又烘染出春阳已暖、春泥已融的春意。如果说莺燕着眼于高处，那么颈联则注目于脚下：野花乱发，渐渐要迷人眼目，而春草尚浅，才能盖过马蹄。同样是扣住早春之意，写出春花虽发，尚未盛开，春草虽生，亦还嫌浅的活泼生机。早春转瞬即逝，风光日日转新，中间两联的新鲜就在确切地把握住春意已有多少的分寸，精准地量出了"春光之浅深，春色之浓淡"（清赵臣瑗辑《山满楼笺注唐诗七言律》）。

　　尾联以一道长堤总束前两联中分散在湖边的莺燕花草，与首联的云水相呼应，使全诗构成一幅完整的天然图画；既补足白沙堤春来桃柳盈堤的景色，又带出从堤上遥望湖东的远景，同时诗人一路信步闲行的兴致和风神也宛然可见。

　　总之，此诗景致句句都出自诗人边走边看的观感，并以询问、预期等不同的语气精细地描摹出早春时节莺燕花草的不同动态，生趣盎然，风情骀荡。可见白居易诗虽浅易，但七律写景却不乏意匠经营之巧构。

问刘十九 [1]

绿蚁新醅酒 [2]，红泥小火炉。晚来天欲雪，能饮一杯无 [3]。

注释

〔1〕刘十九：有不同说法，一说为刘轲。据朱金城考，刘十九应为嵩阳（今河南登封）处士，非刘轲。本篇见《白居易集笺校》卷十七。

〔2〕绿蚁：新酿的米酒，未过滤时，酒面泛起细渣，有如蚂蚁，微呈绿色。又称渌蚁。醅（péi）：未过滤的米酒。

〔3〕无：问话的语气词。

鉴赏

白居易给刘十九的诗有好几首，其中作于元和十二年（817）的《刘十九同宿》诗有两句说："惟共嵩阳刘处士，围棋赌酒到天明。"可见两人交谊不浅。当时白居易在江州司马任上，《问刘十九》应是同时期所作。

唐人以新酿之酒为佳，上面浮着绿蚁的新醅酒飘着香气，最为诱人，白居易另有一首《雪夜对酒招客》诗说："帐小青毡暖，杯香绿蚁新。"就是此意。新酒再放在红泥砌的小火炉上温热，在天寒之时喝上一杯，更加惬意。头两句以"绿"和"红"两个色彩词相对，只是借字面对仗。因"绿蚁"之绿只是微带绿意，"红泥"之红也只是砖红色，均非色彩学所定义的自然色里的正红正绿，但"绿"字能让人联想到新酒带来的春意，"红"字也兼带出炉火的红火之感，因而这两个色彩词能营造出温暖如春的氛围。在晚来阴阴欲雪的天色中，"能饮一杯无"是主人亲切的邀请呢，还是客人真率的请求呢？似乎不必再追究，因为无论出自主人还是客人之口，都可见出主客之间熟不拘礼的关系。"无"字的口气，如当面相问，声口如活。于是，随便的一问，便写出了生活中平常而温馨的一幕情景，酿成了令人醉心的浓郁诗意。

此诗之佳，惟在信手拈来，自成妙境。正如俞陛云所说："寻常之事，人人意中所有，画笔不能达者，得生花江管写之，便成绝唱。此等诗是也。"（《诗境浅说》）

忆 江 南 [1]

江南好，风景旧曾谙 [2]。日出江花红胜火，春来江水绿如蓝 [3]。能不忆江南？

注 释

〔1〕忆江南：词牌名。本篇见《白居易集笺校》卷三四。原题为《忆江

南词三首》,此选其一。

〔2〕谙(àn):熟悉。

〔3〕蓝:蓝草,蓼蓝。可制造靛青颜料。

鉴赏

  白居易先后任杭州刺史、苏州刺史多年,非常喜爱江南的风物人情,离开后写下了不少怀念的诗词,《忆江南词》即其中的代表作。这组词共三首,其二忆杭州,其三忆苏州吴宫,其一则是泛忆江南。

  其二和其三两首都有具体的名胜可写,其一只是概括回忆江南的总体印象,所以起笔就利用这一词牌以三字句开头的体式,由衷地赞美"江南好",直道这里的风景他曾经非常熟悉。那么在他心目中江南最美好的风景是什么呢?下面以两个七言对句集中描绘了春江的色彩:日出时分,江上的鲜花在朝霞映照下红得胜过火焰;春来之时,江水的颜色湛蓝靛青,好似蓝草。词人将江日、江花、江水组合起来,以红似火焰、青如蓝染的色彩对比强烈地渲染出江南浓郁的春意,其实并非春江之景的写实,而是作者强化了记忆中的印象。

  记忆中的风景和写实的风景最大的不同,就在于不求对客观景物的如实描绘,而是更强调表现作者的主观感受。前人写江南水乡通常表现的都是清丽淡远的意境,而这首小词把日出的红光和江水的蓝色作为写景的主色调,使色彩和光的强度都超越了风景的固有色,正是为了突出江南之美在作者心目中最明艳的感觉。也只有这样的夸张才能充分表现出作者对江南浓烈的情意，所以末句紧接"能不忆江南"的反问，意脉就极其顺畅了：如此美丽的江南，教人怎能不想念？以这样直白的语气结尾，也只是在词里才别有味道。所以白居易写江南的诗虽多，但论情感的热烈真率，都不如这首只有五句的小令。

金昌绪

金昌绪（生卒年不详），临安（今浙江杭州）人。《全唐诗》仅存其诗一首。

春 怨[1]

打起黄莺儿，莫教枝上啼。啼时惊妾梦，不得到辽西[2]。

注 释

〔1〕本篇题一作《伊州歌》，见《全唐诗》卷七六八。
〔2〕辽西：辽河以西。今辽宁省西部。

鉴 赏

春怨是唐诗中常见的题目，本诗作者虽然存诗仅此一首，却成为历代唐诗选本不漏的名篇，只因为纯出天籁。

这首小诗写一个闺中女子以恼怒的口吻与黄莺吵架，角度之独特在唐诗中罕见。四句诗一气呵成，先是要打走黄莺儿，不让它在枝头上啼鸣。紧接着指责它一叫起来，就惊醒了自己的美梦，去不成辽西。虽只是寥寥几句对黄莺的责怪之词，含意却极丰富。黄莺儿啼叫，可见春色正美，在这样的大好时光，青春女子理应外出游春，然而她却在闺中做白日梦，而且唯恐自己梦得不沉，没法前往辽西。唐代辽西为奚和契丹所在之地，因常有战事，便需要战士长年戍守。这位思妇一心要梦到辽西，正说明她的丈夫也在戍边。春天本应是年轻夫妻团聚，共度美好青春的季节，然而征人远戍，音讯寂寥，闺中人只能寄望于梦中相会，所以做一个好梦便成为她生活中最大的心愿。如今却被黄莺儿吵得连梦也做不成，又是多么可悲！所以思妇指责黄莺不懂人事的口吻看似天真，其中却藏着深深的怨思。

　　五言绝句贵在以小见大，此诗以打起黄莺的一个小小细节，反映了唐代因经久不息的边塞战争而导致民间多少百姓夫妻离散的社会现实，视角新颖，而全用口语，声调如民歌般活泼自然，在春怨诗中至为难得。

张 祜

张祜(生卒年不详),字承吉,南阳(今属河南)人,一作清河(今属河北)人。一生未仕。《全唐诗》存其诗二卷。

宫词二首(其一)[1]

故国三千里[2],深宫二十年。一声河满子[3],双泪落君前。

注释

[1] 本篇见《全唐诗》卷五一一。
[2] 故国:指宫女的故乡。
[3] 河满子:歌曲名。一作"何满子"。据白居易《听歌六绝句》之五《何满子》自注:"开元中,沧州有歌者何满子,临刑,进此曲,以赎死。上竟不免。"

鉴赏

宫词在中晚唐兴起,题材内容较以前专写嫔妃失宠的宫怨诗有了较大拓展,其中普通宫女的生活和情感也进入了诗人的视野。张祐的《宫词》二首其一即以宫女的口吻抒发久禁宫闱的哀怨，在当时颇享盛誉。

此诗最明显的特点是四句全用数字对仗，以达到震撼人心的效果。开头两句以宫女家乡之远和入宫时间之久加以对比：故国三千里，极写从宫廷到故乡的距离之遥远，也留出了宫女们被迫抛家离乡的巨大想象空间。深宫二十年，则意味着在宫中隔绝人世之久，令人联想到有多少宫女的青春和自由在孤寂中消磨。这一触目惊心的数字对比胜过千言万语，其中所蓄积的无穷哀怨，随时都会一触即发。所以后两句说听得一声《何满子》的悲调，双泪立即控制不住，落在君王之前，便有一气迸发之势。《何满子》为歌者何满子临刑前所进之曲，曲调必然极其悲哀。白居易曾说此调"一曲四词歌八叠，从头便是断肠声"（《全唐诗·杂曲歌辞·何满子》），所以"一声"便能触动宫女的愁肠。"一声"和"双泪"的数字对比，使前后句紧相衔接，突出了"一声"催落"双泪"的快速，更强化了悲调使人断肠的效果。

中唐时期，释放宫女成为政治改革的一项重要内容，白居易新乐府诗《上阳人》写的就是一位"入时十六今六十"的老宫女，其小序说："愍怨旷也。"将宫女问题提升到导致民间怨女旷夫婚嫁失序的高度来认识。张诗与白诗的社会意义完全相同，其感染力从关于此诗的一些记载就可以看出，如《唐诗纪事》载唐武宗去世前，孟才人因歌《何满子》"以泄其愤"，"气亟立殒"。杜牧也有赠张祜诗说："如何故国三千里，虚唱歌辞满六宫。"（《酬张祜处士见寄长句四韵》）可见这首小诗能广为传诵，就因为唱出了六宫所有宫女的心声。

刘皂

刘皂（生卒年不详），约为唐德宗时人。《全唐诗》存诗五首。

旅次朔方[1]

客舍并州已十霜[2]，归心日夜忆咸阳。无端更渡桑乾水[3]，却望并州是故乡。

注释

[1] 次：所止之处。朔方：秦汉以来均设朔方郡，唐代置朔方节度使，治所在灵州（今甘肃灵武市西南）。此诗作者一说为贾岛，题为《渡桑乾》。但据李嘉言《贾岛年谱》考，应为刘皂。本篇见唐人令狐楚选《御览诗》。

[2] 舍：居住。并州：今山西太原市。十霜：十年。

[3] 桑乾水：桑乾河。古称㶟（lěi）水，为永定河的上游，位于河北省西北部和山西省北部。上源为山西省的源子河与恢河，一般以恢河为正源，两河于朔州附近汇合后称桑乾河。

刘
皂

鉴赏

此诗长期被误置于贾岛集中。从诗意看，诗人先是久居并州，后又再度北上朔方，其经历均与贾岛不符。而在唐人令狐楚所选《御览诗》中，此诗即作刘皂诗，可见当时已视为佳作，才会呈献给唐宪宗披览。

开头明确交代客居并州已久，日夜思归咸阳，可知诗人的故乡应在并州西南方向的秦中。屈指十载，归心似箭，然而非但不能还乡，反而还要继续北上，前往更远的朔方。"无端"二字似乎无理，因为既然违心地北去，必然是出于不得已的原因，不会无缘无故地越走越远。但是从"无端"一词本身所包含的埋怨语气正可看出诗人内心的无奈，并由此自然带出"更渡桑乾水"的诗意转折：渡过桑乾河，就是朔州，此时回望并州，反倒对此久客之地产生了眷恋不舍的思乡之情。末句"却望并州是故乡"向来为人称赏，其中包含两层意思：一方面，回望并州已如故乡之远，更何况故乡还在并州以外更远的地方。并州本来不是故乡，但对于愈行愈远的诗人来说，却比自己将要抵达的朔方离故乡更近，所以回望之中，也如故乡一般令人感到亲切，这与宋之问的"明朝望乡处，应见陇头梅"（《大庾岭北驿》）意思相同，只是说得更加醒目透彻而已。另一方面，既然曾久居并州，自当早已熟悉当地的风土人情，日久也与故乡无异。一旦离去，难免有惜别之感，何况十载风霜，留下多少前尘旧梦？因而反以他乡为故乡，也是人之常情。末句之佳在于"两种客思，熔成一团说"（叶义昂《唐诗直解》），都出于至情。

唐人抒发羁愁乡思的佳作很多，角度各不相同。此诗着眼于因久客他乡而思归故乡，结果非但不得归乡，反而离乡更远，就诗人行踪而言是逐层递进；但就诗人心理而言，则是归乡无望，只能退而求其次，以旅居之地为故乡，看似聊以自解，其实更见悲怨。这就使全诗进退两条意脉反向交错，笔意如此曲折却因语言直白而仍能一气连贯，颇为不易。从眼前景出发，以口头语概括人之真情，是盛唐诗的传统。此诗从作者独特的羁旅感受中发掘出前人所未道的人之常情，故而能为羁旅诗开出一种难到之境。

贾 岛

贾岛(779—843),字浪仙(一作"阆仙"),幽州范阳(今北京市西南)人。早岁为僧,法名无本。韩愈教之为文,还俗应举,但屡试不第。文宗开成二年(837)责授遂州长江主簿,因称"贾长江"。后任普州司仓参军。有《长江集》。

题李疑幽居[1]

闲居少邻并[2],草径入荒园。鸟宿池中树,僧敲月下门[3]。过桥分野色,移石动云根[4]。暂去还来此,幽期不负言。

注释

[1] 李疑:事迹不详。"疑"一作"凝"。本篇见齐文榜《贾岛集校注》卷四。

[2] 闲居:闲静的居所。

[3] "鸟宿"二句:据何光远《鉴诫录》卷八"贾忤旨"条载:贾岛有一日于驴上吟得"鸟宿池中树,僧敲月下门"。初欲著"推"字,或欲著"敲"字,炼字未定。路遇韩愈,韩"立马良久思之,谓岛曰:'作"敲"字佳矣。'"

〔4〕移:靠近,走向。云根:深山云起之处,又指山石。此处指园石。

鉴赏

贾岛是中唐著名的苦吟诗人,此诗可谓其苦吟精神的代表,贾岛"推敲"的著名故事即出于本诗颔联。

从诗题看,此诗为作者寻访李疑时所作的题壁诗。首联先写李疑幽居的环境:居所闲静,周围少见邻居,只有一条长满青草的小径进入荒园。"草径"说明幽居无人来访,所以草满小径,不见人迹,足见其园之"荒"。"入"字则借进入荒园的"草径"将寻访的诗人也带进了园内。颔联写园内的幽静,顺便点出到访的时间已是入夜。鸟儿在池边的树上栖宿,应是黄昏人定以后。"池中树",一作"池边树",清人冯班认为以"中"为胜,意为"树影在池中"(李庆甲《瀛奎律髓汇评》),这样理解,则诗人观园中之景,是从池中倒影连及树上栖鸟,合乎贾岛的构思特点。纪昀则认为意思较为迂曲,反不如"池边树"来得自然。月下敲门的僧人正是贾岛自己,《鉴诫录》所载"推敲"的故事,虽然与《新唐书·韩愈传》附"贾岛传"所叙韩、贾初次交往的时间不合,难以判断其真实性,但也不妨借此故事探讨一下为何韩愈认为作"敲"字好。荒园本来阒寂无人,周围又少邻居,鸟儿也已栖宿,因此"敲"门声在空廓的月夜听来更觉响亮,也传得更远。而"推"的动作则不会有这种以声响反衬静境的效果。

颈联以园中景色烘托来访者在此徘徊不舍的心情,利用两句中

"分"和"动"两个动词居中的句法结构,将园内和园外的景色组合在一起。"过桥""移石"是诗人在园内的行止,而"分野色""动云根"的视野则超出了荒园的局限。桥虽是园内小景,但过桥两边野色不同,便仿佛直通田野郊原。而行近山石即如动了云根的描写,则是利用"云根"一词既有深山云起之处的含义,又可指园石的多义性,把人的想象带到云山岭表。于是荒园的静境便仿佛延伸到园外,与大自然连成一片了。诗人正是借巧妙的构句写出了在荒园中领略的独往沉冥之趣。至此诗人已将院内的幽情幽意写足,所以结尾表示暂时离去,不久还会重来,不负与主人同隐的幽期。诗中始终没有明言是否遇见幽居主人李疑,亦颇堪玩味。

此诗因颔联"敲"字刻画逼真而广为人知,其实颈联所蕴意趣更深,不少论者赞其气韵生动更胜于颔联。虽然沉思苦索的痕迹较为明显,但仍系兴会所至,不失自然之妙。而且风格幽清奇僻,不涉浅俗,亦为中唐诗不可或缺之一种境界。

朱庆馀

朱庆馀（生卒年不详），名可久，越州（今浙江绍兴）人。唐敬宗宝历二年（826）登进士第，授秘书省校书郎，迁协律郎。有《朱庆馀诗》一卷，《全唐诗》存诗二卷。

闺意献张籍水部[1]

洞房昨夜停红烛，待晓堂前拜舅姑[2]。妆罢低声问夫婿，画眉深浅入时无[3]。

注释

[1] 本篇见唐人范摅《云溪友议》卷下，云："朱庆馀校书既遇水部郎中张籍知音，遍索庆馀新制篇什数通，吟改后，只留二十六章。水部置于怀抱，而推赞欤。清列以张公重名，无不缮录而讽咏之，遂登科第。朱君尚为谦退，作《闺意》一篇，以献张公。张公明其进退，寻亦和焉。诗曰：'洞房昨夜停红烛……'"

[2] 舅姑：丈夫的父母。

[3] 画眉：以黛描绘眉毛。《汉书·张敞传》载张敞为妻画眉，当时传为佳话。后世常以"画眉"指夫妇闺房之乐。

朱庆馀

鉴赏

唐人应科举试前一般都要向有文名的朝官呈献诗文，称为"温卷"。此诗还有另一个题目"近试上张籍水部"，说明是在将近考试时献给张籍的，温卷之意颇为明显。而作者的才学也确实因此诗得到张籍的推赏，不但及第，而且"名流于海内矣"（《云溪友议》卷下）。

《闺意》从题目看只是一首闺情诗。古时新嫁娘进入洞房之后，次日清晨要拜见公婆。此诗前两句着重渲染这个特定时刻的氛围：昨夜洞房中停放的红烛还在燃烧，说明夫妇已经过了洞房花烛夜，只等天晓完成到高堂前拜见公婆的礼数。由"待晓"二字可见新嫁娘在天未亮时就已起身，等着拂晓到来。又从第三句的"妆罢"可知，新娘在待晓之时，已专心致志地化好妆。因此前两句虽然只是简单交代拜舅姑之前的洞房情景，已经将新娘郑重其事的态度写出。后两句只取新娘妆成之后询问夫婿的一句话，来表现她内心的忐忑。"画眉"虽然源自《汉书》张敞为妻画眉的典故，也有写夫妇新婚的恩爱之意，但这里强调新娘问话时的"低声"，可见新娘的温婉知礼，教养有素。问的只是画眉深浅是否时尚，而非容貌如何，又可见新娘有足够的自信，所以张籍酬诗说："越女新妆出镜心，自知明艳更沉吟。"（《云溪友议》卷下）显然读懂了作者此句的言外之意。但新娘要先问最知舅姑喜好的丈夫，还是担心自己不合长辈心意的一种试探，这又可见其不敢轻率自许，收敛而不张扬的性格。

此诗单就其表层意思"闺意"而言，已颇有新意，因为此前写闺情的诗，还没有从这个角度来表现过新婚女子拜见公婆前的微妙心理。何况此诗之意不在"闺意"，而在托喻。举子近试，不了解主考官的口味喜好，先请与其相熟的其他朝官审阅自己的文章，心情正如新妇问丈夫画眉是否入时一般不安。"入时无"喻文章是否违时，举子的自信和谦退也都与新妇的自知和低调相应。因而此诗的好处不在诗中丈夫、舅姑这些人物与张籍及考官是否一一对应，而在新娘问话的分寸和情态，活画出举子干谒时颇识进退的复杂心态，托喻精切又能生动传神，难怪会得到张籍的称赏。

杜 牧

杜牧（803—852？），字牧之，京兆万年（今陕西长安）人。宰相杜佑之孙。二十六岁中进士，曾任黄州、池州、睦州刺史和司勋员外郎，官至中书舍人。是晚唐著名诗人和古文家。有《樊川文集》和《樊川诗集》。

赤 壁[1]

折戟沉沙铁未销，自将磨洗认前朝。东风不与周郎便[2]，铜雀春深锁二乔[3]。

注释

〔1〕赤壁：在今湖北省赤壁市西北，长江南岸，相传是汉末孙权、刘备联军火烧曹军战船之处。本篇见冯集梧《樊川诗集注》卷四。

〔2〕周郎：周瑜。据《三国志·吴书》，瑜时年二十四，吴中皆呼为周郎。孙权遣周瑜等迎战曹操，在赤壁相遇。黄盖因见曹军船舰首尾相连，献计用火攻。并以多艘轻便舰船堆积柴火，灌以鱼膏，如飞箭直奔江北，当时东南风急，火烈风猛，烧尽北船。周瑜等率轻锐部队继后，曹军大败。

〔3〕二乔：据《三国志·吴书·周瑜传》，乔公有二女，皆为国色。孙策娶大乔，周瑜纳小乔。铜雀：台名。建安十五年（210）曹操建于邺城（今河北省临漳县西）。因楼顶有大铜雀而得名。

鉴赏

曹操在赤壁之战中的失败，为后人留下了许多话题。东吴因此一战而保存社稷，才有了三国鼎立的局面，所以一般人咏赤壁多赞颂周瑜的胜利。而此诗却反过来设想倘若东吴战败，将会是什么结果，着眼点与众不同。

前两句只写一个细节：诗人在赤壁遗址的沙岸上捡到一段折断的戟，磨洗干净后认出是前朝遗物。"折戟沉沙"点出曹军和东吴昔日就在此地交战，"铁未销"说明兵器尚未完全锈蚀，诗人要将它磨洗之后才能确认时代，一个"认"字不仅仅是辨认之意，也暗含着要以实物确证历史记载的用意。有此基础，下文才能发表议论。

以下跳过对赤壁之战的回顾，从战争结局的反面着想：假如不是东风给了周郎火烧连营的便利，恐怕东吴两位著名的美人就要被曹操锁在铜雀台里了。这两句以调笑的口吻指出周郎实靠天时以破曹兵，议论十分新警。东吴如果战败，社稷沦亡，生灵涂炭，将会导致极为严重的悲惨后果。诗人为何单选二乔被掳的假想来做文章呢？大乔是孙策之妻，小乔是周瑜之妻，若东吴大败，连君臣之妻都将沦为曹操奴妾，更不用说家国不保了。因此这里是利用绝句由小见大的体式特点，借二乔之小事指代军国之大业。而赤壁一战中借助东风的偶然性,又说明东吴之胜实有侥幸的成分,不全在周郎妙算。因而结尾看似滑稽弄辞,其实含意深长。

晚唐人咏史喜欢做翻案文章,这一首同样从反面着想,把周郎不得天时之便的后果幻化为春深时大小二乔被锁在铜雀台里幽怨而又美丽的情景,风华蕴藉而又出人意料,由此也可见出杜牧风流而善于调侃的性格。

泊 秦 淮[1]

烟笼寒水月笼沙[2],夜泊秦淮近酒家[3]。商女不知亡国恨[4],隔江犹唱后庭花[5]。

注 释

〔1〕秦淮:秦淮河,源出江苏南京市溧水区,流经南京入长江。本篇见《樊川诗集注》卷四。

〔2〕笼:笼罩。

〔3〕近酒家:泊船之处靠近秦淮河岸的酒家。

〔4〕商女:歌女。

〔5〕《后庭花》:《玉树后庭花》舞曲名,陈后主曾为之作新词,历来被视为亡国之音。

鉴赏

这首诗是杜牧泊船于秦淮河上所作。秦淮河穿过南京市区，源出江苏溧水，经南京从西北流入长江。南京古称建康，作为六朝首都，一度繁盛之极。到晚唐时，这里仍是商业繁荣、富贾士子寻欢作乐的地方，但诗人却从眼前繁华的景象看到了六朝的衰亡。"烟笼寒水月笼沙"，两个"笼"字传神地写出了夜深时秦淮河上水烟弥漫、月色迷蒙的景色。用这种清冷的色调来写酒家的歌舞喧闹，正从本质上烘托出热闹背后的空幻和悲凉：昔日繁华如云烟消逝，今日繁华不也犹如一梦吗？只有这水、这月、这沙，是永恒的存在，见证着六朝的兴亡。而这烟月朦胧的夜色，又正如秦淮酒家醉梦般的生活。所以开头两句虽是写景，却将历史的虚幻感和对现实的思考融进了眼前秦淮河迷茫如画的优美意境之中。

商女隔江的歌唱正是从酒家传来的。《玉树后庭花》是六朝最后一代亡国之君陈后主所制的淫靡歌曲，向来被视为亡国之音。商女只知卖唱，或许不知这曲子的性质和它特定的含义，而那些在此寻欢的客人也同样愚昧无知和麻木不仁。这两句含意极为深刻，而表达又相当新颖警策，对于那些在国势衰微之时依然纵情声色、醉生梦死的人们来说，无疑是绝妙的讽刺。

全诗妙在诗人深沉含蓄的兴亡之感先是被朦胧清冷的烟水沙月所触发，又再经隔江商女所唱的靡靡之音醒透，便自然凝聚成足以警世的千古绝唱。

杜牧

过华清宫绝句三首（其一）[1]

长安回望绣成堆[2]，山顶千门次第开[3]。一骑红尘妃子笑，无人知是荔枝来[4]。

注释

〔1〕华清宫：在骊山（今陕西临潼市），因有温泉，是唐玄宗避寒的行宫。本篇见《樊川诗集注》卷二。

〔2〕绣成堆：骊山有东绣岭和西绣岭。

〔3〕次第开：形容从山顶到山下的层层宫殿大门按序打开。

〔4〕荔枝来：据《新唐书·杨贵妃传》，贵妃嗜食荔枝，必求新鲜，于是派驿马传送，数千里外送到京师，其味不变。

鉴赏

盛唐天宝年间，每年冬天唐明皇都会带领宫廷后妃和大臣到骊山温泉过冬。安禄山叛乱爆发时，明皇、贵妃就在华清宫享乐，所以这是一座最具有历史讽刺意味的行宫。从中唐开始，诗人们就不断地以此为题，总结唐朝由盛而衰的历史教训。这一首在众多咏华清宫的诗中最为脍炙人口。

此诗首先从长安回望的角度，描写骊山之美。骊山右有东绣岭，

左有西绣岭,因唐玄宗时山上遍植花木,楼台鳞次栉比,犹如锦绣,因而得名。"绣成堆"三字借用东西绣岭之名,形容骊山像成堆的锦绣,意在以骊山无限绮丽的风光为背景,煞有介事地展开山上千重宫门依次开启的隆重场面。"千门"之宏大规模与"次第开"之井然有序,先造成了朝廷将有大事或举行重大仪式的悬念。

后两句却将远处的一溜红尘和贵妃笑脸的近景拉到一起,点出千门开启的原因只是为了传递荔枝的快马以最快的速度进宫,以博取妃子一笑。恍然的语气与前面庄重的氛围形成反差极大的对照,所以"无人知是荔枝来"不仅是指一骑红尘传走如飞,无人知是何物,更是暗示没人会想到君王会用这种方式取悦内宠。"笑"字的精彩就在于很容易令人想到千年之前骊山上另一个妃子的笑,当初周幽王同样在骊山上为博褒姒一笑而以烽火召集各路诸侯匆匆赶来,最终导致西周覆灭。这种兴师动众的场面与千门次第开启的场面何其相似!由此不难明白此诗前半首刻意铺垫的用心。用一个"妃子笑"的场景概括周、唐两代灭亡的深刻教训,正是此诗构思精妙令人称绝之处。

江南春绝句[1]

千里莺啼绿映红,水村山郭酒旗风。南朝四百八十寺[2],多少楼台烟雨中[3]。

注 释

〔1〕本篇见《樊川诗集注》卷三。

〔2〕南朝:宋、齐、梁、陈四朝。四百八十寺:南朝君王及士族都崇信佛教。梁武帝更是大兴佛寺,仅都城便有五百馀所,穷极宏丽,僧尼十馀万,各郡县更是不可胜数。

〔3〕楼台:指佛寺建筑。

鉴赏

江南春色之美,是诗歌描写不尽的题材。但要在一首短短的七绝中,收入江南千里春景,没有惊人笔力很难做到。

诗人采用大全景的视野,从江南的自然和人文环境中提取出莺、花、树、山、水、村、郭、寺、烟雨等最基本的景色构成要素,一字一景,加以并列组合,使多个景点互相映衬,绵延千里,便将江南望不尽的春色都连成了一片。莺啼和红绿相映,令人想到古人所说"暮春三月,江南草长,杂花生树,群莺乱飞"(梁朝丘迟《与陈伯之书》)的景象。村庄傍水,城郭依山,其间时时闪现出在风中招展的酒家帘幌,正是江南最典型的风土特色。杜牧善于活用"风"字,次句的"风"字不仅是形容酒旗飘拂,还盘活了前两句中罗列的各种景色,与"千里"二字前后呼应,仿佛春风吹过大地,展开了江南山水的千里长卷。

如果说前两句只是概括了江南春色中的山水风貌,那么后两句

则是从各类建筑中单挑出寺庙来勾勒江南的人文历史。"南朝"包括宋、齐、梁、陈四朝，每朝皇帝都信奉佛教，梁武帝时仅金陵寺庙就多达五百馀所，因此四百八十寺并无夸张。这些华丽的梵宇楼台遍布于城乡胜地，点缀着红绿相映的山郭水村，最后都笼罩在霏微的烟雨之中，空濛淡远，若隐若现，难免会引起南朝繁华已空的感慨，因而为这幅江南春的长卷又增添了耐人寻味的意蕴。

全诗超出视野的局限，以巨大的魄力概括了整个江南历经兴亡盛衰而繁华依旧的风貌，从而突破七绝向来视点集中、以小见大的表现传统，为晚唐七绝开出了宏阔高远的新境界。

寄扬州韩绰判官[1]

青山隐隐水迢迢，秋尽江南草未凋[2]。二十四桥明月夜[3]，玉人何处教吹箫[4]？

注 释

〔1〕韩绰：生平不详。判官：观察使、节度使的僚属。本篇见《樊川诗集注》卷四。

〔2〕未：一作"木"。

〔3〕二十四桥：据沈括《梦溪笔谈·补笔谈》，唐代扬州旧城内有二十四座桥，并一一列出桥名。《方舆胜览》说，扬州府二十四桥，隋代所置、

以城门坊市为名。后在州城改建时或存或废，已不可考。清李斗《扬州画舫录》卷十五则载"廿四桥即吴家砖桥，又名红药桥"，乃后世误传。

〔4〕玉人：指韩绰。

鉴赏

杜牧在文宗大和七年至九年间（833—835）曾在淮南节度使牛僧孺幕中任推官，后转为掌书记，韩绰的判官之职也是节度使僚属，当时两人或为同僚，都在扬州有过一段风流生涯。这首诗应作于杜牧离开扬州之后，前人多以为写作地点在洛阳。据学者戴伟华研究，杜牧离扬州以后先去宣州，又自宣州赴京。此诗中"江南"非指地处江北之扬州，而是江南之宣州或其旧庐义兴。

首句展开诗人身在江南所见之深秋景色，"隐隐"和"迢迢"这对叠字，不但概括了江南青山淡远、绿水悠长的清秀风光，也暗示出诗人与友人之间山远水长的空间距离。次句"草未凋"一作"草木凋"，意思正好相反。若作"草木凋"，可以理解为诗人因见草木摇落而引起对扬州故人的思念，这是前人诗中常见的意思。但历代诗评中一些论家都主张应为"草未凋"，认为江南地暖，草本不凋，若作"木"字，意味索然。南北朝以来关于江南草木究竟是否凋敝，也有不同记载，今人更有详细辨析。虽然两种版本都可以说通，但从本诗意脉来看，若作"草木凋"，上接"青山隐隐"似略觉不顺，而作"草未凋"，则更有诗意美：虽然已至深秋，但江南草木尚未凋落，

风光依然秀丽清新,与后两句的意境也更协调。

诗人在扬州曾经有过"十年一觉扬州梦"(实为三年)的经历,留下过不少风情旖旎的名篇。所以后两句问候韩绰,也以玩笑的口气调侃友人,问他当此秋尽之时,每夜在何处教美人歌吹取乐。关于扬州的二十四桥,虽有不同说法,但并不妨碍读者对诗意的想象。与杜牧同时的张祜,曾写过"月明桥上看神仙"(《纵游淮南》)的景致,神仙指扬州城里的美人。二十四桥作为扬州名胜的代表,与明月之夜看"神仙"的当地风俗结合在一起,更是扬州夜生活的典型情境。"玉人"比喻风流才子,也可借以形容洁白美丽的女子,此处本指韩绰,但又造成"玉人"疑似"神仙"的错觉。这两句和首二句江南秋景的描写又连成一片空灵清秀的意境,令人宛然如见月光映照下的二十四桥上,吹箫的玉人们披着银辉,仿佛听到呜咽悠扬的箫声飘散在已凉未寒的江南秋夜。这样优美的境界早已远远超出了与朋友调笑的本意,读者由此唤起的联想不是风流才子的放荡生活,而是对江南之美的无限神往。因而末句虽涉于风情却不流于轻薄,反倒为全诗平添了许多风韵。

山 行[1]

远上寒山石径斜,白云生处有人家。停车坐爱枫林晚[2],霜叶红于二月花。

杜牧

注释

〔1〕本篇见《樊川诗集注》附《樊川外集》。

〔2〕坐：因为。

鉴赏

这首诗像是一幅最简妙的山中秋景的速写：寒山上一道石径斜向远峰，山岭深处白云飘浮、茅舍掩映，坡上层层霜林，红叶满山。构图是如此简洁，色彩是如此明快，唯其将取景精简到了最省净的程度，山里高爽、明朗而略带清寒的秋色才给人留下了最鲜明的直觉印象。从构图来看，首句突出那条斜斜的石径，不必刻画寒山的形态，只需领略这点山中的秋寒以及山路向上的纵深之感，就自能体味山里环境的深远和空静，以及诗人一路行来的兴致。"白云生处有人家"一句能引起人们对古诗中描写山里人家的许多想象，既有空灵的意趣，令人对白云飘渺之处杳然神往，又有实在的景象，可从山中人家感受到亲切的生活气息。

在这样清淡疏朗的山景衬托下，那晚霞映照下的层层枫林红得格外可爱，使诗人情不自禁地停下车来观赏，陶醉在这一片动人的秋色之中了。"晚"字可作三用：既点明傍晚时分，带出夕晖晚照；又扣住晚秋季节，照应枫林染霜；同时暗示赏玩流连之久，不觉时辰已晚。而最后一句就在这"晚"字上引申出来：二月花是早春的红色，霜叶是晚秋的红色。如果说春天象征生命的开始，那么霜秋

则象征着生命的衰亡。诗人摄取了春秋两季大自然中最热烈的色彩，通过秋叶之红胜过春花之红的比较，赞美了枫林经霜之后越发火红艳丽的顽强生命力，使全篇浓郁的诗情在引向高潮时升华为哲理的领悟。

自古以来，咏秋色总以悲吟怨叹为多，但不同时代不同性格的诗人对秋色又有不同的感觉。杜牧性格豪爽，对于挽回晚唐国运还存在着幻想。因此，那经霜更红的枫林所蕴含的哲理意味，与杜牧盼望着大唐否极泰来、晚景更红的心情不能说没有关系。当然《山行》之所以脍炙人口，还因为其中所包含的意味已经超出它的时代背景，它对秋色美的发现和提炼，能令人从中悟出鼓舞人奋发向上的生活哲理，对于一切在衰暮之时犹能充满活力、使生命放出异彩的人和物来说，都是一个精妙的比喻和壮美的礼赞。

许浑

许浑(788—860?),字用晦(一作"仲晦"),润州丹阳(今江苏镇江)人。文宗大和六年(832)进士及第。曾任当涂县尉、监察御史、润州司马、睦州刺史、郢州刺史、侍御史等职。有《丁卯集》。

行次潼关驿[1]

红叶晚萧萧,长亭酒一瓢[2]。残云归太华[3],疏雨过中条[4]。树色随关迥,河声入海遥。帝乡明日到[5],犹自梦渔樵。

注释

〔1〕诗题一作《秋日赴阙题潼关驿楼》,本篇见罗时进《丁卯集笺证》卷二。

〔2〕长亭:古代行人饯别之处,也供旅途中休息。

〔3〕太华:即西岳华山。

〔4〕中条:中条山,在山西永济市西南,与潼关隔黄河相望。

〔5〕帝乡:京城,帝都。

鉴赏

许浑因性格刚正得罪权贵，在武宗会昌三年（843）辞职东归，责授润州司马。武宗于846年去世，文宗登基，许浑于当年秋天北上，于大中三年（849）复拜监察御史。此诗当作于此次进京之时。

开篇扣住赴阙的时节，直接描写红叶萧萧的晚秋景色，起笔飒爽高逸，色泽明艳。然后在霜林尽染的背景上突出一座长亭和一瓢酒的特写，便带出客途中暂歇潼关驿的题意。

中间两联写登临驿楼所见，以雄壮的笔力勾勒出潼关的山川形势。潼关西有太华山，东有中条山，都在数百里之间。雨霁时，尚有稀疏的雨点飘过中条山，残馀的阴云归于太华山，说明风雨从东向西而来。本来疏雨是由残云挟带而至，原为一体，颔联将残云、疏雨分属两山，形成工整的对仗，借以展开远眺所见夹峙潼关左右的两座名山，同时正好写出雨霁后秋空转为高朗的视觉印象。颈联分写潼关周围的林木和近在关前的大河，由近而远，点出内外山河之险。潼关北濒黄河，南依秦岭，西连华山，东有远望沟天堑。从东门进关，险峻异常，须沿陡坡道拾级而上，由于地势逐渐升高，所以树色似乎随着山势而高入云中。大河浩荡东去，水声也随之遥遥入海，则是意中之景。"随关迥"和"入海遥"与颔联一样，均准确地描摹出潼关的地势特点，又将眼前景拓展到视野之外，这是盛唐山水诗营造阔大境界的常见手法，因而中间两联被后世诗评家誉为近似盛唐的名句。

进入潼关，长安就近在眼前了，所以尾联感叹明日即可到帝乡，而自己却还在做渔樵之梦，说明心尚留在故乡。许浑从贬授润州司马的闲职起，一直在故乡生活，自认为与渔樵无异。此次进京明明是干禄，却说犹梦渔樵，与其视为淡泊荣利之意，还不如说只是思乡之情的一种婉转表达。

全诗句法高超，气势雄浑，声调宏壮，在晚唐诗中少见，堪称行旅山水诗中的上乘之作。

咸阳西门城楼晚眺[1]

一上高城万里愁，蒹葭杨柳似汀洲[2]。溪云初起日沉阁[3]，山雨欲来风满楼。鸟下绿芜秦苑夕[4]，蝉鸣黄叶汉宫秋。行人莫问前朝事，渭水寒声昼夜流[5]。

注 释

〔1〕题一作《咸阳城东楼》，本篇见《丁卯集笺证》卷六。

〔2〕蒹葭：即芦荻。蒹又名荻。葭即芦。汀洲：小洲。

〔3〕"溪云"句：此句有自注："南近磻溪，西对慈福寺阁。"

〔4〕绿芜：草树丛杂。秦苑：秦宫旧苑。

〔5〕渭水：水名，发源于甘肃，经陕西流入黄河。秦汉禁苑西连故长安城，北枕渭水。

鉴赏

咸阳为秦汉故都，唐时离长安约二十里。此诗写傍晚登上咸阳故城远眺所见，是公认的怀古名作。

诗人一上高楼，便顿生万里之愁，因登高望远最易思乡，而故乡润州在万里之外，眼前所见的蒹葭杨柳竟然恰似吴中的汀洲，忽见此熟悉景色，自不免恍惚惊心。首二句从心理活动写出登临之愁，颇为传神。然而咸阳城原为人烟繁密之古都，为何蒹葭杨柳会如汀洲之茂盛？足见诗人此时所见之咸阳早已一片荒凉，这就又使乡愁自然转为怀古之愁。放眼天边，在蒹葭杨柳之外，只见阴云开始在溪上聚集，夕阳已慢慢西沉于阁后，这两句均为楼上所见实景。乌云升起之后，风满城楼，便知山雨将至，因而下句紧承上句之后，写出了从云烟初起到大风先雨而至的全过程。虽然早在西晋张协的《杂诗》中就描写过"腾云似涌烟，密雨如散丝"的现象，但此后吟咏风雨的诗歌从未能在登眺的夕景中精准地捕捉住山雨来临之前的先兆，写出风云酝酿骤雨的神理，因此颔联的精彩主要在于其境界的独创性。

暮色之中，再看"秦苑绿芜满目，惟为鸟栖，汉宫黄叶飘零，惟闻蝉响"（《删补唐诗选脉笺释会通评林》周珽评），昔日繁盛的秦苑汉宫在眼前只剩下一片荒园废址，黍离之感自在言外。然而最后诗人不言凭吊之意，反而劝行人莫问前朝之事，只需听渭水寒声昼夜东流，含意更深：秦苑汉宫之盛均已成前朝之事，行人若问，难免想到后朝视今朝亦为前朝，倍增伤感。而渭水自古至今长流不息，历经多少前朝后朝的更迭，无论兴衰如何，最终都将随逝水流去，那么又何须再问呢？

许浑生活在国势衰微的晚唐，登楼晚眺秦汉遗迹，其怀古之悲慨应不仅仅只是因前朝之事而发。但此诗为人称道，主要在颔联既善于状景，又能切中事理。而且自然现象变化的先兆，可以类比社会问题出现的预兆，所以"山雨欲来风满楼"句后来多用于形容重大事件发生之前的紧张气氛，成为政治生活中的常用语。

李商隐

李商隐（812—858），字义山，号玉溪生，怀州河内（今河南沁阳）人。开成二年（837）进士。后入泾原节度使王茂元幕。此后终生不得志，多在各地节度使幕府中任书记。是唐代著名诗人。有《李义山诗集》《李义山文集》和《樊南文集补编》。

无 题 [1]

相见时难别亦难，东风无力百花残。春蚕到死丝方尽 [2]，蜡炬成灰泪始干 [3]。晓镜但愁云鬓改 [4]，夜吟应觉月光寒。蓬山此去无多路 [5]，青鸟殷勤为探看 [6]。

注释

〔1〕无题：李商隐《无题》诗共十六首（一说十七首），不是一时之作。多写爱情，有的可能别有寄托。本篇见冯浩《玉溪生诗集笺注》卷二。

〔2〕春蚕：《子夜歌》："前丝断缠绵，意欲结交情。春蚕易感化，丝子已复生。""丝"双关"思"。

〔3〕蜡炬：南齐王融《奉和代徐诗二首》其二："思君如明烛，中宵空自煎。"陈朝贾冯吉《自君之出矣》："思君如明烛，煎心且衔泪。"均以燃烛

比煎心,以蜡泪比人泪。

〔4〕晓镜:女子晨起对镜梳妆。云鬟改:乌黑的鬓发变色。

〔5〕蓬山:蓬莱山,道教传说中神仙居住的地方。

〔6〕青鸟:神话中西王母派去探望汉武帝的信使,后借指爱情信使。

鉴赏

　　李商隐的无题类诗多迷离难解,究竟是写难言的隐秘恋情,还是别有政治寄托,历来众说纷纭。尽管如此,人们仍能欣赏这些诗中的朦胧美。因为诗人通过许多互不连贯的意象将他爱情生活中的痛苦和怅惘表现得如此深切美丽,概括了很多人共同体验过的情绪。

　　这首著名的《无题》写他与情人被迫分离的痛苦。首联"相见时难别亦难"连用两个"难"字,犹如两声长叹。前一个"难"字指外力阻挠下的相聚之难,后一个"难"字指感情太深而导致的难舍难离。"东风无力百花残"是晚春之景,更是象征被摧残的爱情如春风无力、百花凋残,美好而又短暂。这就从聚散两方面说透相爱之不易,奠定了全诗凄苦柔弱的基调。

　　"春蚕"一联,借用南朝乐府民歌以"丝"与"思"谐音的双关手法,扣住春蚕吐丝到死方尽的特点,比喻人的相思绵绵无尽,到死才能完结,比南朝乐府中类似的比喻更警快、更透辟,也更深厚地写出了刻骨铭心的柔情。以蜡泪喻人泪,以蜡心燃烧喻煎心的痛苦,南朝诗中亦颇多见,但李商隐强调蜡泪燃尽才会干,正像泪水要到人化成灰才能干,讲得更绝对。这一联由于将前人的比喻透

发无馀而成为后世无数情人生死相恋的誓言。

"晓镜"一联分别从双方别后的生活状态着眼。晨起对镜的女子愁看秀发变白，是因为夜不成寐而容色憔悴；夜吟的诗人在月光下感到清寒，同样是因思念对方而彻夜不眠。如果说第二联是从生生死死的角度写终生相思的痛苦，那么这一联就是从朝朝暮暮的角度写每日相思的痛苦。因换用比喻和意象，两联反复，更觉缠绵。尾联暗示两人离得不远，或许能托人探看，似乎尚未绝望。但蓬山原是道教传说中的仙山，青鸟是西王母传递爱情的信使，这两个典故的使用将对方喻为可望而不可即的仙子，其实深含着相见无望的悲哀。

全诗对仗工整，笔意流畅，又善于化用乐府比兴，浓情丽藻，摄人心魄。因而被论者誉为《无题》诸篇之冠。

无题二首（其一）[1]

昨夜星辰昨夜风，画楼西畔桂堂东。身无彩凤双飞翼，心有灵犀一点通[2]。隔座送钩春酒暖[3]，分曹射覆蜡灯红[4]。嗟余听鼓应官去，走马兰台类转蓬[5]。

注 释

[1] 本篇见《玉溪生诗集笺注》卷一。

〔2〕灵犀：古代传说的一种犀牛角，中央色白，通两头，感应灵敏。《汉书·西域传》："通犀翠羽之珍盈于后宫。"

〔3〕送钩：一种游戏。藏物于手中，握拳令人猜，叫做藏钩。隔座送钩，即隔着座位送钩给人藏匿。往往在腊日饮祭之后，多人分队，做此游戏。

〔4〕分曹：分队。射覆：中国民间近于占卜术的猜物游戏。在瓯、盂等器具下覆盖某一物件，让人猜测里面是什么东西。《汉书·东方朔传》："上尝使诸数家射覆。"颜师古注曰："于覆器之下而置诸物，令暗射之，故云射覆。"

〔5〕兰台：据《旧唐书·职官志》，秘书省在高宗龙朔年间，改称兰台。武则天光宅年间改称麟台，中宗神龙年间改为秘书省。李商隐曾任秘书省校书郎。

鉴赏

在李商隐的多首无题诗中，此首主旨基本没有争议，诗评家都认为只是追忆席上所遇，别无寓意。从末二句看，此诗是李商隐在任秘书省校书郎时所作。

诗里回忆的是昨夜在一所豪宅的酒宴上，和与会者中的一人心灵相通却不便接触的隐秘恋情。先从良宵之景说起，首句连用两个"昨夜"，将"星辰"和"风"分别突显出来：星光灿烂，春风吹拂，正是如此良夜，就在画楼桂堂之间，诗人的所见所遇在记忆中如光风霁月般美好难忘。这一开头，"凌空步虚，有绘风之妙"（《唐诗贯珠》），自然铺衬出宴会灯红酒绿的环境。在那豪华热闹而又隔膜的氛围里，诗人不能与心仪的伊人生出双翼，如彩凤般自由翱翔，唯有两心之间的一点通灵，无论是隔座还是分曹游戏，彼此都能意会。颈联写隔座送钩和分曹射覆，不仅是渲染酒席上的欢腾喧闹，更重要的是说明在众目睽睽之下，伊人与自己始终处于"分""隔"的状态，没有机会接触交谈。隔座送钩即藏钩游戏，隔着座位送物使人藏匿，分为两队猜物以比较胜负。射覆则是在瓯、盂等器具下覆盖某一物件让人猜测。这类游戏虽有人与人之间的互动，彼此可以近在咫尺，却没有私下沟通的可能。中间两联以"心有灵犀一点通"的精警比喻暗示"满堂兮美人，忽独与余兮目成"（《九歌·少司命》）的心灵感应，细腻地表达了诗人置身于这种情境时内心的悸动和激情的克制。

尾联写天明时听到鼓声，应当赴官而去，感叹自己为微禄走马兰台，无异于转蓬。转蓬历来比喻游子飘泊在外的命运，此处强调身不由己，官去之后便将远离伊人所在之地，昨夜之盛会也恐无缘再遇了。由此倒溯首联意境，可以更深一层体会起笔从星辰说起的妙处，正在强化昨夜良辰给人带来的深刻印象和美好心情。

或许，诗人着重回味的是这段难言之情的隐秘之美，其所恋之人的形影反倒隐没在画楼桂堂的良宵佳会之中，因而尤觉笔意飘忽，引人遐想。前半篇风调之流丽，声情之圆美，又更助添诗情的难以捉摸之感。"心有灵犀一点通"也因此成为表达爱情和心灵感应的习用比喻，丰富了本民族的语汇。

李商隐

隋　宫 [1]

　　紫泉宫殿锁烟霞 [2]，欲取芜城作帝家 [3]。玉玺不缘归日角 [4]，锦帆应是到天涯 [5]。于今腐草无萤火 [6]，终古垂杨有暮鸦 [7]。地下若逢陈后主，岂宜重问后庭花 [8]。

注　释

〔1〕隋宫：指隋炀帝在江都（今江苏扬州市）所建宫殿。炀帝于大业元年（605）开凿大运河通济渠，从洛阳西苑可以乘船直达江都，沿岸修筑离宫四十馀所，以江都宫殿最为奢华。此后至十二年（616），共计三次乘坐龙舟游江都，每次出游船队长达二百多里，劳民伤财，使百姓不胜重负。本篇见《玉溪生诗集笺注》卷三。

〔2〕紫泉：水名，在长安北。即紫渊，唐为避高祖李渊名讳，改"渊"为"泉"。隋炀帝即位后在洛阳营建宫殿，事实上以洛阳为京都。大业十二年（616）又决定迁移至江都。

〔3〕芜城：指广陵（故城在江都东北）。南朝刘宋时期，此地曾两次遭受兵祸。一次是文帝元嘉二十七年（450）十二月，北魏太武帝南犯，兵至瓜州，广陵太守刘怀之烧毁城府，率民渡江。一次是宋孝武帝大明三年（459）四月，竟陵王刘诞据广陵反，被沈庆之讨平，杀三千馀口。诗人鲍照曾为此作《芜城赋》。

〔4〕玉玺：皇帝所用的印。缘：因。日角：额骨隆起如日，古人认为是帝王之相，这里指李渊。《旧唐书·唐俭传》说李渊"日角龙庭"。

〔5〕锦帆：指隋炀帝的游船。当时隋炀帝已开凿了八百多里的江南河，可通到杭州。

〔6〕腐草：古人认为萤火虫生于腐草。隋炀帝在洛阳景华宫曾征求几斛萤火虫，夜游时放出，光照山谷。在江都也有放萤院。

〔7〕暮鸦：隋炀帝游江都时，运河上锦帆相连，岸上有骑队扈从，灯火辉煌，乐声震天，两岸杨柳自不会有暮鸦栖宿。隋亡之后，隋堤荒凉，柳树上便成鸦栖之处了。

〔8〕"地下"二句：陈后主，陈朝亡国之君，名叔宝，死后谥号也是"炀"。《后庭花》，即《玉树后庭花》，舞曲名，陈后主曾为之作新词。据《隋遗记》，隋炀帝在江都吴公宅鸡台梦见与陈后主相遇，令后主的宠妃张丽华舞《玉树后庭花》。

鉴赏

隋炀帝一生做尽祸国殃民之事，为游江都开凿大运河，只是其中一个典型例子。他沿河筑堤、种植杨柳，修筑四十多所离宫，又在扬州大造宫殿，流连不归。还征集了几斛萤火虫，夜里游山时放出照明。《隋遗记》载隋炀帝在扬州梦见陈后主和他的宠妃张丽华，炀帝请张丽华舞《玉树后庭花》，舞毕，遭到陈后主的讽刺。这首诗集中以上几件事，总结了隋代灭亡的历史教训。

开头以京城宫殿的关闭引出隋炀帝将迁居江都的打算，用词设色便见褒贬之意：首句以紫泉与烟霞各置首尾，形容将要锁闭的京都宫苑之美，然而炀帝却弃之不用，非要取芜城作为帝居。扬州曾在南北朝时被兵乱所毁，刘宋诗人鲍照为此写过著名的《芜城赋》。但齐梁以来扬州已经恢复繁华，诗人在这里故意取"芜城"之名，正是与紫泉宫殿形成对照，暗刺炀帝此举糜费国力，荒唐不经，同时也预示了扬州最终在炀帝死后又变成一座芜城的后果，为颈联铺垫。

　　颔联写炀帝为游扬州开凿大运河之事，但没有正面叙述，而是从炀帝毫无节制的游乐要到何时为止着想：如果不是李渊坐了江山，炀帝的锦帆还会游到天涯海角。这一联向来以对仗精工巧妙为人称道，上下句用逆挽法使因果关系倒置，更是挖苦："玉玺"是天子印，"日角"指唐高祖额角隆起如日。天下归了唐高祖，是炀帝荒淫无度的结果，诗人却故意说成是炀帝不能游到天涯的原因，这就尖刻地道出炀帝不到断送江山之时绝不回头的可悲可叹，用笔跌宕变化，极为灵活。

　　颈联写如今江都宫中的荒凉景象，带出炀帝生前捕萤火虫为游山照明之事。隋宫中腐草的萤火虫竟至绝种，只有乌鸦日暮时到隋堤的柳树上栖宿，这两句取景也大有深意：萤火虫和隋堤柳都是炀帝生前在扬州行乐的见证，诗人就从这两种物证的现状着眼，以"于今"与"终古"相对，夸张扬州隋宫的荒芜将万劫不复。但转用凭吊的语气，讽意又在言外。尾联由《隋遗记》故事进一步推想炀帝若在地下重逢陈后主的情景，虽以小说为题材，但将炀帝生前曾梦

见张丽华歌《玉树后庭花》一事的典型意义加以放大，出之以调侃式的反问，便鞭辟入里地指出隋炀帝重蹈陈后主亡国覆辙的根本原因在于纵欲无度。

此诗选择隋炀帝在江都的几种故实，以暗讽、明刺、凭吊、调侃的不同语气组合起来，转化成炀帝生前奢靡、死后凄凉的情景对照，极尽挖苦刻薄之能事，而又冷语无限，含蓄不尽，颇能代表李商隐七律咏史的特色。

乐 游 原[1]

向晚意不适[2]，驱车登古原。夕阳无限好，只是近黄昏。

注 释

〔1〕乐游原：在长安南，地势高敞，是唐代著名游览区。本篇见《玉溪生诗集笺注》卷三。

〔2〕向晚：将近傍晚。意不适：不惬意。

鉴 赏

李商隐一生仕途失意，又身处没落的晚唐时代，加上性格多愁善感，往往对许多即将消逝和已经消逝的美好事物具有特殊的敏感。这首《乐游原》就典型地反映了这种心态。

首句"向晚意不适",点出全篇主旨。薄暮之时,心中不适,这是前人诗中常见的日暮之愁。于是想登高远眺以舒解郁闷,便驱车登上长安的高地乐游原。满目夕照,景色虽美,但暮色渐渐降临,到了黄昏以后,万象也就很快沦入黑暗。夕阳预示的这一前景,令人更添不适。末句与首句呼应,充分发挥了"向晚"之意。

夕阳西下是人们每天都要面对的自然现象,但从中得到什么感悟,则不同时代不同心境的人各不相同。诗人登高望远,从乐游原上看夕阳,境界之开阔,可以想见。但在望尽美景的同时,又看到了夕阳的短暂,及其接近黄昏的必然趋势。诗人从眼前景中得到的这种感悟,其实是自然界本身所含蕴的哲理对于人生规律的启示,因而也包含了常人日暮之愁中的茫茫百感。但因诗人只用惋惜的口气一语说尽,过于透彻,致使"只是近黄昏"的事实显得格外无情,也就更容易联想到其中的寓意:身世迟暮之感,国运衰退之忧,好景不常之理,都可由这一声无限悲凉的叹息中去领会。所以末二句虽然极为警策,却令后世许多读者怆怀欲绝,不堪多诵。

贾　生 [1]

宣室求贤访逐臣 [2],贾生才调更无伦 [3]。可怜夜半虚前席 [4],不问苍生问鬼神。

注 释

〔1〕贾生：贾谊，西汉文帝时人。本篇见《玉溪生诗集笺注》卷二。

〔2〕宣室：汉未央宫前殿正室。逐臣：指贾谊因得罪老臣，被贬长沙王太傅，是已被朝廷驱逐之臣。

〔3〕才调：才华。无伦：无与伦比。

〔4〕夜半虚前席：据《史记·屈原贾生列传》，贾生征见，汉文帝坐宣室："上因感鬼神事，而问鬼神之本。贾生因具道所以然之状。至夜半，文帝前席。既罢，曰：'吾久不见贾生，自以为过之，今不及也。'"前席，古人席地而坐，从坐处向前移动，接近谈话的对方。"虚"字表示贾生徒然得到文帝倾听，无益于实现其救济苍生的抱负。

鉴赏

贾谊被贬为长沙王太傅后，汉文帝曾将他召回长安，祭祀完毕后，坐在宣室接见他，向他询问鬼神之事的本原，贾谊作了充分的回答。谈到半夜，文帝不觉促近前席，召对完毕后文帝很欣赏贾谊的才华。李商隐却由文帝与贾生谈论的是鬼神之事这一点生发感想，对于文帝求贤的实质提出了独到的见解。

诗一开头，就大力渲染文帝求贤的诚恳和虚心：宣室是汉代未央宫前殿的正室，汉文帝在此接见已被贬谪的臣子，可见其何等求贤心切，又是何等郑重其事。而这位逐臣本来就是一位才调绝伦的贤士，对答也不负文帝的期望。因而宣室求贤，正是君臣遇合的大好时机。第三句再推进一层：君臣相谈直到夜半，而且文帝还促近前席,可见谈得何等投机。然而"可怜"和"虚"字的语气却陡生转折,惋惜贾生只是徒然获得这次重要的召对机会。末句顺势跌下一层,以"问"与"不问"的对比,点出"可怜"其"虚"的原因是文帝关心的只是鬼神而不是苍生之事,于是出乎意料地造成了令人啼笑皆非的艺术效果。

贾生得到文帝赏识,是才士难得的机遇,而文帝又是历史上难得的明君,然而贾生还是难免遭谗被贬,一生不得展才,其遭际曾引起后人无数议论和惋叹。李商隐咏贾生,固然也有以逐客自喻怀才不遇之意,但更重要的是联系唐代君王迷信神仙的现实,指出纵有贾生之才,得遇贾生之时,也未必就能施展。因为连文帝这样的贤明君主,真正关心的也不是国计民生,反倒是求神弄鬼的虚无之事,更何况那些从无求贤之举的庸主昏君呢?此论透辟锐利,刺穿了历代多少士人对于君臣遇合的幻想,见识远高于众人,却没有正面说出,只是令人从全诗先扬后抑的叙事效果中自然领悟。因而既能以新警取胜,又含蓄巧妙,不见议论之迹。

常　娥[1]

云母屏风烛影深[2],长河渐落晓星沉[3]。常娥应悔偷灵药,碧海青天夜夜心[4]。

注释

〔1〕本篇见《玉溪生诗集笺注》卷三。常娥，即嫦娥。

〔2〕云母：一种造岩矿物，呈现六方形的片状晶形，光泽闪亮，古人用于家具装饰。

〔3〕长河：银河。

〔4〕碧海：据《十洲记》，东有碧海，与东海等，水不咸苦，正作碧色。

鉴赏

嫦娥因偷了后羿的灵药飞入月宫，原是古老的神话传说。唐人的咏月诗虽然也有关于月宫仙子的想象，但都只是以神仙的永生反衬人间的短暂，极少有人设想仙女是否会感到寂寞。这首诗却将嫦娥当做人间女子去揣度她的内心世界，构思极为新奇。

开篇视点从房中移向室外，在烛暗星沉、天色将晓的时分突出了碧海青天中的一轮孤月。屏风以云母装饰，可见室内陈设之精美。夜深烛影重重，屏风之后应有人无眠。"云母"在字面上又照应云天，因而模糊了首句所写室内之景究竟是天上还是人间的想象。银河渐渐消隐，晓星也已沉没，夜将尽，天将晓，又是一个不眠之夜。那么这不眠之人究竟是人间的怨妇还是月中的嫦娥呢？如果是怨妇，那么这碧海青天中的"夜夜心"，也可能是在烛影屏风前望月之人的痴想，于是天上嫦娥便成为人间怨女的写照。如果是嫦娥，恐怕也会在这不眠之夜产生悔意，因为天海之中的明月永远如此孤独，当初偷了不死之药飞入月宫成仙，虽然获得了生命的永恒，却也从此坠入了永恒的孤独。末句以"碧海青天"与"夜夜心"对照,不但营造出天如碧海之青、月如天心之明的深邃意境,也写出了嫦娥夜夜独对碧海青天的清冷之美。结尾词意浑含,令人吟味无穷。

至于诗中嫦娥暗指何人,是否有所寄托,前人有一些不同的猜想,其实无须深究。无论认为此诗是咏怨妇独居之幽思,还是认为不过是咏月之戏笔,都不能否认诗人的妙想为咏月、宫词、闺怨这些常见题材都增辟了幽怨美丽的奇境。

夜雨寄北[1]

君问归期未有期,巴山夜雨涨秋池[2]。何当共剪西窗烛,却话巴山夜雨时。

注释

[1] 长安在巴蜀东北,所以说"寄北"。本篇见《玉溪生诗集笺注》卷二。
[2] 巴山:亦称大巴山、巴岭。这里泛指巴蜀。

鉴赏

此诗《万首唐人绝句》题作《夜雨寄内》,故不少论者认为是寄给妻子的。清人冯浩注说:"语浅情深,是寄内也。然集中寄内诗皆不明标题,仍当作'寄北'。"但据当代学者考证,李商隐久困

巴蜀，是在大中五年至十年间（851—856），其妻王氏已于851年夏秋间亡故，所以应作寄友看。

首句的"君"作第二人称，仿佛直接与所怀之人遥相对答。对方问自己何时归去，自己回答则是尚无归期。这一问答，显然是面对相知之人的口吻，语气虽然亲切，却包含着许多无奈。以下没有解释"未有期"的原因，而是转到眼前"巴山夜雨涨秋池"的时景。夜雨连绵，水涨秋池，可见已到秋天。秋天尚无归期，又为夜雨所苦，心情当也与秋雨一样凄凉。窗外雨水渐渐涨满秋池的动静能为诗人感知，那一定是无法入寐，才会一直听着雨声，望着秋池，此夕此景的寂寞无聊就可想而知了。

第三句却跳过一步，从归期着想：倘若能与"君"西窗夜话、共剪烛花，再将此夜情景娓娓道来，该是多么温馨呢？但"何当"呼应"未有期"，说明"共剪西窗烛"的日子是无法预期的。而且这一念头也是从眼前独对秋窗的景况想来，所以末句与第二句呼应，再重复一遍"巴山夜雨时"，就更显出此夜的寂寞孤独，以及诗人对归期的极度盼望。

此诗将今夜苦雨之情，置于"何当"与友人共话眼前景的期盼之中，构思新颖，却清浅如话，含蓄不露，因而倍觉委婉动人。

温庭筠

温庭筠（801—866），本名岐，字飞卿，祖籍太原祁（今山西省祁县），生于吴中（今江苏苏州）。曾游历多地，屡应进士举不第，曾在襄阳、荆南节度使任幕府僚属，晚年任国子监助教，贬方城尉。有《温飞卿诗集》。

商山早行[1]

晨起动征铎[2]，客行悲故乡。鸡声茅店月，人迹板桥霜[3]。槲叶落山路[4]，枳花明驿墙[5]。因思杜陵梦[6]，凫雁满回塘[7]。

注释

〔1〕商山：在今陕西商洛市商州区东南，又名地肺山、楚山、商岭。本篇见刘学锴《温庭筠全集校注》卷七。

〔2〕征铎：车上的铃铛。

〔3〕板桥：泛指道路、溪沟上的木板桥。

〔4〕槲（hú）：壳斗科。别名作柞树、大叶菠萝等等。槲树主产中国北部地区。槲叶入秋变黄，冬天留在枝头，春天才落。司空曙《雪二

首》其二："半山槲叶当窗下，一夜曾闻雪打声。"叶不落才能听到雪打槲叶的声音。槲树春天落叶见于温庭筠多首诗。如《烧歌》："风驱槲叶烟，槲树连平山。"写的是"烧畲为早田"的季节，此时落叶满山，所以可用来烧荒。他另一首《送洛南李主簿》中"槲叶晓迷路，枳花春满庭"也是写槲叶在春天落满山路的景象。

〔5〕枳（zhǐ）：果树名。果实似橘而酸，春季开白花。

〔6〕杜陵：汉宣帝陵墓所在的陵邑，在长安城南。

〔7〕凫（fú）：野鸭。回塘：曲折的池塘。

鉴赏

温庭筠一生落魄不遇，游历过许多地方，诗中羁旅酬唱、咏物写景之作屡见精品。他善于发现独特的审美角度，构思的曲折密致中别有清新淡雅的韵味。这首《商山早行》就是代表作。

起笔先写凌晨启程的情景：马车的铃铎响了，客子怀着思乡的悲伤。动身的时候，刚刚听到茅店的鸡叫，一弯残月还悬在天边。板桥上蒙着昨夜的一层薄霜，已有行人留下的足迹。颔联句法新颖，不用任何连词、动词和虚词，而是提炼早行景物中最典型的意象，纯用名词组合：茅店鸡声、残月板桥、人迹履霜，只取旅人出门的这一特定时刻观望天色和踏上前路时所见的深刻印象，"早行"之景便鲜明如画。不但村店朴野疏淡的晨景宛然在目，而且山里清新寒冽的空气似乎扑面而来，令人有身临其境之感。虽不着一字言情，而道路辛苦、羁愁旅思自然见于言外。

颈联描写沿途景色，补足题中"商山"的季节特征。槲树叶子至冬经久不落，春天才落满山坡。枳即枳树，春天开白花。山路上既见槲叶飘落，驿站的墙外枳花开得鲜亮，可见诗中所写是早春景象。反过来再看"人迹板桥霜"，春天已经转暖，桥上结霜只能是山里深夜气温最低的时候，出行时白霜未消，由此更可见人行之早。结尾由眼前景而转忆长安：茅店、驿墙难免触动客愁，何况春色在望，自然就联想到梦中的杜陵。诗人曾在长安住过多年，在鄠杜有郊居。商山已到春天，家里的池塘也应该满是野鸭和大雁了。末句虽是梦中之景，但与眼前的山路村店十分协调，思乡之情也与首联正相呼应。

此诗深受后人好评，尤其"鸡声"一联，被誉为妙绝千古。宋代诗人梅尧臣称其"意新语工，得前人所未道者"，"能状难写之景，如在目前，含不尽之意，见于言外"（欧阳修《六一诗话》引）。欧阳修曾仿效此联句法，作"鸟声梅店雨，野色柳桥春"（《过张至秘校庄》），虽然也都是纯用名词组合，但所取意象都是春天的浮泛景象，画面感远不如温庭筠这首原作鲜明。可见温诗之妙不仅在于句法的特殊，更在于早行意象提炼的特定性和典型性，所以为苏东坡叹为绝唱。唐人写早行之妙极形容，无过此诗，在历代诗话中已成定评。

苏 武 庙[1]

苏武魂销汉使前[2]，古祠高树两茫然。云边雁断胡天

月，陇上羊归塞草烟[3]。回日楼台非甲帐[4]，去时冠剑是丁年[5]。茂陵不见封侯印[6]，空向秋波哭逝川[7]。

注释

[1] 苏武：(？—前60)，字子卿。天汉元年（前100）出使匈奴，匈奴欲迫使投降，坚决不从。被单于迁至北海(今俄罗斯贝加尔湖上)牧羊，不给饮食，掘野鼠取草实而食，被囚禁长达十九年。汉昭帝时因汉使来匈奴访求，才得归汉，拜为典属国。本篇见《温庭筠全集校注》卷八。

[2] 汉使：据《汉书·苏武传》，昭帝即位，匈奴与汉和亲。汉使到匈奴后，苏武属吏常惠设法夜见汉使，教使者对单于说，天子在上林苑射得一雁，足系帛书，说苏武在某泽中。使者照办，使单于无话可说，苏武才得以释放。

[3] 陇上羊归：据《苏武传》，匈奴将苏武迁徙到北海上无人处放牧公羊，待公羊生小羊，才能归去。

[4] 甲帐：据《汉武故事》，汉武帝以琉璃、明珠、明月、夜光错杂天下珍宝装饰甲帐，其次为乙帐。甲帐供神，乙帐自居。

[5] 丁年：男子成丁之年，即丁壮之年。

[6] 茂陵：汉武帝陵墓，在今陕西兴平市东北。封侯印：苏武归国后仅封为典属国、中秩二千石，宣帝即位后才赐爵关内侯，食邑三百户。

[7] 哭逝川：悲哀时间有如川水流逝。

温庭筠

鉴赏

苏武出使匈奴被拘十九年，坚持不降，全节归汉的故事，历来为人称颂，为苏武立庙的本意也是纪念和赞扬他的民族气节。此诗咏苏武庙，则着重于追想苏武的一生遭际，寄托了深切的故君之思和不遇之感。

诗人设想苏武一生中最关键的时刻就是在十九年以后重见汉使之时，所以第一句就突出了这一刻的情景，"魂销"二字写他悲喜交集、激动得几乎昏厥，十分传神，甚至连同苏武在受尽折磨之后极度衰弱的状态都可以由此想见。在再现了这个鲜活的历史场面之后，下句才转到眼前的苏武庙。"茫然"之意很含浑，可以理解为历史渺茫久远，古祠和老树也都不知年代。颔联承接首联祠庙古老肃穆的气氛描写，旋即拓开想象的广阔视野，倒叙苏武在北海牧羊的生活景况。上句将苏武遥望大雁南飞的视线推到云边天际，下句在塞草烟迷的原野上突显出苏武牧羊归来的孤独形象，以苍凉廓落的画面概括了他十九年来艰难困苦的处境、日夜思念故国的心情和坚守汉节的意志。也补充说明了苏武"魂销汉使前"的前因。

后半首设想苏武归汉之后的境遇。颈联"回日楼台非甲帐，去时冠剑是丁年"写苏武归来时，汉武帝已经逝世，以苏武丁年奉使出塞与武帝甲帐巧对，历来为诗评家所称道。先说"回日"，后说"去时"，用逆挽法，强调回来时所见到的楼台已经不是汉武帝当初的甲帐，而自己冠剑出使时还是丁壮之年，不但见出苏武被囚匈奴的岁月之久，也更深沉地表现了物是人非的感慨。

尾联深入到苏武的内心，惋叹当初派遣自己出使的汉武帝已长眠在茂陵里，看不到全节归来的老臣，只能空对秋天的流水痛哭时间的流逝，其中所含的故君之思意味深长。联系《汉书·苏武传》来看，苏武在匈奴，不但饱受非人的折辱和磨难，甚至在听到李陵告知苏家兄弟被武帝治罪自杀、母死妻嫁的时候，仍然毫不动摇杀身以报效汉廷的决心。因此能归汉面见武帝以自证忠节，是支撑苏武十九年的主要信念。可惜武帝等不到他归来，便进了茂陵，这种遗憾是他人所无法理解的。何况他所得到的"封侯印"，并非其全节而归的证明。因为苏武归汉后并未封侯，仅为典属国，而且第二年就因朝廷内斗被罢官，儿子被处死。直到几年后昭帝去世，"苏武以故二千石与计谋立宣帝"，才获赐爵关内侯，恢复了"著节老臣"的名誉。也就是说苏武封侯的真正原因是谋立宣帝之功，而他"奉使不辱命"的节操反而是因封侯才得以昭彰。可见"茂陵不见封侯印"其实暗示了苏武的忠节在归汉后并未真正得到认可，因此他只能将这种无人理解的悲凉寄托于故君之思，这才是苏武痛哭逝川的深层原因。

以上四联分别对应苏武一生的四个阶段。首句和颔联的画面感颇为鲜明，刘学锴认为"均非凭空想象，而系见庙中所绘苏武出使匈奴壁画而有此一系列描写"（《温庭筠全集校注》卷八《苏武庙》注释）。尽管无从得知诗人所见苏武庙的原貌，这一推测仍不无道理。不过此诗之意恐怕不仅是为苏武写一篇简传，因四联并非按苏武生平事迹的时间顺序排列，而是采取倒叙、逆挽等手法，使苏武初见汉使的激动与归汉后不见武帝的悲伤形成情绪的巨大反差，突出了对苏武一生时运际遇的思考。而诗人对苏武这种不遇故君之悲的理解，其实也暗含着他空怀大才却毕生不遇于时的自伤自悼。但历代评家多瞩目于颈联的对仗之巧，极少关注全篇意脉的走向，未免可惜了诗人的匠心。

瑶 瑟 怨[1]

冰簟银床梦不成[2]，碧天如水夜云轻。雁声远过潇湘去，十二楼中月自明[3]。

注 释

〔1〕瑶瑟：装饰精美的瑟。本篇见刘学锴《温庭筠全集校注》卷五。

〔2〕簟（diàn）：用竹子或芦苇编的席子。

〔3〕十二楼：神话传说中的仙人居处。《汉书·郊祀志下》："五城十二楼。"颜师古注引应劭曰："昆仑玄圃五城十二楼，仙人之所常居。"有学者认为可能暗指女道士鱼玄机。但也可泛指高层楼阁。

鉴 赏

唐人所写鼓瑟之诗不少，而且乐境中大雁和潇湘均为不可或缺之景，此诗亦不例外，但被人赞为"清音渺思"，"神韵独绝"，原因何在呢？

首先是诗题虽为"瑶瑟怨"，诗中却并未明言有人鼓瑟，连瑟

的形制以及其音悲怨的特点都不着一字。只是展开一片秋夜月色，令秋闺中人的情思随着雁声穿过碧空夜云，越过潇湘，渐去渐远。但因瑟曲有《归雁操》，而且瑟有二十五弦和二十五柱，斜列如雁行，因此"雁声"双关瑟曲之名以及乐声从瑟上雁行之弦柱发出的双重意思，再化入湘灵鼓瑟的著名典故，便写出瑟曲中雁归潇湘的乐境，与秋闺中人月下闻雁的愁情融成一片清怨。

其次，此诗写秋闺情思，却仅有"梦不成"三字略涉闺中人不眠之意，通首都只写遥夜清景，笔致轻灵，色调澄淡。簟之所以为冰簟，是因为空床独眠，席寒如冰；床之所以为银床，是因为明月照床，光如白银，这就自然透露出空闺怀人的愁思。天如碧海，其色如水，夜云微淡，轻柔如絮。"冰""银""水""碧天""轻云"等组合在一起，写出了夜空的色度和月色的凉度，连同雁过潇湘的乐境也像出自冰弦般空明澄澈，明月映照下的十二楼更是恍若玉宇琼楼，都一齐融化在"月光如水水如天"的清空意境之中。

由此可见，此诗之特色在于仅见其布景设色之澄明清丽，以及境界之空灵渺远，而隐含其中的怨思和乐境都不着痕迹，因而能以神韵高绝超越前人同题之作。

菩 萨 蛮[1]

小山重叠金明灭[2]，鬓云欲度香腮雪[3]。懒起画蛾眉，弄妆梳洗迟。　照花前后镜,花面交相映。新帖绣罗襦[4],双双金鹧鸪。

注 释

〔1〕本篇见《温庭筠全集校注》卷九。

〔2〕小山：有歧解,一说指眉山,形容眉毛如远山；一说指屏山、屏风上画的山；一说指头上发髻的式样。

〔3〕鬓云欲度：鬓发蓬乱,快要垂到脸上来的样子。

〔4〕帖：贴。一种在衣服上贴金的工艺,这里指下句贴成一双鹧鸪的花样。襦：短衣。

鉴 赏

这首词写闺中女子晨起梳妆的慵懒情态。上片先聚焦于女子床头的屏风：屏上所画的小山重重叠叠,被清晨的阳光一照,闪着忽明忽暗的金光,可见这是一架漆金画屏。"小山"当是实指画屏之景,但也可能关联到这个女子的梦境。从全词来看,这位女子显然是独居,那么她的夫君正在山重水复之外,或许此时就在她的梦中。词人着意描写枕边鬓发缭乱,仿佛正要落到她雪白的香腮上,点出她睡得正酣,好梦不愿醒来,才会懒得起床,耽误了梳洗。其内心的思念之苦也就无需明言。

以下两句及下片全从弄妆的动作着墨：懒洋洋地起来画眉,慢腾腾地梳洗化妆,足见她的无情无绪。下片着重选取女子簪花照镜

的一个细节：用前后两面镜子自照，人面似花，花似人面，交相辉映，颇有创意。南北朝时期的大诗人庾信曾写过类似的画面："树入床头，花来镜里。草绿衫同，花红面似。"（《行雨山铭》）"树"是人着绿衫，亭亭如树，"花"是人面嫣红，鲜丽如花。以镜中人面比花，原出于此。比喻的原创虽属庾信，但这首词又别有妙思，词人没有直接以花比人面，而是在花、面相映中启发人想到女子鲜丽如花的美好青春，比庾信含蓄。再与女子独居的处境相对照，那么花红易衰，青春难驻的感慨也就自在其中了。所以结尾再特意给女子所穿的绣罗襦来个特写，衣服上的双双金鹧鸪暗示女子渴望与夫君成双成对的心愿，也更反衬出她独处的寂寞。

思妇在与夫君长期的离别中对红颜易老的担忧，可说是中国诗歌中一个古老的主题，不知被多少诗人反复地写过。而这首词却从女子懒起梳妆的细节着眼，在明丽辉煌的色调中，巧妙地暗示女子的情思，因而格外新颖巧妙。

菩 萨 蛮 [1]

水精帘里颇黎枕 [2]，暖香惹梦鸳鸯锦。江上柳如烟，雁飞残月天。　　藕丝秋色浅 [3]，人胜参差剪 [4]。双鬓隔香红，玉钗头上风。

注 释

〔1〕本篇见《温庭筠全集校注》卷九。

〔2〕颇黎:玻璃。

〔3〕藕丝秋色浅:指衣衫的藕荷色,近于白色,所以说与秋色一样浅淡。

〔4〕人胜:又称花胜,人日头上戴的饰物,男女都可以戴。新年正月初七称为人日,主要风俗是戴人胜。梁代宗懔《荆楚岁时记》说:"正月七日为人日。以七种菜为羹,剪彩为人或镂金箔为人,以贴屏风,亦戴之头鬓。又造华胜以相遗。"说这一天要煮七种菜做的汤。用彩纸、丝帛、金箔等材料制成小人的形状,贴在屏风等处,也戴在头上。又会戴花胜,就是剪裁出各种花朵,相互馈赠。因此人日也称为人胜节。

鉴 赏

在唐五代的诗词里,有不少描写节庆风俗的名作,以人日为背景的词以温庭筠的这首《菩萨蛮》最为著名。

词分上下两片。上片写一个女子正在睡眠之中:水晶的帘子,玻璃的枕头,先渲染出这个女子所住环境的明亮洁净。绣着鸳鸯鸟的锦缎被子温暖芳香,将她引入了梦境。江上的新柳像烟雾朦胧,这是早春的光景。大雁在残月下归来,而远方的游子什么时候才能回家呢?下片写女子在人日的梳妆打扮:她穿着像秋色那样浅淡的藕荷色衣衫,头上戴着参差剪出的人胜,两鬓插着红色的彩花。在春风吹拂中,玉钗上彩胜摇曳,花香飘荡。下片虽然没有写她

的容貌，只是在人日戴彩胜的梳妆细节上精描细画，但已经烘托出这个女子在春风中亭亭玉立的曼妙意态。与上片的景物描写相对照，自然暗示出女子在早春来临之时的寂寞孤独，以及虚度青春的惆怅。

隋代诗人薛道衡有一首著名的《人日思归》："入春才七日，离家已二年。人归落雁后，思发在花前。"是以游子的口气写的。入春七天，正是人日，离家二年，当然想家。春天大雁已经北飞，而人还没有归去，所以说落在雁后；而春花尚未开放，自己思乡之心早就萌发，所以说思发在花发之前。温庭筠这首词的上下两片就包含着这首诗"人归落雁后，思发在花前"两句的意思。上片写早春柳色如烟，大雁在月下归来的情景，正是游子归家落后于大雁的意思；而下片中女子戴着人胜和彩花的特写镜头，则包含着女子在花发之前思念夫君的言外之意。由此也可以体会词人构思的巧妙和含蓄。

这首词明咏人日风景和习俗，暗写女子的春思。以富丽的彩绘描写闺房卧具，以清新的笔触渲染春江月色。"江上"两句既像是远景，又像是闺中所梦游子飘零的江湖。下片纯写女子的衣衫和头上所戴花胜，落笔在色、香和风，则春色骀荡可以想见。可见温词的特长正在于精选意象，用表面上跳跃性较大而实质针线甚密的词语联缀手法，使词境含蓄婉约，富于暗示和联想，这就为后来的婉约派词开创了一种基本的表现艺术，使词能具有五、七言诗所没有的特殊韵味。

更漏子[1]

玉炉香,红蜡泪,偏照画堂秋思。眉翠薄[2],鬓云残,夜长衾枕寒。　　梧桐树,三更雨,不道离情正苦[3]。一叶叶,一声声,空阶滴到明。

注释

〔1〕更漏子:词牌名。本篇见《温庭筠全集校注》卷九。

〔2〕眉翠:画眉的青黛色。

〔3〕不道:不理会、不管。

鉴赏

这首词写离人难耐秋夜寂寞的苦处。上片以画堂中微弱的烛光照出这个不眠之人的姿影:玉炉中还燃着熏香,红蜡烛正滴着蜡泪,烛光偏偏照着画堂中的满怀秋思之人。这个人儿如今翠眉淡薄,鬓云凌乱,只觉得长夜中格外寒气袭人。上片写画堂环境,只罗列卧床周边与女子秋思相关之二物:玉炉香是安睡前必点,红蜡泪说明夜深蜡残,又似在替人落泪。写堂中人,也只取最能见出女子心绪的细节:眉翠薄和鬓云残,是因为卸妆后消褪了眉黛,又在枕上辗转反侧揉乱了鬓发,衾枕寒则是暗指独眠不暖。词人之笔犹如不断

移动的镜头，从炉香蜡泪扫到淡眉乱发，自然暗示出画堂中人的长夜不寐。

下片则承接上片的"秋思"和"寒"字，着重刻画三更时下起的秋雨。先埋怨"梧桐树"和"三更雨"不理会长夜中人离情之苦，然后直说雨点打在梧桐树上，滴在空阶之上，一叶一叶，一声一声，在失眠人的耳里都听得清清楚楚。相比上片的委婉暗示，下片似乎稍嫌直白。所以陈廷焯曾说："不知'梧桐雨'数语，用笔较快，而意味无上二章（指另外两首《更漏子》）之厚。"（《白雨斋词话》）但谭献却认为："似直下语，正从'夜长'逗出，亦书家无垂不缩之法。"（《词辨》）俞平伯先生解释此话意思是："后半首写得很直，而一夜无眠却终未说破，依然含蓄。"（《唐宋词选释》）其实，词虽讲究暗示、暗指等所谓"暗转"之法，但并不避忌直笔。此词末章"梧桐树"数语之所以为后人独赏，主要在于写梧桐雨"一叶叶，一声声"的语词独创性，令读者真切地感受到听雨人似乎是在一点一滴地数着雨声来度过这漫漫长夜，则秋风秋雨的凄凉和长夜的难熬自不难体味。

白居易《长恨歌》虽然最早以"秋雨梧桐叶落时"的情景来烘托离人的伤心，但只着眼于落叶。后来杜牧才点出"自滴阶前大梧叶"（《齐安郡中偶题两首》其二）的雨是"搅离心"的"秋声"。温庭筠则通过细数雨声将雨打梧桐的意境发掘出来，到后来元杂剧《梧桐雨》和清传奇《长生殿》中，梧桐雨的凄凉便得到了更加淋漓尽致的发挥，成为这两部名作中最有诗情画意的场景，这不能不归功于温庭筠此词的创意。

望江南[1]

梳洗罢,独倚望江楼。过尽千帆皆不是,斜晖脉脉水悠悠,肠断白蘋洲[2]。

注释

〔1〕本篇见刘学锴《温庭筠全集校注》卷九。
〔2〕白蘋洲:蘋花为白色。湖州霅溪东南有白蘋洲,洲上有颜真卿的芳菲亭。但这里不一定实指此地名,可理解为泛指蘋花开放的小洲。

鉴赏

描写登楼望江的情景以表现思妇望郎的心情,早在南朝民歌《西洲曲》里就已经出现。江南水乡以水路交通为主,所以远望一般都是登上望江楼。俞平伯《唐宋词选释》指出,天宝诗人赵微明曾写过一首《思归》诗,中间有四句说:"犹疑望可见,日日上高楼。惟见分手处,白蘋满芳洲。"合于本词全章之意,当有些渊源。但相比之下,诗的简约和词的委婉,形成明显的差别。

赵诗写女子日日上高楼眺望,以为可以望见,但只看到当初分手的地方,如今白色的蘋花已开满了小洲,女子的失望和征人的不归自在言外,但只是重在望而不见的事实。温庭筠这首词同样描写

一个女子终日等待爱人不至的失望，则重在其心理的暗示。虽然也只有四句，但意态情韵较之赵诗就要丰富得多。开头写她梳洗完毕之后才登上望江楼，可见是抱着能望见归人的希望，若能相见，当然要事先好好梳洗打扮一番。所以"梳洗罢"三个字微妙地暗示了女子的内心活动，也为下面望而不见的伤心做好了铺垫。独自凭倚在望江楼上，则点明其所望之人应从江上乘船归来。然而紧接着仅用一句"过尽千帆皆不是"，便写尽她一整天都站在楼上辨识江船的过程。"千帆"的数量之多，"过尽"的时间之长，"皆不是"的失望之深，再加上"斜晖脉脉"更点明其一直望到夕阳西下之时，足以将她自朝至暮在楼上独自倚栏之久及内心煎熬之苦充分涵盖。

末二句"斜晖脉脉水悠悠"的黄昏景物正从女子含情脉脉的意态写出，而悠悠的江水也令人联想到无情人之悠悠不返，这时再望见白蘋洲就更难免肠断了。在赵诗里，明言白蘋洲是分手之处，温词中的白蘋洲是否也有此意，无法判断，不过前人写白蘋洲，都是春意正浓、芳菲满洲之景。如梁代柳恽《江南曲》："汀洲采白蘋，日暮江南春。"而白蘋洲上的芳菲正像女子的青春，转瞬即逝，如果在无尽的等待中白白消耗，那就太可悲了。此意深藏在"斜晖脉脉"的景色之中，应是断肠的真正原因。

由此可见，此词景语皆情语，用意颇为深密婉曲，却仍能保持江南民歌真率天然的风情，在温词中殊为难得。

陈 陶

陈陶（生卒年不详），字嵩伯。一生未仕，文宗大和时遍游南方各地。晚年隐居洪州西山。有《文录》十卷，已佚。后人辑有《陈嵩伯诗集》一卷。

陇西行四首（其二）[1]

誓扫匈奴不顾身，五千貂锦丧胡尘[2]。可怜无定河边骨[3]，犹是春闺梦里人。

注释

[1] 陇西行：古乐府题，属于《相和歌辞·瑟调曲》。本篇见《全唐诗》卷七四六。

[2] 貂锦：貂皮、锦袍，指战袍，代指将士。

[3] 无定河：黄河一级支流，是陕西榆林地区最大的河流，发源于定边县白于山北麓，上游叫红柳河，流经靖边新桥后称为无定河。全长491公里，流经定边、靖边、米脂、绥德和清涧县，由西北向东南注入黄河。因流量不定，清浊无常，故称无定河。唐代在此设夏州朔方县，县址在白城子。

鉴赏

《陇西行》是汉魏乐府古题，此诗扣住题中"陇西"地名，写边庭征战之事，以"匈奴"之古称，影射唐代朔方的游牧民族，但并不限于一时一地之战争，而是高度概括了秦汉以来所有边塞将士葬身沙场的共同命运。

首二句借汉代抗击匈奴之事，写兵败胡地之惨状。上句极力渲染将士们誓死扫灭匈奴、奋不顾身的高昂斗志，下句立即转为五千军人全部丧身胡尘的悲惨结局。"五千"的数字巨大而具体，或以李陵之事为依据。据《汉书·李陵传》，李陵率精兵五千人深入匈奴腹地，被单于数万骑包围，因无后援，导致全军覆没。"貂锦"则夸饰所丧之师全为精兵强将。前两句以句意的对比和突兀的转折突显出沙场征战之艰险，及将士牺牲之惨烈，为后两句留下了着笔的地步。

千万将士的丧生关系到千万个后方的家庭，这就自然引出末二句的叹息：可怜的是这些无定河边的白骨，依然是春闺梦中的健儿。无定河从秦汉以来一直是中原汉族与北方游牧民族反复争夺的地区。晚唐时国力衰退，陕北榆林这一带经常有战事发生，第三句将战场落实到无定河边，正与诗人所处时代有关。但无定河又只是古战场的代名词，因为这两句不但以"河边骨"和"梦中人"形成伤心惨目的对照，而且以"可怜"和"犹是"的跌宕带出了具有历史普遍性的残酷事实：士兵们死在战场之后，不但不能马革裹尸还乡，而且无人收敛白骨。家人不知其生死，连祭祀都找不到游魂所在。杨慎引"后汉肃宗诏曰：'父战于前，子死于后，弱女乘于亭障，孤儿号于道路。老母寡妻设虚祭，饮泣泪，相望归魂于沙漠之表，岂不哀哉！'"（《升庵诗话》）唐人李华著名的《吊古战场文》说："其存其没，家莫闻知。人或有云，将信将疑。悁悁心目，寝寐见之。"都为此诗提供了现实依据。可见末二句之所以具有巨大的震撼力，正是因为写出了自汉到唐的战士及其家属们共同的悲惨遭遇。

　　征人思妇是汉代以来诗歌的重要主题，唐人的名篇更多，但此诗以绮丽的春闺梦作为反照，将战士死后的惨境想到绝处，较之前人之作，立意更加深刻透辟，所以被前人称为"堪泣鬼神"的"绝唱"。

钱 珝

钱珝(生卒年不详),字瑞文,吴兴(今浙江湖州市吴兴区)人。钱起的曾孙。唐昭宗乾宁六年(898)进士。曾任知制诰、中书舍人,后贬抚州司马。有《舟中录》。

未展芭蕉[1]

冷烛无烟绿蜡干[2],芳心犹卷怯春寒。一缄书札藏何事[3],会被东风暗拆看。

注释

〔1〕本篇见《全唐诗》卷七一二。
〔2〕冷烛:形容芭蕉叶未展开时像一支蜡烛。绿蜡:形容芭蕉叶的油绿色。
〔3〕一缄书札:书札卷成筒形,与未展芭蕉形状相似。

鉴赏

芭蕉叶初生时作卷筒状直立向上,逐渐向外平伸舒展。花穗初生时为心形大花蕾,随着花茎伸长而逐渐开放。这首诗巧妙地把握住芭蕉生长的基本特点,描写其待展而未展时的动人情态,构思之细腻独特为前人诗所罕见。

　　无烟的冷烛形如细长的直筒，头部稍尖，而绿蜡干了以后光色依然油绿。首句分别以冷烛之形和绿蜡之色形容芭蕉叶展开之前的形状和色泽，状物真切。初生的芭蕉花穗本来就长成心形，所以次句称之为犹卷的芳心，似乎因怯于春寒而尚未展开，十分现成。首二句分别从叶子和花心两方面生动地写出了初春芭蕉在花叶发育时期的青嫩可爱。

　　后两句把待展芭蕉比作一卷书札，仿佛藏着很多秘密。随着春天到来，就会被东风暗中拆开偷看。言外之意为芭蕉叶一旦展开，卷着的芳心自然也会随着东风舒展。这一比喻的想象极为新颖，联系前两句，不难猜想诗人所咏未展芭蕉似乎句句双关少女的春心。之所以用冷烛无烟形容芭蕉卷叶，是因为很容易联想到少女独对冷烛的无眠之夜。芭蕉卷着的花心更是直接以少女暗藏的芳心作为隐喻，芭蕉叶展如东风暗拆书札，也似在隐约暗示少女的春心由胆怯畏寒到被东风窥破的过程。令人悟出芭蕉遇到春风会自然展叶，少女芳心的萌发也顺乎自然的规律。

　　可见此诗之新巧在于将少女的芳心和情态赋予未展芭蕉，咏物取喻能传人之神，其中有意无意的寄托还容易引起美妙朦胧的遐想，因而读来新鲜脱俗，风韵无限。

韦 庄

韦庄(836?—910),字端己,京兆杜陵(今陕西西安市)人。年近六十才中进士,在唐末曾任校书郎、左补阙等。五代时为前蜀宰相。有《浣花集》。

台 城 [1]

江雨霏霏江草齐,六朝如梦鸟空啼。无情最是台城柳,依旧烟笼十里堤。

注 释

〔1〕台城:又名苑城,建康宫旧址,在今南京市玄武湖边。本篇见《全唐诗》卷六九七。

鉴赏

咏六朝遗迹的诗歌在中晚唐不可胜数,此诗出于唐末五代之际的韦庄之手,末世情调更浓。台城为建康宫旧址,梁末侯景之乱时,梁武帝被囚禁台城,最后活活饿死。诗以"台城"为题,却只写台城春色,自有无限感慨寄于言外。

诗人选择了雨中的江南春景：江上细雨霏霏，如烟如雾，江草已经长齐，依然茂盛如前。无论朝代如何改换，江雨江草自古不变。六朝繁华早已如眼前的烟雨一般空幻如梦，只有鸟儿空自啼鸣，从不管人间的陵谷变迁。"六朝如梦"四字一语说尽所有六朝吊古诗的共同感受。

江草啼鸟固然无情，最无情的还是台城柳，因为台城是六朝故都的中心，台城堤上的杨柳应当看尽六朝兴亡，见证过四十多年的太平天子梁武帝囚死于台城的惨剧。如今每逢春来却依旧柳色如烟，笼罩着十里长堤，所以诗人情不自禁地指责其最是无情。柳本是无情之物，前人咏柳，却总喜欢将它写成有情，如李白《劳劳亭》："春风知别苦，不遣柳条青。"罕有责柳"无情"者。此诗直将台城柳当作无情之物来怪罪，反成新意。无理的责怪之中，更可见有情人的感慨之深。末句烟笼长堤与江雨霏霏首尾照应，形成一片如梦似幻的烟景，仿佛以江南空蒙的雨色诠释了六朝如梦的历史感。

春色如烟，六朝如梦，这种一切皆空的感慨出自唐末之人，意义又与前人吊古不同。韦庄一生在乱世中度过，先是遭遇黄巢起义，后是赶上藩镇混战。为避乱谋生，他走遍大江南北，目睹六朝国亡主灭的历史在眼前重演，大唐三百年繁华继六朝之后转眼成空。事实上他最终还成为五代十国时期中一个小朝廷的成员，亲身经历了比六朝还要频繁短暂的朝代更替。所以诗人的吊古之悲主要是为伤今而发，这种凄凉和沉痛绝非太平年景中的怀古诗人所能体会。

菩萨蛮[1]

人人尽说江南好，游人只合江南老。春水碧于天，画船听雨眠。　炉边人似月[2]，皓腕凝霜雪[3]。未老莫还乡，还乡须断肠。

注释

〔1〕本篇见李冰若《花间集评注》卷二。

〔2〕炉：此从南宋绍兴刻本《花间集》，一作"垆"，酒店用土砌台，安放酒缸。四边隆起，一面高，如锻炉。

〔3〕凝霜雪：形容肌肤洁白如雪。《西京杂记》卷二说卓文君"肌肤柔滑如脂"，意思类似。

鉴赏

称道江南之美，唐人诗中已有不少名作。这首词索性就从人人都说江南好的传闻说起，先说明游人应该在江南终老的道理，便自然地交代出词人是以一个他乡游子的眼光来看江南。上片的后两句说江南之好在于风景之美：春水清碧，与蓝天相映，水天一色，正是江南水乡最典型的风光。画船荡漾于碧水之上，人在船中听着春雨入眠，更是江南独有的情调和风味。这两句构成一幅清丽的画面，写尽江南雨中恬静惬意而又令人惆怅的滋味。

下片前两句写江南之好在于人物之美：当垆卖酒的女子犹如明月一样皎洁，雪白的手腕似由霜雪凝成。这个特写突出了卖酒女的白皙，也概括了江南女子肤色细洁的一般特点。用史上闻名的美女卓文君来比喻西蜀女子，用典既现成又切合本地风光。结尾两句与开头呼应，还是以外乡人的口气说，江南既然这么美，那么不到老来不要还乡，也就是说在老来还乡之前不要离开江南，这与上片"游人只合江南老"的意思略有矛盾。但最后又强调如果还乡定会断肠，可见还是难舍难离。叶落归根，本来是所有游子的梦想，词人却反认为老来还乡会伤心，便将心中对江南的眷恋夸大到极致。

词人所说的江南主要是指西蜀，但是涵盖了长江以南水乡的共同特色。此词与其他赞美江南之作的不同之处在于不但能描绘出江南风光人情之美，更能品出这种美所蕴含的独特韵味，这本是身在他乡的江南游子特有的乡情记忆。而词人作为外乡游子，反复纠结于"只合江南老"和"未老莫还乡"之间，正可见其已经视他乡为故乡，这就又以直白的抒情突出了江南之美可令游子忘乡的魅力。韦词的用情深挚由此可见一斑。

高 蟾

高蟾(生卒年不详),渤海(今河北沧县)人。出身贫寒,屡举不第。据考在懿宗咸通十四年(873)登进士第。后官至御史中丞。有《高蟾诗》一卷。

下第后上永崇高侍郎[1]

天上碧桃和露种[2],日边红杏倚云栽[3]。芙蓉生在秋江上[4],不向东风怨未开。

注释

[1] 高蟾屡次落第,据周祖譔、吴在庆考,高湜咸通十二年(871)知贡举,此高侍郎应为高湜。本篇见《全唐诗》卷六六八。

[2] 天上碧桃:传说王母在天上种桃。刘禹锡《步虚词》:"阿母种桃云海际,花落子成二千岁。"仙桃又比喻能入宫禁为官者,如杜甫《和贾至舍人早朝大明宫》:"九重春色醉仙桃。"

[3] 红杏:唐代新进士放榜后要举行曲江宴,举行宴会的地点一般都在杏园曲江岸边的亭子中,又叫"杏园宴"。这里借日边红杏喻新得第的进士。

〔4〕芙蓉：指荷花。

鉴赏

唐代进士试取人数量很少，各种原因造成大量举子落第，下第诗在唐诗中也就极为常见，一般难免会有怨刺之言。高蟾屡试不第，却在此诗中表示安于时命，绝无怨尤，立意与众不同。

诗人先以碧桃和红杏两种花卉比喻登第者的幸运：碧桃种在天上，犹如王母的仙桃，由于地势特殊，种植过程中就有上天雨露滋润，结出果实自然也容易得到天子的眷顾。红杏能生长到日边，是因为栽种时能倚仗天上云彩的扶持，云彩具有常在日边的地势，故而红杏也能借势直上青云。这两种优势均非人间的凡夫俗子可比。由于天上碧桃和日边红杏的喻象本身既写出了二者身处宫苑和科场的光鲜表象，又令人联想到二者能获天子恩遇的原因，诗人或许只是借以表现其对新晋进士的艳羡之意，却很容易令人联想到得第者凭借门地或依托权势的背景。

而生在秋江上的芙蓉，扎根于淤泥之中，没有春风吹拂，正与天上碧桃和日边红杏形成天壤之别。但它自知时命不济，所以不会向东风抱怨自己不能与碧桃红杏同时开放。诗人借以比喻出身寒微、没有背景的落第举子，也很精切。然而芙蓉秉性高洁，春天不开，是因为未逢其时，一旦遇时开放，其清丽芬芳更胜于桃杏，比喻本身隐含的这层意思又使诗人的"不怨"之中透露出一种不甘埋没的自信。

古人称道此诗之"可贵"主要在于"知时守分,无所怨慕"(宋蔡正孙《诗林广记》引熊勿轩语)。据《唐才子传》说高蟾还因为此诗受时人赏识而在李昭知举时登第。其实,这首诗之可取主要是在无意中揭示了一种带有普遍性的人事现象:任何时代,任何社会,资质相同的人群难免会有境遇的高低之别。总有生来环境优越、得天独厚的幸运儿,也不乏倚仗高层提携而青云直上的乘势者。但只要是真正有才有德的人士,不必怨叹命运的不肯眷顾;即使是植根于淤泥之中,也能在最适合自己的时节,开出最美的鲜花。它也启发暂时失意的人们,只要不失芳洁之本质,坚持孤清自守,总有大器晚成之日,所以不必因无法与春花争荣而怨嗟。

郑 谷

郑谷(851？—910?),字守愚,袁州宜春(今江西宜春)人。僖宗光启三年(887)登进士第。曾任鄠县尉,兼摄京兆府参军,后任右拾遗、迁补阙,终都官郎中。有《云台编》三卷。

淮上与友人别[1]

扬子江头杨柳春,杨花愁杀渡江人。数声风笛离亭晚[2],君向潇湘我向秦。

注 释

〔1〕本篇见《全唐诗》卷六七五。
〔2〕离亭:驿亭,送别之处。

鉴 赏

在杨花扑面、柳色青青的江边送别的场面,盛唐诗里常见,这首诗前两句颇有王维、王昌龄七绝的风调。先以民歌式的语调起头,扬子江头和杨柳春分写送别的地点和时节,扣住题意"淮上"。次句进一步点出正是杨花飞舞的春盛之时,杨花令渡江人"愁杀",

是因为春天正是一年中最美好的时光，不能与友人共赏，反而要在此离别。首二句中"扬"字加两个"杨"字，三字音同，重叠三次，造成流畅的声调，加上"愁杀"这种民歌中常用的口语词汇，反复渲染出扬子江头无处不在的春意，令人自然想起隋末无名氏的《送别诗》："杨柳青青着地垂，杨花漫漫搅天飞。柳条折尽花飞尽，借问行人归不归？"还有大历诗人朱放的《送魏校书》："杨花缭乱扑流水，愁煞行人知不知？"均以民歌的声情写杨花乱飞时节送别行人的愁情。以上两首诗基本上可以诠释郑谷此诗前两句的意蕴。

　　在晚唐能写出唐前期送别诗的民歌风调，固然有新鲜之感，但此诗的别致主要在后半首：将漫天春色收束到眼前的离亭上，点缀几声晚风中的村笛，聚焦于长亭离人分手的一刻，最后才道出自己和友人各自的去向。末句本来很浅易平常，一般都置于送别诗的开头，此处倒置为结尾，将两人南北不同的去向醒目地强调出来，却觉得意味深长：君向潇湘是乘舟向南，我向秦关是策马向北，对应开头的"扬子江头"，可见两人都是客中送客，分手便将各走天涯。而"我"与"君"正是次句所说"愁杀"的"渡江人"，前三句既然已经情景俱到，结句就不必再抒发离愁，只需想象离人在长亭的晚笛声中背向而去的惆怅，反而更加馀韵悠然。

张 泌

张泌（生卒年不详），唐末五代人。《花间集》收其词二十七首，今存诗均见韦縠《才调集》。

寄 人 [1]

别梦依依到谢家[2]，小廊回合曲阑斜。多情只有春庭月，犹为离人照落花。

注释

〔1〕本篇见唐人韦縠所选《才调集》。五代时另有一位张泌，为南唐后主时人，后入宋为官，非此诗作者。

〔2〕谢家：此指闺阁。

鉴赏

此诗题为"寄人"，从首句"到谢家"来看，所寄之人应是他所爱恋的一位女子。诗人与此女离别后，魂牵梦萦，不觉在梦中来到其居处，"依依"写出梦中仍然留恋不舍的情态。次句特意说明其梦到之处，是"谢家"的小院回廊和曲栏斜径，因为当此春夜，

所思之人难以入眠，就会在这些地方徘徊流连。但在后两句中，诗人没有着笔于梦中人的姿影，只是展现出一轮明月照着春庭落花的幽雅景象。月本无情，诗人却认为"只有"月"多情"，是因为落花将尽，春光也随之而去，寂寥的深夜中，只有明月还在照着落花，仿佛在提醒离人，青春很快就将在离别中消逝。"离人"可兼指自己和梦中之人，那么明月照着的自不止是落花，更是在此春夜不能入眠的伊人以及在梦中寻她的诗人了。

此诗首句虽然明言"别梦依依"，但是否全篇都解作梦境，尚有含糊之处。也有人理解为前两句写诗人的魂梦经过"谢家"的曲栏回廊，却只见寂静的小院而没有看到所思之人的身影。后两句则是梦醒的情景，写诗人孤身在外，唯有多情之月相伴，为自己照着春庭的落花，让他更加想念那个可能在为落花感伤的梦中人，这样解释也很顺理成章。无论怎样理解，春庭月都能兼顾暌隔的双方所处的相似情境，加上月照落花的美丽情景既像是梦中人的自喻自伤，又像是诗人对梦中人的痴情想象，这种模棱两可的诗境反倒别具一种似梦非梦的朦胧之美。

秦韬玉

秦韬玉（生卒年不详），字中明，一字仲明，京兆（今陕西西安）人，或云郃阳（今陕西合阳）人。曾为神策军判官，后于中和二年（882）被僖宗特赐进士及第，官至工部侍郎判度支等。

贫　女[1]

蓬门未识绮罗香[2]，拟托良媒益自伤。谁爱风流高格调[3]，共怜时世俭梳妆[4]。敢将十指夸偏巧[5]，不把双眉斗画长。苦恨年年压金线[6]，为他人作嫁衣裳。

注　释

〔1〕本篇见《全唐诗》卷六七〇。

〔2〕蓬门：蓬草为门，指寒门中人。

〔3〕风流：举止潇洒不拘。

〔4〕怜：爱，或哀怜。俭：通"险"，即时尚奇异的打扮。《唐会要》卷三十一记大和六年敕："又秦妇人高髻险妆，去眉开额，甚乖风俗，颇坏常仪。费用金银，过为首饰，并请禁断。"

〔5〕偏：一作"纤"。

〔6〕压金线：用金线绣花。

鉴赏

秦韬玉出身寒微，屡举不第，这首诗借咏贫女以自况，句句是有托之言。如单作一首贫女诗来看，也颇有新意。

前人写贫女的痛苦，一般着眼于生活的艰难和辛劳，此诗则处处以贫女的境况、品格和才艺与富贵人家相比。首先是生长蓬门，从未见识过绮罗的华丽，则贫女布褐荆钗的装束可以想见。出身这种家境，希望托良媒寻找佳偶，只能是自寻烦恼。其次是感叹自己虽然风流自赏，格调不俗，但世人所爱的都是时尚奇异的梳妆，言外之意是暗讽世人只爱卑俗的品味和奢华的修饰，格调高雅和真淳朴素反而不入他们的势利眼。

颈联从贫女的色艺两方面与富女再做一层比较：以女红而论，敢以十指针线自夸手巧；以相貌而论，天生丽质更无须描眉斗艳。这层比较将前半首的意思推进一层，足见贫女即使色艺双全，品格高洁，也无人爱怜。尾联由贫女的手巧自然引出感叹：所遗憾者，年年用金线绣花，都是为他人出嫁缝制新衣。末句与首联次句所说蓬门难托良媒之意呼应，道出了贫女心底深深的不平。

由此可见，此诗中的贫女以其俭朴、勤劳的品格高自标榜，批评世俗只重修饰外表的低俗，感叹自己徒然手巧，却只是为他人做嫁衣的命运，并非只是简单地反映民间疾苦。即使视为一首纯粹的贫女诗,也因为能深入到贫女的精神世界而比一般的作品更为深刻。更何况此诗显然是借贫女难嫁抒发贫士不遇的抑郁不平,首联自喻贫贱,无人引荐;颔联自喻格高调清,反遭世人共弃;颈联自喻才德而不以自傲;尾联自叹年年辛苦而徒为他人进取之用。全诗句句是贫女之自伤,又句句寄寓贫士之牢愁,喻象和喻义紧扣密合,比兴托讽极为贴切。末句感慨自己的劳动只是为他人装点门面或铺垫进阶,更成为类似社会现象的生动比喻,从而被后人引申到更广义的语境中去,传诵不绝。

陆龟蒙

陆龟蒙（？—881？），字鲁望，自号甫里先生、天随子、江湖散人，苏州吴郡（今江苏苏州）人。一生未仕，后隐居松江甫里，著作甚丰，与皮日休交好，世称"皮陆"。今有宋人所辑《甫里先生集》二十卷行世。

和袭美木兰后池三咏·白莲 [1]

青蘤多蒙别艳欺 [2]，此花端合在瑶池 [3]。无情有恨何人觉 [4]，月晓风清欲堕时。

注 释

[1] 袭美：皮日休（834？—883？），字逸少，后改字袭美，自号鹿门子等，襄阳（今湖北襄阳市）人。今存有《皮子文薮》十卷，另有与陆龟蒙等交游唱和诗，编为《松陵唱和集》。本篇见《甫里先生文集》卷十一。

[2] 青蘤（huā）：素白的花。青，一作"素"。蘤，古"花"字。

[3] 端合：一作"真合"。

[4] 无情：一作"还应"。佛教将世间所有事物分为有情和无情两大类，

莲为无情之物。

鉴赏

陆龟蒙与皮日休唱和诗甚多，这组诗咏木兰后池，共三首，分别是"重台莲花""浮萍""白莲"，都有寄托，被人誉为"意超象外，依然自遗馀旨"（《删补唐诗选脉笺释会通评林》引周启琦评）。而以《白莲》最为著名。

诗咏白莲，不取其盛花状态，而是从白莲初开和将落的两个时间段着眼，为其遭人冷落而鸣不平。"青蕤"即素白色的花，白莲初开时，花色青白，不如红莲含苞待放时娇艳动人，因此无法与池中其他艳丽之花争芳。从这组诗的"重台莲花"来看，木兰后池里还有重台莲，这是令人称奇的观赏荷名品，因花中长花而得名，初开时粉红色，花瓣常逾百枚。与这类"别艳"相比，青花自然不可能引人注目。但诗人却认为此花理应生在瑶池，"瑶池"固然可以视为对"木兰后池"的美称，但因本自西王母故事，又可以将这句理解成赞誉白莲是天上仙品，格调远高于"别艳"凡品。因为即使是重台莲这样的"芳瑞"，也只求"风情为与吴王近，红萼常教一倍多"（《重台莲花》），不过是以色事人而已。

如果说首二句是为初开的白莲鸣不平，那么后二句就是对将要凋谢的白莲寄予无限同情。"无情"一作"还应"，以"无情"为好。李贺《昌谷北园新笋四首》其二有"无情有恨何人见"之句，这里全袭此句。莲花本是无情之物，但连无情之物也会有遗恨，可见恨有多深了。那么这种无人察觉的恨又是为什么呢？结句没有正面回答，只是点出"恨"生于月晓风清白莲将堕的时分。由于后半首直接从白莲初开之时跳到欲堕之时，不难理解此花之恨在于盛开之时还没有受到关注，就很快要在这冷寂无人的清晨悄然凋零了。晓月将落之时，除了荷塘清风，又有何人会为这欲堕的白莲感伤呢？白莲之堕既"无人觉"，其盛开之时自然也无人理会，这就是诗人借白莲寄"恨"的深意所在。

全诗咏白莲而不着一字极貌写物，仅从白莲备受冷落的遭遇写出其非凡的品格。尤其后两句以晓月之淡，荷风之清，烘染出白莲素淡清雅的神韵，连"无情"二字都为白莲增添了孤高的神情。可见此诗体物之妙，不仅在舍形取神，更在这种神韵只可意会不可言传，而且只能切定白莲，不可移易他物。正如东坡所说，"月晓风清""绝非红莲诗"（《东坡志林》）。又如王渔洋所说，不同于白牡丹之气象（《带经堂诗话》），因而其思致风味均须雅人方能体悟。

敦煌曲子词

菩 萨 蛮 [1]

枕前发尽千般愿,要休且待青山烂。水面上秤锤浮,直待黄河彻底枯。　　白日参辰现[2],北斗回南面。休即未能休,且待三更见日头。

注 释

〔1〕1900年,敦煌鸣沙山藏经洞被打开,发现了一大批珍贵文献。其中有数百首词曲。从敦煌卷子中清理出来的唐五代词曲,就称为敦煌曲子词,或称为敦煌歌辞。目前整理成集的有王重民《敦煌曲子词集》一百六十四首,饶宗颐《敦煌曲》收三百十八首。敦煌词中除杂有五首文人词以外,均为民间词,内容有"边客游子之呻吟,忠臣义士之壮语,隐君子之怡情悦志,少年学子之热望和失望,以及佛子之赞颂,医生之歌诀,莫不入调"(王重民《敦煌曲子词集叙录》)。任二北《敦煌曲初探》校录五百四十五首,将题材析为二十类,可见其反映社会生活面之宽广。《菩萨蛮》:词牌名。本篇见斯四三三二卷,任二北《敦煌曲校录》。

〔2〕参(shēn)辰:两星名。参,参宿,在西方;辰,心宿,在东方,

二星又叫参、商，不会同时出现。

鉴赏

从题材来说，敦煌曲子词"言闺情与花柳者，尚不及半"（王重民《敦煌曲子词集叙录》），但还是有一些热烈的情歌，这首最有代表性。

这首词是相爱男女的山盟海誓，叠用一连串自然界所不可能出现的现象作为比喻，原理与汉乐府的《上邪》相同。《上邪》以女主人公的口吻发愿："上邪！我欲与君相知，长命无绝衰。山无陵，江水为竭，冬雷震震，夏雨雪，天地合，乃敢与君绝！"连举五种不可能出现的反常现象，比喻绝交的先决条件，以诅咒作为希望永远相爱的誓言，感情如激流奔湍，一泻千里。这首词只是换了一种假设：已经同床共枕的相爱之人，如果要断交，需要哪些条件，上下片各列三种。上片先说地上：青山腐烂，秤锤浮在水面上，黄河彻底枯竭；下片再说天上：白天参商二星同时出现，北斗转到了南面，即使这五种条件都具备，盟誓可以罢休，人还是不能休，还要再加一个条件等待三更看见日头。第六个条件最后推出，稍有曲折，把下片的意思分成两层，是为了加重语气。两相比较，《上邪》的五个条件虽然也是先说地上，后说天上，最后以天地合拢为最极端的说法，但着眼于自然界的山水、冬夏、天地等基本元素。这首词的毒誓则具体到与日常生活关系密切的自然现象：青山、黄河、参商、北斗、日头，还加上秤锤，想象的虽然都是不可能实现的事，但只是把天天面对的常见现象反过来说，所以没有《上邪》的浑含奇警，却更加天真现实，民间生活的气息也更加浓厚。

可见，用正话反说立下山盟海誓，这种热烈急切的口吻是各时代民间情歌的共同特点，但时代不同，语言不同，即使同是长短句，想象方式类似，汉代杂言诗和唐代民间词的风格也有朴厚与通俗的重大区别。

鹊 踏 枝 [1]

叵耐灵鹊多谩语[2]，送喜何曾有凭据？几度飞来活捉取，锁上金笼休共语。　比拟好心来送喜[3]，谁知锁我在金笼里。欲他征夫早归来[4]，腾身却放我向青云里。

注 释

〔1〕本篇见《敦煌零拾》本。

〔2〕叵（pǒ）耐：不可耐。谩：原写作"满"，此据王重民收录《敦煌曲子词集》校改。

〔3〕比拟：准备。

〔4〕欲：周泳先辑校《敦煌词掇》作"愿"。

鉴 赏

喜鹊能报喜，从汉代到唐代都有相关记载，认为听到鹊叫就有

客来，是喜兆。这首词就设为喜鹊和闺人的对话，将闺中少妇望夫不归的怨愤发泄在报喜不灵的喜鹊身上。

上片是少妇对喜鹊的指责之词，开头就骂这灵鹊尽说谎，"叵耐"是俗语，"叵"是"可"的反文，"不可"的合读，意思是真受不了这喜鹊，什么时候送喜有过凭据呢？你要再次飞来，我就把你活捉了，锁在金笼子里别和我说话。少妇的心思本来是盼望喜鹊来报喜的，但是几次都是空欢喜，所以就想出这么个主意来报复喜鹊，别再白白折腾自己。上片始终没说为什么这样讨厌喜鹊，她等的送喜凭据究竟是什么，但从这恨恨的口气可以体会出她对喜讯的期盼其实非常急切，这才会对喜鹊"几度飞来"那么关注。

下片是喜鹊对少妇的回答，喜鹊只是觉得很委屈：我本来好心好意打算来报喜的，谁知道把我锁在金笼里。只希望她的征夫早点回来，好把我放了，让我腾身高飞直到青云里。喜鹊的辩解与少妇的怨气形成有趣的喜剧效果，原因在于二者的逻辑正好相反：少妇因喜鹊报喜不灵，失去了耐心，不想再听它聒噪了；喜鹊却执着地认为自己就是来报喜的，一旦她家征夫回来，就知道自己的好心了。喜鹊的回答猜透了少妇真实的心思，也道出了对少妇的同情和理解。二者的矛盾在于什么时候才有报喜的准信，看起来好像是一场各说各有理的口角，但从一个前人想不到的角度反映了春闺思妇内心的痛苦。

征人思妇的主题，唐代诗人已经从各种角度写过，这首词构思的天真新奇，语气的生动鲜活，却前所未有，这种朴拙可喜的风格只有在词的草创时期才能见到。

浣 溪 沙[1]

　　五两竿头风欲平[2]，张帆举棹觉船行[3]，柔橹不施停却棹，是船行。　　满眼风波多陕汋[4]，看山恰似走来迎，子细看山山不动，是船行。

注释

〔1〕此首抄录于斯二六〇七卷，又见伯三一二八、三一五五卷。原调名题为"曲子浪淘沙"。乃书手误题。据任二北《敦煌曲校录》改为"浣溪沙"。

〔2〕五两：鸡毛制的占风具。

〔3〕张帆：原文作"长帆"。据《敦煌曲校录》改。棹（zhào）：划船的工具，形同长桨。

〔4〕陕汋（zhuó）：闪灼。

鉴赏

　　这首词写江上行船的乐趣。上片从人驾船的动作看风势的转变：船上鸡毛做的占风具显示风渐渐要平息下来，原先张着帆，是为顺风，风既然小了，就要举起棹来划船，但觉得船还在走。于是索性不再摇橹，停下棹，觉得确实是船在行走。这几句写船夫忽而举棹、忽而停棹又停止摇橹的一系列动作，主要是为了观察船能否自行前进的动态，以此测试风势的大小。妙在能从船夫的动作和船的动态写出风速的变化和行船人的心理。

下片写顺风行船的畅快，人在船上，只觉得满眼波光粼粼，可见江面相当开阔。看山好像是从对面走过来迎接，这种视觉印象完全是出于相对运动的错觉，但写得极为天真，青山就像人的老朋友。只有常年在水上行舟的人，才会把山山水水都看得这么亲切而有人情味。末句却将这种错觉打破：仔细看山，山原来未动，还是船在行走，这又像是一句开心的自嘲，结得幽默。

将上下片连起来看，一共强调了三次"船行"，第一次是风欲平时"觉船行"，第二次是索性不用人力划船，才确认"是船行"，第三次则是从对面看山来仔细辨别"是船行"。由于每次情景都各不相同，全篇形成三次复沓，却并不重复，反而强化了上下片结尾的节奏感，增加了民歌的风调。由于观风行船、调整篙橹、看山来迎，都是出于第一人称的视角，所以船随风行的动态和人物心理的变化结合得非常自然，原本很普通的水上行旅经验也由此变得像初次体验那样兴味十足，这正是民间词特有的天趣。

无名氏

菩萨蛮[1]

平林漠漠烟如织,寒山一带伤心碧[2]。暝色入高楼,有人楼上愁。　玉阶空伫立,宿鸟归飞急。何处是归程,长亭更短亭[3]。

注释

〔1〕这首《菩萨蛮》和下一首《忆秦娥》,传说为李白作,但难以断定。本篇见《全唐五代词》正编卷一。

〔2〕伤心碧:极言寒山绿得苍翠碧绿。

〔3〕长亭更短亭:都是大道上行人停留歇脚的地方。庾信《哀江南赋》:"十里五里,长亭短亭。"

鉴赏

本词与下一首《忆秦娥》,旧传为李白所作。有人认为出自残唐五代人之手,有人认为是北宋前期的产物,尚无定论。这两首词忧离念远,吊古伤今,境界阔大高远,风格浑厚明爽,在晚唐五代词中自成一格。

这一首《菩萨蛮》究竟是写闺思还是客愁，前人有不同看法，主要是因为词中观照角度含浑，既可以视为闺中人高楼远眺之景，也可以视为行人途中思归之情。上片首先在视线尽头展开一片迷漫溟蒙的远景：原野上烟雾如织，笼罩着漠漠平林，平林背后的一带寒山显得分外苍翠。"伤心"二字前人向来解释为只是"重笔"，亦即强调碧色之浓重，但"伤心"的字面仍然给人一种直觉，仿佛暮色的黯淡与凄黯的心境相交融，以至于远方寒凉的山峰呈现出一片令人伤心的碧色。"暝色入高楼"真切地写出在高楼远眺，暮色自远而近，由外而内，逐渐加重的过程。"有人楼上愁"究竟是远客回望故乡时想象闺中人在楼上向晚而愁呢？还是直接说明前两句所写远景，都是高楼上凝愁之人的眺望所见呢？二者都可说通。如是后者，那么漠漠平林和一带寒山就都成为楼上人视野中的障碍，遥望只是徒然招来了天尽头的暝色，却仍然望不见所思之人。这样理解，似更委婉含蓄。

下片直接从盼望行人归去的心理活动写归日遥遥无期：伫立在玉阶上的人自然是闺中人，然而一个"空"字说明又是空自等待。栖宿的鸟儿都知道在暮色中急急飞回，行人又何时才能归家呢？结尾"何处是归程，长亭更短亭"，强调有了归程，就可以通过长亭短亭计数两地之遥，现在连归程都不知在何处，就更加没有指望了。下片虽是抒情，但归飞的宿鸟和长亭短亭又都是行人旅途中常见之景，这就与上片的平林、寒山构成同一视野中的空间，都融合在无边的暝色之中。

即使从表现闺思的角度理解此词，也可以看出，词中写景没有

无名氏

局限于庭院闺阁之间,而是将视野拓展到平林远山的广阔天地之中。而且通篇白描,不用彩绘,却能直接引人进入黄昏惆怅的意境,使无名之愁深深沁入读者心中。其境界之开阔、情思之深厚,远非一般闺怨词可比。

忆秦娥[1]

箫声咽,秦娥梦断秦楼月[2]。秦楼月,年年柳色,灞陵伤别[3]。　乐游原上清秋节[4],咸阳古道音尘绝。音尘绝,西风残照,汉家陵阙[5]。

注释

〔1〕秦娥:秦女。娥,美人通称。本篇见《全唐五代词》正编卷一。

〔2〕秦楼:据《列仙传》上,萧史善吹箫,秦穆公的女儿弄玉很喜欢他,穆公就将女儿嫁给他。萧史每天教弄玉吹箫,几年后能吹出凤鸣声,招来凤凰。秦穆公为他们建凤台,夫妇住在上面,一日都随凤凰飞去。

〔3〕灞陵:汉文帝陵墓,在长安东。附近有灞桥,唐人常在此折柳送别。

〔4〕乐游原:在长安南,地势高敞,是唐人的游乐胜地。

〔5〕汉家陵阙:汉代帝王陵墓分布在长安郊外平原上。阙,墓道前的牌楼。宫门左右楼观也可称阙。

鉴赏

　　《忆秦娥》是词牌名。秦娥的传说是一个著名的古老故事：秦穆公之女弄玉向夫君萧史学习吹箫，引来凤凰，夫妇一起乘凤飞去。历代诗歌往往用此典故赞美夫妇和合或者成仙得道。这首词根据词牌名，从传说想象出秦娥梦醒秦楼、面对夜月的幽怨情景，在呜咽的箫声中将秦川悠久的历史追溯到春秋秦穆公时期。然后再次咏叹秦楼的月色，引出灞陵的柳色，重叠之中，自然蕴含着深深的感慨：秦楼之月，从春秋时期一直照到现在；灞陵之柳，也年年随着春天返青。但灞陵又是秦人送别的地方，年年柳色带来的是年年伤别的人间常见之景，由此再返转来看"秦娥梦断秦楼月"，便可恍然悟出，这句并不仅仅是化用传说，而是泛指历代多少秦女夜夜梦断秦楼的伤别之情。人生的聚短离长与不变的明月柳色形成了一对永恒的矛盾，这便是上片的深意所在。

　　春去秋来，一年将尽，应该是行人返家的时节，所以下片由新春转到清秋。乐游原是长安南边一处地势高敞的名胜。登高而望，咸阳古道上却看不见行人回还的烟尘。盼望音尘的也应是古来无数梦断秦楼的秦女吧？那么这漫漫古道上又有多少行人一去不回呢？能见到的，唯有笼罩在西风残照之中的汉家陵阙。秦楼汉陵、咸阳古道，这些前朝的遗迹默默地见证着时光流逝的无情，也令人从中看到由无数短暂的生命连接起来的漫长历史。这就又将人生伤别之意拓展为怀古伤今的感慨，深化了上片的内涵。

　　早期词一般境界狭小，这首词则不受局限，概括力度极大。情调虽然低沉悲凉，意境却苍茫开阔，含蕴之深厚尤为唐代文人词所罕见。

皇甫松

皇甫松(生卒年不详),字子奇,自号檀栾子,睦州(今杭州淳安)人。

梦江南[1]

兰烬落[2],屏上暗红蕉[3]。闲梦江南梅熟日,夜船吹笛雨萧萧。人语驿边桥[4]。

注 释

[1] 后蜀赵崇祚选录温庭筠、皇甫松、韦庄到和凝、孙光宪、李珣共十八家词,计五百首,结为《花间集》。所选内容都是"绮筵公子、绣幌佳人,递叶叶之花笺,文抽丽锦;举纤纤之玉指,拍按香檀。不无清绝之辞,用助娇娆之态"(欧阳炯《花间集叙》),所选词家一大部分是西蜀人。其共同特点是用华丽的词藻和婉约的构思集中描写女性的美貌、服饰以及她们的离愁别恨,从而形成一个花间词派。本篇见李冰若《花间集评注》卷二。

[2] 兰烬:蜡烛之馀烬,状似兰芯。

[3] 红蕉:即美人蕉。

〔4〕驿边桥：驿馆如临水有桥，称驿桥。

鉴赏

《梦江南》是词牌名，这首小令正切曲名，写的就是梦中江南的意境。起笔先写入梦的情景：烛光渐灭，馀烬已落，床头画屏上的红蕉花越来越暗淡，人便在这昏暗的残夜中渐入梦境。烛芯结花如兰又给人以春兰的联想，前后映发，更有一种暗夜中的幽艳之美，并与梦里夜景自然连成一片。

梦中的江南正当梅子成熟之时，也就是正在梅雨季节，此时若在夜半泊船水驿，听着笛声和萧萧的雨声，该是何等怅然！"萧萧"语出《诗经·郑风·风雨》："风雨潇潇。""萧"与"潇"字通，意为雨下得很急。"萧萧"不仅形容雨势，也兼状雨声，加上呜咽的笛声穿过烟雨，回荡在深夜的江面上，又别有一番萧疏的意味。所以厉鹗《论词绝句》说："颇爱花间肠断句，夜船吹笛雨潇潇。"末句以驿边桥上的人语结尾，尤有韵味。夜半驿桥旁，除了离人絮絮的交谈以外，不会有嘈杂的人声。而且在倦夜之中，这种低语声伴着潇潇雨声，给旅人带来几分似梦非梦之感，格外令人回味。何况是在重回江南的梦中重温这种感受，其中的亲切和怅惘是难以言传的。

江南梅熟、春雨潇潇、夜船吹笛、驿桥人语，都是最有水乡风味的场景，作者将它们提炼出来，融合成一个闲梦，在朦胧的梦境中写出了江南雨夜的神韵，人称"化境"，不为虚誉。

牛希济

牛希济(生卒年不详),陇西(今属甘肃)人。前蜀王衍时曾任翰林学士、御史中丞。前蜀亡后,入后唐任雍州节度副使。

生查子[1]

春山烟欲收,天淡稀星小。残月脸边明,别泪临清晓。 语已多[2],情未了,回首犹重道。记得绿罗裙,处处怜芳草。

注释

〔1〕本篇见李冰若《花间集评注》卷五。
〔2〕语已多:一本无"已"字。

鉴赏

牛希济虽然名列《花间集》中,但善用白描,词笔较为清俊,这首《生查子》是他的代表作。

古人离家出行多在清晨,此词就选择夫妇即将分别的片刻迟回,抒写彼此的留恋不舍。上片首先渲染拂晓时的景象:笼罩春山

的晨雾开始收敛，浓重的夜色已经变淡，星星在晨光将显时越来越稀疏，开头两句准确地写出天色将亮而未大亮时分的景色，点出人行之早。之后"残月脸边明，别泪临清晓"两句，细腻地描绘出征人出门时，站在庭院告别的情景：在双目对视中，西下的残月好像正在人的脸边，离别的眼泪随着清晓来临忍不住纷纷坠落。残月本在天边，人脸则近在眼前，上句将二者距离拉近，强调残月在脸边之"明"，而挂在脸上的则是下句中的"别泪"，两句连读组合成一种印象，仿佛脸上的泪珠中映出了破晓时缺月的影子。这就像一个放大的特写镜头，将女子离别那一刻的动人表情深深地留在了行人的记忆之中。

下片写分手时女子一直在絮絮不休，还是说不完的悲伤和担忧，所以刚刚告别，又回过头来再叮嘱，这也是离别之人的常情。"记得绿罗裙，处处怜芳草"两句从罗裙色如芳草的常见比喻中翻出睹物思人的新意，极有创意。春天行人在外，一路上见得最多的是路边的芳草。女子希望行人随时随地都能想起自己，所以反过来设想行人如果始终记着家里的绿罗裙，也就会处处都怜惜芳草。话说得痴情天真，神情却极其凄婉。

此词正如李冰若所评："语多情未了，回首犹重道，将人人共有之情和盘托出"，"记得绿罗裙，处处怜芳草，词旨悱恻温厚而造句近乎自然"（《花间集评注》卷五"栩庄漫记"），这正是一般秾丽艳冶的花间词所不可及处。

李 珣

李珣（生卒年不详），字德润，先世为波斯人。前蜀秀才，家于梓州（今四川三台），有《琼瑶集》。

南 乡 子 [1]

乘彩舫，过莲塘，棹歌惊起睡鸳鸯。游女带香偎伴笑，争窈窕[2]，竞折团荷遮晚照[3]。

注释

〔1〕本篇见李冰若《花间集评注》卷十。

〔2〕窈窕：娇美妖娆的样子。

〔3〕团荷：圆圆的荷叶。

鉴赏

南朝乐府和唐人七绝中以采莲为题材的作品很多，向来与情歌有关。李珣这首词写南粤的莲塘游女，因视角特殊，风格分外新鲜活泼。

词中小令和诗中绝句一样，因篇幅短小，取材都从小处入手。

这首小令只写一群游女在莲塘里笑闹的场景，着重在她们自由放任的情态：乘着彩色的画舫经过莲塘，一边划桨，一边唱歌，先惊起了水里睡着的鸳鸯。然后正面描写这些游女：身上散发着香气，和女伴依偎在一起嬉笑，争着做出各种娇娆的姿态。一直玩到夕阳西下，还不肯归去，又一个个抢着折下团团的荷叶遮住斜阳。从"游女"的用词看，这群女子应不是采莲女，只是一群乘船进入荷塘赏莲的游客，所以当阳光射到脸上时，便要以荷叶当伞遮阳，一般惯于水上劳作的采莲女就不会如此不耐晒。游女挤在一起"偎伴笑"和"竞折团荷遮晚照"的情景或许在生活中并不少见，但从未进入过诗人的视野。这首小令的新颖在于将一群无拘无束的少女活泼的笑容写得极其生动可爱，就像是用相机给她们头顶荷叶的憨态抢拍了一张合影，虽然写景别无深意，语言又很浅近，但也是花间词里前所未见的新境界。

李珣的《南乡子》共有十首，都是写南粤风土，取材均颇有新意。前人猜测李珣曾经入粤，或者《南乡子》一调本来就是专为吟咏南粤风情而制。李珣的这组词有好几首写少女情态，都很鲜活，如"暗里回眸深属意，遗双翠，骑象背人先过水"，可以说是南粤女子才有的大胆。至于"竞携藤笼采莲来""闲邀女伴簇笙歌""游赏每邀邻女伴""渌酒一卮红上面"这类关于少女邀伴出游宴饮的描写，更能见出当地女子较少礼数束缚的风俗。唯有出自这样的风土背景，本词中莲塘游女的嬉笑场景才会写得如此快乐自在。

冯延巳

冯延巳（903—960），一名延嗣，字正中，广陵（今江苏扬州）人。南唐李璟时宰相。有词集《阳春录》，但多混入他人之作。

谒 金 门 [1]

风乍起，吹绉一池春水。闲引鸳鸯香径里，手挼红杏蕊[2]。　　斗鸭阑干独倚[3]，碧玉搔头斜坠[4]。终日望君君不至，举头闻鹊喜[5]。

注 释

〔1〕本篇见《全唐五代词》正编卷三。

〔2〕挼（ruó）：揉搓。

〔3〕斗鸭阑干：用栏杆围养一些鸭子，供它们相戏斗。

〔4〕碧玉搔头：即碧玉簪。斜坠：形容玉簪斜插，仿佛要掉下来的样子。

〔5〕闻鹊喜：汉唐以来一般人家听到喜鹊叫声都认为将有客来，是喜兆。这里表示希望喜鹊报告"君至"的喜讯。

鉴赏

表现女性独居生活的寂寞，以及对青春消逝的感伤，可说是词的本色当行。尽管这类主题在前人诗里已经被写滥，但当其境界缩小到词里以后，人们又能在庭院闺阁之内发现许多新鲜的意趣。这首词开头两句便是前人从未涉笔的一幅清新小景：突然一阵风起，吹皱了一池春水。"绉"字向来形容丝绸类织物，能被风吹皱，可见一池清澈的春水原来平滑如绸。春风轻拂，波纹粼粼，用"绉"字最为形象恰当。同时，春水微皱又微妙地烘托出池边人内心随春水泛起的涟漪，景中之情似有若无，更引人遐想。悠闲的思妇无所事事，手里揉搓着红杏的花蕊，在芳香的小径上逗引鸳鸯。成双成对的鸳鸯，反衬出思妇的孤独，也暗示了她"闲"居的原因。

从闲引鸳鸯到独倚鸭栏，词人都没有描写思妇的姿貌，只是在她发髻上勾勒了一支斜滑欲坠的碧玉簪。这个小小的细节，活画出她独自斜倚阑干的娇慵和无聊的情态。最后点出她如此无情无绪的原因，是终日在盼望"君"来而"君"却不来。抬头听到喜鹊报喜，似乎给了她一点希望。但是，正如敦煌曲子词《鹊踏枝》所说："叵耐灵鹊多谩语，送喜何曾有凭据？"等来的是喜讯还是谎言呢？只能留给读者去猜想了。

这首词围绕着小池春水点缀鸳鸯、斗鸭、喜鹊等春天最活跃的禽鸟，在一片蓬勃生机中，反衬出思妇独对春光的寂寞和惆怅。"吹绉一池春水"更因写景传神精妙，而成为南唐词的名句。

冯延巳

鹊 踏 枝 [1]

谁道闲情抛掷久,每到春来,惆怅还依旧。日日花前常病酒,不辞镜里朱颜瘦。　　河畔青芜堤上柳[2],为问新愁,何事年年有。独立小桥风满袖,平林新月人归后。

注释

〔1〕此首原注:"别作欧阳修。"本篇见《全唐五代词》正编卷三。

〔2〕青芜:杂生的青草。

鉴赏

春愁秋恨是词的基本主题,五代词因善于从各种不同的角度表现这一主题而产生了许多名作。这首词则是在对闲情的反复玩味中,抒发每年春天看见新绿而引起的新愁。

上片首先自问:谁说闲情抛弃已久?每到春天来临,还是照旧惆怅。可见"闲情"就是春愁,之所以称"闲情",是因为闲散之时才有心情细细体味春愁。"每到"和"还依旧"说明每年如此,与下片"何事年年有"遥相呼应。这种闲情就是天天在花前喝得大醉,甚至不惜镜子里照出的红颜越来越消瘦。作者没有说明为什么每到春来就如此惆怅,因为前人诗歌里已经积累了太多的春愁。春

天虽是一年的开始,但时间最短,容易引起人关于繁华不久的伤感。日日在花前病酒的原因,正是杜甫所说过的"且看欲尽花经眼,莫厌伤多酒入唇"(《曲江》二首其一)。词正可以依托诗的积累,表达得更加含蓄。

下片将视线从花前镜里转到田间陌上,见到河畔的青草和堤上的新柳,再次自问:为何新愁年年都有?这一问呼应上片前三句意思,只是上片强调"每到春来",下片重在眼前,从"新愁"见出新绿又生,其新颖之处在于由情见景。反复的自问正是希望排遣春愁而始终无法排遣,所以全篇都是在直抒春愁中带出春来之意,并未着重于写景。而结尾"独立小桥风满袖,平林新月人归后"二句却用景结情,小桥和平林与下片首句的河畔、堤柳构成春天郊野的常见风景,但均从景中之人的眼里见出,就别有一种清疏高雅的意境:独立在小桥上,任春风吹拂,风满双袖,直到新月出现在平林之上,才迟迟归去,则景中人独对春色久久沉思的意态自可想见。因而以景结尾,为前面反复吟味过的"闲情""新愁"又增添了馀味。

前人词里的春愁多与女性青春消逝的感伤有关,这首词里的闲愁已经脱离这种联系,抒发了一般的人生感触。尤其是景中人风中独立、月下迟归的飘逸形象,已是典型的士大夫风神,这或许是此篇又被视为欧阳修词的原因之一。

李 璟

李璟（916—961），字伯玉，徐州（今属江苏）人，943年继承其父李昪之位，史称南唐中主。存词四首。

浣 溪 沙[1]

手卷真珠上玉钩[2]，依前春恨锁重楼。风里落花谁是主，思悠悠。　青鸟不传云外信，丁香空结雨中愁[3]。回首绿波三楚暮[4]，接天流。

注 释

〔1〕本篇见詹安泰《李璟李煜词》。词牌名又称《山花子》《摊破浣溪沙》。

〔2〕真珠：指珍珠做的帘子。

〔3〕丁香：属落叶灌木或小乔木，花呈顶生或侧生的圆锥花序，由许多四瓣小花簇聚而成。

〔4〕三楚：指东楚、南楚、西楚。一作"三峡"。

鉴 赏

李璟存词仅四首，《浣溪沙》两首都是名作。这首写春恨：亲

手将珠帘卷上玉钩,只见重楼还是被重重春恨锁住,"依前"二字点出恨锁重楼已经有一段时日。春恨能将重楼锁住,便将无形的恨变成有形,也就是说卷起珠帘,楼外的春色春光在眼里都变成了春恨,这是"锁"字用法的新创。上片的新意还在于作者的春恨显然不限于男女相思,而在于对春本身的思索。所以他要探究谁是春风落花的主人,对主宰青春的造化提出追问:落花随风飘落,但风也不能掌控落花的命运,那么春去春来,花开花落,究竟是谁在调度驱使呢?这一思考已触及大自然和生命盛衰的规律,自然与时空一样悠悠无尽了。

  青鸟是西王母的使者,也常常作为爱情的信使。作者埋怨其不传云外信,或许带有某种相思的怨怅,但联系上片关于春恨的思索,恐怕也包含着另一层意思:云外的永恒世界是否存在?既然从无音信传来,那么青春和生命的主宰又在哪里呢?这就使人的心情更加郁闷。下片前两句的这种思路,暗藏在青鸟不来和丁香不展的两种意象之中,意思极为深厚。李商隐有"芭蕉不展丁香结,同向东风各自愁"(《代赠》)的名句,原是隐喻双方相约而不能相聚的愁情。这里转化为"丁香空结雨中愁"的美丽姿韵,既是春雨中现成的景色,又赋予人的愁态,借丁香花穗由无数小花蕾聚结而成的自然形态,以形容人内心的郁结不舒。因此这两句从典故来看似乎是抒发对离人的思念,但又蕴含着青春无主的深深惆怅。

  最后回首三峡暮色,只见绿波与天相接,奔流不断,或许是因为青鸟不至而想象巫山云雨之意,但更多的还是对逝水东去的无奈。

由于全篇写春恨始终和人生的思考联系在一起，这就将小楼中不见离人音信的愁怀开扩到长江天际的壮阔境界中去，而且使青春苦短、时不待人的常见主题有了新颖的表现。

浣 溪 沙 [1]

菡萏香销翠叶残[2]，西风愁起绿波间。还与韶光共憔悴[3]，不堪看。　　细雨梦回鸡塞远[4]，小楼吹彻玉笙寒[5]。多少泪珠无限恨，倚阑干。

注 释

〔1〕本篇见《李璟李煜词》。

〔2〕菡萏（hàn dàn）：荷花。

〔3〕韶光：春光。一作"容光"。

〔4〕鸡塞：鸡鹿塞。《汉书·匈奴传》："送单于出朔方鸡鹿塞。"颜师古注："在朔方窳浑县西北。"在今陕西榆林市横山区西。

〔5〕彻：大曲中的最后一遍。吹彻，吹到最后一曲。

鉴 赏

这首《浣溪沙》专咏秋思，虽是从思妇着笔，但上片的秋风凋零之感也是一般人共有的感触：荷花清香消散，翠叶也已凋残，这

是西风吹过绿波的结果。"愁起"二字有感情色彩，发愁地看着西风在绿波间起来的，是旁观"菡萏香销"的人，这就通过荷花荷叶的情状写出了秋风摧残青春的无情。而与吹损的荷花一起憔悴、不堪再看的，还有人的韶华年光，这正是思妇自伤迟暮之意。以"菡萏""翠叶"兴起秋风，并无刻意以花喻人之意，但是二者自然由"共憔悴"产生联系。所以王国维极其赞赏首二句，认为"大有众芳芜秽，美人迟暮之感"（《人间词话》）。

青春在秋风中逝去，离人却仍然远在边塞，只能在梦中相见。鸡塞即鸡鹿塞，在汉之朔方郡，可见梦中人正在戍边。但词里并未展开思妇的梦境，而是着眼于梦醒之后的回味：梦中鸡塞犹在咫尺，醒后已远在天涯。此时正是窗外细雨绵绵、寒意袭人之际，唯有以吹笙排遣愁闷，直吹到最后一曲，只是更添寒意而已。二句合而观之，梦醒之人恍惚怅惘的神情自可体味。与结尾直道倚栏流泪的抒情告白相比，这两句妙在立意曲折，颇费思量，其韵味就在"梦回"的怅然若失，以及眼前的小楼细雨之中。所以又为王安石所激赏。

此词虽以思妇的秋思为依托，但愁看西风又起，还与韶光共憔悴的又岂止是思妇？同样也有作者自己不堪迟暮的感伤。这就使闺情中自然渗透了士大夫的人生感触，词的境界也由此而得以拓展。

李 煜

李煜（937—978），初名从嘉，字重光，李璟第六子。961年继南唐国主之位，史称南唐后主。975年，宋灭南唐，被封违命侯，改封陇西郡公，最后被宋太宗毒死。著作甚多，但仅存诗词数十篇。

清 平 乐[1]

别来春半，触目柔肠断。砌下落梅如雪乱[2]，拂了一身还满。　　雁来音信无凭，路遥归梦难成。离恨恰如春草，更行更远还生。

注释

〔1〕本篇见《李璟李煜词》。
〔2〕砌：台阶。

鉴赏

李后主的词风可据其遭遇分为前后两期。前期词二十馀首，以写宫中生活为主，表现了才情蕴藉而又多愁善感的特点。有

的能洗尽宫廷富丽词彩，语言尤有独创，这首词堪称其代表作之一。

全篇以春愁和离恨相交融，妙在善用具体的景物形容无形的愁恨。上片写离别后已到春半，触目之景皆可断肠，一是因为离别有日，二是因为春已过半。庭院阶下的落梅如雪花般纷乱，可见是白梅花，因开得较迟，所以春半还有落梅。本来已经触目皆愁，何况落花对离人而言，最易联想到青春芳华的消逝。刚拂了一身立刻又落满一身，不仅见出人在几树白梅和一地落花之间痴立低徊已久，也烘托出如落花般纷乱的惜春之情。

如果说上片重在春愁，下片则重在离恨。原指望大雁能够传书，但是雁归并未带来书信。梦中虽可相聚，也因为路远而难以做成归梦。这两句都是将事实反过来讲：大雁传书本来只是传说，这里以虚为实，便加重了音信无凭的失望；做梦本来无所谓的远近，这里却说路远导致梦都做不成，这就连梦中归来的幻想都被打破。最后以春草喻恨，乃因绵绵芳草，远接天涯，正如人行多远，离恨也有多远。"更行更远还生"，利用六言的二字一顿，短语一波三折，句法与春草离恨的"姿态韵味融成一片"（俞平伯《读词偶得》），可谓声情并茂，妙肖入神。

春愁和离恨难描难画，但可以如砌下落梅之乱，可以如远道春草之绵延不绝，便能通过物态体悟心象，从常见人情中翻出新意。

长 相 思[1]

云一绹[2],玉一梭。澹澹衫儿薄薄罗,轻颦双黛螺[3]。秋风多,雨相和。帘外芭蕉三两窠[4],夜长人奈何!

注释

〔1〕曾慥《乐府雅词·拾遗》卷上录此首未署作者,列于孙肖《点绛唇》之后;《阳春白雪》收本首属孙肖,当因《乐府雅词》原列此首于孙词之后而误认。此首《南唐二主词》有原注:"曾端伯集《雅词》以为孙肖之作,非也。"应为李煜作。本篇见《李璟李煜词》。

〔2〕绹(guō):青紫色丝质带子,这里喻头发。

〔3〕黛螺:螺子黛出自波斯国。借指妇女的画眉。

〔4〕窠:丛。植物一根多茎称为一窠。

鉴赏

这首词只是写女子在秋夜听雨不眠的情景,但量词和叠字的使用很有特色。尤其是上片,活用数词和量词,如同一笔一画地作画:"绹"字原为名词,据《说文》:"绶青紫色",绶是系官印或玉佩的丝质带子,这里将"绹"字当量词用,以绶带的青紫色比喻头发的青黑色,加上前面形容头发如乌云,这一句就像蘸饱

了浓墨一笔勾出的一挽青丝。"梭"字，本来也是名词，这里借作量词，玉一梭指玉簪一支，也像是用一笔淡青色在乌发上加一支绾住头发的翠玉簪。以下写女子所穿的单衫，一句中连用两个叠字，"澹澹"颜色与"薄薄"丝罗，像是用淡彩略加晕染，画出罗衫的轻薄，便令人想见着衫人的柔弱。再加一双用螺子黛描画的眉毛微微皱起，也是只需简单两笔线描。上片仅就人物的头发、眉毛和衣衫用浓淡不同的笔墨稍事勾抹，一位天然淡雅的仕女形象便跃然纸上。

下片刻画人物的背景，与上片人物的轮廓描绘一样，也用数量词，对雨打芭蕉的帘外景色只有几笔勾勒："秋风多"，说明秋风阵阵，凉意袭人；"雨如和"，可见秋雨秋风相互应和，更加凄凉。这时再添上两三丛帘外芭蕉，便仿佛听到了雨点打在芭蕉叶上的声响。下片的"两三窠"与上片的数词相呼应，也像是几笔青绿色的写意，使全篇笔致的轻灵简约取得高度和谐。由下片的背景描写还可以更进一层体会，上片写人的用笔不仅仅是追求写意仕女图的效果，更在突出这位长夜不寐的女子不事梳妆、不耐风雨的单薄和愁思。

以词笔代画笔，化名词为量词，利用词调的长短句式，使数量词发挥笔墨写意的作用，绘出一幅简笔的仕女听雨画，这种手法在词里还是首创。虽新颖精巧，却不易模仿，所以在后代词里很难再见到同类的佳作。

李煜

乌 夜 啼 [1]

　　林花谢了春红,太匆匆!无奈朝来寒雨晚来风。　　胭脂泪,留人醉,几时重[2]?自是人生长恨水长东!

注 释

〔1〕本篇见《李璟李煜词》。

〔2〕留人醉:一作"相留醉"。重(chóng):再。

鉴 赏

　　与一般的抒发春愁不同,这首词几乎就是告别春天的挽辞。上片惋惜林中成片的繁花消褪了娇红,说明盛花期已经过去。鲜花在极盛而衰之时,花色会从艳丽逐渐变为萎黄。这里用一个"谢"字,是鲜花凋谢的本意,但后接"春红",又好像是林花一齐辞别春红而去,所以才有了下句"太匆匆"的悲叹。而春去花谢岂只因时光匆匆,更因为早晚寒风凄雨的摧残,这句把"朝来寒雨""晚来风"分成朝暮两个时段,强调每天风雨不断,便更令人无可奈何。

　　如果说上片已经道出了春去花谢的原因,那么下片就是和泪的哀挽。"胭脂泪"是形容带雨林花的胭脂色,在风雨中湿透之后的残红,不正像美人在饯别酒会上带醉的眼泪吗?纵然想要留她一醉,

何时又能重逢？所以最后还是无奈，只能任其随流水东去。用流水来比喻人生无可挽回的长恨，是李后主的一大创造，末句也正是另一首《浪淘沙》词中"落花流水春去也"的意思。但是这里将"人生长恨"和"水长东"并列，不仅仅是为了以流水比喻时光，强调春去花谢不可挽回的意思，而且也将人生的长恨归结为一切美好的事物包括青春年华一去不返的遗憾。

俞平伯指出，"本词从杜甫《曲江对雨》'林花著雨胭脂湿'变化，却将一语演作上下两片。'春红''寒雨'已为下片'胭脂泪'伏脉"(《唐宋词选释》上卷)，极有见地。而其所以能将杜甫一句诗变成一首词，主要还是善于根据词的表现原理变化出新。词以表现春愁秋恨为本色当行，即使是篇篇一旨，优秀的词作者也能找到各种不同的表现角度，甚至转换不同的感情和语气，都能产生新意。这首词以哀挽的口吻抒发面对花落水流的万般无奈，又隐约融入了与美人和泪辞别的伤感，既像是借春去花谢写别情，更像是抒发无可排遣的人生长恨，因此抒情虽然直白，意蕴却十分耐人寻味。

乌 夜 啼 [1]

无言独上西楼，月如钩。寂寞梧桐深院锁清秋。　　剪不断，理还乱，是离愁。别是一番滋味在心头！

注释

〔1〕本篇词调一作"相见欢",见《李璟李煜词》。

鉴赏

李后主在词的语汇创造方面的功力和才情为世所公认,这首词抒发离愁,也是典型例子之一。上片着重在秋意,但起笔"无言独上西楼"一句中的哀怨已经直贯全篇:"无言"是写登楼人的默默无语,又是写愁思的无可言说。"独上"写登楼人的孤独,"西楼"为高处,则登临以望远人的心思便可从中窥见。然而上楼之后,却只见弯月如钩,高悬中天。月为千里之外的离人所共见,或许可以略寄相思之情,而登楼人所见的却只是满院的寂寞梧桐,被深锁在清秋之中,可见即使是登上西楼,视线也难以越出深宅大院,只能被深深地锁在寂寞之中。

下片直抒离愁,离愁本是无形之物,这里视为可剪可理之物,便把无形变成有形,因而向来为人称道。以形容实体的动词将无形的情绪或感觉实体化,在杜甫、孟郊、李贺诗里早有发端,到词里才形成一种重要的表现方式,后主在这方面的贡献尤为突出。对于离愁"剪不断,理还乱"的形容与"离恨恰如春草"的比喻虽然本质相同,但省略了直接的比喻环节,反会令人捉摸这无形的离愁究竟是什么形态,因而多了一层言外之意。越理越乱的东西,很容易让人联想到乱麻和乱丝,然而丝麻都可以剪断,只有情是剪不断的,所以紧接着明言"是离愁",就能使人真切地感受到这份离愁比乱

麻乱丝还要难解。

最后说"别是一番滋味在心头",又更深入一层,因为"剪不断,理还乱,还可形状,这却说不出"(俞平伯《唐宋词选释》上卷)。但这句话倒是一句常用语,当人们说不清内心感觉的时候,往往会用这类口语表达,所以末句看起来很平常,却与诗歌中善于表现人之常情的名句一样,能概括人们共通的感觉。只不过为了适应词的句式,显得特别口语化而已。

破 阵 子[1]

四十年来家国[2],三千里地山河[3]。凤阁龙楼连霄汉,玉树琼枝作烟萝,几曾识干戈? 一旦归为臣虏,沈腰潘鬓销磨[4]。最是仓皇辞庙日[5],教坊犹奏别离歌[6],垂泪对宫娥!

注 释

〔1〕见《李璟李煜词》。

〔2〕四十年:南唐(937—975)是五代十国时期李昪在江南建立的政权,定都江宁(今南京),传三世一帝二主,享国三十九年,四十年是概言之。

〔3〕三千里:南唐最盛时幅员三十五州,大约地跨今江西全省及安徽、

江苏、福建、湖北和湖南等省的一部分，是十国当中版图较大的国家。

〔4〕沈腰潘鬓：齐梁时沈约对徐勉说自己日渐衰老，百日数旬，革带常应移孔，即腰围瘦减，称为"沈腰"；西晋潘岳《秋兴赋》序中有"余春秋三十有二，始见二毛"，赋中有"斑鬓彭以承弁兮，素发飒以垂领"。"潘鬓"指中年鬓发初白。

〔5〕辞庙：亡国后拜辞宗庙。

〔6〕教坊：唐初开始设置的掌管宫廷音乐舞蹈演出和教习的机构。

鉴赏

958年李璟去皇帝尊号，称江南国主，并向后周称臣；975年宋军攻占金陵，后主李煜出降，南唐灭亡。这首词是后主亲述出降的情景，诗史上罕见。

上片概括南唐小王朝的历史和版图。从李昪937年建国到975年被宋所灭，近三十九年，这里概言四十年家国，其实还包括958年以后十几年间南唐向后周称臣的历史，但即使如此，975年前，南唐还算是一个基本独立的小王国。在十国之中，南唐版图较大，三千里山河也不算夸张。首二句以数字工对，颇有气势，却蕴含着大好河山就此拱手送于他人的无限沉痛。后两句描写金陵的巍峨气象：皇宫的凤阁龙楼上连霄汉，宫内的琼枝玉树如烟萝密布，确实写出了江南几十年未经战事的太平和富庶。所以"几曾识干戈"既道出了皇城繁华的原因，也是发自后主这位亡国之君的心声。在乱世中不识干戈的国主，

只知坐享太平，才导致今天的兵临城下，其中有多少悔恨，只有他自己知道了。

下片写国灭君降的羞耻。"一旦归为臣虏"与上片末句衔接得很紧，"一旦"二字的转折力度之大，使不识干戈与归为臣虏顿时形成鲜明的反差和因果关系。家国既归他人，剩下的苦果只有亡国之君独自消受。出降时已近不惑之年的后主，确可用"沈腰潘鬓"来形容，因为这两个词本来都是形容中年男子体力渐衰、鬓发初白的状态，而已经到这个年纪的人在归为臣虏后的日子里还能"销磨"多久呢？事实上，后主在978年就不堪宋廷的凌辱折磨而去世，所以"沈腰潘鬓"这句话似已预感到自己今后的人生结局将是无限悲惨的。最后三句将耻辱感推向高潮："最是仓皇"生动地写出了拜辞宗庙之日仓惶、凄凉、羞愧的复杂心情。宗庙是家国存在的象征，失国辞庙之时，将何以面对列祖列宗，何以面对臣下百姓？作者没有直面这些问题，而是在仪式上选择了一个最难堪的情景：昔日供自己娱乐的教坊，却还在此时为他奏起别离之歌，无论是不是自我讽刺，这确是最令人触景伤情的时刻，所以不禁对着宫娥潸然泪下。末句"垂泪对宫娥"固然是作者的真情自然流露，却活画出一个典型的亡国之君的形象，可称是神来之笔。

这首词从上片到下片，视野由辽阔山河逐渐收窄到都城楼阁、宗庙辞别、教坊奏乐，最后突出自己对宫娥垂泪的特写镜头，将亡国之君最耻辱痛苦的回忆定格在"辞庙日"的场景之上，从而使其个人形象成为历史上所有大小王朝的末代君主的共同写照。

李煜

浪淘沙[1]

帘外雨潺潺,春意阑珊[2],罗衾不耐五更寒。梦里不知身是客,一晌贪欢。　独自莫凭栏[3]!无限关山[4],别时容易见时难。流水落花春去也,天上人间!

注释

〔1〕本篇见《李璟李煜词》。

〔2〕阑珊:将尽,衰落。

〔3〕莫:一作"暮"。

〔4〕关山:一作"江山"。

鉴赏

南唐亡国以后,李后主降宋,北上待罪,囚居汴京,受尽屈辱,过着以泪洗面的日子,写下了一些哀伤身世、寄托故国之思的名作。这是其中的一首。

上片写五更梦醒时的情景,只听得帘子外面雨声潺潺,已经感受不到多少春意了。"春意阑珊"固然是实写春光在风吹雨打中衰歇的时令,也是出于词人内心的敏锐感觉。薄薄的罗衾抵不住五更的寒意,竟致夜半冻醒,而梦醒后的凄寒更是沁透整个身心。再回

想刚才梦中不知自己客居他乡,还在贪欢行乐的情景,眼前的现实与梦中的"一晌贪欢"形成残酷的对比,令人更深地体会到一切皆空的凄凉况味,也道出了往事如梦的无限感慨。

独自在暮色中凭栏眺望,已经望不见从前的无限江山。"别时容易见时难",是人们在告别无法再见的过往人事时,都会从心里涌出的一句话。这里既概括了常人的人生体会,又深切地抒发了亡国之君的悔恨。"落花流水春去也,天上人间",照应上片"春意阑珊"之意,将花已落、水已流、春已去之后的无奈,比之花未落、水未流、春未去之时的情景,见出梦中与现实、昔日与今日的落差,有如天上比之人间,种种复杂的情绪都包含在岁月流逝无可挽回、天上人间无可改变的含浑意象之中,格外动人心魄。

李后主善用最平常的语言概括最深刻的人生感慨,因而其词虽是亡国的哀叹,却能在后人心中引起广泛的共鸣。

浪 淘 沙 [1]

往事只堪哀!对景难排。秋风庭院藓侵阶。一任珠帘闲不卷[2],终日谁来? 金琐已沉埋[3],壮气蒿莱[4]!晚凉天净月华开。想得玉楼瑶殿影,空照秦淮。

李煜

注释

〔1〕本篇见《李璟李煜词》。

〔2〕一任：一作"一行""一桁""一片"。

〔3〕金琐：即金锁、金质的锁钥。宫殿楼阁的重要部分。

〔4〕壮气：暗用丰城剑故事。据《晋书·张华传》：初，吴之未灭也，斗牛之间常有紫气，道术者皆以吴方强盛，未可图也，惟华以为不然。及吴平之后，紫气愈明。华闻豫章人雷焕妙达纬象，乃邀焕宿，询问天文吉凶，焕登楼仰观，曰："宝剑之精，上彻于天耳。"且曰在豫章丰城。张华补雷焕为丰城令，雷遂发石函，得双剑，送一剑予张华。张华被诛，失剑所在。雷焕卒后，其子持剑经延平津，剑忽于腰间跃出堕水。使人没水取之，不见剑，但见两龙各长数丈，蟠萦有文章，须臾光彩照水，波浪惊沸，于是失剑。

鉴赏

后主被囚之后，即使春愁秋悲，也都与亡国之恨有关。这首词作于秋夜月下，上片起笔便直抒回忆往事的悲哀。后主与南唐国是同龄人，南唐立国的四十年，其实也是他的一生。国亡之前，所有的往事对他来说都是太平年景中的乐事，现在劈头一句，说往事只堪哀伤，说明过往的一切都已经不堪回想，所以面对秋景更加难以排遣。而他所面对的"景"又是秋风扫过庭院，苔藓长上台阶，院里房前的一排珠帘整日闲垂不卷，也没有客人到来。秋风萧瑟本来就容易引起人的伤感，更何况被闭锁在这阒无人迹的闲庭荒院之中，

对于一生都在珠玉温柔乡中生活的后主而言,这种冷落寂寞自然无法忍受。更重要的是,这种清冷还时时在提醒他目前的囚徒处境,这样的"景"不但无法排遣往事之哀,反而更添悲感。

下片由"往事"想到故国的今夜。金锁的沉埋意味着旧都宫殿的废弃,昔日国家强盛时的壮气已消失在荒草之中。同在这晚凉时分,天净云开,月亮的光华普照大地,故国的玉楼瑶殿之影也映现在眼中,但秦淮河上只有冷月空照,再无昔日的繁华。结尾勾勒出秦淮楼殿在月下的一幅剪影,透出无言的苍凉,仿佛昭示着一切往事都已成影成空,这就与上片秋风庭院的凄清落漠形成想象和现实的残酷对照。

后主最后三年被囚禁在小庭院中,虽然生活空间更加狭窄,但家国之悲使时时都在魂梦中的故国山河进入了词境,风格也随之转为苍凉悲壮,国家不幸给他后期词带来的这种变化,奠定了他在词史中的特殊地位。

虞 美 人 [1]

春花秋月何时了?往事知多少。小楼昨夜又东风,故国不堪回首月明中! 雕阑玉砌依然在 [2],只是朱颜改。问君能有许多愁 [3],恰似一江春水向东流。

注释

〔1〕本篇见《李璟李煜词》。

〔2〕依然：一作"应犹"。

〔3〕许多：一作"几多"。

鉴赏

这首词一开头就接连两问，一是问春秋的更替何时才能结束，紧接其后的第二问是往事知多少，显然心中已经没有对前景的瞻望，只剩下对过去的回忆。岁岁花开，年年月满，在历代诗人而言，往往引起的是年光流逝的惋惜和人生短暂的感叹。刚到中年的词人却偏偏厌倦了春花秋月的循环，只有前视茫茫，对生活绝望之极的人才会有这样反常的情绪。小楼又刮起东风，说明一年一度的春天又来了。"又"字不仅说明春天再度来临，更使"何时了"的语气进一步强化。而忍受不了东风"又"来的根本原因是昨夜明月之中，已经不堪再度回首故国。由此可见，词人脆弱的心灵已无法再承受眼前处境的煎熬，也难以想象如何度过今后漫长的春秋，这就是开头连发两问的根本原因。

虽然不堪回首，还是忍不住回首，但故国在汴京是看不见的，所以下片首二句承接上片末二句，只能想象明月之下，故宫的雕栏画栋以及玉石阶砌还在，而宫中的旧人已经改变了容颜。"朱颜"可指自己，也令人联想到江山的旧貌已经彻底改观。物是人非，这样的对比会让人产生多少愁，是无法形容的，末句却用浩瀚汪洋的一江春水来比喻难以排遣的愁，极其新奇而贴切。春天江水上涨，水势浩荡无涯，水向东流，是无法挽回的趋势，正像流淌不尽的亡国之愁。长江是流经南唐故国的大河，水流的去向，正是故都金陵，因此向东奔流的一江春水，就像载着亡国之君的一江之愁不停地流向故国。这就使全词虽然悲哀至极，却自有一股充沛的感情力量奔泻而来。最后两句妙在气势奔放而深意内含，耐人寻味，因而能千年传诵不绝。